D1394110

HACKNEY LIBRARY SERVICES

Please return this book to any library in Hackney, on or
before the last date stamped. Fines may be charged if it is late.
Avoid fines by renewing the book (subject to it NOT being reserved).

Call the renewals line on 020 8356 2539

People who are over 60, under 18 or registered disabled
are not charged fines.

HA

2/17

Letras Hispánicas

Tirso de Molina (atribuido a)
El condenado por desconfiado

Luis Vélez
La Ninfa del cielo

Edición de Alfredo Rodríguez López-Vázquez

CÁTEDRA

LETRAS HISPÁNICAS

1.ª edición, 2008

Ilustración de cubierta: José de Ribera «El Españoleto»,
La Magdalena Penitente (1641). Museo del Prado, Madrid
© Martín, J. / Anaya

© Ediciones Cátedra (Grupo Anaya, S. A.), 2008
Juan Ignacio Luca de Tena, 15. 28027 Madrid
Depósito legal: M. 11.385-2008
I.S.B.N.: 978-84-376-2450-1
Printed in Spain
Impreso en Closas-Orcoyen, S. L.
Paracuellos de Jarama (Madrid)

Índice

Introducción

A Rinaldo Froldi, Piero Menarini
y Arturo Rodríguez

Nulla scriptura, nullo sigillo error con-
firmari et in veritatem transformari potest.

Nicetae Acominati Choniatae,
Imperii Graeci Historia

Ilustrísimo Señor: En ninguna manera tuviera atrevimiento para hacer esto, si no me forzara a ello la conciencia. El Maestro Fr. Domingo Báñez, catedrático de prima de Teología en esta Universidad, enseña y defiende días algunas doctrinas de que he visto escandalizadas a muchas personas doctas y religiosas, y a mi parecer con grande razón; porque todas ellas dicen mucho con los errores de estos tiempos. Y de la una doctrina de ellas yo sé que habrá diez u once años que, queriéndola sustentar un discípulo suyo en esta Escuela, la Facultad de Teología, ayuntada para ello, no consintió que se sustentase, teniéndola por doctrina peligrosa y casi errónea; y no obstante esto, después acá la ha enseñado, y añadido otras de tan mala calidad.

(Carta de Fray Luis de León, a 10 de febrero de 1582, al Ilmo. Sr. Arzobispo de Toledo).

... así como es cierto que el demonio se transfigura algunas veces en ángel de luz, y burla y engaña las almas con apariencias fingidas, así también es cosa sin duda y de fe, que el Espíritu Santo habla con los suyos y se les muestra por diferentes maneras.

(Fray Luis de León, Carta-dedicatoria a las madres Priora Ana de Jesús y religiosas carmelitas descalzas del monasterio de Madrid).

Decíamos ayer...

(Fray Luis de León).

Dentro del vasto territorio de las obras de atribución dudosa en el teatro del Siglo de Oro, *El condenado por desconfiado* y *La Ninfa del cielo* ocupan un lugar muy especial. Ambas han sido editadas a nombre de Tirso de Molina, con distintas condiciones de credibilidad y dispar fortuna crítica. *El condenado por desconfiado* está incluida en la problemática *Segunda Parte* de Obras de Tirso (1635), en cuyo prólogo el propio fraile mercedario dio noticia de que sólo cuatro de las doce comedias incluidas en el volumen eran suyas. Dicho texto se venía considerando como *editio princeps* hasta que el investigador irlandés Don W. Cruickshank demostró tipográficamente que la *suelta* sin lugar ni año, que se creía posterior a la *Segunda Parte* y derivada de ella, había sido impresa en Sevilla hacia 1626 por Simón Faxardo, el mismo impresor que años después editará *Tan largo me lo fiáis* a nombre de Calderón, y *La vida es sueño* a nombre de Lope de Vega. Por otra parte ambas obras presentan elementos comunes: sus respectivas historias transcurren en el área geográfica del Reino de Nápoles y combinan la vida y hábitos del mundo de los bandoleros con las prácticas y entorno de los eremitas, en un tiempo histórico que no queda claro, pero que probablemente corresponde al período que va desde el final de la Edad Media hasta el turbulento siglo XVI. Tanto los fenómenos del eremitismo como del bandolerismo en esa época corresponden a realidades históricas bien documentadas, y estudiadas por historiadores italianos como P. Caraffa o Irene Polverini Fosi. El dramaturgo o los dramaturgos que han tratado estos temas construyen su mundo dramático en torno a estos elementos, aunque, con mejor o peor fortuna, los dotan de un sistema de contenidos morales y estéticos proporcionados por la tradición cristiana, tanto antigua como medieval y renacentista. A partir de esta constatación de semejanzas, el perfil estético y los contenidos ideológicos de cada una de las dos comedias, así como la problemática de su transmisión textual presentan divergencias de interés.

Respecto a *La Ninfa del cielo,* F. de B. San Román documenta la representación en 1613 en Quintanar de la Orden de *Las obligaciones de honor,* que en uno de los tres manuscritos que conocemos de *La Ninfa,* aparece como título complementario. No es éste el único título alternativo, ya que en el manuscrito 16698 tenemos también el de *La segunda Magdalena,* y en nota añadida posteriormente con letra diferente, *La condesa bandolera.* Sin embargo, no es seguro que la representación de *Las obligaciones de honor* en 1613 se refiera a *La Ninfa del cielo.* Como veremos más adelante, el título *Las obligaciones de honor* tanto puede referirse a *La Ninfa del cielo* como a la comedia, atribuida a Lope, *Los Vargas de Castilla.* La primera evidencia documental segura de una representación de *La Ninfa del cielo,* se encuentra en el repertorio del *autor* Jerónimo Sánchez, que la representa en Écija y Córdoba en julio de 1617. Esto es, dos años antes de la constatación de que Juan Acacio representa en Sevilla un auto sacramental con el mismo título de *La Ninfa del cielo.* Dos de los tres manuscritos del siglo XVII no indican nombre de autor; el tercero, conservado en la Biblioteca Palatina de Parma, único que añade el título *Las obligaciones de honor* al de *La Ninfa del cielo,* da como autor a Luis Vélez al final de cada uno de los tres actos de la obra. Es importante asumir esto porque *La Ninfa del cielo* se ha venido presentando como argumento para atribuirle a Tirso de Molina tanto *El condenado por desconfiado* como *El burlador de Sevilla,* con ese título, o con el de *Tan largo me lo fiáis.*

La atribución de *El condenado por desconfiado* a Tirso plantea, además, otro tipo de problemas. Por un lado, al enigma de la poco fiable *Segunda Parte,* hay que añadir que los estudios de carácter objetivo (métrico, léxico, cotejo con obras auténticas de Tirso) coinciden en señalar que la obra no corresponde al estilo del fraile mercedario; por otro lado la consideración subjetiva de que la obra tiene un contenido teológico ha sido puesta en entredicho por varios estudiosos. Una aproximación inicial a esta obra debe asumir la pregunta que se hace R. J. Oakley al comienzo de su *Critical Guide:* «It is perhaps appropriate that mistery should surround the very authorship of the play that exudes so much mystery». Conviene, por lo tanto, verificar las fuentes de esa atribución, que procede de Agustín Durán, y que fue popularizada por Hartzenbusch al incluirla como Apéndice IV en su edición de obras de Tirso. Para entender el contexto ideológico y sociocultural en que aborda su análisis Durán, voy a extractar una parte de este estudio:

> *El condenado por desconfiado* es un drama eminentemente religioso en el sentido de las creencias teológico-dogmáticas que el pueblo y los sabios de aquella época profesaban y profesa aún todo buen católico. Es una parábola evangélica para hacer inteligible al pueblo el dogma de la gracia, y es quizá un producto de reacción necesaria contra la fatal y desconsoladora rigidez del protestantismo, y las doctrinas heterodoxas que le originaron (...) Cuando la yerta mano del fatalismo ateo comprime los corazones, adiós para siempre las virtudes, la moral y el entusiasmo (...) Harto convencidos estamos de que a los ojos raquíticos y miserables de estos hipócritas sofistas que intentan construir una sociedad bruta y atea, solo fuera grato el drama que analizamos, cuando pudieran reducirlo a un sarcasmo contra la Providencia divina (...) En el plan que Tirso se propuso, en la idea y el pensamiento de su creación, preciso fue que demostrase en sus héroes la existencia del libre albedrío, para que sus actos diesen motivo a la justicia divina (Hartzenbusch, págs. 721-722).

El modelo argumental de Agustín Durán es muy sencillo: la obra es un drama teológico, por lo tanto sólo puede haberla escrito un teólogo; es decir, Tirso, maestro en teología. En su revisión de problemas de las obras contenidas en la *Segunda Parte* de Tirso, su editor, J. E. Hartzenbusch se limita a señalar: «Éste es el drama que, entre los doce de la *Segunda Parte,* contiene bellezas de orden más alto: por esto, por el papel del gracioso y varias escenas de bandoleros y gente perdida en que parece notarse el estilo de Téllez, se le atribuye, con la autoridad del señor Don Agustín Durán». El siguiente paso en la vía del argumento de autoridad lo proporciona Menéndez y Pelayo, que refuerza el criterio de Durán asumiendo su contenido doctrinal y teológico. Basado en ambas autoridades, y apoyado en la edición de Hartzenbusch, Emilio Cotarelo avala las opiniones de sus predecesores, especialmente la de Agustín Durán «gran apóstol de la libertad crítica», aunque Cotarelo no incluye *El condenado* en ninguno de los dos tomos de su edición de obras de Tirso.

En cuanto a *La Ninfa del cielo,* que Cotarelo sí incluye en el tomo II, el ilustre erudito afirma haber visto una *suelta* de «finales del siglo XVII o del XVIII», con el título *La condesa bandolera,* editada a nombre de Tirso de Molina. Cotarelo no da la referencia de esta *suelta,* pero describe y anota las variantes respecto al manuscrito que elige como texto de base para su edición, el manuscrito 16698 de la Biblioteca Nacional de Madrid. Este manuscrito es una versión, con truncamientos y tachaduras, que tras el título *La Ninfa del cielo,* superpuesto a un primitivo título *La segunda Magdalena,* añade, en letra diferente: *y condesa bandolera y obligaciones de honor, todo es uno la historia della.* Para completar el confuso panorama crítico de esta obra, el manuscrito de la Biblioteca Palatina de Parma, donde se da como autor a Luis Vélez, ha sido descrito erróneamente por el erudito italiano Antonio Restori, como «de Téllez». Según observa Courtney Bruerton, que ha estudiado la familia de manuscritos, Restori confunde la V inicial de Vélez con una *te* y lo anota como de «Luis Téllez». Cotarelo, que desconoce la existencia del manuscrito de Parma, tampoco consulta el otro manuscrito de la BN, el 17080, que coincide con el texto de la Palatina, salvo ligeras variantes en las acotaciones y en la distribución de réplicas de personajes secundarios, además de un par de omisiones en pasajes breves del texto.

Fiadas en la edición Cotarelo, y sin consultar los manuscritos 17080 y Parma, Blanca de los Ríos (1954) y Pilar Palomo (1970) han editado después *La Ninfa* a nombre de Tirso de Molina, repitiendo varios errores graves de lectura del manuscrito 16698 transmitidos por el texto editado por EC. Frente a la crítica textual de *El condenado por desconfiado,* que atañe a textos impresos, *La Ninfa del cielo* se transmite por vía manuscrita, y tan sólo en una fase tardía por una *suelta* con un nuevo título, *La condesa bandolera,* relacionado con una derivación de la historia a través de la refundición *La bandolera de Italia,* que conocemos en manuscrito anónimo, aunque atribuido a Calderón en el catálogo Paz y Meliá, y en un impreso bajo la autoría de «un ingenio de esta corte». La argumentación crítica, documental y teórica, de acuerdo con el estado actual de la cuestión, apunta a que ninguna de estas dos obras ha sido escrita por Tirso de Molina. Los autores en liza con Tirso para la atribución de ambas, con diferentes grados de solvencia documental, son Andrés de Claramonte y Luis Vélez de Guevara. La fecha de composición más probable para las dos obras está en el período 1612-1616 para *La Ninfa* y 1616-1619 para *El condenado.*

LOS PROBLEMAS TEXTUALES DE «EL CONDENADO POR DESCONFIADO»

Hasta el estudio de Cruickshank se consideraba que el texto de *El condenado por desconfiado,* en la controvertida *Segunda Parte* de Tirso [SP], correspondía a la *editio princeps.* La evidencia tipográfica de que la *suelta* K resulta ser anterior en casi diez años plantea cuestiones de primer orden sobre las variantes textuales, hasta ahora omitidas por la crítica. Un sencillo ejemplo lo tenemos en el pasaje en que Paulo y Pedrisco dialogan, tras la aparición del diablo a Paulo. En K, la réplica de Pedrisco es:

> Diez años ha que faltamos
> Seguros pienso que vamos,
> *Que es tan poca la amistad*
> Deste tiempo, que en un hora
> Se desconoce el amigo.

En la *Segunda Parte* de Tirso, cuyo texto procede seguramente de la compañía de Roque de Figueroa, el tercer verso presenta la variante *que es tal la seguridad,* que respeta la rima de la redondilla. ¿Cómo explicar esta variante, una vez que conocemos la prioridad cronológica de K frente a SP? Dado que las demás *sueltas* tardías coinciden con la variante de K,

17

parece claro que la coincidencia global en editar la obra a nombre de Tirso depende de la fiabilidad de la atribución hecha por Simón Fajardo. Como observa Germán Vega, aludiendo a Fajardo y Lyra «hay que significar la relevancia de Sevilla como sede de los más avispados piratas tipográficos y el período de suspensión de licencias para imprimir novelas y teatro en el Reino de Castilla entre 1625 y 1634» (Vega, 57). En cuanto al texto fajardiano de *El condenado*, esta variante y otras, entre la familia de las *sueltas* y el texto de la *Segunda Parte*, hacen que tengamos que plantearnos cómo aparecen las modificaciones textuales de SP respecto a K. Una hipótesis es que Roque de Figueroa, que representó en Sevilla en diciembre de 1626, pudo haber adquirido la *suelta*, o haberla copiado con omisión de ese verso y posterior rescate de la omisión con otro verso alternativo. En todo caso la prioridad de K hace que en la alternativa debamos preferir la lectura de K a la de SP. La repetición léxica *seguros, seguridad* en dos versos consecutivos hace sospechar que SP está proponiendo un verso *remendado*, tal vez por el conocido Pedro de Pernía, actor de la compañía de Figueroa experto en remendar comedias. Es curioso, en todo caso, que Rogers, habitualmente muy minucioso, omita esta variante en su edición.

Ciriaco Morón (1992) mantiene ese mismo texto, aunque precisando en nota: « P: *que es tal la seguridad*. Sigo S». Morón no aclara si está siguiendo la *suelta* K, o una de las *sueltas* posteriores derivadas de K, pero la nota crítica nos revela que tenía intención de sustituir el verso de P por el de la *suelta*, aunque en el texto final lo omite, provocando una incongruencia en la nota a pie de página. La edición de A. Prieto (1990) ni siquiera menciona la variante.

Más importancia tiene otro pasaje de la segunda jornada, en el primer encuentro de Enrico y Anareto. En K el texto es el siguiente:

> *Enri.* No os quisiera dar enojos.
> *Anare.* No el sol por zelajes rojos,
> Saliendo a dar resplandor
> A la tiniebla mayor,
> Que es para tan alto bien,

Parece al día tan bien,
Como vos a mí, señor.
Aueis comido? *Anare.* Yo no:
Enri.   Ambre tendreis? *An.* La ventura
De mirarte, me quito
La hambre. *Enri.* No me assegura
Essa razon, padre, no,
Porque es toda essa razon
Nacida de la aficion
Tan grande que me teneys,
Pero agora comereys,
Que las dos pienso que son
De la tarde, ya la mesa
Os quiero, padre, poner.

El fragmento corresponde a un pasaje en quintillas de tipo A *(ababa)* y E *(aabba)*. El pasaje es impecable, sin ningún error métrico. Sin embargo, el mismo pasaje en SP, tiene variantes muy llamativas. Para el texto sigo la edición de Rogers.

ENRICO:	No os quisiera dar enojos.	1100
ANARETO:	En verte me regocijo.	
ENRICO:	No el sol por celajes rojos	
	Saliendo a dar resplandor	
	A la tiniebla mayor,	
	Que espera tan alto bien	1105
	Parece al día tan bien	
	Como vos a mí, señor.	
	Que vos para mí sois sol,	
	Y los rayos que arrojáis	
	De ese divino arrebol	1110
	Son las canas con que honráis	
	Este reino.	
ANARETO:	Eres crisol	
	Donde la virtud se apura.	
ENRICO:	¿Habéis comido?	
ANARETO:	Yo, no.	
ENRICO:	¿Hambre tendréis?	
ANARETO:	La ventura	1115
	De mirarte me quitó	
	La hambre.	

ENRICO: No me asegura,
               Padre mío, esa razón,
               Nacida de la afición
               Tan grande que me tenéis;   1120
               Pero agora comeréis,
               Que las dos pienso que son
               De la tarde. Ya la mesa
               Os quiero, padre poner.

Además de la diferencia de versos en el pasaje, hay una variante en el verso 1105, en donde Rogers sigue la lección de la *suelta* K, frente a la variante *que espera tan alto bien,* de SP. Esta variante de verso se puede explicar por error de lectura o de cajista de imprenta. Pero, ¿qué explicación dar a la desaparición, no de *cinco* versos de una quintilla, sino de *seis versos,* es decir, de una quintilla y un verso inicial de la siguiente? Si se tratara de una omisión editorial de K, el verso desaparecido dejaría truncada la quintilla. Sin embargo, el texto de K tiene las quintillas completas. Observando atentamente nos damos cuenta de que la quintilla posterior a la que no aparece en K es impecable porque el verso inicial no corresponde a la rima iniciada por el sexto verso omitido: *donde la virtud se apura* (rima *apura, no, ventura, quitó, asegura),* sino a un nuevo comienzo de quintilla desde el segundo verso *Aueis comido. Yo no,* que inicia y completa la quintilla con la rima *no, ventura, quitó, asegura, no.* Esta variante no se puede atribuir a las argucias del editor de la *suelta,* que suele limitarse a suprimir pasajes. Corta sin más, y produce, incluso en pasajes de romance, truncamientos que lo delatan. Las diferencias entre el texto K y el P sólo pueden explicarse por una modificación consciente, tal vez del autor o de un posible refundidor. Ahora bien, dado que otras variantes textuales se explican por intervención de un refundidor en la transmisión de P, lo más natural es pensar que, de acuerdo con la cronología demostrada por Cruickshank, si K corresponde a la *princeps,* y P a un texto que ha pasado por las manos de la compañía de Roque de Figueroa durante un período de casi diez años, no hay por qué concluir una refundición del propio autor. Ni un truncamiento de editor de *suelta.* Al menos en este pasaje, que está a comienzos del acto segundo. Los truncamientos suelen aparecer en la tercera jornada, en la que los editores de *sueltas* recortan y suprimen versos para hacer coincidir el texto con los cuatro pliegos A4-D4, habituales en las impresiones fraudulentas. Todo ello nos da un perfil muy claro de las diferencias entre K y P:

a) truncamientos editoriales en la tercera jornada de la *suelta;*
b) modificaciones de la compañía Roque de Figueroa, que añaden texto a P en pasajes concretos, y
c) variantes de lectura donde el texto K suele mejorar el texto P.

Sin embargo, ambos textos derivan de una copia con errores comunes, como demuestra el siguiente pasaje común de la segunda jornada:

> *Gal.*   Y aquesta noche, Enrico,
>   Cherinos y Escalante?
> *Enri.*   A ayudallos me aplico:
>   No han de robar la casa
>   De Otauio el Genoués?
> *Gal.*   Aquesso passa:

Estos cinco versos están dentro de un pasaje en liras tipo *abbacC*, lo que evidencia que se ha omitido un verso con rima «-ante», que completa la lira. Esta anomalía fue advertida por Hartzenbusch, que enmendó en su edición completando con «Empresa es importante», marcado con asterisco y anotando a pie de página «suplido». La enmienda es ingeniosa y necesaria ya que, como ya observa Rogers: «the sense is incomplete and the strophe needs another line in "-ante". H supplies "Empresa es importante" after our line 1038, leaving Galván's question unfinished». Ciriaco Morón asume también la enmienda de Hartzenbusch, editándola entre corchetes, pero sin anotar su procedencia y Antonio Prieto repite el texto debido a Hartzenbusch sin indicar el autor, con lo que un lector inadvertido puede pensar que la estrofa estaba completa en la obra. No es la única vez que sucede esto con el texto de *Co-Des*. Un cotejo minucioso avala la calidad de la edición Rogers frente a las restantes en lo que atañe a la descripción de los textos.

Otro fragmento de interés ecdótico en la segunda jornada, es la siguiente combinación de quintillas del tipo *ababa* [A] y *aabba* [E]. Éste es el texto según K:

> Enri. Miro vn hombre, que es retrato,
> Y viua imagen de aquel,
> A quien siempre de honrar trato,
> Pues di, si aqui soy cruel,
> No seré a mi padre ingrato?
> Oy de mis manos tiranas,
> Por ser viejo, Albano ganas,
> La cortesía que esperas,
> Que son piadosas terceras,
> Aunque mudas, essas canas.
> Vete libre, que repara
> Mi honor, que assi se declara,
> Aunque a mi opinion no quadre,
> Que pensara que a mi padre
> Mataua, si te matara.
> Gal. Viue Dios, que no te entiendo,
> Otro eres ya del que fuiste:
> Enri. Poco mi valor ofendo:
> Gal. Darle la muerte pudiste:
> Enri: No es esso lo que pretendo.

El pasaje en K es impecable. Cuatro quintillas ordenadas A-E-E-A. Sin embargo, el texto P añade, al final de la réplica de Enrico, lo siguiente:

> Ay canas, las que aborrecen
> Pocos las ofenderán,
> Pues tan seguras se van
> Cuando enemigos se ofrecen.

Esto es una redondilla solitaria intercalada en un pasaje de quintillas. Cuando se creía que P era la *princeps* y K una *suelta* con peculiaridades, la explicación natural era que K omitía los versos. Hartzenbusch solventó ese problema con una de sus ingeniosas enmiendas, muy finamente detallada en nota en la edición Rogers:

A line is missing from this *quintilla* and the sense is unclear. As so often where there are difficulties, the *sueltas* cut the whole passage. H's

> Canas, *los* que os aborrecen
> *Hoy a estimaros empiecen.*
> Poco *les* ofenderán.

Makes good sense and catches the clumsy manner of the original, *but involves changing two of the existing lines* [la cursiva es mía].

En efecto, esta enmienda plantea un problema textual de importancia. Ciriaco Morón, que de nuevo sigue a Hartzenbusch, marca entre corchetes los dos versos enmendados, pero sin precisar su origen. Antonio Prieto edita según P, pero sin advertir la anomalía estrófica, ni precisar nota alguna. La prioridad cronológica de K apunta a que esos versos son un remiendo innecesario añadido por la compañía de Roque de Figueroa, tal vez a partir de una *morcilla* de representación.

Otro ejemplo lo tenemos en el final del pasaje en endecasílabos sueltos en que Galván y Enrico dejan a Anareto. Éste es el texto K:

> Al padre de mi vida, boluer quiero,
> A lleuarle conmigo y ser Eneas
> Del viejo Anquises.
> *Gal.*   Donde vas? Detente,
> *Enri.*   Sigueme tu, Galuan.
> *Gal.*   Ya yo te sigo.
> *Enri.*   Pues animo *Galuan,* vente conmigo. *Vanse.*

El cierre en un dístico pareado es típico de los pasajes de endecasílabos sueltos. La escena cambia, no sólo de estrofa, sino de escenario y protagonistas, y el episodio queda completo. Sin embargo, el texto SP nos proporciona una variante de calado.

> Al padre de mi vida volver quiero,
> Y llevarle conmigo; a ser Eneas
> Del viejo Anquises.

GALVÁN:	¿Dónde vas? Detente.
ENRICO:	[*dentro*] Seguidme por aqui.
GALVÁN:	Guarda tu vida.
ENRICO:	Perdonad, padre de mis ojos,
	El no poder llevaros en mis brazos,
	Aunque en el alma bien sé yo que os llevo.
	Sígueme tú, Galván.
GALVÁN:	Ya yo te sigo.
ENRICO:	Por tierra no podemos escaparnos.
GALVÁN:	Pues arrójome al mar.
ENRICO:	Su centro airado
	Sea sepulcro mío. ¡Ay, padre amado!
	¡Cuánto siento el dejaros!
GALVÁN:	Ven conmigo.
ENRICO:	Cobarde soy Galván, si no te sigo.

Como se ve, se ha modificado el dístico final para adaptar el final del pasaje a otro propósito escénico. Sin embargo, el verso *Perdonad, padre de mis ojos* tiene medida incorrecta, problema salvado por Hartzenbusch añadiendo el posesivo *mío*, después de *padre*, para rescatar las dos sílabas que faltan. También aquí Rogers edita impecablemente, manteniendo el verso incorrecto y explicando la enmienda de Hartzenbusch. Morón, en cambio, edita el verso sin paréntesis cuadrados ni nota. Prieto edita según P, pero sin advertir el error métrico. La variación textual, a partir de la prioridad de K, tiene una explicación coherente con lo que antes hemos visto: la compañía de Roque de Figueroa modificó el pasaje para ofrecerle al espectador un momento dramático ajeno al autor de la obra. Escénicamente es consistente, pero estructuralmente no respeta el estilo ni la métrica de la obra.

Distinto problema presentan las variantes por omisión en la tercera jornada, en donde sí podemos conceder fiabilidad a la hipótesis de que, en la mayor parte de los pasajes divergentes, SP representa el texto completo y K presenta omisiones explicables por razones editoriales. Hay un argumento cuantitativo que apoya esta idea. Mientras en SP la extensión de cada acto es similar (1.010 versos el primero, 1.040 el segundo, 945 el tercero), la edición hecha por Simón Faxardo aparece con una variación considerable. La primera jornada tiene aquí casi doce páginas; la segunda, también casi doce, mientras que la tercera no llega a nueve páginas, con menos de 800 versos. Pondré tan sólo un ejemplo de un pasaje de K en donde el corte editorial es evidente: la escena en la que el Alcaide entra en la cárcel para leerle la sentencia a Enrico. La acotación precisa: *Sale el Alcayde con la sentencia*. La escena está escrita en romance *e-a* y el alcaide se dirige a Enrico en estos términos:

> *Alcay.* En los rigurosos trances,
> se echa de ver el valor,
> aora podreys mostrarle,
> mañana aueys de morir,
> lo que agora es importante,
> es poneros bien con Dios,
> *Enri.* tu vienes a predicarme
> o a leerme la sentencia?
> viue Dios, canalla infame,
> que he de dar fin de vosotros.

Como se ve, el comienzo de la réplica del alcaide está impresa en capitales, sin embargo, la de Enrico está en minúsculas, a diferencia de lo que sucede con todas las demás réplicas de ambos. Esta anomalía contrasta con la modificación del pasaje en SP:

> ALCAIDE: En los rigurosos trances
> Se echa de ver el valor:
> Ahora podréis mostrarle.
> Estad atento.
> ENRICO: Decid.
> ALCAIDE: Aun no ha mudado el semblante.

«En el pleito que es entre partes, de la una el promotor fiscal de su Majestad, ausente, y de la otra, reo acusado, Enrico, por los delitos que tiene en el proceso, por ser matador, facineroso, incorregible y otras cosas. Vista, etc., fallamos que le debemos de condenar, y condenamos, a que sea sacado de la cárcel donde está, con soga a la garganta y pregoneros delante que digan su delito, y sea llevado a la plaza pública, donde estará una horca de tres palos alta del suelo, en la cual sea ahorcado naturalmente; y ninguna persona sea osada a quitalle de ella sin nuestra licencia y mandado. Y por esta sentencia definitiva juzgando, ansí lo pronunciamos y mandamos, etc...

ENRICO: ¿Que aquesto escuchando estoy?
ALCAIDE: ¿Qué dices?
ENRICO: Mira, ignorante,
            Que eres opuesto muy flaco
            A mis brazos arrogantes;
            Que si no, yo te hiciera...
            Nada puede remediarse
            Con arrogancias, Enrico;
            Lo que aquí es más importante
            Es poneros bien con Dios.
ALCAIDE: ¿Y vienes a predicarme,
            Con leerme la sentencia?
            Vive Dios, canalla infame,
            Que he [de] dar fin con vosotros.

No parece natural en K que el alcaide entre con la sentencia en la mano y no la lea; menos aún que sin leerla, Enrico responda con cuatro versos. La réplica inicial en minúscula parece apuntar a que, una vez visto el texto de la plancha correspondiente, el impresor o cajista hiciera retirar el fragmento que incluye los versos anteriores a la sentencia, la sentencia y las réplicas posteriores. ¿Por qué razón? Es muy fácil de hacer ver cuantitativamente: una línea en K admite aproximadamente treinta caracteres, incluyendo los espacios entre palabras. La sentencia impresa en P tiene un total de 694 caracteres, lo que equivale a unas 23 líneas, es decir, *media columna*. Simón Faxardo, el editor, se encuentra ya en el folio D2, recto. Y falta una buena cantidad de texto por editar (a 46 líneas por columna). La supresión de todo el pasaje, lectura de la sentencia y réplicas circundantes, le permite ahorrar más de treinta líneas. Ahora bien, tras dar ese corte editorial, quedaban seguidos dos versos con rima en *a-e*. El verso *mañana habéis de morir,* un sencillo octosílabo que no requiere rima alguna, salva ese problema. Más adelante, en la escena entre Anareto y Enrico, Faxardo volverá a suprimir una tirada de 20 versos, en este caso una secuencia de cuatro quintillas tipo E *(aabba),* sin dejar rastro métrico. Otro tanto sucede con el parlamento de Paulo que sigue a esta escena, en donde, de un pasaje que en P tiene 28 versos (siete redondillas), el texto K lo deja reducido a los 8 versos de las dos redondillas iniciales. A medida que se aproxima el final, y el editor está acuciado por el espacio, los cortes se propagan. Además de algunas segmentaciones anecdóticas de cuatro versos, encontramos un corte de un pasaje de 20 versos (cinco redondillas) en el diálogo entre Galván y Paulo, seguido de otro corte de dos redondillas, después de una que se mantiene. Antes del último folio hay varios cortes de cuatro versos seguidos, fáciles de efectuar sin dejar rastro, al tratarse de un pasaje en romance.

De todo esto se deduce que para rescatar el texto original correspondiente al manuscrito utilizado por Faxardo para su edición, debemos expurgar cuidadosamente las enmiendas de Hartzenbusch y cotejar las variantes de los primeros actos asumiendo la prioridad de K frente a SP. Para el tercer acto, las urgencias editoriales de la *suelta* hacen que, ante las omisiones, tengamos que priorizar el texto de P, aunque no en todos los casos. Ese ejercicio de crítica textual es necesario antes de abordar los espinosos problemas de la atribución de la obra y el análisis de sus contenidos ideológicos.

La atribución de la obra:
¿Tirso o Claramonte?

Las sospechas sobre la autoría de la obra proceden del prólogo que el mismo Fray Gabriel Téllez escribió para la *Segunda Parte,* donde está incluida *El condenado.* El volumen fue preparado sin su conocimiento, por lo que en la Dedicatoria previa que sí llegó a tiempo de redactar, el fraile mercedario nos informa: «dedico destas doce comedias quatro, que son mías, en mi nombre, y en el de los dueños de las otras ocho (que no sé por qué infortunio suyo, siendo hijas de tan ilustres padres, las echaron a mis puertas) las que restan». Comentando estas líneas, Ciriaco Morón observa:

De las cuatro que Tirso da como propias tres son suyas con seguridad y los críticos coinciden en atribuirle *La mujer por fuerza* como cuarta. Con respecto a las otras ocho se han propuesto varias soluciones: a) que el dramaturgo se embarca en una especie de juego con el lector; b) que quizá colaborasen con él otros escritores, y c) que hablara en serio y realmente las ocho comedias no sean suyas. Las pruebas hoy existentes apoyan esta última postura.

La propuesta a) y la b) son en realidad una variante de la misma: parte de la crítica se ha resistido a creer lo que dice Tirso y ha postulado que tal vez se refiere a que esas ocho comedias que no son suyas son obras en colaboración. Esta idea la expuso Cotarelo en su edición, para salvar la dificultad que suponía el hecho de que la obra no responde al estilo típico del mercedario, ni en la forma ni en el contenido. Un paso más allá lo dio en su día Alejandro Cioranescu cuando sostuvo que todo era una sutil broma del insigne cronista de la Orden de la Merced. En realidad, la divergencia de estilo de esta comedia con las que sí sabemos que son de Tirso ha sido evidente para la mayor parte de la crítica, mucho antes de que se propusiera una alternativa clara frente a la atribución tradicional a Tirso. Daniel Rogers, que edita la obra como «attributed to Tirso», resume el estado de la cuestión en su apartado «Authorship and Date»: «On the evidence of verse-forms, *El condenado* is the play least likely to be Tirso's... The metrical evidence against Tirso is not conclusive either. No strong evidence has been offered in favour of anybody else. Who wrote *El condenado por desconfiado* nobody yet knows». Las evidencias métricas indican, en efecto, que esta obra es la menos acorde con las características métricas de Tirso, de las doce contenidas en el volumen. Dos años después de la edición Rogers, la tesis doctoral de María Torre Temprano detalló de forma más exhaustiva todos estos aspectos, escudriñando minuciosamente las doce obras de la *Segunda Parte,* y llegando a la conclusión de que *El condenado* tenía el rango 11 de 12 en probabilidades, siendo la número 12, *La reina de los reyes,* documentalmente probada como obra de Hipólito de Vergara. La obra que tiene a Mira de Amescua como autor alternativo,

Cautela contra cautela, goza de respaldo documental manuscrito, y de acuerdo con la metodología seguida por Torre Temprano, tendría una posición intermedia. Ha sido recientemente incorporada a la edición de Mira de Amescua dirigida por Agustín de la Granja. Las otras tres que se sabe que son de Tirso por constar en el texto, o ser variante de otra probada de Tirso *(El melancólico/Esto sí que es negociar)* ocupan las tres primeras posiciones en perfil probabilístico. Con todo ello, y ateniéndonos a la métrica, las sospechas ya emitidas en su día por S. G. Morley, tienen una confirmación estadística clara, refrendada también por un riguroso estudio de Stratil y Oakley. Ahora bien, entre los autores propuestos como alternativa Mira de Amescua tampoco resulta convincente, ni por la métrica (estudiada esmeradamente por Vern G. Williamsen, buen especialista de este autor) ni por el modelo estructural de la obra, que tampoco se ajusta a lo que se espera de Tirso. No obstante, Zeitlin ha insistido en una serie de aspectos ideológicos (doctrinales) que sí son compatibles con la ortodoxia de Mira de Amescua y la consabida semejanza entre *CoDes* y *El esclavo del demonio.* Ciriaco Morón ha resaltado que para la composición de *El condenado por desconfiado* se usan algunos motivos de *El esclavo,* impresa en 1612. En todo caso la atribución a Mira de Amescua plantea problemas para ser asumida como una alternativa crítica sólida, por lo que la obra se ha seguido adscribiendo rutinariamente a Tirso. Pese a ello, A. Prieto hace constar sus extrañezas: «Extraña un poco *El condenado* dentro de la producción total de Tirso. Extraña que, contra la predilección por los caracteres femeninos del teatro tirsista en *El condenado* la mujer sea (como en gran parte de la narrativa picaresca) una ausencia».

Prieto, de acuerdo con la bibliografía que maneja, no está al tanto de la edición Rogers, ni de la tesis de Torre Temprano, ni del estudio de Oakley y Stratil, ni tampoco del primer artículo (Rodríguez López-Vázquez, 1986) en el que se propone como autor alternativo a Claramonte, por lo que no incluye ninguno de estos trabajos para verificar sus extrañezas. Quien sí está al tanto de este último artículo es Ciriaco Morón, que detalla su postura crítica en varios pasajes de la introducción:

El profesor Rodríguez señala paralelos entre nuestro drama teológico y la obra de Claramonte *El gran rey de los desiertos, San Onofre*. Los paralelos estructurales y el motivo del pastorcillo en los dos textos son argumentos fuertes en favor de la autoría de Claramonte. La presencia del demonio en este autor en contraste con la ausencia del demonio en las obras seguras de Tirso es otro argumento poderoso. Aunque en el auto *El colmenero divino,* del mercedario, aparece el demonio y en la *Historia de la Orden de Nuestra Señora de las Mercedes* se narran algunos sucesos de frailes tentados por el demonio, que son semejantes a los de nuestro drama. Las rimas, el sistema de metáforas e imágenes y el modelo métrico de *El condenado* son más típicos de Claramonte que del fraile dramaturgo. El modelo métrico no tiene absolutamente nada que ver con el estilo de Tirso. Estoy plenamente de acuerdo con el profesor Rodríguez en estas conclusiones. Otros argumentos corroboran por lo menos las diferencias entre esta obra y las auténticas del mercedario. Aquí sólo pueden enumerarse como hipótesis cuya prueba necesita mayor espacio. Los pasajes culteranos no tienen paralelo en Tirso. Son frecuentes en *El condenado* los ripios de la versificación, que tampoco se encuentran en las obras auténticas, y en general, tratándose de un drama «teológico», Tirso hubiera introducido más reflexión y más sutileza.

Acto seguido Morón apunta que «en 1613 publicó Claramonte su *Letanía moral,* conjunto de poemas a santos y condenados. En el poema a Caín se encuentran las ideas básicas de *El condenado por desconfiado:*

> Pedid sagrado, *y con llanto*
> *Vuestras culpas confesad,*
> Porque, Caín, no me espanto
> Que negando la verdad
> No os absuelva el Padre Santo.
> *Que el demonio os ha engañado*
> *En tan precisa ocasión?*
> Confesad vuestro pecado
> Porque sin su absolución
> Moriréis descomulgado.
>
> Mas como en el mal acaba
> El que en el bien no aprovecha,

> La sangre que a Dios alaba
> *Hará que os mate una flecha*
> Y no sabréis de qué aljaba.
>
> Pero el Padre sempiterno
> *Buscándoos biene,* y dessea
> Daros un castigo eterno,
> Escondeos porque no os vea
> En un rincón del infierno.

Ciriaco Morón ha rastreado minuciosamente la *Letanía moral,* que los demás editores de *El condenado* desconocen, y por ello su opinión crítica está emitida con base documental. Pero, a falta de una prueba definitiva, mantiene provisionalmente la atribución a Tirso, no sin antes detallar su punto de vista:

> Mientras un documento no permita conclusiones seguras sobre la autoría y fecha de *El condenado,* hoy el estudio de la lengua, la versificación y la estructura parecen demostrar que el drama no es de Tirso. El texto, tal y como ha llegado a nosotros, es de hacia 1625. La versificación, ciertos motivos y ciertos paralelismos estructurales hacen plausible la autoría de Claramonte. Sin embargo, antes de decidirnos por una atribución que pudiera ser errónea, necesitamos datos más precisos en todas las direcciones apuntadas, desde los rasgos gramaticales a la concepción de la obra dramática. Mientras no me sea posible aportar esos datos, creo legítimo respetar en este contexto la atribución tradicional.

El mismo tipo de prevención o cautela explica la postura de R. J. Oakley: «I made a concious decision at the outset to write this Guide assuming that Tirso de Molina was the dramatist of *El condenado por desconfiado.* I did so partly for pure conveniency and partly because I share the opinion of those critics who favour Tirso's authorship».

Hay poco que añadir a estas observaciones, salvo que existe un estudio crítico, posterior a la fecha de esa edición y de esa guía crítica, en donde se aportan nuevos análisis cuantitativos y cualitativos que refuerzan la atribución a Claramonte, a falta de un documento tan decisivo como el que ya ha aparecido respecto a la prioridad del *Tan largo me lo fiáis* respecto al *Burlador,* y a los estudios sobre la transmisión textual de la obra por la compañía de Roque de Figueroa en esos mismos años. Un refuerzo suplementario, también favorable a Claramonte, resulta de los nuevos datos en torno a la fecha de composición de *El condenado* y a las fuentes utilizadas para su elaboración, de acuerdo con el propio texto: las *Vidas de los Padres* y Roberto Bellarmino.

TEOLOGÍA, MÍSTICA Y ASCÉTICA: JESUITAS Y AGUSTINOS

El cardenal Bellarmino, catedrático de teología en la Universidad de Lovaina, a quien el texto de *El condenado* cita como fuente en sus últimos versos, es tal vez la personalidad más brillante de la Iglesia en el período 1570-1620. Su estudio *De controversiis* conoció múltiples reediciones en toda Europa. Su *Explanatio in Psalmos,* publicada en 1611 en Roma, Colonia y Lyon, conoció una veintena de ediciones a lo largo del siglo XVII, y otros estudios, como *De paradiso et aeterna felicitate sanctorum,* publicado en latín en 1616, ya estaba traducido al francés ese mismo año. En la misma fecha interviene en el primer proceso contra Galileo Galilei para aconsejar al sabio científico el modo de mantener sus posiciones sin caer en riesgos doctrinales. Años antes, siendo arzobispo de Venecia y cardenal de la Curia, había estado a punto de ser nombrado Papa por el cónclave. En su calidad de teólogo, Bellarmino tuvo que intervenir en la célebre disputa *De auxiliis,* sobre la predestinación y el libre albedrío, surgida a partir de la polémica entre el dominico Báñez y el jesuita Molina. Curiosamente Herbert Rosweyde, primer recopilador importante de las *Vitae Patrum,* es también jesuita. Es un buen momento para recordar que la decisión de Paulo V de 1607, orientada por Bellarmino, fue entendida, por encima de las sutilezas formales de la diplomacia vaticana, como una victoria de los jesuitas, que eran los que estaban siendo atacados en esta querella. Como observa Rogers: «the announcement of 1607 was celebrated in Spain with fireworks and bullfights». También observa Rogers que «in 1611 a decree of the Inquisition forbade publication, without special permission, of any work on the doctrine of grace».

En su *Letanía moral,* con aprobaciones eclesiásticas de 1610 (Fray Hortensio Paravicino), 1611 (Gutierrez de Cetina) y 1612 (Murcia de la Llana), y publicada a comienzos de 1613, Andrés de Claramonte agradece las muchas mercedes que Don Juan Gaspar de Ulloa, primer Conde de Villalonso, le dispensó en vida, y precisa que la *Letanía* le iba a haber sido dedicada, pero que, tras su muerte, Claramonte pasa a dedicársela a su hijo Don Fernando de Ulloa, Veinticuatro de Sevilla: «Cuando comencé este trabajo fue con intento de ponerle en el amparo de D. Juan de Ulloa, mi señor, primer Conde de Villalonso, que fue un príncipe mecenas de las letras, de quien recibí mil mercedes. Pero como en lo mejor de los años nos le quitó la muerte de entre las manos, eché de la mía la pluma y no pasé adelante hasta que en V. Merced resucitaron mis favores y mercedes con la sangre, mostrando bien tener la suya hasta en la condición y liberalidad». En esta obra, que, de acuerdo con su autor corresponde a composiciones hechas en edad infantil o juvenil, además del poema en el que habla de Caín, y que Ciriaco Morón ha puesto en relación con un aspecto central de *El condenado,* hay otros dos poemas dedicados a dos santos padres del desierto, San Antón y San Pablo Ermitaño. Pero hay además otras dos composiciones llamativas, las que dedica a Ignacio de Loyola y a Francisco de Borja, únicos santos modernos que reciben esa atención de Claramonte. Hay además dos composiciones escritas en latín. Una de ellas corresponde a la medida y rimas de una quintilla *ababa:*

> Humilitas exaltata
> Spes nutriat fides doceat,
> Alma Charitas beata
> Et quamvis embidia noceat
> Virtus est magis laudata.

La otra composición es un Epigrama: Andreae Claramontis & Corroy ad coelicolas. Consta de diez versos distribuidos en cinco hexámetros, que comienza, en un estilo más próximo a Juvenal o Persio que a Marcial: *Quis tua gesta rogo poterit describere Cetus?* El soneto latino que Claramonte pone en boca de San Pablo Ermitaño en la obra *El Tao de San Antón*, en su diatriba contra Luzbel, es el siguiente:

> Domine fortis, Domine ne incipias
> peccata mea iudicare rectus,
> si ab eterno Patre, oh Christe, fuisti electus
> ne in ira tua me arguas, sed corripias.
>
> Homiliter te deprecor suscipias
> lachrimas meas et amaros flectus,
> si mihi est semper carus et dilectus,
> iustam ad dilectionem me recipias.
>
> Ad te Domine spiritum levavi,
> ne in aeternum confundar. Miserere,
> et sic pietates tuae videbuntur.
>
> Domine, a matris utero peccavi,
> si mihi parcis potero gaudere,
> et si non gaudia mea moriuntur.

Dado que en la amplia introducción en castellano se insertan bastantes textos en latín, procedentes de los Salmos, y se evidencia un conocimiento notable de los clásicos latinos, es asumible proponer que esta formación intelectual de Claramonte puede proceder de estudios tal vez en Valencia, con los agustinos (hay hasta siete frailes de esta orden a quienes Claramonte dedica composiciones: Fray Tomás de Villanueva, [Juan de] Castroverde, Juan de Castro, Basilio [Ponce] de León, [Cristóbal de] Fonseca, [Pedro de] Valderrama y Fray [Juan]Alonso Márquez, catedrático de Prima de Teología en Salamanca. Podemos pensar que si dedica composiciones a estos frailes agustinos es porque ha leído algunas de sus obras, que desarrollan ideas semejantes a las que encontramos en *El condenado por desconfiado*. Revisando los libros doctrinales de estos agustinos, especialmente los de Fray Juan Márquez y Cristóbal de Fonseca, encontramos un material muy consistente para la parte doctrinal de *El condenado por desconfiado*.

La segunda línea familiar a la que Claramonte dedica su *Letanía* son los Enríquez de Ribera, cuyo patrocinio de la Orden de San Agustín y relación con los jesuitas está muy bien documentado en Sevilla a comienzos del XVII:

> Hay noticias documentales de dos preceptores de Don Fernando: el jesuita Juan López Valdés y el agustino Fray Pedro de Cárdenas. El primero marca la influencia del abuelo y el segundo de la madre. Del padre López Valdés sabemos que era de gran erudición en Sagradas Escrituras y manejaba fácilmente a los autores eclesiásticos antiguos y modernos tanto griegos como romanos (...) Pasemos ahora a estudiar los datos sobre la personalidad del segundo preceptor de Ribera. Hay en su archivo un despacho, escrito en pergamino, miniado, extendido en Roma el primero de septiembre de 1607, por el que Fray Hipólito de Rávena, general de la Orden de San Agustín, «da licencia a Fray Pedro de Cárdenas, maestro en Teología, para que le sirvan como ejercicio de letras los años que fue ayo del conde de Molares» (...) En el documento de referencia se dice que «fue lector durante varios años en el monasterio agustino de Sevilla». Años después lo encontramos ejerciendo la docencia en la Universidad. Fue confesor del tercer duque y lo acompañó en 1625 a Roma.

En este año de 1625, comienza el período en que Fernando Enríquez de Ribera es Virrey en Nápoles, coincidiendo con la primera fecha documentada de representación de *El convidado de piedra* en Nápoles, por la compañía de Pedro Ossorio. Nos importa, en todo caso, hacer ver la cercanía de Claramonte a dos familias sevillanas muy directamente relacionadas con los jesuitas y los agustinos, lo que explica esa atención especial que se les concede entre 1610 y 1620 en sus obras, desde la *Letanía moral* hasta el *Fracmento a la Purísima Concepción* y la *Loa sacramental a las iglesias de Sevilla*. El interés de Claramonte por los frailes agustinos tiene que ver sin duda con la lectura directa de San Agustín, al menos en lo que atañe a las exposiciones sobre los Salmos. Así, entre varias citas bíblicas, en el Prólogo al Lector, de la *Letanía moral* se introduce una directamente de San Agustín comentarista de los Salmos: «Y pues San Augustín sobre el Psalmo 88 dize: *Natalitia Sanctorum cum sobretate celebrate, ut imitemur eos, qui praece-*

serunt, & gaudeamus de vobis, qui erant pro vobis». Dado que el texto latino no aparece traducido, podemos pensar, conforme al resto de observaciones anteriores, que Claramonte tiene trato familiar con la lengua de Horacio.

Además de esta predilección por el mundo agustiniano, también los jesuitas son elogiados a lo largo de la obra. Es el caso de los poemas dedicados a Ignacio de Loyola (Beate Ignatii) y a Francisco de Borja, en donde se encuentran las siguientes quintillas:

> La Compañía escogida
> de Jesús, triunfante cedro
> mirad, y con fe encendida
> en los caños de San Pedro,
> bebed del agua de vida.

> Jamás verso os errarán,
> porque los representantes
> que en la Compañía están,
> son tan grandes estudiantes
> que la Biblia estudiarán.

Como se sabe, la Compañía de Jesús usaba el latín para componer comedias modernas, como forma de acceder a un conocimiento fluido de la lengua, además de usar como referente clásico a Terencio. El propio Claramonte ya había utilizado esta lengua para escribir un soneto en *El Tao de San Antón* y lo volverá a hacer en 1617 en su *Fracmento a la Purísima Concepción de María,* composición en octavas reales con planteamientos teológicos sobre el misterio de la Inmaculada. La protección de la familia Ulloa a Andrés de Claramonte y también a los jesuitas resulta llamativa cuando hablamos de los problemas de atribución de una obra en la que la temática tiene que ver con la propuesta de un jesuita, Luis Molina, que va a ser revisada por otro jesuita, el cardenal Bellarmino, y en donde tenemos a otro jesuita, Herbert Rosweyde, dedicado en 1615 a elaborar una recopilación de las vidas de los padres del Yermo. En 1620 en Sevilla, la compañía de Ortiz y los Valencianos representa otra de las historias escritas por Claramonte a partir de las *Vitae Patrum:* la de San Onofre, en donde

San Panuncio es coprotagonista, de acuerdo con el texto de las *Vitae Patrum*. Probablemente de ese mismo quinquenio data la dramatización de otra historia más recogida en las *Vitae*, la de Santa Teodora de Alejandría, en la comedia que Claramonte titula *Púsoseme el sol, salióme la luna*.

Antes de abordar las cuestiones relacionadas con las fuentes de *El condenado por desconfiado* convendrá resumir su contenido. Seguimos la versión condensada por el Conde de Schack, primer erudito que se ocupó de la obra desde una aproximación teatral:

> Pablo el ermitaño vive ha largo tiempo en una ermita solitaria, exclusivamente consagrado a la devoción y contemplación de la divinidad. La obra comienza con una escena realzada por la solemnidad y santidad de las fiestas del descanso a que se entregaban los antiguos patriarcas. Pablo, después de orar, cae en un letargo, durante el cual sueña que va a ser condenado en el juicio final. Este sueño trastorna y conmueve tan violentamente su alma, que llega a concebir algunas dudas acerca de la misericordia de Dios. A consecuencia de ellas, el demonio lo tienta de diversas maneras, autorizado con el permiso de Dios. Revístese, pues, de la forma de un ángel y le dice «que vaya a Nápoles para salir de dudas y recelos, y que en esa ciudad hay un cierto Enrico, sabedor de su propio destino, puesto que Dios ha ordenado que sea idéntico el fin de ambos». El ermitaño da crédito a esta visión engañosa y se pone en camino, esperando que Enrico será un modelo de virtud y de devoción. ¡Cómo se engaña el desdichado! Lo encuentra en la compañía de amigos criminales y libertinos y de mujeres perdidas, celebrando todos una orgía, durante la cual cada uno de estos dignos personajes refiere satisfecho los delitos que ha cometido, ornando al fin a Enrico, por más culpable, con una corona de laurel. Fácil es de comprender el asombro de Paulo ante este espectáculo. ¿Podrá, pues, Enrico, personificación de todo lo malo, disfrutar de la gracia divina? Si la suerte del ermitaño ha de ser idéntica, su condenación eterna es entonces segura, decidiéndose por desesperación (con tanto mayor motivo cuanto que sus méritos para obtener la gracia son hasta aquel momento superiores a los del criminal) a lanzarse como él en la senda del delito. Regresa con esta resolución a la montaña, en donde vivió antes como piadoso solitario, y se pone al

frente de una banda de ladrones, con la cual comete todo linaje de crímenes. A veces oye la voz de su conciencia, cuando cesa en su vida culpable, exhortándolo a emprender de nuevo el buen camino; pero al pensar en Enrico y en la revelación que se le hizo, insiste de nuevo en sus censurables excesos.

Como representante de la gracia divina se le presenta un ángel, bajo la forma de un joven pastor, que teje una corona de flores, con la cual quiere coronar a los pecadores arrepentidos, y que entona cánticos llenos de gracia, que celebran la generosidad y misericordia de Dios. Paulo vacila un instante en sus malos propósitos, pero incurre pronto de nuevo en su falta anterior de confianza en el Supremo Juez. Enrico, mientras tanto, perseguido por la justicia a causa de sus crímenes, se arroja a la mar por escapar de sus ministros. Las revueltas olas se lo llevan milagrosamente y lo depositan en la costa, teatro de las fechorías de Paulo. Los bandidos lo hacen prisionero, y su capitán resuelve someterlo a las pruebas más duras, para deducir de su muerte cuál ha de ser la suya propia. Enrico es atado a un árbol y asaeteado sin compasión; pero en vez de asustarse, se burla de Dios y se ríe en las barbas de la muerte. Pablo se presenta de nuevo vestido de ermitaño, y lo exhorta al arrepentimiento con tanta mayor insistencia, cuanto que cree que el término bienaventurado de la vida de Enrico ha de ser garantía segura del que le aguarda; pero sus esfuerzos son vanos, porque Enrico no hace caso ninguno de sus palabras, y al fin le concede la vida, temiendo que, como impenitente, pueda ser condenado. Después de esta prueba peligrosa es mayor poco a poco el extravío del pusilánime. Cuenta a Enrico su vida y su destino, y Paulo hace con él lo mismo; pero Enrico, a pesar de todos sus crímenes, ha conservado siempre una virtud, la del amor y la ternura filial que siempre ha tenido a su anciano padre; y a pesar también de todos sus delitos anteriores, siempre ha creído que la gracia de Dios puede al fin salvarlo. La existencia de esta empedernida obstinación en el pecado con la firme confianza en la misericordia divina, repugna, sin duda, a nuestra ideas actuales; pero hoy mismo no es rara en los pueblos católicos de la Europa meridional. Los dos criminales unidos prosiguen su sanguinaria carrera, y roban y asesinan a cuantos caen en sus manos. Al cabo de algún tiempo resuelve Enrico encaminarse a Nápoles para visitar a su padre. La justicia se apodera de él en esta ocasión, y lo encierran en una obscura cárcel. Los horrores de la prisión y la vida desastrosa de los presos, se describen con una verdad que infunde miedo. El demonio se aparece a Enrico y le ofrece la libertad si le vende su alma; pero él oye la voz del cielo, que lo disuade, y rechaza la oferta. Es condenado a muerte y llevado al suplicio, persistiendo en su obstinación y en su culpa; pero la única virtud que ha conservado en su vida da entrada en su corazón a la gracia de Dios; lo que no han podido lograr el miedo a la muerte y a las penas del infierno, lo consiguen las lágrimas y súplicas de su anciano padre; Enrico se arrepiente, pide a Dios perdón humildemente de sus faltas y sufre resignado una muerte vergonzosa para alcanzar después la vida eterna. Paulo, mientras tanto, aumenta el catálogo de sus delitos, pero la gracia divina no deja de buscarlo. Aparécesele el alma de Enrico cuando la llevan al cielo los ángeles; pero esta aparición, que debiera excitar la esperanza en su ánimo, es inútil. Todas las exhortaciones celestiales no logran desvanecer su desconfianza. Otra vez el pastor, mensajero del Eterno, pasa junto a él cantando tristes endechas y destrozando lentamente la corona de flores, que había formado para él. Esta escena impresiona vivamente por el terror y la compasión que excita en nosotros. El criminal, perdido ya sin remedio, sucumbe poco después en un combate, y el drama termina con el espectáculo que ofrece su alma, cercada de llamas, en su viaje a los infiernos.

Es en este punto cuando conviene hablar de los dos estudios de Ramón Menéndez Pidal sobre las fuentes de *El condenado por desconfiado,* recogidos ambos en el volumen *Estudios literarios.* El profesor Antonio Prieto menciona de pasada este trabajo en su escueto anejo bibliográfico «Para el punto de mi *Introducción* en el que menciono las interpretaciones teológicas de *El condenado,* cfr. respectivamente R. Menéndez Pidal». Ciriaco Morón, más atento y extenso, señala: «Don Ramón Menéndez Pidal, en su famoso estudio de 1902, se limitó a acentuar que Paulo se condena por su propia culpa». De acuerdo con estos dos editores la aportación de Menéndez Pidal parece limitarse al aspecto de lejanas fuentes orientales. Muy diferente es la importancia que le otorga Rogers, que dedica página y media a desarrollar los planteamientos del ilustre filólogo, que, entre otras cosas, consultó detalladamente las *Vitae Patrum* de Rosweyde, y algunos otros relatos similares. Rogers resume las conclusiones de Don Ramón:

Menéndez Pidal was unable to trace these references although he did find in the *Vitae Patrum* a number of stories which he believed to be cognate with the story of the play (...) The version whose details most resemble those of the plays is the story of St Paphnutius and the flute-player. The fourth-century saint is humbled by being compared with a flute-player, a reformed robber who showed mercy to his victims. Unlike the early Christian versions, however, the play retains the element of filial piety so important in the oriental versions, and present also in a *morisco* version.

En resumen: aunque en las *Vitae* no se cuenta una historia concreta con los nombres de Enrico y Paulo, sí parece en la historia de San Pafnucio, eremita relacionado con San Antón, las ideas centrales de la obra. Pero tal vez sea mejor dejarle la palabra al propio Don Ramón, que esquematiza los dos motivos temáticos que configuran el eje de la obra:

> Este desenlace trágico dado a la leyenda del *ermitaño comparado a un ladrón* procede de habérsele asociado otra del *ermitaño que apostata al ver salvarse un ladrón*... El ejemplo del ermitaño apóstata entró casi intacto en el drama. Y escogido como desenlace hubo de influir hondamente en el otro cuento del *ermitaño comparado a un hombre despreciable*. La suave esperanza en Dios, que tanto resalta en la leyenda morisca de *Jacob el carnicero;* la salvación del gran pecador, que ofrecen así ésta como la variante cristiana de San Pafnucio, parecieron al poeta expresión de todo lo dulce y consolador que hay en la doctrina molinista, la doctrina del libre albedrío enteramente dueño de los destinos del hombre.

En una casi escondida nota a pie de página, Antonio Prieto señala: «*El condenado* mereció, por ejemplo y disparmente, una interpretación molinista por parte de Menéndez Pidal, dentro de la controversia *De Auxiliis,* mientras que M. Ortúzar encuadraba la obra dentro del tomismo del padre Francisco Zúmel». Prieto no cita en su bibliografía a Norberto del Prado (dominico, como Báñez), que sí recoge Ciriaco Morón y más detalladamente, Daniel Rogers, y que es el primer estudio que se opone a la observación de Menéndez Pidal sobre el molinismo de la obra. La reflexión de Rogers es interesante: «The Molinist view of the play was challenged in 1907 by de Dominican Father Norberto del Prado. He argues that the play reflects a traditional Thomist view of grace, on which "nadie se condena, sino por culpa, y nadie se salva, sino por la misericordia de Dios"». Lo que no recogen ni Rogers ni Morón es la fina observación de Pidal sobre este trabajo, que extractamos aquí:

N. del Prado, O. P., profesor de Teología Dogmática en la Universidad de Friburgo, *El condenado por desconfiado, estudio crítico-teológico del drama*, Vergara, 1907; erudita disquisición teológica contra el Molinismo, y en gran parte ajena al drama. El detalle fundamental con que Tirso alteró la tradición, la pregunta de Paulo si, a pesar de su perseverancia final, se salvará o no, queda sin comentario en este estudio. Asimismo queda sin comentario el que Paulo crea que si Enrico se salvó, él se salvará también, independientemente de su voluntad, por virtud del decreto divino que une los destinos de ambos. En cambio se afirma en este estudio que Paulo y Enrico no reciben por igual una gracia suficiente, sino que Enrico recibe un auxilio divino especialísimo que no fue otorgado a Paulo «aunque no es fácil pintar en un drama la diferencia entre esos dos llamamientos ni determinarlos por señales exteriores en que el poeta haya pretendido simbolizarlos». Esta salvedad es hija de las dificultades con que tropieza el docto profesor de Teología para ajustar a su doctrina el drama; pero por lo demás es una salvedad incomprensible; si Tirso hubiese querido decir al público que Enrico recibió una gracia eficaz o infaliblemente salvadora, hubiera salvado al bandolero mediante una conversión fulminante, a lo San Pablo, de esas que tanto abundan en obras medievales y en nuestro teatro religioso; pero, muy lejos de ello, nos presenta una conversión laboriosa, y dramatiza de la manera más clara la decisión de Enrico, meditada y libre, entre los llamamientos del cielo y del infierno que solicitan de un lado y de otro su consentimiento; y como si todo esto fuera poco, el poeta hace más palpable su idea poniendo el arrepentimiento del malvado no inmediatamente después de la voz celeste, sino en inmediata dependencia de la virtud filial, única buena obra que tenía en su vida de bandolero. El padre Prado hace hincapié en la cita de Bellarmino, puesta al terminar el drama, pero no se hace cargo de lo que digo en la pág. 60 nota y página 73. No necesito advertir que al juzgar el drama de Tirso no está en mi ánimo para nada el juzgar a Báñez ni a Molina.

Como se ve, Pidal está analizando una obra de teatro, de la que ha localizado el entronque con las leyendas orientales, especialmente la de Pafnucio, y está haciendo ver que Norberto del Prado, en vez de analizar la obra de teatro, vuelve a reabrir el problema de la polémica Báñez-Molina a través de una *erudita disquisición teológica,* ajena a los elementos reales de la comedia.

En efecto, Pidal entiende que el fondo ideológico de la obra desarrolla una idea molinista; es decir, tiene que ver con los planteamientos de un jesuita Catedrático de Teología en la Universidad de Coimbra. Como esto no encaja muy bien con la atribución de la obra a un fraile mercedario, tras el estudio de Norberto del Prado, el jesuita Fray Rafael Hornedo apunta que la obra «ni es molinista, ni antimolinista», precisando que situar el estudio de la obra en ese terreno es situarse fuera del texto dramático. Tras ello, varios ilustres teólogos mercedarios el Padre Ortúzar, J. M. Delgado Varela, Fray Manuel Penedo y Fray E. Tourón del Pie entran en liza frente a Don Ramón y el Padre Hornedo. El último de ellos, Tourón del Pie, tras aludir a «la desafortunada opinión de Menéndez Pidal», precisa su punto de vista de la forma siguiente: «Acertó Menéndez Pidal en las fuentes medievales de la leyenda del ermitaño y el ladrón arrepentido y su distinto destino en el más allá, pero anda desacertado tanto en la interpretación molinista del drama religioso de Tirso dentro de la gran controversia *De Auxiliis,* como en rechazar tanto el gran espíritu de la Reforma católica». Naturalmente, si la obra la ha escrito Tirso, cosa que los teólogos inmersos en la diatriba contra Menéndez Pidal no ponen en duda («Desde Menéndez Pelayo *El condenado* es atribuido a Tirso, y no es éste lugar para extenderse en más extrañezas»), el paso siguiente es buscar la relación o demostración doctrinal que pueda enlazar a Tirso con esta obra. Para Tourón del Pie la cosa está clara:

Pensamos que ya el mismo Delgado Varela tímidamente apuntaba en su trabajo la influencia espiritual del P. Falconi, *mercedario del convento de Madrid,* del que dejó un vivo retrato Tirso en su *Historia* y con el que comunicó desde su adolescencia. Tal influencia falconiana en Tirso se puede advertir en diferentes elementos del teatro religioso de Tirso, y *por lo tanto,* de *El condenado.* Pensemos en la influencia de la oración que en la del místico mercedario hace que la gracia suficiente se convierta en eficaz. Zumel hablaba de los diversos grados de intensidad de la gracia según el concurso del libre arbitrio. Falconi cifraba sobre todo en la oración su valor eficaz, respaldado en la teología de la infinita misericordia de Dios.

Esta última introducción mercedaria es algo apresurada, ya que Falconi tenía escasos veinte años en la fecha más probable de composición de la obra.

Todo esto es un buen resumen de los problemas metodológicos e ideológicos que han venido pesando sobre la obra atribuida a Tirso. En primer lugar, Menéndez Pidal, en un estudio crítico riguroso, filológico y erudito, comprueba las raíces populares orientales de las historias de los Padres del Yermo, lo que podemos asumir como entorno legendario del tema; y, a partir de este trabajo de literatura comparada, propone una interpretación molinista de la obra y apunta una hipótesis interesante, pero hasta ahora no demostrada, sobre los relatos de las *Vidas de los Padres.* A continuación, una pléyade de religiosos dominicos, jesuitas y, sobre todo, mercedarios, aportan distintas interpretaciones teológicas para modificar esta apreciación de modo que la obra pasa de ser molinista a ser tomista, y de ser tomista a ser mercedaria. Lo importante en este debate no parece ser el estudio de la obra en sí, de su teatralidad y de los índices de estilo, sino la sustitución del debate sobre la obra de teatro por la hermenéutica sobre su interpretación en el marco de una lectura teológica. Dicho de otro modo, se ha sustituido el terreno de debate literario y filológico por el espacio doctrinal. Una vez efectuado este cambio de terreno crítico, para los teólogos en liza queda demostrado *quod erat demostrandum:* que la obra la escribió Tirso, no sólo porque lo dijo Menéndez y Pelayo, sino porque varios teólogos del siglo XX, a partir del estudio de los teólogos del siglo XVI, han ocupado el espacio filológico y crítico que Menéndez Pidal había establecido para el estudio de la obra. A todo esto hay que añadirle un vicio metodológico de base, originado por la creencia de que también *La Ninfa del cielo* es obra de Tirso. Para apoyar una atribución dudosa se hace resaltar su semejanza con otra todavía más dudosa y para reforzar esta conjetura crítica se recurre al psicoanálisis junguiano:

> Like Ninfa, Paulo seeks to venge himself on the world by becoming a bandit in the mountains. Whereas Ninfa' sojourn there as criminal is followed by another as saintly hermit, Paulo's analogous states in an identical space are reversed. Having metaphorically shed her skin and having embraced the holy life, Ninfa further signals her change of heart by deliberately plunging into the remotest part of the mountain forest which she describes as a labyrinth —symbolic equivalent of the cave. According to Jung, descent into the cave is the coming to terms with oneself and the prelude to resurrection.

R. J. Oakley advierte previamente que *La Ninfa* es «another play customarily attributed to Tirso», sin pronunciarse sobre la atribución, pero en ese contexto crítico, el lector puede entender que la conjetura hermenéutica junguiana avala la atribución, cosa bastante alejada del esmero metodológico.

Y, sin embargo, el estudio de Pidal permitía ahondar en cuestiones críticas de importancia para seguir la pista a la interpretación, no teológica sino teatral, de la obra, y para apuntalar las amplias dudas existentes sobre su atribución al fraile mercedario. Se trata de admitir la hipótesis alternativa de que el autor puede ser Andrés de Claramonte, que la fecha de composición puede ser anterior a la que se está proponiendo sin base documental y de comprobar a qué resultados críticos nos lleva, especialmente en los casos en los que la atribución a Tirso nos lleva a un callejón sin salida. En primer lugar, el ingreso de Claramonte en marzo de 1610 en la Congregación (jesuita) de los Esclavos del Santísimo Sacramento (Sevilla), por las fechas en que la *Letanía moral* estaba pendiente de aprobación. *Letanía moral* que, por mucho que su autor insistiera en su ortodoxia cristiana, fue incluida en el *Índice de libros prohibidos* en 1639. Esto apunta a que, entre 1610 y 1617, Claramonte está interesado y preocupado por cuestiones de índole teológica; por lo tanto es innecesario pensar en Tirso como *único* autor posible para una obra que se sitúa en el campo de los conflictos teológicos. Frente a Tirso, que no ha escrito obras conocidas basadas en historias de eremitas, de Claramonte conocemos al menos tres: *El gran rey de los desiertos, San Onofre; El Tao de San Antón* y *Púsoseme el sol, salióme la luna,* además de un auto sacramental, *El dote del rosario,* que mantiene varios puntos coincidentes con *El condenado por desconfiado.* En segundo lugar, en 1612, Claramonte publica su *Relación del fallecimiento de la Reina Margarita y nacimiento de la nueva infanta,* obra que se edita en tres lugares distintos: Lisboa, por Pedro Craesbeeck; Cuenca, por Salvador Viader, y Coimbra, por Diego Gómez de Loureyro. Llama la atención que Cuenca, Lisboa y Coimbra son precisamente los lugares de nacimiento, de publicación del *De concordia,* y de magisterio teológico de Luis de Molina. Parece difícil que pasara por esos tres lugares sin atender a la obra de alguien tan importante para los jesuitas. En cualquier caso, un requisito que cumple Claramonte, en lo que atañe a las *Vidas de los Padres,* tan relacionadas con la erudición de los jesuitas de finales del XVI y comienzos del siglo XVII, es que las utiliza como fuente para tres comedias que desarrollan la idea de las tentaciones de demonios a santos eremitas, como lo es, de forma clara, *El condenado por desconfiado.*

Pero la verdadera piedra de toque del análisis de la obra no es teológica, sino teatral. No sólo está en el modelo de análisis métrico, en la estadística lexicológica o en la identidad de citas poéticas entre *El condenado* y varias obras de Claramonte. Se trata de los principios de composición de una obra de efectos especiales con apariciones y desapariciones de demonios y de ángeles en la escena. Y, en lo que atañe a los contenidos y elementos de construcción, la autoría de Claramonte permite dar una respuesta crítica clara a la sospecha emitida por Ciriaco Morón de que «nos ayuda mucho mejor a entender la obra el relacionarla con la literatura ascético-mística que con la disputa *de auxiliis*». En concreto, la importante cuestión del trasfondo doctrinal de los Salmos, y de las «Exposiciones» sobre distintos salmos propuestas desde Fray Luis de

León o Pedro Malón de Chaide hasta Fray Juan Márquez por distintos escritores agustinos. O por Roberto Bellarmino. Al menos, en la propuesta de Morón parece apuntarse que los planteamientos ascético-místicos son, por lo menos, tan necesarios para entender el contenido moral de *El condenado* como los planteamientos relacionados con la controversia *De Auxiliis*. En realidad, se puede sostener que la base conceptual de la ascética está más relacionada con esta obra teatral que con la posible base teológica. La razón es que ya desde Fray Luis de León las traducciones de los Salmos suelen hacerse en una forma métrica esencial para la construcción del personaje de Paulo: la estrofa alirada de tipo *aBaBcC,* usada por Fray Luis y popularizada por Pedro Malón de Chaide en su *Conversión de la Magdalena,* donde se incluyen traducciones de varios salmos, prioritariamente en ese tipo estrófico. Así lo que Menéndez Pidal había hecho ver como centro de construcción dramática del conflicto de Paulo «devorado por ansiedades del alma, escudriñador de los secretos divinos, que interroga a un cielo mudo e impenetrable, por cuyo abrumador peso es aplastado» tiene el refrendo ideológico y doctrinal de la forma poética escogida para expresarlo: la sextina alirada que asociamos al lenguaje de los Salmos.

Hemos apuntado la idea de que Menéndez Pidal en su estudio propone *una hipótesis* atractiva sobre la referencia a las *Vidas de los Padres,* la del jesuita holandés Herbert Rosweyde, lo que implica que la obra sería posterior a 1615. Sin embargo, esto es sólo una hipótesis. Y como tal hipótesis debe articularse de forma clara en lo que atañe no sólo a la historia de Pafnucio, sino a la construcción teatral de la obra, tal como el propio Menéndez Pidal dice explícitamente en su crítica al padre Norberto del Prado. Lo que se deduce del estudio de Menéndez Pidal es que la idea de la obra desarrolla el contenido básico de la historia de San Pafnucio, cosa que parece sólida, dado que Rosweyde es el unico que transcribe esta historia, según el relato de Rufino de Aquilea. San Jerónimo, en un libro muy conocido y editado en la época, *In vitae sanctorum Patrum Aegyptiorum & eorumque in Scythia, Thebaida & Mesopotamia* (Tal y como se indica en el frontispicio, *Liber qui communi vocabulo* Vitas Patrum *nuncupatur),* menciona simplemente que la historia de San Onofre ha sido transcrita por su discípulo Pafnucio. En realidad, los Salmos son simplemente el núcleo central, y más transitado, de los libros sapienciales, Salmos, Proverbios y Libro de Job, todos ellos importantes para configurar el pensamiento cristiano neo-estoico, basado tanto en la filosofía de Séneca como en los textos sapienciales. En cuanto a San Jerónimo, conviene recordar que es también autor de una serie de Exposiciones sobre los Salmos que influyen también en la rica literatura ascético-mística a fines del XVI, a tenor de las ediciones que tiene en la segunda mitad de siglo. Y además del texto de San Jerónimo, las historias de los eremitas de la Tebaida, tanto las de Onofre como de Paulo Ermitaño y San Antonio Abad, han sido recogidas en los seis volúmenes de Lorenzo Surio, de la orden cartuja, y también en las *Sacrae Bibliothecae Sanctorum Patrum*, de Margarinum de la Bigne, editada en París (1575), y cuya difusión en España está atestiguada documentalmente. Además de ello, estas historias han sido editadas según los relatos originales de Paladio (Chaudière, 1570), Sulpicio Severo (Amberes, Plantino, 1574), Teodoreto de Cyro (Colonia, 1573) o San Juan Casiano (Amberes, Plantino, 1578). Pero en todas estas obras no se transcribe, ni se resume, la historia de Pafnucio, aunque sí se suele aludir a que la de San Onofre ha sido recogida por el monje Pafnucio. De modo que si la historia de *El condenado* ha sido inspirada por el relato de Pafnucio, según las *Vitae Patrum*, su composición debe ser posterior a 1615; pero seguramente no muy posterior a esa fecha, como confirman otros índices tanto documentales como léxicos y estadísticos.

LA CONSTRUCCIÓN TEATRAL
DE «EL CONDENADO»:
ESPACIO ESCÉNICO Y PERSONAJES

El condenado por desconfiado es una típica comedia de *tramoya*. Lo que la caracteriza en cuanto al tratamiento escénico, no es el ámbito religioso, como sucede en comedias de santos habituales en Tirso como *Los lagos de San Vicente*, *La dama del olivar* o la *Santa Juana*, en donde los parlamentos doctrinales de los personajes aseguran la exposición de los conflictos internos de los personajes y desarrollan temas de índole doctrinal. *El condenado* es obra de tramoya con demonios que se transforman en ángeles, ángeles que vuelan por los aires llevando el cuerpo de un futuro santo, trampillas en la pared de la cárcel para hacer aparecer y desaparecer personajes, sombras que hablan en un ámbito que propicia el pasmo y el temor. Y esto sucede desde el planteamiento inicial de la obra, como ha observado Daniel Rogers:

> The actor playing Paulo has to start the play alone (after the traditional three knocks followed by the *loa*, or prologue) at a high pitch of intensity. Most of his lines are spoken to his God, to his natural surroundings or to the supernatural beings who appear to him when he is alone (...) He has his chance to establish a hold on an audience and on the play in the terrifying, terror stricken speeches in Act I. The speech in which Paulo recounts his dream (139-200) draws its force less from any particular eloquence than from traditional images and from the ancient fears which they embody.

Conviene detenerse en esta primera escena. Paulo está solo en un espacio eremítico. Pero ese espacio eremítico debe corresponder a algo en la escena, no sólo a las palabras que se dicen. Si pensamos en la representación en 1620 de *El gran rey de los desiertos,* obra muy similar en estructura y concepción, disponemos de elementos documentales para proponer cómo era el escenario de *El condenado por desconfiado.* En *El gran rey de los desiertos, San Onofre* se utilizan hasta catorce apariencias. Con tanta tramoya y efectos que al ángel que aparecía en una de ellas se le quemaron las alas y provocó el incendio del Corral del Coliseo de Sevilla. Catorce apariencias quiere decir que se están utilizando paños de fondo para reforzar el cambio de escena. Paños de una textura y color específicos, y con pinturas que representan espacios escénicos. Un análisis detallado del parlamento de Paulo nos dice bastante sobre la escenografía que respalda su parlamento: «selva umbrosa, verde yerba, pálida retama, jarales, pirámides altos destas peñas, celestes velos de aquestos tafetanes luminosos, aquestos pajarillos, aquestos arroyuelos, jirones de cristal en campo verde». Ciriaco Morón, en su primera nota a esta escena inicial, anota el verso 8 («cubre las esmeraldas de cristales») de la siguiente manera: «El alba cubre de rocío el verde de la tierra». «El abril / coronado de esmeraldas» (Claramonte: *El valiente negro en Flandes*). «Márgenes de esmeraldas, / lisonjas de este río, / que transparente y frío, / guarnece de cristales esta falda» *(íd., De lo vivo a lo pintado)*. También anota la mención *tafetanes,* precisando: «En Tirso tafetán significa estandarte». Parece claro que Paulo, en el yermo, no puede estar rodeado de estandartes, así que aquí debe significar otra cosa.

Como indica A. Rojo Vega, *tafetanes* es: «Tela de seda delgada; y díjose así del ruido que hace el que va vestido de ella, sonando el tif taf (...) 1607. Para las fiestas de Villalobos se compraron tres varas y media de tafetán azul (...) Mariana de Valderrama tenía en arrendamiento ochenta tafetanes de la dicha cofradía de Nuestra Señora del Rosario». La idea del texto de *alfombra azul* y *tafetanes luminosos* parece apuntar a que Paulo está actuando frente a una *apariencia* que simula el cielo por medio de *tafetanes azules* y el *prado de esmeraldas* por medio de tafetanes verdes. Sin duda, tafetanes pintados de blanco para simular nubes sobre el azul de cielo y tafetanes pintados de distintos colores para simular distintas flores bordeando un río. Todo esto está implícito en el discurso de Paulo, pero también en diferentes discursos de obras de Claramonte, como *De lo vivo a lo pintado* o *El inobediente,* en donde se utilizan los mismos términos. La cita de Ciriaco Morón va más allá de la coincidencia entre dos obras; la identidad léxica existe porque tiene que ver con el tipo de apariencia usado en el espacio de la representación. La *apariencia*, según Rojo Vega es «la perspectiva de bastidores con que se visten los teatros de comedias que se mudan y forman diferentes mutaciones y representaciones». Que el teatro de tramoya y apariencias resultaba de explotación económica muy rentable lo confirma el documento de 1653 en «el autor Diego Vivas concertó dos comedias con la villa de La Seca conque no han de ser de las de apariencias, porque siéndolo me han de pagar más» (legajo 7.747, fol. 216). El uso de apariencias, y su mayor o menor calidad, permite introducir más cambios de escenario dentro de cada jornada, dando mayor dinamismo a la representación y, sin duda, mayor interés espectacular para el público de los corrales. El sorprendente parentesco léxico entre el pasaje inicial de *El condenado* y distintas obras de Claramonte se explica por criterios internos de los elementos escénicos de la representación. En el caso de Paulo, el uso de los deícticos confirma que su discurso es bifronte: por un lado expresa su situación de angustia, pero por el otro alude a las *apariencias* usadas para la escena: «en *esta* selva umbrosa... el alba cubre las esmeraldas de cristales... salgo de *aquesta* cueva que en pirámides altos de *estas* peñas... y a las errantes nubes hace señas... *estos* cielos, alfombra azul de *aquellos* pies hermosos... *aquestos* tafetanes luminosos... *aquí* los pajarillos... *aquí* estos arroyuelos, jirones de cristal en campo verde». Este es el espacio dramático de la tentación y caída de Paulo, engañado por el demonio en figura de ángel.

Es un espacio dramático similar al que Claramonte ha diseñado para San Pafnucio (adaptado a la forma popular de San Panuncio) en su primera aparición escénica en *El gran rey de los desiertos*. No sólo es que se trate del mismo tipo de estrofa; es que el entorno léxico apunta a un mismo uso de la escena:

> *(Vanse y va bajando por lo alto de un monte Panuncio vestido de esteras.)*
>
> PANUNCIO: La verde primavera
> de mis prolijos, juveniles años
> sombra fue lisonjera,
> cándida flor la edad, la vida engaños
> y las horas aleves
> larga esperanza en pensamientos breves.
> Siéntome al mediodía
> junto a la risa de *este* arroyo puro,
> plato en que Dios me envía,
> de apoplejía y tósigo seguro,
> bañada en oro y grana
> la túnica que pierde, una manzana.

El gongorismo de la imagen es típico de Claramonte: la peladura o monda de la manzana se presenta como «la túnica que pierde». Una manzana de color amarillo y rojo (oro y grana), mientras Panuncio está *seguro de,* es decir, *libre de* tósigo, o sea veneno. El arroyo puro y la verde primavera son el espacio escénico del eremita. El encendido elogio que hace Claramonte de la poesía de Góngora en la *Letanía moral* concuerda con esta forma de integrar el culteranismo poético en la comedia.

En *De lo vivo a lo pintado,* la temática es otra (comedia de enredo con trasfondo histórico), pero el texto apunta a que se utiliza una *apariencia* muy similar, si no la misma: «Márgenes de esmeralda / lisonjas de *este río,* / que, transparente y frío, / guarnece de cristales *esta* falda... y míos los montes son... las fuentes con dulce estruendo, y el río con blandas risas, / con voces los ruiseñores, / con mudo sentir las piedras, / con tiernos lazos las hiedras / y con perfumes las flores... con cortesías de perlas / te está convidando el río; llega, que por calles de oro / va quebrando precipicios / de plata». Hay una coincidencia más en el léxico de ambas obras para este espacio escénico: los olmos. «Aquí al sonoro raudal / de un despeñado cristal / digo a estos olmos sombríos» *(CoDes).* «Enlazándose a los olmos / te forman mil laberintos / sobre alcatifas de flores». El río, los olmos y el paisaje en general son también los mismos que vemos en *El inobediente,* en el pasaje en que el demonio, disfrazado, tienta a Jonás: Los tafetanes aparecen en otras comedias, como *El ataúd para el vivo y el tálamo para el muerto* y también en *El inobediente, El gran rey de los desiertos* y *El Tao de San Antón.* No creo que sea necesario insistir más en estos aspectos. Baste con apuntar un hecho de construcción teatral que es importante y que tiene que ver con esto: la estructura interna de la obra, su disposición en *cuadros,* tiene que ver con el uso de las apariencias; es decir, con la facilidad para desplazar el espacio dramático de acuerdo con el apoyo escenográfico. En este sentido, los 1.010 versos de la primera jornada implican los siguientes cambios de escena:

Versos 1-335: espacio rural: monte, peñas, río, yerbas, olmos.
Versos 336-619: espacio urbano: calle ante la casa de Celia.
Versos 620-1010: espacio urbano exterior: Puerta de la Mar.

La secuencia de Lisandro y Octavio no requiere uso de apariencias y el texto carece de referencias precisas. La retirada de la apariencia precedente permite entender «por defecto», que, de acuerdo con las convenciones habituales, y la referencia «y es desta mujer la casa», que estamos en una calle de Nápoles. Sabemos además que es escenario distinto del que se va a producir cuando «nos lleves esta tarde / a la Puerta de la Mar». Ese cambio de escena implica el uso de una nueva apariencia, que ha podido ser preparada en el tiempo que ha durado la escena de calle, unos trescientos versos. Nada más comenzar la escena, Pedrisco precisa: «esta es la puerta que llaman de la mar». La deixis escénica detalla más: «aquí vivía un tabernero gordo... y más allá vivía aquella moza rubia». Que en la apariencia hay modificaciones sobre el espacio anterior lo demuestra el que en la acción inmediata Enrico amenaza con echar al mar a un mendigo y cuenta luego el episodio. Los tres espacios escénicos corresponden a motivos de construcción de la comedia: el monte inicial corresponde a la tentación del Demonio a Paulo; el espacio urbano de Nápoles sitúa los conflictos amorosos de Celia (la Carne).

El espacio marino de la Puerta de la Mar es el del mundo del hampa, el entorno de la vida y andanzas habituales de Enrico. La segunda jornada se abre con una escena a las puertas de una tablajería, que Ciriaco Morón anota así: «¡Qué mal que me ha tratado!» se refiere al juego. Esta escena recuerda la de los soldados Olmedo, Salcedo y Velasco en *El nuevo rey Gallinato* de Andrés de Claramonte». Como esta escena es también en zona de puerto (Sevilla), es de suponer que la correspondiente *apariencia* que marca la transición de un espacio dramático a otro incluye paisaje marino urbano. En todo caso en *CoDes* hay una apariencia que nos traslada al interior de la casa de Anareto *(Descúbrese a su padre en una silla)* y al terminar el diálogo entre Anareto y Enrico el texto vuelve a proponer la transición al espacio de calle en el texto de Galván: «y mira que por la calle / viene Albano». Una vez que con la llegada del Gobernador se termina la escena, de modo que queda claro que la escena ha transcurrido en espacio urbano marítimo *(al mar arrojarme)*, el segundo acto nos muestra la vida de Paulo en su nuevo oficio de bandolero. El espacio dramático no es el mismo que el inicial de la gruta/cueva con entorno de hierbas, olmos y río de aguas cristalinas. En vez de un olmo el espacio dramático requiere exactamente un roble *(dese roble los colgad)*, que no es el mismo tipo de árbol que el olmo. Además del roble, central en la escena de prueba de Enrico, el texto nos indica que hay árboles *(Hoy, árboles que plumajes / sois de la tierra)* y más adelante *(la gran multitud, señor, / desos robles)*, que el espacio rústico es diferente del entorno inicial de Paulo. Entonces el diablo lo tentaba, y ahora un pastorcillo se le aparece para aconsejarle. Su discurso precisa «*aquestos* valles» y más adelante Paulo habla de «*esta* oscura montaña». Esta segunda jornada opone a Paulo y Enrico en una doble prueba: mientras Enrico hace ver su amor filial por Anareto, Paulo es incapaz de arrepentirse, pese a los avisos del pastorcillo.

La tercera jornada nos ofrece un nuevo espacio dramático, la cárcel donde están Pedrisco y Enrico, y en donde éste va a sufrir la tentación del demonio, como había pasado en el primer acto con Paulo. Donde Paulo fracasaba, Enrico triunfa, aunque con dudas personales. En esta escena Ciriaco Morón vuelve a anotar una coincidencia textual entre *CoDes* y *De lo vivo a lo pintado*. En la escena se usa una *apariencia*, tal vez a partir de un *bofetón*, para solventar la aparición del demonio en forma de sombra y el portillo que se abre en la pared. Debe ser una apariencia similar a la que Claramonte usa en *El mayor rey de los reyes* para resolver una escena de tentación demoníaca. El último de los espacios en donde se resuelve la obra es, de nuevo, el monte donde viven Paulo y sus salteadores. La característica principal de ese último episodio es el uso de apariencias que introducen constantes sorpresas en la resolución de la historia y que se llevan a cabo combinando dos espacios conocidos: el inicial con *selvas intrincadas, verdes alamedas, fuentes por menudas guijas y blandas arenas*, en donde Paulo y el Pastorcillo resuelven su conflicto, y el del monte agreste de los bandoleros. En poco más de 200 versos esta transición está enmarcada en las siguientes apariencias:

Con la música suben los ángeles el alma de Enrico por una apariencia.
Descúbrese fuego y Paulo lleno de llamas
Húndese y sale fuego de la tierra.

Se trata de un final apoteósico. Tres apariencias diferentes en unos cinco minutos de representación. Nada extraño en obras de Claramonte. En el final del segundo acto de *El mayor rey de los reyes* en los últimos 200 versos asistimos a lo siguiente:

> *Tocan alarma y desaparece el demonio.*
> *Corren una cortina y descúbrense dos niños negros ahorcados en dos árboles.*
> *Cúbrese la apariencia y prosigue.*
> *Salen los salteadores y cógenlo por detrás, y vase el demonio diciendo.*

En *El inobediente* el uso de apariencias y cortinas al final del acto tiene el mismo ritmo trepidante de estas obras:

> *Descúbrese una cortina y está el Rey de jerga en un trono de luto, con soga al cuello y ceniza.*
> *Rómpese un sepulcro y salga un niño de Resurrección y súbase al cielo.*
> *Todo se desaparece y cubre. Descúbrense en el tablado alto, y baxo algunas cuevas y en ellas puestos de penitencias diferentes, los más que puedan.*

Creo que a la vista de esto podemos asumir que una comedia que tiene en su parte final (200 versos corresponden a poco más de cinco minutos de representación) tres apariencias que incluyen tramoya de subida al cielo es una comedia de tramoya y apariencias, y no una comedia teológica. El propósito teatral es diferente.

Veamos ahora el diseño de los personajes, a partir de un interesante aspecto recogido por Daniel Rogers en su introducción a la obra: «Small wonder that in 1824 and 1924 the leading actor played Enrico, not Paulo!».

El planteamiento es sencillo: la obra trata de un contraste entre un pecador que se salva y un anacoreta que se condena. ¿Cuál de los dos es el personaje principal? Si nos atenemos al número de versos que cada personaje asume en la obra, es Enrico. En el primer acto hay una notable igualdad: Paulo tiene 279 versos a su cargo, y Enrico 281. El segundo, que implica el nudo o desarrollo, se decanta más del lado de Enrico: 375 versos frente a 254 de Paulo. En el tercero, pese a que el desenlace prioriza el fracaso de Paulo, Enrico también dice más versos: 303 frente a 253. En toda la obra, Enrico dispone de 959 versos frente a 786 de Paulo. La diferencia de percepción en cuanto a la importancia de cada cual se debe a que el cuadro inicial y el cuadro final nos muestran la angustia de Paulo, su fracaso ante las insidias del demonio, y su final dramático entre llamas. La caída moral y el fracaso de Paulo sirven como fondo de contraste al itinerario moral de Enrico. La contraposición de la segunda parte del título real de la obra, *pena y gloria trocadas,* con la primera, *El mayor desconfiado* apunta a reforzar la virtud por la que se salva Enrico (la piedad filial y la confianza en Dios) frente a la debilidad de Paulo, el mayor desconfiado. La fuerza escénica de la obra, la eficacia de la tramoya y las apariencias, los efectos especiales, han acabado prevaleciendo en la memoria colectiva del espectador hispano, frente a la intención del autor dentro de la estructura de la obra: mostrar cómo hasta un bandolero criminal tiene también algo bueno en su interior que lo puede salvar. El héroe positivo en la obra es Enrico, pero la estructura espectacular de la comedia favorece a Paulo, que se enfrenta al demonio en el primer acto y fracasa luego ante el angelical pastorcillo que le insta al arrepentimiento. Enrico tiene una evolución más humana, menos aparatosa. Su entorno emocional y moral está en el ámbito de lo terrestre, y el camino al perdón de sus pecados pasa por los diálogos con su viejo padre, y también por su reflexión frente a las decisiones de Paulo.

En todo caso hay al menos dos aspectos esenciales en las *Vitae Patrum* de Rosweyde que permiten entender la construcción teatral de *El condenado* en el ámbito de personajes y temática. Cuando se lee íntegro el relato sorprende la contumacia de Pafnucio respecto a su salvación: por tres veces insiste en que Dios le aclare en qué consideración lo tiene. El lector tiene la sensación de que es un verdadero desconfiado sobre la misericordia divina. Por tres veces tiene Pafnucio que ir a la ciudad a ver qué personaje es el que se parece a él en santidad. El primer personaje es el ladrón flautista, que parece haber servido para fijar al personaje de Enrico. Obviamente, si Pafnucio al final se salva, es porque así lo dice el texto de Rufino de Aquilea. Pero si mantenemos la base de la historia (y, por lo tanto, su enraizamiento legendario), cambiando el nombre de Pafnucio por el de Paulo, podemos dar un final ejemplar a este desconfiado de la misericordia divina. Además de San Pablo Ermitaño, eremita casi tan famoso como San Antonio, hay otros cinco Paulos desperdigados por el texto de las *Vitae Patrum:* un Pablo monje, un Pablo Abad en Egipto (que gobernaba un monasterio de 200 monjes), otro que es un monje copto, un San Pablo de Tebas, y sobre todo el ermitaño Pablo el Simple, que Claramonte ha utilizado ya en *El Tao de San Antón.* El nombre de Pablo se presta bien a un desarrollo teatral en el que se proyecte la historia de Pafnucio. Este Paulo, el mayor desconfiado, es incapaz de superar la primera prueba que sufre cualquier eremita, y que García Colombás resume muy sucintamente a partir del relato de la vida de San Antonio hecho por San Atanasio: «El único problema realmente arduo en esta lucha es saber distinguir una acción demoníaca de una intervención angélica, pues el diablo, como dice la Escritura, se transfigura a veces en ángel de luz. Y aquí se nos dan por vez primera, o una de las primeras, una serie de reglas fundamentales para el discernimiento de espíritus, que será con el tiempo la gran sabiduría del desierto cristiano». Por comparación con otras obras de la misma época y contenido, como es el caso de *La segunda Magdalena y Sirena de Nápoles,* editada en *suelta* a nombre de Rojas Zorrilla, pero probablemente obra de Mira de Amescua, en el tercer acto, cuando Magdalena hace vida de eremita, el demonio se le presenta tomando el aspecto exterior de Carlos, su enamorado, pero Magdalena, que confía en el cielo, es capaz de darse cuenta de su identidad. Magdalena triunfa en la prueba básica del eremita: las insidias del Maligno bajo forma o apariencia de otro ser. Ante la misma prueba, Paulo, el *mayor desconfiado,* se condenará por dudar de la misericordia divina, pero previamente ha fracasado en la prueba real que distingue a un verdadero anacoreta de un hombre angustiado: es incapaz de distinguir a un ángel de verdad de una apariencia angelical tomada por el demonio. No ha meditado sobre lo que avisan las Escrituras. A esto hay que añadir el pecado de orgullo, soberbia o vanidad, al final de la historia de San Pafnucio. En cuanto a desconfiar de la misericordia divina, si Paulo se hubiera atenido a lo que varios de los *Salmos* dicen, otra habría sido su conducta. Los salmos 32, 35, 88 y 102, citados por Bellarmino en *De ascensione mentis in Deum:*

XXXII, 4, 5: Quia rectum est verbum Domini, et omnia opera ejus in fide. Diligit misericordia et judicium: misericordia Domini plena est terra.

XXXV, 6: Domine in caelo misericordia tua: et veritas tua usque ad nubes.

LXXXVIII, 3, 34: Quoniam dixisti: In aeternum misericordia aedificabitur in caelis: praeparabitur veritas tua in eis. Misericordiam autem meam non dispergam ab eo: neque nocebo in veritate mea.

CII, 8, 11, 17: Miserator et misericors Dominus: longanimis, et multum misericors. Quoniam secundum altitudinem caeli a terra, corroboravit misericordiam suam super timentes se. Misericordia autem Domini ab aeterno, et usque in aeternum super timentes eum, Et justitia illius in filios filiorum.

Paulo, el mayor desconfiado en la misericordia de Dios, es ajeno a la lectura de los Salmos. Un creyente del segundo decenio del XVII tenía en ese libro de Bellarmino y en la *Explanatio in Psalmos*, esas referencias. Pero sin ir al sabio jesuita, también las podía consultar en la *Letanía moral* de Claramonte, al menos el comentario de San Agustín al Salmo 88. Pero si el autor de *El condenado por desconfiado* conocía las publicaciones de Bellarmino hacia 1615-1616, también podía haber encontrado allí la idea del episodio central del tercer acto del pastorcillo que deshace la guirnalda preparada en origen para él. En *De ascensione mentis in Deum*, pág. 316, leemos: «et si deessent tentationes & praelia cum demonibus ubi essent triumphi & coronae virginum & confessorum? Et si deessent labores et dolores, ubi essent corona patientiae?». Y en consonancia con ello, aquellos que resisten las tentaciones del demonio obtendrán la corona y la guirnalda de la gloria eterna *(De paradiso et aeterna felicitate*, Libro V, Capítulo VIII). En este Libro V, Bellarmino cita exactamente los Salmos 5, 8, 18, 24, 36, 90, 111, 118 y 131. Seguramente la referencia a Bellarmino hecha por Pedrisco no apunta tanto a la anécdota concreta, cuanto al contenido doctrinal que desarrolla a partir de los Salmos. Un contenido que puede iluminar decisiones escénicas, teatrales, al dramatizar, por medio de la figura del pastorcillo y la guirnalda, todas esas ideas. En lo que atañe a la importancia teatral, y a su reflejo escénico, C. Morón ya había notado el parecido entre esta escena de *El condenado por desconfiado* y dos escenas de Claramonte en *Deste agua no beberé* y en *El gran rey de los desiertos*.

Un último apunte sobre la importancia de los Salmos en el marco doctrinal de *El condenado* y de *El gran rey de los desiertos, San Onofre*. La escena en la que Onofre aparece por vez primera ante el espectador, nos lo muestra así:

> *Aparece San Onofre en la boca de una cueva, vestido de palma, con barba muy larga.*

> Onofre. Según tu clemencia grande,
> Miserere mei Deus,
> y según la multitud,
> que como abismos la cuento
> de misericordias tuyas,
> mi maldad borra en tu pecho.

Como se ve, Onofre tiene la misma angustia del ermitaño Paulo: necesita la misericordia divina para borrar sus pecados. Tiene momentos de duda y flaqueza. Pero, a diferencia de Paulo, Onofre lee los Salmos para encontrar en ellos ayuda moral:

> Onofre. Todas las vezes, Señor,
> que al Salmo cinquenta llego,
> mirandome en el Profeta,
> de mis pecados me acuerdo
> ....
> Ay, y que poco he llorado,
> que son descargo pequeño,
> lágrimas de setenta años,
> si un pecado causa infierno.
> Si os ofendí, como viuo?
> si peque, como no muero
> a manos de esta justicia
> que ya en clemencia se ha vuelto?

> *(Gran rey,* 120v)

Tanto en el planteamiento doctrinal como en el estético, *El gran rey de los desiertos* es obra muy cercana a *El condenado*. Incluyendo en esto algunas flaquezas de composición de personajes, que en *El condenado* han sido notadas por la crítica, ya desde Julio Cejador, que tildaba el drama atribuido a Tirso de «esperpento».

Sin llegar a esta calificación, la obra contiene notables inconsistencias en el diseño de los personajes. Como señala Morón: «Cuando *El condenado por desconfiado* se atribuía con gran seguridad a Tirso de Molina, daba miedo decir que no es una obra maestra. Todos los críticos han notado que no tiene el ingenio y la gracia de las comedias auténticas de Tirso».

En efecto, frente al teatro tirsiano, «teatro de la palabra», esta es «una obra de imagen y acción, es decir, de espectáculo más que de palabra» (Morón). Frente al esmero de Tirso en el trazado de los personajes femeninos, la historia de Celia, Lisandro y Octavio está urdida de un modo harto somero, sin profundizar ni analizar los porqués de sus conductas. El pastorcillo angelical no puede, de por sí, tener psicología alguna ya que es un símbolo. El demonio, en cambio, apunta algún tipo de exploración de conducta, similar a lo que conocemos en las figuras de demonios de las obras de Claramonte. Desde el comienzo juega con el tipo de ventaja que le da el conocer el punto de débil del adversario: «En la soberbia también ha pecado: caso es cierto. Nadie como yo lo sabe pues por soberbio padezco». El verdadero análisis de conducta de Paulo está contenido en esa observación: Paulo comprende, pero su soberbia le impide aceptar su error, su desconfianza. El demonio, con el permiso divino, tienta al ermitaño sin saber en realidad si va a vencer o a sucumbir pero sabiendo cuál es el campo de batalla: «Sepa resistir valiente los combates que le ofrezco, pues supo desconfiar y ser, como yo, soberbio». Frente a la piedad filial de Enrico, la soberbia demoníaca de Paulo. En *El inobediente,* obra muy cercana en construcción y sentido a *El gran rey de los desiertos,* el demonio insiste también en esta característica propia: «que era el caballo soberbio y él fue del caer la causa (...) y el caballo se abalanza con su soberbia a subir».

Dentro de las bondades de estructura está la pintura de Anareto, decisiva para fijar la motivación de conducta de Enrico. Comentando las propuestas críticas de T. E. May y de A. A. Parker sobre su función en la obra, Rogers apunta:

(...) a central point of contrast between Paulo and Enrico: their
response to the threat of rejection. Faced with what he takes
to be signs that God is angry with him, Paulo indignantly pro-
tests. Threatened with the withdrawal of his father's love, Enrico breaks down. And what pains him most is the thought of
how he has hurt someone he loves. Paulo never thinks of the
suffering he may have caused to God, only of the suffering
which God may cause to him (...) If we see Anareto as a God-
figure too, we see that He is always present in acts of loving-
kindness here below and that His threat of eternal disinheri-
tance is the last, reluctant, resort of a loving father. Less expli-
city than the shepherd, but perhaps more movingly, the
figure of Anareto suggests an alternative vision of God.

También R. J. Oakley ha llamado la atención sobre el problema de fondo para la comprensión de la figura de Anareto,
asumiendo finalmente que su fuerza teatral está en el tratamiento que los actores desarrollen en el escenario:

> For May, it is the loving forbearance of the long-suffering
> father that finally breaks Enrico's will in prison in Act III and
> leads his repentance. Rogers on the other hand is sceptical.
> He imputes to fear of his father's wrath Enrico's decision to
> confess and repent. Anareto does roundly thraten to disown
> him. Also, fear of his father's censure is expressed, it is true, in
> Enrico's soliloquy before entering Anareto's room in the firth
> of these two scenes. In the last resort, producer and actors
> must make up their minds about how these two vital scenes
> should be played (Oakley, pág. 29).

EL PROBLEMA
DE «EL REMEDIO EN LA DESDICHA» (1596)

La reutilización de dos redondillas de *El remedio en la desdicha*, de Lope, en el pasaje entre Enrico y Anareto en la cárcel,
al comienzo del II acto de *El condenado*, ha llamado la atención de la crítica desde hace mucho tiempo. Daniel Rogers,
en su edición (1974) apunta en nota: «These "saludables consejos" are quoted from Lope de Vega's *El remedio en la desdicha*
(...) This proves nothing about the authorship of *El condenado*.

There is a significant analogy between what Anareto says here about the need to trust a wife and what the whole play has to say about the need to trust God». Según Rogers la *intertextualidad* entre la obra de Lope y *CoDes* no atañe a la autoría, pero sí que tiene que ver con los principios de la construcción estética. Ciriaco Morón también alude a estos pasajes, pero ya en relación con la autoría y con la fecha de composición, apuntando un argumento contrario a la atribución de la obra a Tirso:

> En *El condenado* se copian ocho versos de *El remedio en la desdicha* de Lope de Vega. El manuscrito de esta obra es de 1596. Si Tirso es el autor y escribió *El condenado* hacia 1625, mal podía recordar esta obra treinta años después de escrita y cuando habían cesado las disputas sobre la predestinación y la libertad. Claramonte, en cambio, pudo escribirla hacia 1605, fecha cercana al texto de Lope y en el período más virulento de la controversia teológica. El argumento pierde fuerza si recordamos que en *El condenado por desconfiado* no hay rastro de las diferentes opiniones en las disputas sobre la predestinación; se presenta la doctrina católica sobre la esperanza y sobre la necesidad de que el hombre coopere para su propia salvación. La cita de *El remedio en la desdicha* más bien prueba que *El condenado* se escribió después de 1620, fecha de publicación de la comedia, corregida, en la *Parte XIII* de Lope.

La fecha de 1620 corresponde a la publicación del libro de Bellarmino, *De arte bene moriendi*, que algunos críticos defienden como fuente de composición de la anécdota central. En realidad el problema crítico que se deriva de aquí tiene que ver con la fecha, con la atribución y con la estética de reelaboración del pasaje. Es innecesario fijar el año 1620 para situarnos en un texto escrito, ya que estamos hablando de una obra manuscrita en 1596 y representada sin duda por más de una compañía entre esa fecha y 1616. Claramonte, que pasó como actor por las compañías de Jerónimo Velázquez, Baltasar de Pinedo, Antonio de Granados, Heredia y Pedro de Valdés, antes de formar compañía propia con Alonso de Olmedo en 1607, pudo conocer esos versos sin necesidad de esperar a la aparición de la *Parte XIII* de Lope. Pero tal vez sea mejor situar la referencia en su contexto. Lope de Vega, que dramatiza en esa obra los amores de Abindarráez y Jarifa, nos propone el siguiente pasaje:

NARVÁEZ: Aunque soy cristiano, en fin,
Te he de dar mi parecer:
Mira no entienda de ti
Que de su amor no te fías,
Que en viendo que desconfías,
Todo lo ha de hacer ansí.
Ámala, sirve y regala,
Con celos no la des pena;
Que no hay mujer que sea buena
Si ve que piensan que es mala.

Se trata de un pasaje en redondillas. En el texto de *CoDes*, las ideas expuestas por Narváez son recogidas por Anareto, pero el autor de la obra se toma el trabajo de modificar las dos redondillas en quintillas de tipo *aabba*. Para ello, la cita intertextual comienza dentro de un marco previo en que Anareto y Enrico completan un verso inicial, y luego Anareto añade uno de enlace para la segunda quintilla:

ANARETO

Está atento, Enrico.

ENRICO

Sí.

ANARETO

Y nunca entienda de ti
Que de su amor no te fías,
Que, viendo que desconfías,
Todo lo ha de hacer ansí.
Con tu mismo ser la iguala:
Ámala, sirve y regala;
Con celos no la des pena,
Que no hay mujer que sea buena
Si ve que piensan que es mala.

62

No declares tu pasión
Hasta llegar la ocasión,
Y luego...

En ese momento Anareto se duerme y la escena pasa a ser asumida por Enrico. Lo interesante de esta readaptación es que procede de un autor que ya ha diseñado la escena completa en quintillas, prioritariamente del tipo E. Antes de esos versos hay otros cien (veinte quintillas) de los que 45 son quintillas tipo E. Dado que las *Vitae Patrum* son de 1615, parece claro que los versos de Lope se reutilizan, o bien porque el autor de *CoDes* los conocía por su representación previa (si era un actor), o bien porque tal vez hubieran llegado a ser muy populares veinte años después de su estreno, si la dramatización de los amores de Abindarráez y Jarifa por parte de Lope llegó a conocer un amplio éxito popular. Es innecesario postular el año de 1620 para la aparición de la *Parte XIII*. En cambio sí es interesante apuntar la capacidad del autor de *CoDes* para reutilizar versos de obras de Lope, característica del teatro de Claramonte; a esto debemos añadir que la escena usa un tipo de quintillas raras en Tirso en tan elevada proporción. En el caso de Claramonte hay otro aspecto de interés que tiene que ver con *El remedio en la desdicha*: en *El infante de Aragón* se utiliza un motivo de Abindarráez y Jarifa para el episodio central de la obra. No son unos versos, es la situación escénica.

No obstante, la transformación de las redondillas de Lope en quintillas del tipo E es muy llamativa. Se trata de un estilema que puede orientar la investigación. Para transformar una redondilla en una quintilla el método más natural es añadir un verso al comienzo o al final. Si se hace al comienzo tenemos el tipo de quintilla *aabba;* si se hace al final, el tipo de quintilla *abbaa.* En ambos casos la estructura subyacente son dos pareados con un verso añadido. Esto va en contra del modelo natural de quintilla, el tipo de quintilla *ababa,* que excluye pareados. Lo interesante es que el pasaje entero entre Enrico y Anareto está construido mayoritariamente a partir de ese tipo de quintilla. De hecho, en el momento en que Anareto dice su verso *Moriré, Enrico, contento,* el pasaje, hasta entonces de quintillas combinadas con coplas reales, pasa a presentar una secuencia insólita en el teatro del Siglo de Oro: desde ese verso hasta la llegada de Galván, todas las quintillas que aparecen íntegras son del tipo E, es decir, el tipo determinado por la modificación de las dos redondillas de Lope en ese tipo de quintilla. Hay dos pasajes en donde supuestamente aparecería un pareado suelto entre quintillas, y otro en donde K y P presentan variantes, y que hasta ahora se ha venido editando según P, que tiene una laguna de un verso omitido. Hartzenbusch lo enmendó y así ha llegado hasta nosotros en todas las ediciones. Como he dicho, el pasaje, en los casos en que las quintillas están completas, mantiene la continuidad de quintillas tipo E, frente a la costumbre de construir pasajes de quintillas constantes de tipo *ababa* o de construir en coplas reales, lo que implica series de tipo AE. O, también frecuente, intercalar quintillas E en pasajes mayoritarios de tipo A. Para quien pase por alto el valor de la polimetría y las sutilezas de las construcciones de pasajes en quintillas, esto puede parecer anecdótico. Sin embargo, una tirada construida de forma constante sobre el tipo E resulta anómala. Pero al mismo tiempo la aparición de este tipo de quintillas E permite fijar límites temporales probables. Hacia 1620 la quintilla ortodoxa, tipo *ababa* se ha constituido en el modelo habitual de uso, y su alternancia en la comedia se hace con las décimas. Tanto Tirso como Claramonte nos ofrecen buenos ejemplos de este uso: en *Santo y sastre*, escrita en torno a 1620, Tirso usa sólo dos pasajes escritos en quintillas, que abarcan un total de 85 versos el primero y 205 el segundo. Ambos están escritos con la quintilla tipo *ababa* como único modelo. En *La infelice Dorotea*, con aprobaciones de 1620, Claramonte usa un sólo pasaje de quintillas, 120 versos, es decir 24 quintillas, todas ellas del tipo *ababa*. En ambas obras se usan también décimas como contraste, siguiendo la idea de Lope «buenas para quexas». En cambio, en obras fechables varios años antes, y cuando las décimas no se habían impuesto, el uso de los distintos tipos de quintillas era más variado. Por ejemplo, en *El nuevo rey Gallinato*, de la que consta representación en 1604, y que tiene un porcentaje global de quintillas de un 37, 6 por 100, Claramonte usa, tan sólo en la primera jornada, los siguientes pasajes:

1. Versos 23-107. Siete quintillas tipo A; nueve quintillas tipo E; una quintilla tipo *abaab*. Como se ve, la quintilla mayoritaria es la E. Al haber un número mayor de quintillas E, hay la posibilidad de que aparezcan secuencias EE (versos 83-92).

2. Versos 122-146 y 161-200 (con una canción inserta). Diez tipo A; tres tipo E.

3. Versos 394-458. Trece quintillas tipo A.

4. Versos 861-915 y 930-959 (un soneto de por medio). Doce tipo A; cinco tipo E.

5. Versos 1055-1119. Doce tipo A, una tipo E.

Entre la segunda y la tercera jornada, hay un pasaje del tercer acto que merece especial atención. Dentro de una escena resuelta mayoritariamente en quintillas A, con algunas aisladas tipo E, tenemos el único fragmento en que aparecen dos tipo E seguidas. Lo notable es que, como sucede en el diálogo entre Anareto y Enrico, el tema del diálogo es el matrimonio:

> TIPOLDA: Más galán, más amoroso,
> más fuerte, más valeroso,
> santo, prudente y discreto.
> REY: Dices bien.
> GUACÁN: Y te prometo
> que aciertes, rey poderoso.
> REY: Yo quiero darte a mi hija,
> como tu gusto se rija
> en quedarte aquí conmigo,
> porque del fuerte enemigo
> la soberbia no me aflija.

(573-582)

La siguiente réplica y el diálogo posterior hasta el final de la comedia (245 versos) están escritos en quintillas tipo A, salvo dos (versos 543-547 y 658-662) que son del tipo E. Es decir, 47 tipo A y dos tipo E. En este contexto no parece casual que para enumerar las cualidades del marido se haya usado una secuencia EE, como se hace en *CoDes* para enumerar las cualidades de la mujer. Parece haber conciencia estilística de uso. Se podría hablar seguramente de intención sentenciosa o admonitoria. Esto vuelve a confirmarse en *El inobediente,* en donde casi todos los pasajes de quintillas son de tipo A, alternando con las coplas reales. La única vez en que se utiliza una secuencia EE es en un pasaje inequívocamente sentencioso y admonitorio: la reconvención del profeta Jonás al rey de Nínive, Danfanismo:

> *Danf.* Quién eres, monstro espantoso,
> que atrevido y riguroso
> nuestra destruicion advierte?
> *Ion.* Quien predize nuestra muerte
> voz del todopoderoso:
>   quarenta dias teneis,
> Niniuitas, si quereis
> del torpe vicio apartaros;
> trompa soy para auisaros,
> que a Dios ayrado teneis. *Vase.*

En el caso de Tirso, *La villana de la Sagra* presenta un margen temporal entre 1606-1607 (Cotarelo, Said Armesto, Maurel, F. y R. Labarre y Rodríguez López-Vázquez) y 1611-1612 (Blanca de los Ríos, Berta Pallarés). Así pues, podemos asumir que esta obra data del quinquenio 1606-1611. Si la comparamos con *Santo y Sastre* la tipología de quintillas es radicalmente diferente. La obra presenta sólo dos pasajes en quintilla, pero ambos son muy llamativos: uno de ochenta versos, en donde es mayoritario el uso de la quintilla E (10) frente a la A (6), y que, salvo una excepción, corresponde a la secuencia EEA repetida. Y un segundo pasaje, amplísimo, de 335 versos, donde, salvo una caso de quintilla *abaab,* tenemos 37 de tipo A y 29 de tipo E. La novedad en disposición es que, aparte de algunas secuencias de coplas reales, hay un caso en que tenemos una secuencia EEE y tres casos de secuencia AAA. De todo ello se deriva que cuanto más antigua es una comedia (hacia 1605) más variabilidad de uso hay, con más frecuencia de aparición de secuencias tipo EE, y cuanto más moderna (hacia 1620) más probabilidad hay de encontrar pasajes de uso único del tipo A. Dado que las décimas se popularizan a partir de 1610, en detrimento del uso de coplas reales, la combinación de ambos factores (variabilidad de uso de quintillas y porcentaje de uso de la de tipo E, combinado con la sustitución progresiva de coplas reales por décimas) permite situar una obra dentro de un margen temporal aproximado. Algunas calas en obras de Claramonte bien fechadas nos confirman que hacia 1617 las coplas reales se usan para glosar canciones. Así se glosa la conocida letrilla *Esclavo soy, pero cúyo* en *El mayor rey de los reyes,* y se glosa también en *El ataúd para el vivo y el tálamo para el muerto* la hermosa cancioncilla *Lágrimas que no pudieron*. Tanto en estas dos obras, como en *Deste agua no beberé*, además de coplas reales usadas para glosa, hay ya un uso claro de las décimas, y en todos estos casos el porcentaje de quintillas está entre el 30 por 100 del *Mayor rey* y *El ataúd*, y el 20 por 100 de *Deste agua*. Si excluimos del cómputo las coplas reales (cuya segunda quintilla es tipo E), y nos limitamos a los pasajes auténticos de quintilla, la variabilidad de uso de la quintilla tipo E está siempre por debajo del diez por ciento. Por ello tiene especial interés el pasaje de *El condenado por desconfiado* en el que su autor modifica las dos redondillas de *El remedio en la desdicha* haciéndola entrar dentro de un pasaje con valor sentencioso o admonitorio.

LA TIPOLOGÍA MÉTRICA DE LA OBRA Y SU FUNCIÓN DRAMÁTICA

En su *Arte nuevo de hacer comedias en este tiempo* (1609), Lope de Vega, con mayor o menor intención festiva, codificaba los usos métricos de comienzos de siglo indicando funciones concretas para el uso de cada estrofa dentro de la acción dramática. A comienzos del siglo XX, S. Griswold Morley y Courtney Bruerton abordaron el análisis de las distintas variaciones de uso según las preferencias de cada autor dramático, trabajo ampliado en la segunda mitad de siglo por estudiosos como Milton Buchanan, Diego Marín, Vern G. Williamsen y Stratil y Oakley, entre otros. Descubrimientos documentales como el manuscrito Gálvez han confirmado lo bien fundado de las propuestas de Morley con una fiabilidad superior al 95 por 100 tanto en los casos de detectar obras de atribución dudosa como en la datación aproximada. Aplicando con rigor estos planteamientos críticos se puede trazar un modelo de las tres grandes fases de evolución de la tipología métrica en el teatro del Siglo de Oro: la fase lopiana, con un uso mayoritario de redondilla y progresivamente decreciente de quintilla; la fase de transición, en la que aparecen las décimas de forma estable, tienden a disminuir los endecasílabos sueltos y los tercetos y aumenta el uso del romance; y, finalmente, la época calderoniana en la que las comedias se escriben mayoritariamente en romance, y la tipología métrica se reduce, priorizando, entre los cuatro tipos de silva, el tipo 1 (célebre por el comienzo de *La vida es sueño)*, especializando las décimas para escenas de intensidad emotiva, y reduciendo las quintillas al tipo A, pero con un uso netamente más reducido que el de las redondillas. De acuerdo con estos principios, la tipología métrica de *El condenado por desconfiado* se sitúa en el centro del período de transición, hacia 1615. El año de la publicación de las *Vitae Patrum*. Si bien el conjunto de estrofas usadas es bastante variado, el elevado uso del romance (13 pasajes, más un largo romancillo) combinado con un porcentaje sorprendentemente alto de quintillas (7 pasajes, cuatro de ellos en el segundo acto) concuerda con tendencias que, si la obra fuera de Lope de Vega, habría que situar en el período 1613-1616. En el caso de Claramonte, que usa las quintillas en porcentajes cercanos al 20 por 100 en comedias con mayoría de romance, el período indicado es 1616-1619. El límite inferior es el que nos da la fecha de publicación de la *Minerva sacra* de Miguel Toledano, que Claramonte ha usado para el auto *El dote del rosario,* auto de demonios con un Panuncio similar al Pedrisco de *El condenado* y el mismo nombre del santo eremita. El límite superior lo da la representación de *El gran rey de los desiertos,* con un San Pafnucio que se expresa en pasajes homólogos al de Paulo. Estas fechas no son un buen aval para atribuir la obra a Tirso, ocupado entre 1616 y 1618 en la isla de Santo Domingo. Pero la dificultad cronológica es el menor de los problemas críticos para sostener la atribución tradicional, que reposa en la fiabilidad que le otorguemos a un editor como Faxardo y a los argumentos doctrinales presentados por Agustín Durán.

La estructura métrica de «El condenado»

El perfil métrico de la obra es el siguiente:

ACTO I	Lira	1-78
	Quintillas	79-138
	Octavas	139-202
	Romance *e-o*	203-250
	Redondillas	251-330
	Quintilla	331-335
	Romance *i-o*	336-475
	Redondillas	476-619
	End. Sueltos	620-720
	Romance *e-o*	721-1010
ACTO II	Lira	1011-1046
	Quintillas	1047-1326
	End. Sueltos	1327-1360
	Quintillas	1361-1445
	Romance *-ó*	1446-1591
	Décimas	1592-1620
	Quintillas	1621-1671
	Romance *e-o*	1672-1746
	Quintillas	1747-1877
	Romance *a-a*	1878-2021
ACTO III	Redondillas	2022-2125
	Romance *e-o*	2126-2203
	Décimas	2204-2263
	Rom. Cant. *-ó*	2264-2267
	Décimas	2268-2277
	Rom. Cant. *-ó*	2278-2281
	Décimas	2282-2291
	Redondillas	2292-2307
	Romance *a-e*	2308-2411
	Quintillas	2412-2496
	Romance *-á*	2497- 2552

Redondillas	2553-2580
Endechas (romancillo *e-a*)	2581-2742
Redondillas	2743-2802
Romance *a-o*	2803-2967

Por encima de las ligeras diferencias entre esta edición y las habituales (Rogers, 3006 versos, Morón, 2996) los rasgos más generales nos presentan un perfil muy llamativo. La forma estrófica más usada es el romance, que con un total de 11 pasajes y 1156 versos se sitúa en torno a un 40 por 100 del total; si añadimos el romance hexasilábico o endecha, con 162 versos, tendríamos que las formas romanceadas alcanzan un 44 por 100. La siguiente forma métrica es la quintilla, con un total de 7 pasajes y 595 versos (20 por 100 del total). Frente a ello el uso de la redondilla resulta muy escaso: 6 pasajes, de los que 4 están en el tercer acto y ninguno en el segundo, y un total de 432 versos (14,5 por 100). Los cuatro pasajes de décimas se limitan a 110 versos (3,7 por 100). Para entender lo anómalo de esta tipología métrica podemos acudir a los estudios de Morley y Bruerton sobre Lope de Vega o a una cala en la obra de Tirso anterior a 1620. En el caso de Lope, los porcentajes de uso superiores al 40 por 100 se dan sólo a partir de 1622. Si la obra fuera de Lope, el uso del romance corresponde al promedio del período 1626-1635, en que la media de uso es de 43,5 por 100 con 11 pasajes. Sin embargo, para estos años el promedio de uso de redondillas en Lope es de 10,1 pasajes y una media de 29,2 por 100. En ese período Lope no usa la quintilla, salvo esporádicamente en dos comedias del año 1631. El promedio total es de 0,3 pasajes y 1,1 por 100 de porcentaje. Si queremos situarnos en una época con uso de quintillas en torno al 20 por 100 hay que ir a los años anteriores a 1604, en que el promedio de uso es 22,6 por 100 con una media de 4,4 por 100. Las décimas corresponden al período 1613-1618 en que «no hay más que tres pasajes o más del 6,4 por 100». Es imposible encajar la tipología métrica de *El condenado por desconfiado* dentro de los hábitos de versificación de Lope. ¿Qué sucede con Tirso? En el período anterior a 1616-1618, tenemos un conjunto formado por las siguientes comedias: *Santa Juana, I, Santa Juana, II* y

Santa Juana, III, Don Gil de las calzas verdes, La dama del olivar, El vergonzoso en palacio, Averígüelo Vargas, El celoso prudente, La elección por la virtud y *La villana de la Sagra*. La polimetría tirsiana de estos años es ésta:

Romance: El límite máximo de uso está en el 27,4 por 100 de *Los lagos de San Vicente* y *Como han de ser los amigos*. El mínimo está marcado por *Averígüelo Vargas* (13, 4 por 100) y *La villana de la Sagra* (menos del 10 por 100). El promedio se sitúa en torno al 20 por 100. El uso máximo está un 12 por 100 menos del índice más alto de Tirso.

Redondilla: En *La villana de la Sagra* tenemos el índice más alto de uso, en un 72, 1 por 100, o un 60 por 100 de *El vergonzoso en palacio*. La media está en torno al 40 por 100 y el uso más bajo el 25,2 por 100 de *El celoso prudente*. Más de un 10 por 100 de diferencia con *CoDes*.

Quintillas: El índice más alto corresponde a la *Santa Juana, III* (1614) con un 37,6 por 100 y el más bajo, un 4,2 por 100 de *Los lagos de San Vicente*. Las quintillas son la forma con mayor variabilidad en el período 1611-1616, que es el más probable para situar la composición de *El condenado por desconfiado*.

Hay otro elemento de análisis incluido en la metodología Morley-Bruerton, los comienzos y finales de cada acto. En *El condenado por desconfiado* tenemos la extraordinaria particularidad de que tanto el primero como el segundo acto comienzan en liras, y el tercero en redondillas; todos los actos terminan en romance. En el repertorio de Tirso de esa época no hay ningún acto que comience con liras. En Lope de Vega no hay ninguna comedia de autoría segura en que dos de los tres actos comiencen en lira. Sí, en cambio cinco obras que tienen un acto comenzando con liras. Es el caso de *Adonis y Venus* (a. 1604), *Las justas de Tebas* (a. 1600), *La portuguesa* (1615-1616), *El marido más firme* (1617-1621) y *El piadoso aragonés* (1626). En cuatro de esas cinco obras, el acto que comienza en liras es el segundo. En *El piadoso aragonés* es el tercero. Es decir, *El condenado por desconfiado* es anómalo en los comienzos de acto. Ni en Lope ni en Tirso se comienza ninguna comedia en liras, y tan sólo Lope presenta algún caso de segunda jornada comenzando en liras. En cambio en el reducido conjunto de obras de Claramonte (quince) de que disponemos, hay tres comedias que tienen un acto que comienza en liras: *El gran rey de los desiertos* (1620), *De Alcalá a Madrid* y *El inobediente*. Llama la atención que dos de esas tres obras son comedias con demonios y eremitas. De hecho si la historia de *El condenado por desconfiado* ha sido inspirada por la vida de San Pafnucio, la relación es clara, ya que Pafnucio es el autor del relato sobre la vida de San Onofre, rey de los desiertos. Sin olvidar que Pafnucio, en sus variantes Panuncio o Panuflo, corresponde a un personaje de la comedia de eremitas *El Tao de San Antón* y del auto sacramental *El dote del rosario,* en donde también encontramos demonios tentadores en un espacio dramático similar al de *El condenado.*

El uso de la polimetría en Claramonte apunta a un modelo compatible con *El condenado por desconfiado* para el período 1615-1620, más cerca del límite temporal inferior que del superior. En efecto, *Deste agua no beberé* (1617) tiene un índice muy próximo en el uso de romance y quintilla, que es el rasgo conjunto mas difícil de armonizar: 41,5 por 100 de romance y 19 por 100 de quintillas. *El dote del rosario,* auto sacramental con el gracioso Panucio de personaje, tiene un 48,7 por 100 de romance y un 18 por 100 de quintillas. La obra tiene 1.328 versos, y no 1.272 como computa Hernández Valcárcel. De *El inobediente,* cuyo perfil métrico está también erróneamente analizado en los cuadros de Hernández Valcárcel, tenemos el siguiente modelo métrico, a partir de una edición que coteja los dos textos que la han transmitido. Dado que las quintillas desaparecen en la etapa final de Claramonte, hay que pensar que un índice cercano al 20 por 100 debe corresponder a la misma época que *Deste agua no beberé,* en que el romance está también por encima del 20 por 100 y ya aparece la décima. Todo ello apunta a que, de ser Claramonte el autor de *El condenado por desconfiado,* la fecha de composición estaría en torno a 1616, lo que refuerza la hipótesis de Menéndez Pidal de que son las *Vitae Patrum,* de Rosweyde, y la historia de San Pafnucio la fuente de composición. En la misma época, los últimos versos de *El dote del rosario* dicen: «Y tenga de Claramonte / fin *El dote del rosario* / que en la *Minerva* halló escrito / este milagroso caso». No se trata de la *Minerva* de Sánchez de las

Brozas, en donde tal historia no aparece, sino de la *Minerva sacra*, del presbítero Miguel Toledano «natural de Cuenca». La fecha de impresión de la *Minerva*, 1616, concuerda con la que la métrica nos da como más probable para el auto sacramental *El dote del rosario*, 1616-1617. *Minerva sacra* en donde, por cierto, Miguel Toledano traduce el Salmo *Domine, dominus noster* «para cantarle al harpa», usando una estrofa de heptasílabos y endecasílabos con rima consonante; es decir, una extensión de la sextina alirada: *aBaBcC dEdE*.

LA VIDA DE SAN PAFNUCIO
SEGÚN EL RELATO DE RUFINO DE AQUILEA
RECOGIDO EN LAS «VITAE PATRUM» DE H. ROSWEYDE

Vimos también el monasterio de San Pafnucio, que era un verdadero siervo de Dios, muy célebre en esta comarca y que fue el último que vivió en el desierto cercano a Heraclea, que es una famosa ciudad de la Tebaida, y nos enteramos, por la fiel relación que de él estos buenos Padres nos hicieron, que este hombre santo, que en la tierra llevaba una vida angelical, habiendo rogado a Dios un buen día que le hiciera saber a cuál de los santos se parecía, un ángel le respondió que era semejante a cierto músico que se ganaba la vida cantando en una ciudad cercana. Lo cual le sorprendió y maravilló, de modo que marchó inmediatamente al pueblo a buscar a este hombre, y una vez encontrado le inquirió sobre lo que había hecho de santo y bueno en su vida y le interrogó más concretamente sobre todos sus actos; a lo que éste le respondió, en verdad, que era un gran pecador, que había llevado una vida infame y que tras su vida anterior de ladrón se había dedicado al vergonzoso menester que le veía ejerciendo ahora. Cuanto más hablaba, tanto más Pafnucio le urgía para que le dijera, si en medio de estos latrocinios no habría hecho acaso alguna buena obra. No lo creo, respondió aquél, de todo lo que puedo acordarme es que estando con otros ladrones un día raptamos a una virgen consagrada a Dios, a la que mis compañeros querían violar; yo me opuse y la arrebaté de sus manos, y tras llevarla de noche a la ciudad donde vivía, la deposité en su casa tan virgen como había salido.

Otra vez me encontré a una bella mujer errando por el desierto y tras preguntarle la razón por la que así estaba, me respondió:

> No os intereséis en las desgracias de una joven miserable y no queráis saber cuál es su causa; mas si queréis tomarme como esclava, llevadme a donde os plazca. Es así que la Fortuna me ha reducido a tal estado que mi esposo, tras haber pasado mil tormentos por habérsele hallado culpable de sustraer dineros públicos, sigue en prisión, de donde sólo lo sacan para hacerle sufrir más penas. Tenemos tres hijos que también han sido encarcelados por esta deuda. Y puesto que me buscan para hacerme sufrir la misma suerte, voy de un lugar a otro, errando para esconderme en los lugares más apartados de este desierto, donde me hallo aquejada por la necesidad y la miseria, después de tres días sin comer.

Tal me movieron a compasión estas palabras que la llevé a mi cueva, en donde tras recuperarse de la extrema debilidad a que se hallaba reducida por no comer, le di trescientas monedas de plata, que decía ella ser la suma por la que su esposo y sus hijos no sólo habían perdido la libertad, sino que aún se hallaban sometidos a tormentos, y así, tras volver ella a la ciudad y pagar esa suma, todos ellos fueron libres de tan extrema miseria.

Entonces Pafnucio le dijo: «En verdad que yo no he hecho nada semejante y aun así creo que no ignoráis que el nombre de Pafnucio es bastante conocido entre los eremitas a causa del gran deseo que tengo de instruirme y de ejercitarme en su santa manera de vivir; y Dios me ha revelado acerca de vos que no os tiene en menos que a mí. Por ello, hermano, ya que veis cómo no estáis entre los postreros lugares ante su Divina Majestad, no dejéis de tomar cuidado de vuestra alma». Oyendo estas palabras arrojó el hombre las flautas que tenía en sus manos y le siguió al desierto, donde cambió el arte de la Música que profesaba en una armonía espiritual, por la que ordenó de tal forma todos los movimientos de su alma y todas las acciones de su vida, que tras haber vivido durante tres años enteros en una muy estricta abstinencia, pasando días y noches en cantar Salmos y en la oración, y yendo por los senderos del Paraíso por sus virtudes y méritos, entregó su espíritu en medio de los bienaventurados coros de los ángeles.

Al tener Pafnucio como enviado al Cielo antes que él a este músico transido en toda clase de virtudes, se consagró aún más a servir a Dios con más fervor y entrega que antes, suplicó a nuestro señor que le hiciera saber quién era el más parecido a él en la tierra, y oyó entonces una voz del Cielo que le dijo: «Te pareces al principal habitante de la ciudad más próxima». No bien hubo oído estas palabras cuando marchó a buscarlo inmediatamente y cuando llamó a su puerta, este hombre, que tenía por costumbre recibir a todos los forasteros, corrió ante él, lo llevó a su casa, le lavó los pies, lo sentó a su mesa y le sirvió magníficas viandas.

Mientras iba comiendo, Pafnucio se informaba sobre su modo de vida: qué cosas le placían más y en qué se ocupaba. A lo cual respondió muy humildemente, porque prefería esconder antes que publicar sus buenas obras, y Pafnucio, para apremiarlo, le dijo que Dios le había revelado que era digno de compartir su vida con los eremitas. Tales palabras, en vez de llenarlo de vanidad, le proporcionaron una opinión si cabe más baja de sí mismo, y le respondió así: «En verdad que no sé de ningún bien que haya podido hacer. Mas ya que Dios os ha revelado lo que me atañe, no puedo esconderme aquel que todo lo sabe. Os diré pues de que forma me he habituado a portarme con aquellos a los que encuentro. Hace ya treinta años que, sin saberlo nadie, vivo en abstinencia plena con mi mujer, que ha dado su consentimiento. He tenido tres hijos de ella. Tan sólo la he conocido para este fin y nunca he conocido a otras. Nunca me negué a alojar en mi casa a aquellos que quisieron venir y jamás he sufrido que nadie me avisara para ir a buscar forasteros para recibirlos. Nunca dejé salir de casa a ninguno de mis huéspedes sin haberle dado alimento para el resto de su viaje. Nunca desprecié a pobre alguno, antes bien a todos los he ayudado en sus necesidades. Cuando hice de juez, no habría favorecido nunca a mi propio hijo por encima de la justicia. Jamás el fruto del trabajo ajeno halló entrada en mi casa. Cuando llegué a ver algunas disputas, no tuve reposo hasta ver en paz a quienes se querellaban. Nadie halló falta alguna en mis criados. Mis rebaños nunca dañaron predio ajeno. A quienes así lo quisieron, nunca les impedí sembrar en mis campos, y no le dejaba las tierras más baldías guardando para mí las mejores. Hasta donde alcancé a poder, no permití nunca que los poderosos oprimieran a los débiles. He intentado no hacer enfadar a nadie y cuando hube de presidir un juicio, jamás quise condenar a alguna de las partes, sino que trabajé para concertar a ambas. Esta ha sido, por la misericordia divina, la forma en que hasta ahora me he comportado».

Tras haberle oído hablar así, Pafnucio lo abrazó con gran ternura y le dijo: «Que el Señor nos bendiga desde lo alto de Sión y que os conceda la gracia de ver la Jerusalén celeste. Ya que habéis cumplido tan dignamente todo esto, ya sólo os falta el más preciado de todos los bienes, que es dejarlo todo para seguir la verdadera sabiduría de Dios mismo y esforzaros en adquirir los tesoros más preciosos y ocultos, que no llegaréis a poseer si no renunciáis a vos mismo para llevar vuestra cruz y seguir a Jesucristo».

No bien hubo oído estas palabras, sin perder ni un momento y sin avisar a nadie en su casa, siguió al hombre de Dios al desierto. Cuando llegaron a la orilla de un río, al no hallar barca para pasarlo, Pafnucio le pidió que entrara con él en el agua, que en aquel lugar era muy profunda y pasaron ambos sin que el agua les llegara ni siquiera a los riñones. Llegados al desierto, Pafnucio le asignó una celda próxima a su monasterio, reguló la conducta que debía tener en la vida espiritual, le enseñó los ejercicios en que debía ocuparse para llegar a ser perfecto en una vida tan santa y le descubrió los misterios más ocultos de tan alta ciencia. Tras haberlo instruido de ese modo, él mismo empezó a practicar de modo más austero que hasta entonces lo hiciera, considerando que sus trabajos anteriores apenas si eran importantes, ya no le daban ventaja ninguna sobre un hombre que parecía haber estado ocupado en trabajos del mundo, y se decía para sí: Si quienes viven en el siglo hacen obras excelentes, ¿cuánto no estamos obligados nosotros en esforzarnos para sobrepasarlos en los ejercicios de una vida austera y laboriosa?

Pasado algún tiempo de este modo, y habiendo alcanzado Pafnucio la perfección de la ciencia de los Santos, aquel a quien había hallado ya perfecto en sus obras antes de haberlo tomado por compañero de trabajos, cierto día en que estaba sentado en su celda, vio su alma elevada entre los santos coros de los ángeles y oyó cómo cantaban: «Bienaventurado aquel a quien habéis elegido y ha sido llamado a vos; vivirá en vuestro santo Tabernáculo». Esto le hizo saber que el santo hombre había pasado a mejor vida, y perseverando entonces más que nunca en sus oraciones y ayunos se esmeraba él mismo en avanzar cada vez más hacia una mayor perfección.

Otra vez en que rezaba a Dios para que le dijera a quién de entre los hombres era semejante, oyó una voz del Cielo que le respondió: «Eres semejante a ese mercader que viene a tu encuentro: levántate ya y ve junto a él, pues ya se acerca». Pafnucio baja al momento de la montaña, encuentra a un mercader de Alejandría que traía de la Tebaida gran cantidad de mercancías en tres barcos; y siendo hombre de gran piedad y que tenía gran placer haciendo buenas obras, llevaba consigo diez y siete sirvientes cargados de legumbres que llevaba al monasterio del hombre santo; ésta era la única causa que le hacía ir en busca de Pafnucio, que nada más verlo le dijo: «¡Oh alma preciosa y digna de Dios! ¿Qué haces? Tú que tienes la dicha de participar de las cosas celestiales, ¿por qué te atormentas con las cosas terrestres? Déjalas para aquellos que no siendo más que tierra, sólo en la tierra piensan; pero en lo que te concierne no has de tener más motivo de tráfago que el mismo reino de Dios al que has sido llamado; sigue a nuestro Salvador que pronto ha de llamarte a su presencia». El hombre, sin mayor dilación, tras haberlo oído hablar de tal modo, encargó a sus sirvientes que repartieran entre los pobres los bienes que le quedaban, cuya mayor parte ya había distribuido entre ellos y, siguiendo a Pafnucio al desierto, éste lo puso en la misma celda en la que los dos anteriores habían ido hacia el Señor y lo instruyó en muchos asuntos. Y ocupado y perseverando siempre en los ejercicios espirituales y en el estudio de la divina sabiduría, pronto fue, como ellos, a aumentar el número de los justos.

Poco tiempo después Pafnucio, mientras seguía con su vida de estudio y con sus trabajos penitenciales, un ángel del Señor se le apareció y le dijo: «Ya podéis venir, alma bienaventurada a entrar en los eternos tabernáculos de los que os habéis hecho digno: aquí están los profetas que se preparan para recibiros; y la causa de que no os hayamos revelado antes es el temor a que, cayendo en la vanidad, como os habría podido suceder, llagarais a perder el mérito de vuestros trabajos». Tan sólo vivió ya un día más, y llegando a visitarle algunos Padres les contó todas las cosas que Dios le había revelado, y les dijo que no había que despreciar a nadie, tanto de los que se ocupan de las tareas del campo, de las mercancías o del comercio, porque en esta vida no hay condición ninguna en la que no se encuentren almas fieles a Dios, que hacen en secreto acciones que a Él le agradan; lo que nos hace ver que no es tanto la profesión que cada uno elige, o la forma de vida que parezca más perfecta, lo que grato a sus ojos, sino la sinceridad y la disposición del espíritu unida a las buenas obras. Y tras haberles hablado así sobre diversos temas, entregó su espíritu, y todos los sacerdotes y los eremitas que estaban presentes vieron muy clara y distintamente cómo los ángeles se llevaban su alma cantando himnos y cánticos de alabanza al Señor.

LOS PROBLEMAS TEXTUALES
DE «LA NINFA DEL CIELO»:
PRIORIDAD Y FILIACIÓN DE VARIANTES

Todos los estudios que se han publicado hasta ahora sobre esta comedia dependen del texto fijado por Emilio Cotarelo [en adelante EC] en su edición de 1907. La edición de Blanca de los Ríos copia íntegramente ésta, incluyendo las notas, y la de Pilar Palomo copia la de Blanca de los Ríos. Es importante verificar lo bien fundado de la atribución a Tirso de esta obra, y de los criterios para fijar el texto, incluyendo como criterios las razones de priorizar uno de los manuscritos frente a los otros. Dado que Cotarelo es el primer editor que incluye esta obra en el *corpus* de Tirso, el proceso de verificación de fuentes y de criterios de fijación textual resulta imprescindible. Ésta es la argumentación de EC: «Hemos elegido este texto, manuscrito núm. 16698 de la Biblioteca Nacional, con preferencia al impreso, por ser más antiguo, más completo y más correcto, aunque es ya refundición de una primitiva comedia, *tal vez de Tirso* [las cursivas son mías], titulada *La condesa bandolera*». EC no precisa las razones para sostener que el texto del ms. 16698 [en adelante A] es más completo, más antiguo y más correcto que el del impreso. Por otra parte, tampoco da ninguna referencia sobre el impreso al que alude. Es posible que se trate del impreso mencionado por C. A. de La Barrera, aunque ni EC ni La Barrera detallan en qué Biblioteca se encuentra ni con qué signatura. Lo que sí es fácil comprobar es que, de acuerdo con las notas que EC aporta sobre dicho impreso, resulta ser un texto que corresponde básicamente al del manuscrito 17080 [en adelante, B], aunque con una gran cantidad de omisiones. Es una versión truncada y muy deturpada de ese texto De hecho, si se cotejan los dos manuscritos queda claro que el más completo no es A, sino B, y que gran cantidad de los errores que EC ha introducido en su texto habrían podido ser fácilmente subsanados acudiendo al cotejo con B.

Sorprende también que Cotarelo, que dedica una página a hablar de una variante textual tardía, *La Vandolera de Italia y enemiga de los hombres*, y de la relación de *La Ninfa* con las comedias de bandoleras de Lope y Vélez, no dé ninguna descripción de los dos manuscritos que han transmitido este texto. La descripción de ambos manuscritos es de esencial importancia, al ser ambos copia, y al representar dos momentos diferentes de evolución textual. A cambio los manuscritos B y Parma resultan ser variantes de la misma fase de elaboración del texto.

El manuscrito A (BN, 16698) es una copia de mano única, con errores típicos de transcripción, y con una gran cantidad de pasajes suprimidos de dos maneras distintas: la mayor parte, por medio de trazos claros que eliminan fragmentos, pero permiten su lectura; y en otros casos, pasajes tachados minuciosamente con intención de impedir la lectura. En el primer caso estamos ante lo que son pasajes típicos de un texto usa-

La ninfa del cielo

personas

carlos duque de la brach...

deana su muger
Roberto criado
ninfa condesa de balti...
alesandro

Laura
lisas
oracio
julio
cardenio
fabio
ponpeyo

una muger
un correo
musicos
un labrador
la muerte
un anjel
anselmo ermitaño
sileno labrador
el diablo banquero
el niño jesus
dos marineros
tres labradores, alcino
el gasto y sileno

La Ninfa del cielo. Jornada primera   2

do por una compañía para representar; en el segundo, ejemplos de censura moral, doctrinal o ideológica. De vez en cuando el texto contiene errores típicos de copia escrita, subsanables por cotejo con B. Pese al intento de hacer desaparecer el título original, se puede leer que la obra empieza a copiarse con el título *La segunda Magdalena*, título al que sigue inmediatamente *Jornada primera*. Esto está tachado y, con letra distinta, se añade *La Ninfa del cielo*. El texto de A parece corresponder a una versión deturpada, como ya observó Bruerton, a lo largo de su uso por una compañía.

El manuscrito B (BN, 17080) es una copia de dos manos, probablemente hecha por medio de copia al oído. La primera jornada la copia una mano distinta a la que copia la segunda jornada hasta la página 29 *verso,* en donde reaparece el primer copista, que sigue hasta el final del tercer acto. Según A. Paz y Meliá, la primera mano es probablemente de Juan de Benavides. Si se coteja el texto de B con A en los casos de probables errores parece claro que el segundo copista de B incurre en mayor número de errores que el primero. Este segundo manuscrito, más amplio y con variantes de remodelación textual, sólo da el título de *La Ninfa del cielo.* Su texto modifica algunos pasajes añadiendo estrofas o fragmentos que no aparecen en A. Esta versión B es la que corresponde al texto completo en el que se ha basado posteriormente el impreso, *tal vez de Tirso,* al que alude EC en sus notas. El texto obtenido a partir de B tiene 2.860 versos, frente a los 2.752 versos en la edición Cotarelo. A partir de estos datos difícilmente se puede sostener que el manuscrito 16698 es más completo y más correcto. Sí, en cambio, se puede sostener que el texto copiado en B corresponde al mismo del manuscrito de la Palatina de Parma [P], aunque éste último mantiene los cuatro versos finales donde se alude a Ludovico Blosio como fuente, que no están en B. Dicho de otro modo: el texto más fiable y completo de los cuatro es el que no incluye la referencia final a Ludovico Blosio.

La decisión de Cotarelo de seleccionar como prioritario el manuscrito A, excluyendo el cotejo con el manuscrito B ha causado algunos desperfectos textuales sorprendentes. Es el caso del verso 87, que en A aparece de este modo:

siempre que siendo aprendiz
del mar ques danes urgel   87
mepon goel guante in feliz

Cotarelo lo transcribe así: *del mar, que es danés Urgel,* sin ningún tipo de aclaración sobre esa extraña vocación marina. Blanca de los Ríos copia el verso tal cual, pero añadiendo una nota: (4) «Verso ininteligible». Y Pilar Palomo, que edita la comedia con el nombre *La condesa bandolera,* señala: «Cotarelo reprodujo al imprimir la comedia el manuscrito 16698», y lo edita ella como verso 77 con el mismo formato y sin anotar. Está claro que ninguno de los tres editores ha consultado el manuscrito 17080, en donde con una caligrafía impecable, el copista escribe: *del marqués danés Urgel,* lo cual corresponde perfectamente al contexto donde, hablando de cetrería, antes se ha citado al Marqués de Mantua (de nombre Danés Urgel), cazador en el doble sentido cinegético y sexual. El manuscrito de Parma corrobora la lectura de B.

Como hemos dicho, nuestro verso 87 corresponde al verso 77 de la edición PP. La diferencia de diez versos procede de la primera réplica de la obra, a cargo de Roberto, que en A aparece así:

> rro/ diras que no es nesedad
> lacaza en queel tienpo pierdes
> y lo mejor detuedad
> pues pasas tus años verdes
> car los en la soledad
> donde vas tras un alcon
> querremontado y perdido
> y mi ta tuin cli nasion.

Como se ve en la transcripción, o bien el copista tiene seseo o se limita a copiar un texto original con seseo. En todo caso la disposición de los versos segundo y tercero en una sola línea apunta a que se trata de una copia con las habituales distracciones. Hay otra cuestión de interés. En el manuscrito A, que contiene el *dramatis personae* y la sustitución del título originalmente copiado, *La segunda Magdalena* por el definitivo *La Ninfa del cielo,* la acotación inicial es muy escueta:

rroberto y carlos solos. Sin embargo, el manuscrito B empieza de otra manera:

> Primera Jornada de la famosa comedia
> nimpha del cielo, salen Carlos duque de Calabria
> y Roberto criado de caza.

> Rob/ Diras queno es nezedad
>   la caça en quetiempo pierdes
>   y lo mejor de tu hedad
>   pues pasa tus años verdes
>   carlos en la soledad
>   un philosopho decia
>   que solo un bruto podia
>   estar en ella contento
>   que al humano entendimiento
>   agrada la compañia
>   Tuentre Robres y entre tejos
>   gustas de andar todo el Año
>   siempre de la corte lejos
>   sinque tees carmiente el daño
>   ni teen frenen los consejos
>   donde vas tras unalcon
>   que remontado y perdido
>   ymita tu inclinacion.

Puesto que Cotarelo no indica variante con el impreso en este pasaje, hay que suponer que aquí el pasaje de esa edición perdida coincide con A. La pregunta es: ¿cómo explicar esas dos quintillas suplementarias que B tiene respecto a A en la primera réplica de la obra? No parece sensato sugerir que el copista de A las ha omitido. Sí parece natural, en cambio, proponer que B es la versión definitiva, en donde el autor ha añadido esas dos quintillas para ampliar el papel del gracioso, cosa que el público siempre agradece. Que B sea la versión definitiva la apoya también la información previa al texto: *Comedia famosa*. El manuscrito 17080 está copiando la versión completa de la obra, ya remodelada después de pasar con éxito la prueba de los escenarios. Las variantes en las acotaciones escénicas entre B y P evidencian que la obra ha sido representada al menos por dos compañías diferentes. Las variantes entre A y B/P evidencian que hay dos fases distintas de redacción del texto que no pueden explicarse sólo por supresiones de pasajes en la copia.

La evidencia de que B representa una remodelación del original A, nos la da la quintilla inicial de la primera réplica de Carlos a estos versos de Roberto. Veamos las dos versiones:

A

Los criados siempre han sido,
Roberto, de una opinión.
¿Cuándo el gusto en el servicio
pareció del dueño bien?
Porque es murmurar su oficio
y estar quejosos también,
de poca lealtad indicio.

B

Los criados siempre han sido
Roberto, de una opinión.
Dime entre todos, a quién
cuándo el gusto ni ejercicio
pareció del dueño bien
porque es murmurar su oficio
y estar quejosos también.

Como se ve, B representa, frente a A, un reajuste de la quintilla, que pasa de un sistema de rimas *ababa* (servicio, bien, oficio, también, indicio) a un sistema de rimas *ababa*, pero alterando la prioridad de rima (quien, ejercicio, bien, oficio, también). Tres de los versos, de hecho, se mantienen idénticos, sólo se ha cambiado el orden. El contenido es prácticamente el mismo. Este cambio, relacionado con la modificación de la réplica anterior de Roberto, sólo puede explicarse como una remodelación consciente por parte del mismo autor, capaz de ampliar el papel del gracioso y de remodelar una quintilla manteniendo íntegra su estructura. El resto de las variantes entre A y B se explican perfectamente a partir de esta hipótesis. ¿Qué sucede con el impreso X, postulado por Cotarelo? La nota que pone Cotarelo al verso *¿Cuándo el gusto en el servicio,* es la siguiente: «En el impreso se añade, *en lugar de* este verso y el que sigue, «Dime entre todos a quién / el contento y ejercicio / pareció del dueño bien?». Cotarelo dice: *en lugar de.* Como se ve, hay una variante entre el texto que Cotarelo imputa al impreso X y el texto de B: *cuándo el gusto ni ejercicio / el contento y ejercicio.* Cotarelo, insiste, dice: *en lugar de.* Pero Blanca de los Ríos, en su apresurada edición, equivoca la nota de Cotarelo y copia así: «En el impreso *se añade, además de* este verso y del que sigue: «Dime entre todos a quién / el contento y ejercicio / pareció del dueño bien». Está claro que BR copia erróneamente la nota de Cotarelo. Pues bien, Pilar Palomo copia íntegramente la nota de Blanca de los Ríos, con el error *se añade, además de*. No se necesita más para detectar que las ediciones BR y PP son copia gradual de la de Cotarelo, y que ninguno de los tres ha visto el impreso X, aunque Pilar Palomo asume el cambio de título de la comedia por el título *La condesa bandolera*, para reforzar la atribución de la obra a Tirso. Cotarelo, por lo menos, se tomó la precaución de apuntar «una primitiva comedia, *tal vez de Tirso*». Como se ve, la crítica textual y el cotejo minucioso de los manuscritos obliga a replantear esa autoría basada en un impreso que es tardío y que depende de la fase B, en donde uno de los manuscritos atribuye la obra a Luis Vélez. Las atribuciones de los editores de *sueltas* son sospechosas, porque subyacen intereses pecuniarios; las de los manuscritos, en principio, son más fiables.

«LA SEGUNDA MAGDALENA», MALÓN DE ECHAIDE Y LUDOVICO BLOSIO

De acuerdo con los últimos versos de la obra, según la versión A, y según el impreso de *La condesa bandolera*, la historia de Ninfa, Condesa de Valdeflor, procede de los *Morales ejemplos* de Ludovico Blosio. Hasta ahora ningún estudioso ha podido localizar esa referencia a Blosio, o Louis de Blois, importante escritor místico, benedictino, del siglo XVI, muy popular en la Europa del Sur a comienzos del siglo XVII. Sin embargo, hay otro escritor, éste agustino, que sí ha sido propuesto como una relación importante con la temática de *La Ninfa*. En un artículo publicado en 1974 David H. Darst apuntaba: «I would propose that the moral action of the drama adheres more logically to the four spiritual stages in the life of Mary Magdalena as exponded by Pedro Malón de Chaide in his *La conversión de la Magdalena*». David H. Darst usa (según indica en nota) la edición Blanca de los Ríos, en donde es imposible encontrar ninguna referencia a Malón de Chaide (o Echaide, de acuerdo con la documentación verificada por los expertos en este autor) ni al manuscrito 18698 en donde consta el pri-

Hoja del manuscrito de la Biblioteca Palatina de Parma con la indicación de «Luis Vellez» (sic).

mitivo título original de la obra. Darst consulta el texto de Malón de Echaide a partir del volumen XXVII de la BAE, y no de la edición de Félix García en Espasa-Calpe (3 vols., 1930-1948), por lo que su propuesta omite aspectos importantes que hubieran podido reforzarla. La primera de ellas, la extraordinaria difusión de *La conversión de la Magdalena,* único texto que nos ha legado Malón de Echaide, catedrático de Sagradas Escrituras en la Universidad de Zaragoza: se edita por primera vez en 1588 en Barcelona, donde era prior del convento de los Agustinos y donde murió al año siguiente. Entre 1590 y 1604, la obra se imprime en Alcalá siete veces (1590, 1592, 1593, 1596, 1598, 1602 y 1603), en Madrid 2 veces (1598 y 1604), en Valencia (1600) y, tal vez, según Salvá, en Barcelona de nuevo en 1598. Dicho de otro modo, tras una difusión muy amplia en el último decenio del XVI, en el período 1600-1604 todavía se reedita en Alcalá, en Madrid y en Valencia. Además de un desarrollo de la vida de la Magdalena en tres etapas, pecadora, penitente y santa arrepentida, la obra incluye una muy amplia selección de los Salmos, traducidos en liras de cuatro, cinco o seis versos o en silvas, siempre en combinación de heptasílabos y endecasílabos. Y, sin duda, y como han visto Darst y Juan Carlos Rodríguez, un léxico de erotismo a lo divino, que encaja con las expresiones amorosas de Ninfa con Cristo en el tercer acto de la obra. En concreto, Darst apunta al interés de la traducción del Salmo XLI, además de las imágenes de la cierva herida y la muda de piel de la culebra, comentando los versos: «"Como culebra quiero / para una nueva vida renovarme" (956a), she comments, utilizing the popular *topos* of the serpent sloughing off his skin to describing the transformation she will undergo. Interestling, Malón de Chaide employs the very same imagery to describe the movement from nature to grace: "Dejando la vieja piel de la serpiente antigua, que es el hombre viejo, sale del pecado con otra nueva vestidura de *gracia,* y renovada, se goza con su amado"» (Darst, pág. 218). Hay al menos otra imagen, además del ciervo/cierva y la culebra, en la que coinciden Malón de Echaide y el autor de *La Ninfa del cielo:* la del *camaleón.* En cuanto a las paráfrasis de los Salmos, tal vez convenga explicitar aquí su importancia en *La conversión de la*

Magdalena. Dejando aparte las menciones y citas de versículos aislados de algunos salmos, Malón de Echaide ofrece paráfrasis detalladas de los siguientes: Salmo 83 (120 versos *aBaB),* Salmo 103 (299 versos *abCabC),* Salmo 119 (75 versos *aBabB),* Salmo 97 (18 versos, endecasílabos irregulares con un heptasílabo), Salmo 12 (45 versos *aBabB),* Salmo XLI (148 versos *ABccABDD),* Salmo 136 (215 versos *abCabCcdeeDfF),* Salmo 125 (76 versos *aBaB),* Salmo 147 (90 versos, silvas). La obra acaba con una paráfrasis de 125 versos, *aBabB* y con una exposición sobre el Salmo 88, *Misericordias Domini cantabo* que sin duda son importantes para algunos aspectos de la evolución de Ninfa. La intrusión de la figura de la Magdalena en historias dramáticas, corresponde a la vertiente místico/ascética de lo que Ludovico Ariosto había popularizado en el Renacimiento a través de su *Orlando.* Tanto en *La Ninfa* como en *La serrana* el texto dramático incluye subtextos de la historia de Vireno y Olimpia, popularizados directamente por el texto de Ariosto, o indirectamente por los tres romances de Lorenzo de Sepúlveda que desarrollan el tema. La *Magdalena* representa la vertiente ascético-mística del amor profano tras una seducción erótica falaz y reveladora. Como observa Didier Souiller: «Au coeur du discours ascétique espagnol, il y a l'opposition dialectique entre le désir de jouissance et la réalité du néant (...) l'ancienne séductrice, elle, a su se convertir en un geste exemplaire: couper sa chevelure, renoncer aux fards, aux bijoux d'une beauté trompeuse et méditer sur un crâne, seule réalité à prendre en considération» (Souiller, pág. 28). El enlace moral entre el hecho del arrepentimiento y las consecuencias de la gracia tiene un respaldo en la literatura bíblica de los libros sapienciales, Proverbios, Job y Salmos. Especialmente aquellos Salmos que aluden a la misericordia divina. Es en este contexto moral, afín al neoestoicismo, en donde los hechos dramatizados por la historia de Ninfa adquieren perspectiva y consistencia y entran en el entorno de las preocupaciones religiosas del Barroco.

En la última escena, el texto de Ninfa deja claro que su historia tiene que ver con el problema de la predestinación: «Carlos, / no te alteres, que del Cielo / en mi predestinación / inescrutable rodeo». La historia ejemplar de Ninfa recuerda a la del bandolero Enrico: tras una vida de innumerables tropelías, su arrepentimiento final la hace digna de la misericordia divina. Malón de Echaide desarrolla en su libro esos dos principios a partir de la figura de la Magdalena y del espíritu de los Salmos. La paráfrasis del Salmo XLI coincide con la resolución de la historia de Ninfa en la primera estrofa:

> Como la cierva en medio del estío,
> de los crudos lebreles perseguida,
> que lleva atravesada
> la flecha enarbolada.

Pero en la segunda estrofa desarrolla el deseo amoroso de Ninfa para unirse con Cristo:

> Así mi alma enferma te desea,
> eterno Dios, y de tu amor sedienta,
> ardiendo en fuego puro,
> por ti, su fuerte muro,
> suspira, porque tu favor le sea
> refresco, con el cual su sed no sienta.
> ¿Cuándo me veré yo ante Dios presente,
> bebiendo de la eterna y clara fuente?

David H. Darst comenta unos versos de *La Ninfa* que tienen que ver con esta parte del texto de Malón de Echaide:

> Ninfa enters after crossing the river and uses the same language as the sheperd to describe a *toque* she has experienced:

> > y como de amor me habéis
> > herido, Señor, el alma,
> > herida y llena de fuego
> > vengo, como cierva al agua (959a).

> As with the serpent, the wounded deer is a popular emblem in the mystical and aesthetic writings of the time (Darst, pág. 218).

Hay un último punto, que ha pasado desapercibido para Darst, en donde la resolución del matrimonio místico entre

Cristo y Ninfa coincide con el texto de Malón de Echaide. La escena termina así:

NINFA

Mi bien, mi gloria, mi esposo,
por vuestro costado quiero
entrarme en vos.

CRISTO

Ya estáis, Ninfa,
mi querida esposa, dentro.

(2839-2842)

Esto corresponde, con mucha exactitud, al texto de *La conversión de la Magdalena*: «ya sé dónde te hallaré; sobre un monte te alcanzaré... Allí me abrirás *esa sagrada puerta de tu costado, donde yo ponga y esconda mi alma*» (II, 81-82).

Como hemos visto, el primitivo título original de la obra y el texto de Malón de Echaide refuerzan considerablemente esta fuente de composición apuntada por David H. Darst. Falta por comprobar si, de acuerdo con los versos finales, hay algo en los *Morales ejemplos* de Blosio que tenga que ver con la obra.

Quien más ha estudiado el tema ha sido Blanca de los Ríos, que consagra varias páginas de su introducción a *La Ninfa* a este asunto. Extracto el resultado de sus pesquisas: «Por indudable tengo que Tirso leyó a Blosio en la traducción castellana de sus obras debido al maestro fray Gregorio de Alfaro... y en las 772 páginas de este libro no encuentro la vida de ninguna Ninfa santa o beata, ni hallo siquiera una sola vez el nombre de Ninfa. En el *Año Cristiano* del sabio Fray Justo Pérez de Urbel tomo V, pág. 101, se lee "10 de noviembre: an Andrés, Avelino... Santos Trifón y Respicio, martirizados con la virgen Ninfa", s. III, y en el índice del Santoral, en el mismo volumen, página 550: "Ninfa, v. y m. 10 nov."... En suma: el Santoral que rige en la Iglesia Católica los años cristianos y Almanaques y la Enciclopedia Espasa no mencionan más

Santa Ninfa que la virgen y mártir que se conmemora el 10 de noviembre con San Trifón y San Respicio. Pero esa santa es del siglo III de nuestra era y la protagonista de Tirso, contemporánea de los Duques de Calabria, no podía ser anterior al siglo XVI, a lo sumo a las postrimerías del XV». A la vista de que no hay datos que avalen la relación entre la Ninfa de la obra y los textos de Ludovico Blosio, Blanca de los Ríos propone lo siguiente:

> Un paso más por los caminos de las exaltaciones y de las alegorías místicas, y el drama se convertirá en auto. Así se engendró el auto *La Ninfa del cielo* que yacía inédito y anónimo y restituimos a nuestro poeta. La mención a Blosio al final de *La Ninfa* nos lleva como por la mano a las fuentes hagiográficas del drama. Y halladas las fuentes, el influjo de Blosio se nos muestra muy claro, así en ésta como en otras obras más capitales de Téllez; y al par que el influjo de Blosio y de toda la literatura hagiográfica, se nos muestra en el drama el influjo gentílico de la poesía renacentista. El título mismo *Ninfa del cielo* fusión del Olimpo con la Bienaventuranza cristiana, nos dice que la heroína de Téllez es una criatura imaginaria, un mito poético en el que Tirso amalgamó el paganismo con la hagiografía. El néctar milenario del helenismo y el oloroso Falerno del Ariosto y del Petrarca se le subieron a la cabeza al escolar de Compluto; pero Tirso tenía la cabeza muy firme y era ante todo un fraile y un poeta cristiano crecido en el claustro, y el drama, por su ejemplaridad católica, es digno del *Flos Sanctorum* (BR, vol. I, págs. 912-914).

Bien, según parece, el argumento es que el auto sacramental *La Ninfa del cielo*, inédito hasta entonces, y anónimo según el manuscrito, tiene que ser de Tirso, y eso demuestra que la comedia también lo es. Blanca de los Ríos edita este auto a nombre de Tirso, y Pilar Palomo, como en todo el resto de decisiones editoriales, lo repite y le da cabida en su volumen, anotando: «Atribuido a Gabriel Téllez por Blanca de los Ríos con toda verosimilitud». La doctora Palomo no da argumentación alguna que explique en qué consiste esa toda verosimilitud. Se limita a numerar los versos (963) y a anotar las enmiendas que propone. La edición Palomo difiere de la escrupulosa edición de Walter Mettmann, que contiene 998 versos y, en vez de copiar la edición BR, consulta el manuscrito 2296 de la BN. En la edición Mettmann se ofrece además el cómputo métrico del auto, que resulta muy llamativo: 47,0 por 100 de romance, 37,5 por 100 de quintillas, 6,8 por 100 de redondillas, 4,8 por 100 de octavas, un soneto, una canción y una cuarteta. Llama la atención que se trata de un perfil métrico absolutamente ajeno a los usos de Tirso, para una obra que estaba ya representada en 1619. No obstante, el manuscrito anónimo, como los dos manuscritos de la comedia, también anónimos, se acaban atribuyendo a Tirso de forma sucesiva y sin ninguna verificación documental ni cotejo con estudios de carácter objetivo. Y omitiendo el hecho de que el manuscrito de la Palatina de Parma atribuye la obra a Luis Vélez de Guevara. Y la relación con los *Morales ejemplos* de Blosio sigue sin poder demostrarse.

EL RÍO Y LA CIUDAD MEDIEVAL NINFA, LOS CAETANI DE SERMONETA Y EL ESPACIO MÍTICO DE LA OBRA

Llama la atención el cuidado del dramaturgo para establecer el área geográfica en donde sucede la historia de la condesa de Valdeflor. Cuando aparece el barco en el que, tras la seducción de Ninfa, el Duque Carlos se vuelve a Calabria, estamos en una zona próxima a Nápoles, ya que se alude a Pusílipo, que es un castillo del puerto napolitano; más adelante (en la versión A) se habla de Palinuro, que no es el piloto de la *Eneida,* sino el cabo o promontorio situado en el itinerario de Salerno a Mesina, y por fin, al término del viaje mencionado, se alude al puerto de Ríjoles, enfrente de las playas de Mesina. Todo muy exacto geográficamente, porque Ríjoles es el nombre castellanizado de Reggio de Calabria. Esto parece apuntar a que la geografía de la obra se sitúa al norte de la bahía y golfo de Nápoles y que desde ese punto, Carlos sigue un itinerario marítimo hacia el sur, para llegar desde Ríjoles hasta Cosenza. Y, desde luego, que el autor de la obra conoce esa geografía, lo que lleva a pensar en dos dramaturgos concretos: Luis Vélez de Guevara, que navegó esas costas entre 1601 y 1603, y

Antonio Mira de Amescua, que estuvo acompañando al Conde Lemos en su corte literaria de 1610 a 1616.

Todavía hoy en día es posible reconocer la playa Ninfa y las ruinas de la antigua ciudad medieval del mismo nombre, Ninfa, en el territorio comprendido entre Anzio, el cabo de Santa Felicitá de Gaetani, y el puerto de Terracina, en el centro del golfo del mismo nombre, territorio que en el siglo XVI era fronterizo entre los Estados Pontificios y el Reino de Nápoles, en poder de los españoles desde Alfonso V de Aragón y los ejércitos del Gran Capitán. Explorar la geografía y la historia parece un camino más prometedor, en materia de crítica literaria, que ahondar en los misterios de la teología de Ludovico Blosio. Al menos permite ofrecer resultados concretos de inmediato. El río Ninfa, que da nombre a la ciudad medieval y a la comarca, nace a corta distancia del pueblo de Sermoneta de Gaetani, en la región del Lazio, y desemboca en el mar Tirreno, en dos derivaciones distintas: una entre las pequeñas albuferas conocidas en el siglo XVII como Lago de Fogliano de Gaetani y Lago delli Monaci (de los monjes) dei Gaetani, y otra entre el puerto de Terracina y la Torre del Baudino fiume. Todavía hoy en día, a comienzos del siglo XXI, la familia Caetani di Sermoneta permite la visita turística el primer sábado de cada mes a las ruinas medievales y los jardines Ninfa, y la oficina turística de la región del Lazio promociona la zona aludiendo a sus leyendas: «...appare, ai piedi del monte, k. 7, 9 NINFA, città medievale abbandonata, le cui rovine, rivestite di rampicanti e di fiori, tra fitti cipressi, si specchiano in un laghetto formato da una delle numerose sorgenti carsiche allineate al piede occidentale del Lepini; da esso esce la limpida e gelida corrente del F. Ninfa» (pág. 687). Hay un castillo en una colina de 257 metros, sobre la llanura Pontina, que en el Medioevo fue propiedad de la familia Caetani de Sermoneta, y que en tiempos de los Borgia acabó en manos de César y de Lucrecia, hasta que Julio II della Rovere se lo restituyó el 24 de enero de 1504 a sus antiguos y legítimos dueños. Sin duda, a comienzos del siglo XIV la propiedad, castillo, ciudad, río y lagunas, en un entorno paradisíaco, debía resultar imponente, por la referencia que hoy en día tenemos de él: «il grandioso Castello Caetani ben conservato, fornito

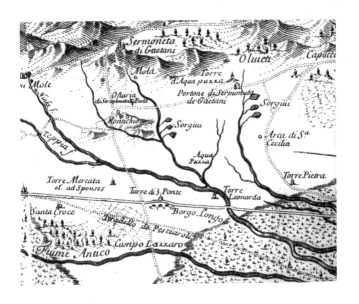

Río Ninfa. Pueblo de Sermoneta. Ciudad de Ninfa en la Ostaria di
Sermoneta.

di maschio, baluardi, allogiamenti militari e cisterne, risalente alla prima metà del sec. XIII, ampliato nel secolo succesivo». Es en ese siglo XIV en donde parece situarse la historia de *La Ninfa del cielo*. Un siglo XIV, en que la familia Gaetani di Sermoneta son algo más que poderosos: el apellido Caetani di Sermoneta es el del papa Bonifacio VIII, creador de la Universidad La Sapienza de Roma. En esta época el Ducado de Calabria corresponde a Carlos de Anjou, lo que encaja con la historia que se cuenta en la comedia. Dos siglos más tarde, tras el efímero paso de los Borgia, el esplendor de la familia llega hasta el siglo XVII, en el que encontramos un cardenal, Niccolò Caetani, cuyo retrato, pintado por Girolamo Siciliante, se conserva en la Galería Barberini de Roma, en la misma sala que luce el retrato de Erasmo por Quentin Metsys. Pero más que este cardenal Niccoló, nos interesa su sobrino Antonio Caetani, nuncio del Vaticano en Madrid, desde 1611 a 1617, frecuentador de las Academias Literarias de la época, en las que brillaba Luis Vélez de Guevara, protegido por el Conde de Saldaña, segundo hijo del Duque de Lerma. Antonio Caetani, que, después de su nunciatura en Madrid, será nombrado en 1624 cardenal en el Vaticano, después de haber fundado en 1623 en Roma una Academia degli Umoristi, muy activa en la época en que el Virreinato de Nápoles lo ocupa Fernando Enríquez de Ribera.

Las investigaciones históricas, tanto en su vertiente demográfica, como religiosa, política y cultural, llevadas a cabo por distintos estudiosos en el congreso *Ninfa, una città, un giardino,* permiten entender las bases culturales y antropológicas que han hecho que un conjunto de informaciones reales y legendarias pasaran a ser un texto teatral barroco. Por un lado, los conflictos relacionados con el Cisma papal entre Clemente VII y Urbano VI, que conducirá al destierro de Avignon, hacen que en 1381, tropas vascas y bretonas al mando de Onorato Caetani arrasen la antigua ciudad, dejándola en ruinas. Las ruinas y el abandono de una ciudad medieval dotada de varias iglesias y cercana a varios monasterios, constituye el sustrato mítico-legendario de la historia teatral. La doble advocación de la iglesia de Santa María de Ninfa, a una santa y al arcángel San Miguel, y la proximidad de una gruta en el Monte

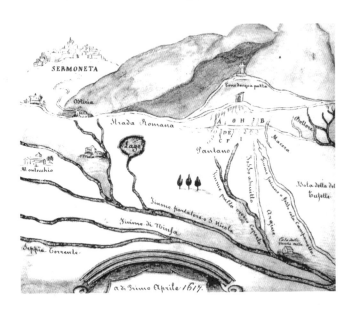

Río Ninfa. Sermoneta (1617).

Mirteto, relacionada con ese culto, proporcionan el hábitat ascético en el que sucede la historia de la condesa Ninfa y del Ángel vencedor del demonio, tal como ha estudiado M. Letizia di Sanctis:

> In questa stessa area, sulle pendici del Monte Norba, pochi chilometri a nord-ovest di Ninfa, sorgono i resti del monastero di Santa Maria di Monte Mirteto. Il complesso fu ereto agli inizi del XIII secolo nei pressi di una grotta dedicata al culto dell'archangelo Michele (...) padrone delle forze naturali e vincitore di quelle malvagge (...) Frequentato luogo di pellegrinaggio, la grotta fu transformata in chiesa e consacrata nel 1183 dal vescovo Signino (...) Federico II concesse la ricca grangia di Torriano in Calabria. Onorio III unì al cenobio, affinché li riformasse con l'introduzione delle regole florensi, i monasteri di Insula Rubiliana, tra Torre Annunziata e Castellammare, e di San Renato di Sorrento.

Se trata, pues de la orden Florense, encargada por Gregorio IX de Santa María di Monte Mirteto y de Santa María della Gloria, que «conservarono buoni rapporti con la vicina Ninfa».

La iglesia de Santa María del Monte Mirteto o Santa María de Ninfa, se asocia por un lado a la penitencia femenina y por otro a su misma doble advocación en otra iglesia marítima de Calabria, Santa María di Torriano. «Il 3 ottobre 1325, il monastero S. Angelo dà in enfiteusi ad Alberico di Ninfa, per le monache di S. Pietro di Ninfa, la chiesa di S. Clemente sopra Ninfa. E' una delle poche testimonianze relative ad una comunità femmenile in Ninfa in quell'epoca medievale» (G. Grégoire, pág. 159). La existencia documentalmente demostrada de un cenobio femenino sustenta la conversión de la heroína en una línea cercana a la Magdalena penitente, y finalmente, la cercanía territorial del Reino de Nápoles y el Ducado de Calabria en los tiempos de Carlos de Anjou, se unen a una realidad histórica complementaria, comprobada documentalmente: «Il 15 agosto 1308, l'abate di S. Angelo, Pietro, autentica la procura fatta dalla comunità al monaco Benedetto di Rolate per gli affari di S. Maria di Torriano in Calabria. Il 12 de giugno 1325, la curia del re di Napoli risolve a favore del Monte Mirteto il posesso di S. Maria di Torriano». Las relaciones entre Santa María de Ninfa y las diócesis de Calabria vienen del Bajo Medievo, y tienen a los cisterciencies Florenses como enlace. Como hace notar Grégoire: «E' probabile che il nucleo originale della comunità sia stato chiamato dal monastero calabrese di Fonte Laureato, della congregazione di Fiore, fondato nel 1201» (pág. 156). De ahí que el cardenal Ugolino conceda a la comunidad de Ninfa «la facoltà di sfruttare le saline e le miniere di ferro della Calabria».

La iglesia de Santa María di Torriano está en la comarca de Fiumefreddo Bruzio, la zona litoral del Tirreno próxima a Cosenza y dependiente del ducado de Calabria. Santa María di Torriano, dependiente de Santa María de Ninfa, está también bajo la advocación de San Miguel Arcángel. El último punto que completa la construcción de la historia dramatizada es la que afecta al bandidismo y al eremitismo de toda la zona. El eremitismo está minuciosamente estudiado por el eminante historiador italiano F. Caraffa, y no puede extrañar en el entorno de la abadía central de los benedictinos, Subiaco. En cuanto al bandidismo, especialmente a fines del XVI, el Archivo Caetani dispone de documentación muy clara. Luigi Fiorani cita una carta de Onorato Caetani al Patriarca de Alejandría en 1592 que no deja lugar a dudas:

> (...) qua s'esercitano crudeli giustizie, ma li tempi d'oggi lo richedono, che non si può più vivere che ogni passo é pieno d'assassini e di *banditi, li quali passano il numero di tremila* che ora vanno per il regno di Napoli, et ora nel Stato di Sua Santità. Hieri in numero di 700 arrivorno a Giugliano all' improviso, havevano pigliata la via verso Ninfa, et ato in pensiero della Cisterna insino che non habbia altra nova perché l'archibuscieri di quel loco erano fuori in Campagna verso Fogliano a persecutione d'altri banditi (Archivio Caetani, *Fondo generale*, 19 de abril de 1592, 21477).

Afortunadamente podemos disponer de un mapa muy detallado de todas esas tierras en el siglo XVII gracias al esmero del cartógrafo Giacomo Ameti Romano, que traza el mapa en 1693, a una escala de dos centímetros por milla italiana. Junto a ello tenemos los mapas vaticanos del Agro Pontino,

uno de las ruinas de Ninfa, obra de la *Domus Caietana,* e incluso uno muy preciso de los alrededores de Sermoneta en 1617
propiedad del Archivo Caetani y hasta mapas topográficos de
la gruta, el cenobio y la iglesia de Santa María. Esto nos permite localizar la geografía real que parece ser la base de la geografía mítica de *La Ninfa del cielo:* el río Ninfa se bifurca en dos
brazos que desembocan, uno en la playa de Crapolace y el
otro en el puerto y golfo de Terracina. Entre ambos se encuentra el Cabo de Santa Felicitá, y en él la Torre del Ángelo. El ángel en cuestión es San Miguel Arcángel. Junto a la frontera del
Reino de Nápoles y al lado de la Torre del Angelo hay un
«Epitaffio confine della Chiesa». Abundan, entre los montes
Lepini y la costa, los lugares de resonancias míticas: Passo e
Fosso del Mal consiglio, Paso del Tradimento y un Lago della
Soressa o de Santa María de Gaetani. Parece claro que el nuncio Antonio Caetani de Sermoneta debe de ser el transmisor
de las leyendas o historias relacionadas con sus tierras familia-
res, y que la fecha de 1612 es la más probable para situar la
composición de la obra por parte de Luis Vélez de Guevara.
Sin descartar que Vélez conociera la zona y sus problemas de
partidas de salteadores y bandidos en los años en que sirvió en
tierras italianas con el Conde de Fuentes y con Andrea Doria
(1600-1602). En todo caso, en enero de 1613 Vélez tiene ya
terminado el manuscrito de *La serrana de la Vera,* obra muy
próxima en todo a *La Ninfa,* como detectó en su momento
Courtney Bruerton. Tal vez con el título mixto *Las obligaciones
de honor y Ninfa del cielo,* como reza el manuscrito de Parma, y
como coincide con la documentación de 1613 de la comedia
representada en Quintanar de la Orden como *Las obligaciones
de honor.* O tal vez con el título de *La segunda Magdalena* que
tenía en origen el manuscrito 16898 de la BN, que parece un
texto más primitivo y menos elaborado que el texto común
a B y al ms. de Parma. En todo caso, la geografía y la historia
dan respuesta a un enigma que las consultas teológicas no han
podido aclarar, ni por la vía mercedaria, ni por la vía de estudiosos de orientación confesional. En cualquier caso, el problema de los distintos títulos alternativos obliga también a
plantear otras hipótesis distintas a las que se han propuesto
dentro del marco tradicional de la atribución a Tirso.

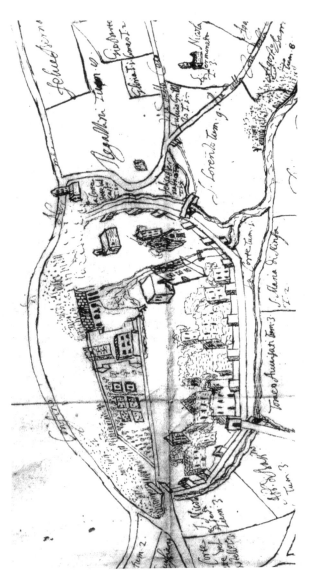

El recinto de la antigua ciudad de Ninfa y el curso del río. Archivo Caetani.

Además del título *La segunda Magdalena,* y de *La Ninfa del cielo,* conocemos otro con el que, desde Cotarelo, se alude a la obra: *Las obligaciones de honor.* La fuente de Cotarelo para afirmar que *La Ninfa del cielo* es la misma comedia que *Las obligaciones de honor,* la da la letra anónima, tardía y añadida al manuscrito A, que dice escuetamente que *La Ninfa, Las obligaciones de honor* y *La condesa bandolera,* todo ello es el mismo asunto. Años después de la edición EC, Francisco de B. San Román documenta la representación de una comedia con el título *Las obligaciones de honor* por Juan de Salazar en las fiestas del Corpus de 1613 en Quintanar de la Orden. A partir de este dato, Blanca de los Ríos asume que *La Ninfa del cielo* fue representada ya en 1613 con ese otro título. Y para completar el enredo, el manuscrito de Parma lleva como título completo: *Comedia de las obligaciones de honor y Nimpha del cielo.*

Sin embargo, no es ésta la única comedia que lleva por título *Las obligaciones de honor.* Existe una comedia, atribuida a Lope de Vega con el nombre *Los Vargas de Castilla,* que presenta una sólida argumentación para reclamar, mejor que *La Ninfa del cielo,* el nombre *Las obligaciones de honor.* De hecho, en la Colección Barberini de la Biblioteca Vaticana (donde existe también un ejemplar impreso de *La condesa bandolera)* se encuentra esta referencia: 92. Barb. lat. 3486: 17 th cent. paper, 215×158 mm. 61 ff., one hand plus editing and corrections in others. ANONYMOUS. Comedia nueba de Las obligaziones de honor. First verse: *sacad la espada.—primero* Last verse: *de sus faltas el perdón.* Uncited ms. This play is commonly known as Los Vargas de Castilla. First published, attributed to Lope, in *Comedias de Lope de Vega Carpio,* pt. 27, Barcelona, 1633. A 19th-cent. ms. is in the Bib. Nac. (Madrid); Ms. 15.443 (6).

Este último manuscrito de la BN de Madrid corresponde a una copia moderna de las comedias de la *Parte Veintisiete Extravagante,* con muy poca garantía de autenticidad en la atribución a Lope, y en donde está también *El inobediente o La ciudad sin Dios,* obra de Claramonte atribuida a Lope en una *Parte Extravagante.* El texto, con el título *Los Vargas de Castilla* ha sido publicado por don Marcelino Menéndez y Pelayo, que, según es habitual en él, no pone en duda la atribución a Lope. Antes de hablar del modelo argumental sobre la autoría de esta obra, vamos a apuntar las razones de defender que *Los Vargas de Castilla* es la auténtica comedia *Las obligaciones de honor.*

En la primera jornada se plantea ya el enigma dramático en los siguientes versos: «Veréis que son, con verdad / finezas de mi amistad / y *obligaciones de honor*» (pág. 373a). En el desarrollo del conflicto, durante la segunda jornada, el sintagma se repite cuatro veces, la última de ellas coincidiendo con el último verso de la jornada: «porque me ponen temor / *obligaciones de honor* / que no he poder cumplir» (388a); «*obligaciones de honor* / calientan la sangre fría» (392b); «pareciese hacer mudanza / *obligaciones de honor*» (403b); «vos solamente sabéis / *de obligaciones de honor*» (405a). Todo este elemento dramático culmina en su graduado desenlace de la tercera jornada, en donde hay ya *cinco* menciones de ese sintagma: «viendo que a esto han llegado / *obligaciones de honor*» (410a); «porque son *del honor obligaciones*» (414b); «pero son *del honor obligaciones*» (417b); «que esto me mandan hacer / *obligaciones de honor*» (421a), y la escena final, los últimos versos que dice el Rey Don Juan: «que en el mundo han sido ejemplo / *de obligaciones de honor*» (425b).

Frente a estas observaciones de contenido, la anotación anónima añadida al manuscrito 16698 no resiste el cotejo con esta alternativa, avalada por el manuscrito de la Barberini. Así pues, hay una representación de una comedia en 1613 con el título natural de acuerdo con su argumento, *Las obligaciones de honor,* y que Menéndez Pelayo edita como *Los Vargas de Castilla.* Respecto a la atribución a Lope, Morley y Bruerton han expresado su opinión en contra de una forma bastante detallada: «...el volumen en que se publicó no ofrece ninguna garantía de autenticidad, y el verso no corresponde satisfactoriamente a los métodos de Lope. (...) La gran cantidad de su.[eltos] parece ser de 1610-12, pero el porcentaje de par.[eados] es

103

bajo. Los sonetos B son raros en esta época, aunque aparecen ocasionalmente. El rom. [ance] parece ser de 1615 aproximadamente, pero no tenemos pruebas de que se escribiesen entonces comedias con tan pocos par. en su. No hallamos modo de reconciliar las discrepancias» (pág. 572). Estas observaciones de Morley y Bruerton han sido ampliadas por William L. Fichter a partir de un estudio de ortoepía: «*Los Vargas de Castilla*, another play whose strophe pattern caused Morley & Bruerton to doubt its authenticity, also shows some divergence from Lope's orthoepic practice». Fichter analiza la distinta escansión de varias palabras con diptongos, mostrando que esta comedia está fuera de las normas de escansión de Lope. A esto se añade el hecho de que, en unos años de gran prestigio del Fénix, la comedia la represente una compañía muy poco conocida, casi local, lo que no favorece la autoría de Lope.

Juan de Salazar, antiguo actor de la compañía de Andrés de Claramonte en 1609, representa esta obra con otras dos, *La bella niña* (autor sin identificar) y *La católica princesa Leopolda*, de Claramonte, con manuscrito en 1612, que sin duda corresponde a la fecha de composición, por desarrollar hechos culminados a mediados de 1611 en Bohemia. Vale la pena recordar la consideración en que Claramonte tiene a Luis Vélez de Guevara en una fecha tan temprana como 1610, cuando se envía a aprobación de Fray Hortensio Paravicino la *Letanía moral*. Allí encontramos en el *Enchiridion de los ingenios convocados* la siguiente mención: «Luys Velez de Gueuara floridisimo ingenio de Ezija, de quien esperamos grandes escritos y trabajos y a hecho hasta oy muchas famosas comedias». Y en el poema a San Luis, Claramonte iguala a Vélez con Góngora: «uno oráculo del Betis / y otro Anfriso del Genil. / Ellos, inmortales sumas / os deben, conforme a ley». La relación entre Vélez y Claramonte procede sin duda de la Academia del Conde de Saldaña (1608-1611) donde ambos coinciden. Siendo Claramonte empresario teatral y actor de éxito por esos años parece plausible pensar que en la transmisión del texto desde Vélez hasta la compañía de Juan de Salazar, ha podido intervenir Claramonte, si es que *Las obligaciones del honor* corresponde a esta obra. Como observa Bruerton resulta sorprendente que «so modest an author should possess a play by as prominent a playwright as either Tirso or Vélez». En principio esto vale para el título *Las obligaciones de honor,* tanto si se refiere a *Los Vargas de Castilla,* como si se trata de *La Ninfa del cielo;* tanto si la obra es de Vélez, como si es de Lope. Pero si la intermediación entre el autor y la compañía de Salazar es cosa de Claramonte, autor y empresario, la dificultad se solventa. En todo caso, la siguiente documentación de *La Ninfa del cielo,* ya con este nombre, corresponde al empresario Jerónimo Sánchez, que tiene en su repertorio de agosto de 1617 dos comedias seguras de Claramonte y una probable: *El secreto en la mujer, El mayor rey de los reyes* y *Tan largo me lo fiáis.* No está investigado todavía si la compañía de Sánchez es, como lo eran la de Alonso de Olmedo en 1607, o la de Cerezo de Guevara en 1615, compañía «de partes», conjuntamente con Claramonte. Si es así, esto apuntaría a que las diecisiete comedias de su repertorio podrían proceder de dos compañías que se unen por esos años.

Así pues, la composición y estreno de *La Ninfa del cielo* puede corresponder a dos períodos distintos, ambos comprendidos entre 1612 y 1617. Para Bruerton «there is one compelling reason to believe that *La serrana de la Vera* was completed by Vélez de Guevara on January 7, 1613 and that *La Ninfa del cielo* was written somewhat later, perhaps between March and June of 1613» (pág. 93). En realidad esto es igual de probable que su alternativa: que *La Ninfa del cielo* sea anterior a *La serrana.* Ambas presentan el mismo tipo de estructura métrica, léxico y construcción teatral, incluyendo en ello el trazado de los personajes y las precisiones escenográficas. Es materia abierta a posterior investigación cuál de las dos es anterior a la otra y si hay algún título diferente a *La Ninfa del cielo,* para lo que estructuralmente resulta más sólido postular el título *La segunda Magdalena* que *Las obligaciones de honor.* En cuanto a *Las obligaciones,* si se trata en realidad de *Los Vargas de Castilla,* los autores más probables, de acuerdo con diferentes índices críticos, son Vélez y Claramonte, pero no es éste el momento de desarrollar esa parte de las pesquisas. Sí, en cambio, es el momento de plantear la alternativa a la rutinaria atribución a Tirso ideada por EC y continuada por Blanca de los Ríos y Pilar Palomo. Esa alternativa de atribución la defendió Courtney Bruerton con su propuesta de Vélez de Guevara. Además del respaldo histórico y biográfico, que Bruerton no llegó a conocer, tenemos las bases argumentales que desarrolló en su artículo de 1952. Antes de pasar a ello, y como el modelo argumental se basa principalmente en la tipología métrica, y Bruerton sigue el texto EC-BR-PP, convendrá ver si el texto obtenido a partir del manuscrito B, cotejado con el manuscrito A, modifica en algo esa propuesta.

EL ESQUEMA MÉTRICO DE «LA NINFA DEL CIELO»

ACTO I	Quintillas	1-145
	Canción	146-153
	Redondillas	154-325
	Canción	326-333
	Redondillas	334-581
	Canción	582-583
	Endec. suel	584-661
	Redondillas	662-765
	Rom. *e-a*	766-937
ACTO II	Redondillas	938-957
	Soneto	958-971
	Redondillas	972-1063
	Soneto	1064-1077
	Redondillas	1078-1585
	Romance *i-a*	1586-1793
	Suel. + pareados	1794-1874
	Redondillas	1875-1890
ACTO III	Sextina lira	1891-1938
	Quintillas	1939-2128
	Romance *a-a*	2129-2376
	Suel. + pareados	2377-2438
	Redondillas	2439-2706
	Romance *e-o*	2707-2860

El perfil general de la obra se puede resumir así: Redondillas: 49,9 por 100; Romance: 27,5 por 100; quintillas: 11,5 por 100; sextina-lira: endecasílabos sueltos: 7,9 por 100; sextina-lira: 1,7 por 100; soneto: 0,9 por 100. Comienzos y finales de actos: quinti.-rom.; red.-red.; sextina-lira-rom.

Número de pasajes: redondillas (8); romance (4); quintillas (2); sueltos con pareados (3); sonetos (2). Pasajes más largos: redondillas: 508; quintillas: 190 versos; romance: 248 versos. No hay décimas, ni octavas ni tercetos.

Según Bruerton, «There are no less than six points which cast some doubt on the attribution to Tirso: the percentage of *redondillas* and the length of the longest passage, the lack of *décimas* and *octavas* and the percentages of quaternary movement in *romance* and of *pareados* in *sueltos*». Bruerton analiza siete obras de Tirso correspondientes a la época 1611-1615 y concluye que «these various misfits with Tirso's verse methods are many and they suggests that Tirso did not write the play». En una argumentación bastante sólida y minuciosa sugiere que el autor puede ser Vélez de Guevara. Dado que Tirso está en la isla de Santo Domingo desde junio de 1616 hasta abril de 1618, la fecha de representación de *La Ninfa del cielo* por la compañía de Jerónimo Sánchez no contribuye a avalar la autoría del mercedario para esta obra, y, en cambio, refuerza el escolio crítico de Bruerton, aunque, sin duda sería bueno ampliar el corpus a todas las obras anteriores a su traslado a Santo Domingo. Más interés tiene comprobar la argumentación respecto a Vélez, que puede ser reforzada considerablemente acudiendo a obras que Bruerton no usó en su estudio.

Si la obra fuese de Lope de Vega, el autor sobre el que hay más corpus de análisis, y por lo tanto, mayor fiabilidad, la fecha más probable de composición apunta al período 1609-1618, de acuerdo con los exhaustivos estudios de Morley y Bruerton, en lo que atañe al uso de formas mayores (redondilla, romance, quintilla). Sin embargo, la ausencia de décimas y octavas es un rasgo que no encaja con ese período lopiano.

En efecto, un 49,9 por 100 de redondillas con 8 pasajes es típico de ese período en Lope: «en 1609-1618, 20 comedias de las 29 muestras de 10 a 16 pasajes... en 25 comedias los porcentajes varían del 30 por 100 al 58,8 por 100» (pág. 105); las quintillas, con un 11,5 por 100 y 2 pasajes, corresponde al período 1609-1618: «Los porcentajes varían de 1 por 100 a 21,7 por 100. Hay 7 comedias que no tienen más que 1 pasaje cada una. El promedio total es de 1,9 pasajes y el 6,5 por 100». La ausencia de décimas es típica del período 1604-1608 donde «sólo dos de las diez comedias fechadas contienen esa estrofa» (pág. 114). Este rasgo también encaja con el hecho de que no aparecen tercetos (forma arcaica) ni octavas reales (forma moderna). Sobre los tercetos «el promedio total para las diez comedias de 1604-1608 es de 0,6 pasajes y 0,9 por 100» (pág. 161); las octavas son la forma más constante en Lope, de modo que una obra que no tenga octavas es muy poco probable que sea del Fénix; sólo hay un período en que encontramos esta ausencia: «de las 314 comedias de las Tablas I y II, sólo 28 carecen de ella. De esas 28, 13 son seguramente anteriores a 1609, y probablemente 22. Podemos, entonces, sacar la conclusión de que, mientras la ausencia de oct. en las comedias de la Tabla III de fecha aparentemente tardía no es de por sí concluyente, cuando se una a otros fenómenos definidamente no auténticos, aumenta su fuerza» (pág. 142). El otro hecho llamativo en *La Ninfa* es el porcentaje de pareados dentro de los pasajes de endecasílabos sueltos. En Lope este rasgo y su frecuencia corresponde sobre todo al período 1609-1618: «Las 24 comedias de 1609-1618 en las que hay su., tienen un porcentaje de par. que va de 15 en *San Diego de Alcalá* a 40 en *El mayor imposible*» (pág. 171). Dicho de otro modo: el período 1609-1612 es compatible con el uso de las formas mayores, pero el hecho de que no haya octavas ni décimas descarta a Lope como posible autor para ese mismo período.

Para un autor como Mira de Amescua, los estudios de Vern Williamsen, sobre un total de 46 obras de autoría segura, establecen lo siguiente: un porcentaje de romance entre el 25 y el 30 por ciento, combinado con uno de redondillas en torno al 50-55 por ciento lo encontramos en las comedias *Amor, ingenio y mujer* y *Lo que puede el oír misa*. En estos caso el uso de las quintillas y las décimas no encaja. En ambas hay décimas (del 3 al 8 por ciento), y en una de ellas no hay quintillas, pero sí octavas, y en la otra no hay octavas, pero el porcentaje de quintillas es apreciable (16,7 por 100). Tampoco encaja el escasísimo *(AmIngM,* 1 por 100; *LoqP,* cero) o nulo uso de endecasílabos sueltos. Las obras en las que no hay décimas y tienen un uso apreciable de endecasílabos sueltos sin usar octavas, tienen porcentajes de quintillas entre el 44 y el 89 por 100, y son anteriores a 1603. Respecto a Tirso, las 31 comedias (excluyo del corpus *La venganza de Tamar)* analizadas por Griswold Morley son todas ellas compatibles con el uso de redondillas, pero incompatibles con el equilibrio entre romance y quintillas. En sólo 3 de las 31 no hay décimas; pero en esas tres sí aparecen octavas reales; en las escasas obras en que Tirso no usa octavas reales, o no hay quintilla, o su uso es anecdótico (menos del 5 por 100).

Todo ello nos permite llamar la atención sobre la peculiaridad del perfil métrico de la comedia *La Ninfa del cielo.* No encaja en los modelos habituales de Lope, ni de Tirso, ni de Mira de Amescua. ¿Qué sucede con el auto sacramental, para el que disponemos de una fecha más tardía de representación que para la comedia? No sabemos si la representación en Sevilla en 1619 por la compañía de Juan Acacio Bernal es el estreno o no, pero el perfil métrico de la obra nos sitúa en unos porcentajes sorprendentemente similares a los de *El condenado por desconfiado:* el uso prioritario es el romance, entre el 45 y el 50 por 100, y la estrofa que le sigue es la quintilla, con 37,5 por 100, frente a un 6,8 de redondilla, muy alejado de los porcentajes de Tirso. El porcentaje de 4,8 de octavas contrasta con la ausencia de décimas. Se trata de un perfil métrico prácticamente idéntico al que usa Andrés de Claramonte para su auto sacramental *El dote del rosario,* que al dar como referencia la *Minerva sacra* de Miguel Toledano tiene que ser posterior a 1616. Ahora bien, para escribir este auto sacramental es necesario, o bien ser el autor de la comedia, o al menos haber tenido acceso a la fase textual que corresponde al manuscrito B, como se evidencia por los siguientes pasajes:

Manuscrito B	Auto sacramental
Dirás que no es necedad	Dirás que no es necedad
la caza en que el tiempo pierdes	la caza en que el tiempo pierdes
y lo mejor de tu edad	pues que dejas la ciudad

pues pasas tus años verdes	y en aquestos campos verdes
Carlos, en la soledad	quieres sembrar tu maldad.
Un filósofo decía	Un filósofo decía
que sólo un bruto podía	que en la soledad hallaba
....	....
Mi bien, mi gloria, mi esposo	Mi Pastor, mi Dios, mi gloria,
por vuestro costado quiero	por vuestro costado quiero
entrarme en Vos.	entrar en Vos.
CRISTO: Ya estáis, Ninfa	CRISTO: Ya estás, Ninfa
y querida esposa, dentro.	y querida esposa, dentro.

Ya hemos dicho que *La Ninfa del cielo* la representa la compañía de Jerónimo Sánchez en agosto de 1617, sin que quede claro si se trata de la comedia o del auto sacramental. En todo caso, ese mismo autor tiene en su repertorio dos obras de Claramonte, *El secreto en la mujer* y *El mayor rey de los reyes*. Llama la atención el parentesco estructural entre el comienzo del primer acto de la comedia *La Ninfa del cielo* y el comienzo del tercer acto de *El secreto en la mujer*. El gracioso, en este caso, Pánfilo (de raíz terenciana: *El eunuco),* empieza así su discurso:

> ¿Que hay majaderos
> que llaman gusto a la caza?
> ¿Hay tan grande necedad?

La acción de *El secreto en la mujer* transcurre también en tierras italianas. En este caso no son el Duque y la Duquesa de Calabria, sino el Duque y la Duquesa de Florencia. En todo caso esta documentación relacionada con Jerónimo Sánchez permite abrir nuevas vías de investigación en torno a las relaciones entre Vélez y Claramonte, al menos para el auto sacramental y para la remodelación textual de la comedia. Andrés de Claramonte tiene bastante solvencia como autor de *autos sacramentales*. En los últimos años de su vida, el quinquenio 1620-1625, vende autos sacramentales a varias compañías y consta representación de varias de ellas tanto en Sevilla como en Madrid. Pero desde mucho antes consta como representante de autos sacramentales o comedias a lo divino. El 28 de marzo de 1610 concierta las fiestas del Corpus en Medina de Rioseco para hacer dos autos sacramentales «en cuatro partes [sitios de representación] a la hora y sitios que le fueren señalados»; el 1 de junio de 1611 se concierta con la Cofradía del Santísimo Sacramento de Villafáfila (en la actual provincia de Zamora) para estar allí el domingo 5 de dicho mes para hacer dos comedias con sus entremeses. El 26 de marzo de 1614 contrata, para el Domingo de Pascua, la representación de dos comedias, una a lo divino y otra a lo humano, por lo que recibe 800 reales, además de los gastos de traslado desde Alcalá de Henares a Algete y desde aquí a Guadalajara. Este período temporal corresponde muy probablemente a la época de composición de *La Ninfa del Cielo*. En cuanto a los autos sacramentales que conservamos, hay, al menos evidencia de que usa paráfrasis de los salmos y del *Cantar de los Cantares*, como observa Hernández Valcárcel en *El horno de Constantinopla*. En el caso de *La católica princesa*, que tiene una fecha de composición muy precisa, 1611-1612, se usa, como canción, una traducción del Salmo 136, *Super flumina Babilonis*, en dos sextinas aliradas, con un texto muy similar al de Fray Luis de León. Interesa apuntar estos aspectos porque el *Cantar de los Cantares* ha sido utilizado como base para el auto sacramental *La Ninfa del cielo*, en el pasaje que corresponde a los versos 698-713, según Walter Mettmann (Cantar, 5, 8 a 5, 16.) En *El horno de Constantinopla*, Claramonte utiliza esos mismos pasajes (5,11) y otros del mismo texto bíblico (desde 2, 3 hasta 6, 12). Además de ello vuelve a usar el Salmo 136 *(Super flumina)*, y del Salmo 128, además de pasajes de Génesis, 22 y 42 a 47, Reyes, Deuteronomio, 14, 8, y Paralipómenos, 2, 36, 20. La argumentación para proponerlo como posible autor de la comedia y auto *La Ninfa del cielo* se compone de distintos tipos de análisis: estadísticos de métrica, de coincidencia de uso en fuentes bíblicas, y de evidencia documental como autor de textos sacramentales, tanto autos como loas. Las propuestas alternativas a esta hipótesis deben contemplarse de forma objetiva, fuera de los apriorismos y errores metodológicos que han caracterizado la hermenéutica doctrinal de la obra hasta ahora, y asumiendo la hipótesis alternativa de que Claramonte puede ser el autor tanto de la primera versión como de su remodelación y del auto sacramental. Y, desde luego, volver a establecer la relación entre estas dos obras y *El condenado por desconfiado* sin hacerlas depender de la atribución a Tirso de Molina, que carece de base documental y está en contra de los resultados de las investigaciones que se han llevado a cabo de forma objetiva. No parece sensato descartar a Claramonte como autor a partir de las sucesivas autoridades de Menéndez y Pelayo, Emilio Cotarelo y Blanca de los Ríos, que han reproducido comentarios de Agustín Durán y de Juan Eugenio Hartzenbusch sin acudir a verificar las fuentes ni a comprobar los documentos necesarios para poder proponer hipótesis solventes.

LA PERVIVENCIA DE LA HISTORIA: BANDOLERAS EN ITALIA Y SEGUNDAS MAGDALENAS

Ya hacía notar Bruerton, sobre *La Ninfa del cielo,* que «the play is of importance in the history of the spanish *comedia* because it forms one link in the chain of comedias de bandoleras, in which the heroine to avenge an affront, becomes a bandit». En este sentido *La Ninfa* se inscribe en una tradición inicial de la que el modelo más depurado es *La serrana de la Vera* en la versión de Vélez de Guevara, y en donde previamente tenemos la primera *Serrana* de Lope de Vega, y *Las dos bandoleras,* de autor incierto, pero ambas sin duda anteriores a *La Ninfa.* Bruerton apunta además «*La Ninfa del cielo* is still more important because it presents one of the first appearences of the Don Juan theme in the theater». Sin duda esta es la razón que ha llevado a algunos estudiosos a atribuirle la obra a Tirso; no obstante, hay un tercer aspecto que hace especialmente relevante esta obra: el entronque entre la temática de bandoleras y la de santas arrepentidas en la estela de María Magdalena. De nuevo la obra dramática de Vélez de Guevara permite trazar puntos de anclaje entre unos temas y otros. La historia de María Magdalena está dramatizada de forma original en *Los tres portentos de Dios,* obra tardía de Vélez en donde se dramatizan paralelamente la conversión de la Magdalena y la de San Pablo en su vida como Saulo; como apunta Ticknor: «in his "Three Divine Prodigies" we have the whole history of

Saint Paul, who yet first apears on the stage as a lover of Mary Magdalen» (tomo II, pág. 296). Es una obra transmitida en un texto muy truncado (2.350 versos; la extensión normal de las comedias está en torno a 3.000), pero con un elevadísimo porcentaje de romance (1.800 versos) que hacen pensar en una fecha de composición cercana a 1640. En todo caso, la estructura de la historia obedece a la misma disposición marcada por el plan articulado en *La conversión de la Magdalena* de Malón de Echaide. Primer acto: vida disipada; segundo acto, penitencia; tercer acto, arrepentimiento. La historia concreta de *La Ninfa del cielo*, según la cual tenemos una penitente antigua bandolera en tierras napolitanas, que acaba obteniendo veneración en Cosenza, es paralela a la que se desarrolla en la obra *La segunda Magdalena y Sirena de Nápoles,* impresa a nombre de Rojas Zorrilla, pero con una estructura métrica que la sitúa en el período 1615-1620, en que Rojas frisa los diez años de edad. Los comienzos y finales de actos son: quintilla-silvas; redondilla-décima; redondilla-romance. La estrofa más usada es la redondilla y coexisten quintillas y décimas en los tres actos. A esto hay que añadir un uso del romance muy escaso (en el segundo acto no se utiliza), en torno al 15 por 100. Aunque en la edición de la *suelta* la obra presenta evidentes truncamientos, el esquema general es claro. El autor y período más cercano al perfil métrico de *La segunda Magdalena* es el Mira de Amescua de la época de *El rico avariento* o de *Los mártires de Madrid.* De esta última consta representación en 1619, pero Williamsen la cree bastante anterior y basada en *La fianza satisfecha,* atribuida a Lope rutinariamente y relacionada con contenidos dramáticos próximos al tema de Don Juan. A esto hay que añadir varios puntos del texto que lo acercan a otras obras de Mira, como *Galán, valiente y discreto, El esclavo del demonio* y *La mesonera del cielo.* En todo caso, tanto Mira de Amescua como Vélez de Guevara son proclives a usar temas y motivos procedentes de la historia bíblica de la Magdalena, que en esos años es muy popular tanto por la obra de Malón de Echaide como por las representaciones iconográficas de Juan de Juni o de Piero di Cosimo, entre otros. En el caso de esta *Sirena de Nápoles* o *Segunda Magdalena,* el sedimento mítico y legendario procede, además, de dos vías complementarias: historias de prostitutas de oficio o de jóvenes licenciosas que cambian el rumbo de su vida y acaban como santas, de las que los ejemplos más conocidos son las Vidas de Santa María Egipciaca, Santa Tais y Santa Teodora de Alejandría, o bien historias similares localizadas en el Bajo Medievo en tierras italianas, de las que el ejemplo más popular es el de Santa Margarita de Cortona (fines del siglo XIII). En el primer caso estamos ante los comienzos del monaquismo cristiano de Oriente; en el segundo ante la aparición de las nuevas órdenes monásticas en la península italiana en tiempos de las crisis del papado.

Hay una diferencia esencial, en todo caso, entre comedias como *La segunda Magdalena y Sirena de Nápoles, El galán ermitaño y mesonera del cielo*, o *La Ninfa del cielo*, todas ellas obras de muy alto nivel estético, tal vez superior al de *El condenado por desconfiado*, y una obra como *La bandolera de Italia y enemiga de los hombres*, que pertenece a una época muy tardía (uso del romance por encima del 70 por 100) y que retoma la historia y los personajes de Ninfa, condesa de Valdeflor, con un tratamiento místico mucho menos elevado y con menor entidad estética. El conjunto de obras (*Sirena, Mesonera, Ninfa*) explora todo el proceso de caída en el pecado y resurrección moral por medio de la vida ascética, atendiendo a la exploración psicológica de la personalidad y al esquema moral y doctrinal relacionado con las historias de arrepentidas cristianas. El entorno teatral en que todo ello se desarrolla no va en menoscabo de la indagación dramática de los personajes, motivos y acciones, tanto en el caso de Mira de Amescua como en el de Vélez de Guevara. El anónimo autor de *La bandolera de Italia* retrocede un grado en sus exigencias estéticas y desarrolla la historia de Ninfa con menores pretensiones; se limita a poner al día esta *moralidad legendaria* en el ropaje externo, sin ahondar en la relación entre los contenidos morales y la forma en que esos contenidos aparecen en la escena teatral. Sin embargo, aunque su escritura teatral es inferior a la del original, la obra sirve para atestiguar la pervivencia de la historia de Ninfa a lo largo del siglo, y la razón de que cuando se edita la misma comedia en una *suelta* tardía, deturpada y con truncamientos, el editor decida ponerla a nombre de un autor famoso y con aval teológico como Tirso de Molina. Esta última fase de los avatares de la Ninfa, transformada en condesa bandolera, explica también la tentación crítica de los estudiosos tirsianos de la segunda mitad del siglo xx: atribuir la obra al fraile mercedario sin verificar las fuentes documentales ni sopesar las argumentaciones contrarias a esta apresurada decisión.

Conclusiones

En lo que atañe a *La Ninfa del cielo*, la autoría de Vélez, apoyada documental y teóricamente, concuerda con los testimonios de época. Es el caso de Gerónimo Dalmao, en una carta del 22 de julio de 1616, en la que alude a la comedia de *Santa Isabel* y escribe: «Anme asegurado algunas personas pláticas que Luis Vélez, poeta moderno, la hará muy bien, porque las que son a lo divino haze casi mejor que Lope de Vega». Bruerton, que transcribe la cita, observa: «Thus Vélez had a reputation for religious plays as early as three years after the performance of *La Ninfa del cielo*» (pág. 93).

Resulta necesario asumir, a partir de aquí, las consecuencias críticas de esta nueva atribución, que tienen que ver con el problema metodológico de parte de la crítica tirsiana que se ha apoyado en *La Ninfa del cielo* para reforzar la discutida atribución de *El condenado por desconfiado* y, por extensión, de *El burlador de Sevilla*. La prudencia crítica y la atención metodológica obligan a deslindar los procedimientos de análisis y argumentación para atribuir estas dos obras. Tirso de Molina es un autor con un perfil estético muy coherente si uno asume la consistencia y entidad dramática de obras realmente suyas como *Palabras y plumas*, *Don Gil de las calzas verdes*, *El vergonzoso en palacio*, *El celoso prudente* o *La prudencia en la mujer*. Es el mundo de un dramaturgo admirablemente dotado para el enredo cómico, para la indagación léxica, para el contraste de mundos sociales y para el desarrollo y análisis de la psicología de los personajes femeninos y la complejidad de los graciosos. Un autor clásico en cuanto a su raigambre lopiana en el uso de modelos estróficos y en la elegancia de la dicción. No hay nada de ello en *El condenado por desconfiado,* que encaja perfectamente en el mundo teatral de Claramonte: comedia de tramoya, efectos especiales, escenas aisladas brillantemente resueltas de cara al público y personajes tremendistas con golpes de efecto final. El tipo de teatro que encaja con las apreciaciones críticas que observa el profesor Oakley: «*El condenado por desconfiado* is a typical *comedia* in its pattern of monologue interspersed with dialogue and sometimes frenetic action. The dramatic events engage the audience's attention constantly by their verve and energy, driving the story forward to its denouement, while the monologues fill some of the gaps thatr action and dialogues alone cannot communicate. In addition to the filling of gaps, the monologue is used to open the play, entailing, as we shall see, considerably risk theatrically» (pág. 17). Sobre todo en un monólogo expuesto a partir de elementos estéticos gongorinos, y que desarrolla conceptos típicos de los Salmos. En todo caso, esta característica gongorina en cuanto a la forma de la expresión es tan característica como los elementos relacionados con la sintaxis teatral y el contenido moral de la obra.

La tendencia al gongorismo en la expresión, típica del teatro de Claramonte, acabará haciendo de él el blanco preferido de don Marcelino Menéndez y Pelayo. Pero no es Claramonte el único caso de menosprecio crítico por esta elección estética. Mira de Amescua, Vélez de Guevara, Luis de Belmonte y Rojas Zorrilla han sufrido el mismo tipo de incomprensión crítica. Véanse las siguientes observaciones recientes: «Junto a las lagunas biográficas, en Mira se une también un cierto olvido y se echa en falta una valoración algo más justa de su labor como dramaturgo. La escasa simpatía que mostró Cotarelo hacia la creación del guadijeño repercutió negativamente en las afirmaciones que sobre él vertieron los manuales de literatura; así que las virtudes de su teatro —por otro lado, bastante desconocido por la mayoría— no han sido consideradas de forma global y objetiva» (Muñoz Palomares, A, pág. 10). Esta justa vindicación del teatro de Mira de Amescua está escrita en 2007. Sin embargo, la línea crítica de vituperio o desdén frente a los dramaturgos de esta estética viene de atrás. El Conde Schack, cuya finura crítica se aplica sin problemas al teatro de Lope, Ruiz de Alarcón, Guillén de Castro o Tirso, alude a Rojas Zorrilla en estos términos:

> Con estas cualidades tenía nuestro poeta cierta afición a lo raro y a lo exagerado, que se observa, ya en el caprichoso arreglo de sus piezas, ya en las extravagancias de sus detalles. Cuando se abandona a esta propensión engendra verdaderos monstruos dignos de una imaginación calenturienta, inventando los más locos caprichos y ofreciendo caracteres tan repugnantes como poco naturales. Por lo que hace al estilo, muchas de sus obras son en alto grado Gongoristas, de falso brillo, afectada oscuridad, contrastes de mal gusto y deslumbradora hojarasca de palabras.

El pecado de gongorismo aparece de forma sistemática en los juicios estéticos sobre estos autores, fomentado incluso por sus mismos antólogos y editores. Así, Mesonero Romanos, admitiendo las calidades teatrales de Mira de Amescua no deja de anotar «frecuentes y lamentables extravíos: trozos y escenas llenos de pasión, de verdad y de fuerza cómica, y otros envueltos en aquella nube de hipérboles y metáforas del gusto gongorino o del estilo apellidado culto». Alberto Lista, cuya influencia sobre la crítica literaria del siglo XIX es conocida, no deja en mejor lugar a Vélez de Guevara: «Su versificación, generalmente hablando, o es rastrera o gongorina, su estilo débil y desmayado, excepto cuando quiere poner en boca de sus personajes alguna expresión desatinada y altisonante. Rara vez se notan en él intenciones poéticas, y menos aún combinaciones profundas. Sus recursos dramáticos son, por lo común, muy limitados». Parece difícil pensar que estos juicios se aplican al autor de *Reinar después de morir, La serrana de la Vera, El diablo está en Cantillana, Más pesa el rey que la sangre* o *La luna de la Sierra*. Tampoco se libra Luis de Belmonte, autor de *El sastre del Campillo* (que cuando se atribuía a Lope era excelente) de las apreciaciones malignas de Mesonero Romanos, cuando alude a su comedia *El príncipe villano*: «Su oscura y complicada acción, sus amanerados caracteres, su estilo hinchado e hiperbólico, distan seguramente mucho de tener el valor que los mismos viciados modelos que sin duda se propuso imitar», aunque el antólogo reconoce que «entre el oscuro laberinto de sus escenas y el alambicado estilo de sus pensamientos, despunta el sazonado chiste de su autor en boca del gracioso». En este contexto crítico ha de considerarse casi como un elogio desmesurado la observación que sobre el estilo de Claramonte hace Menéndez y Pelayo, tratando del posible autor de la versión inicial de *El caballero de Olmedo*, sobre la que basó Lope de Vega su drama. Como al final de la comedia se dice «*Carrero, Telles y Salas* piden / Perdonan vuesas mercedes», don Marcelino deduce:

> (...) el poeta que pide perdón ha de ser uno solo (...) no se me ocurre más nombre que el de Andrés de Claramonte, cuyo estilo zafio y grosero es el que campea en esta pieza, de la cual acaso tampoco sea autor primitivo, sino mero refundidor. Y es de advertir que borrando los nombre de *Carrero, Telles y Salas* (que probablemente serían los cómicos que representaron la pieza), y poniendo en su lugar el de Claramonte, queda bien el verso:

> De ti, Claramonte pide
> perdonen vuesas mercedes.

> (BAE, tomo 213, *Obras de Lope de Vega, XXII*)

Con estos antecedentes críticos y estos planteamientos metodológicos no es difícil entender por qué la crítica tirsiana actual, de carácter confesional, ha pasado por alto el trabajo de exploración crítica sobre las atribuciones dudosas de comedias publicadas a nombre de Tirso. Ni siquiera se han considerado como hipótesis alternativas. Se ha asumido la existencia de artículos contrarios a la atribución tirsiana sin debatir sus contenidos, o, como en el caso del estudio de Bruerton sobre *La Ninfa*, incluyéndolos en la bibliografía sin haberlos leído. Tampoco, como hemos podido ver, se ha hecho una verificación documental de fuentes ni se han revisado las bases de la crítica textual tras los descubrimientos de archivo.

En cuanto al análisis de contenidos morales de ambas obras, hay propuestas sólidas que son independientes de la atribución y no se ven afectadas por el abandono de la autoría de Tirso para estas obras. Es el caso del trasfondo ascético propuesto como clave interpretativa para *El condenado por desconfiado* por Ciriaco Morón, y de la propuesta de lectura neoestoica defendida por R. J. Oakley, que no sólo no son incompatibles, sino que resultan coherentes si vemos la obra como una reflexión moral sobre el problema de la salvación y las distintas respuestas a los planteamientos agustinianos sobre el libre albedrío. La querella *De auxiliis,* y la percepción molinista del elemento central de la obra, defendido por Menéndez Pidal, encajan bien con la preocupación de Claramonte por establecer un vínculo entre el entorno moral de la obra de Séneca (citado frecuentemente en sus obras) y los dos momentos estelares del ascetismo cristiano: los eremitas de los siglos IV y V, y los ascetas y místicos del siglo XVI, enfrentados a los conflictos del pensamiento cristiano de ese siglo. Tal vez no sea banal recordar aquí que en la *Letanía moral* hay un poema dedicado a San Agustín y otro a su madre Santa Mónica, y que en otro de los poemas se desliza una referencia elogiosa a Erasmo de Rotterdam, lo que tal vez en 1610 no resulte intrascendente. O, la articulación, en el prólogo de esa obra, de la tradición clásica latina y de la tradición bíblica, tal y como podemos ver en este fragmento:

> Y por otro tanto se mouio el Poeta Oracio a dezir en su primera epistola. *Pectore verba puer nunc te melioribus offer, quo semel est imbuta recans servabit odorem testadiu.* Por esto pienso que será de algun prouecho a la republica con su deuoto entretenimiento y de vtilidad a sus hijos. Bien se que abra algun Momo Español que diga de sus versos, lo que dize Oracio en su segundo libro. *Scribimus indocti, doctique poemata passim.* Mas el con los demas maldizientes tendra lugar en el infierno, pues por lo mismo, casi dixo Obidio en el quarto de sus Metamorfosios. *Mille capax aditus, & apertas vndique portas etc.* Otros muchos aura que digan que es bachiller, y que no es bueno, por no agradarles su dotrina: mas estos les respondo con los proberbios. c.j. *Sapiam, atque doctrinam stulti despiciunt.* Otros diran que el autor es humilde y que por el desmerece: a quien respondo que la ciencia y el trabajo muchas vezes haze a los hombres señores de sus mayores, ayudandome el Genesis. c. 25. con estas palabras. *Populus populum superabit, & maior serbiet minori.* Y quando por mi no sea, por los Santos de quien me valgo, podre dezilles a estos con el Psalmista.

3.3. *Accedite ad eum, & illuminamini, & facies vestre non confundentur.* Y por ellos despues de estar seguro me puedo llamar sabio, pues dizen los Proberbios. c. 13. *Quicum sapientibus graditur sapiens erit.*

Hay en cualquier caso un punto en el que *El condenado* y *La Ninfa* coinciden, aun siendo obras de distinto autor: su coincidencia en explorar el imaginario colectivo del Reino de Nápoles, poblado de ermitaños, pecadores, bandoleros, santas y arrepentidas en un territorio limítrofe a los estados pontificios. A las relaciones culturales hispano-italianas, estudiadas ya por Arturo Farinelli, convendría añadir una investigación de archivo anclada en la antropología teatral, tanto de temas, formas y motivos, como de la base geográfica e histórica que explica los hechos culturales asociados al Virreinato de Nápoles tanto en la época del Conde de Lemos como en la de sus antecesores y sucesores.

Todo esto implica una revisión de las bases sobre las que ha estado asentada la investigación tirsiana en el último siglo. Los problemas relacionados con el *corpus* tirsiano, con su evaluación crítica y con los planteamientos metodológicos para abordar su estudio, entremezclados con otros problemas más generales que afectan a todos los dramaturgos del Siglo de Oro, han generado un paradigma que está ahora en entredicho. Lo que llamaré el paradigma antiguo establece que la Comedia Nueva corresponde a una creación, sobre todo de Lope de Vega, un verdadero genio teatral; que Lope establece una escuela que desarrollan básicamente media docena de discípulos de la siguiente generación al Fénix (Guillén de Castro, Ruiz de Alarcón, Mira de Amescua, Vélez de Guevara, Tirso de Molina), de los que Tirso es cabeza, guarda y antemural en función de dos obras míticas *El burlador de Sevilla* y *El condenado por desconfiado,* y que, ya en las postrimerías del Fénix, un nuevo genio, Calderón, establece una escuela distinta, cuyos discípulos principales son Rojas Zorrilla y Agustín Moreto. La línea de estudios tirsistas encabezada por Cotarelo y continuada por Blanca de los Ríos aborda los problemas de *corpus,* de ecdótica y de hermenéutica sin poner en cuestión las bases del paradigma crítico. De esta forma, para enfrentarse a problemas concretos, como el hecho de que el propio Tirso haya advertido sobre las ocho comedias de la *Segunda Parte,* la fe en el paradigma antiguo lleva a priorizar los criterios subjetivos y confesionales por encima de las evidencias documentales y críticas. De esta forma, para apoyar la atribución de *El condenado por desconfiado,* que es un elemento doctrinal del paradigma, se eliminan los estudios objetivos (métrica, ortoepía, lexicología) y se apoyan las discrepancias con la teoría general recurriendo a conjeturas *ad hoc,* y las lagunas documentales proponiendo interpretaciones subjetivas. Para mantener este paradigma es necesario asumir como parte del corpus tirsiano obras que documentalmente están adscritas a otros autores, como es el caso de *El rey don Pedro en Madrid* (el manuscrito más antiguo, 1626, lo atribuye a Claramonte, y un segundo manuscrito posterior, de filiación distinta, confirma esta autoría), *Cautela contra cautela* (el manuscrito de la BN lo asigna a Mira de Amescua) o *La Ninfa del cielo* (el manuscrito de Parma da como autor a Vélez, frente a la anonimia de los otros dos manuscritos). En algunos casos la crítica tirsiana asume el análisis de los criterios objetivos, a la vista de que para el estudio de otros autores han resultado eficaces. Es el caso de Xavier A. Fernández, cuando acepta que la tipología de las quintillas de *El condenado por desconfiado* no encaja con el modelo de Tirso, como había hecho notar Williamsen. Fernández asume que al menos dos de las comedias del volumen son de Hipólito de Vergara y de Mira de Amescua y que «la más controvertida es *El condenado por desconfiado*». Fernández aborda el análisis de uno de los argumentos objetivos y avanza los resultados de su estudio: «Creemos haber resuelto y anulado uno de los argumentos principales tomados de la versificación para negarle a Tirso la autoría de esta obra». El problema crítico es el siguiente:

> En una serie de quintillas, todas del tipo *ababa,* combinadas con otras del tipo *aabba,* topamos con una quintilla del tipo *abaab.* Esto ha llamado la atención de los críticos, sobre todo de aquellos que niegan a Tirso la autoría de *El condenado.* De hecho, entre los millares de quintillas que salieron de la pluma de Tirso ni una sola vez se halla en su repertorio nin-

121

guna quintilla del tipo *abaab*. Tirso sólo conoce y practica los dos tipos mencionados: el de *ababa* (el más frecuente), solo, o combinado con el tipo *aabba*. Ergo, *El condenado por desconfiado* no es de Tirso.

El lector estudioso supone que Fernández, de acuerdo con los principios metodológicos de rigor, aportará algún ejemplo del corpus tirsiano que permita demostrar la inconsistencia de ese argumento, que afecta a quintillas de dos pasajes diferentes del texto de *El condenado* en donde coinciden la *suelta* de Copenhague y el volumen de la *Segunda Parte*. No es esto lo que el estudioso tirsista propone. Su contraargumento es que esa quintilla corresponde a un error de transmisión, y que, en vez de leerse de acuerdo con los dos impresos, hay que restituir una conjunción perdida en el proceso de transmisión, y alterar el orden de la quintilla: «No existe, pues, una quintilla del tipo *abaab*. Es una quintilla del tipo *ababa,* como la que le precede. Hemos añadido [y] al principio del verso 127 que probablemente existiría en el original». Una vez que se ha propuesto este error de transmisión *ad hoc,* que conlleva una enmienda de otro verso, Fernández afronta el segundo pasaje con este tipo de quintilla: «Otra vez, en una larga serie de quintillas (escenas i-vi), todas del tipo *ababa,* combinadas con el tipo *aabba,* encontramos otra quintilla del mismo tipo que la anterior, esto es, del tipo *abaab,* versos 1300-1304). Y aquí el sentido y la sintaxis son normales. La única anomalía es la de ser *única* entre las numerosas quintillas de los otros dos tipos».

En efecto, aquí no es necesario postular una enmienda en un verso del entorno para poder cambiar el orden de los versos de la quintilla y transformarla en otra distinta. Esta vez basta con alterar los versos e introducir la réplica de Galván como un aparte dentro de la réplica de Enrico: «Sin embargo, en vista de lo acaecido en el caso anterior, es lícito suponer que también aquí el compositor de tipos cometió el mismo error textual: saltar unos versos, y luego reincorporarlos a la estrofa. Veamos cómo, apoyándonos en esta hipótesis, el sentido no sólo es mejor, sino que el orden de los versos se restaura, y el contexto posterior gana notablemente».

Esto es una consecuencia de priorizar el paradigma frente al problema ecdótico real. Puesto que el paradigma sostiene que Tirso es el autor de la obra, y el argumento objetivo está en contra del paradigma, la solución es proceder a la modificación del texto para hacerlo coincidir con las bases del paradigma.

Si los resultados de la investigación que presentamos, conjuntamente de *La Ninfa del cielo* y *El condenado por desconfiado*, son correctos, la consecuencia, avalada por el propio Tirso en el prólogo a su *Segunda Parte*, es que el paradigma antiguo debe ser sustituido por otro que resulte acorde con los datos objetivos de la investigación, con las teorías generales sobre métrica, ortoepía y léxico, y con la evidencia general sobre atribuciones dudosas. Si trasladamos el problema desde Tirso a otro autor sobre el que la obra más conocida y asociada a su nombre tiene también problemas de atribución, Francisco de Rojas Zorrilla y *Del rey abajo, ninguno,* nos encontramos con una situación análoga. En sus estudios sobre el *corpus* de Rojas y sobre las bases de atribución de esa obra concreta, Germán Vega observa que existen algo más de cuarenta obras de atribución segura y otras tantas de atribución dudosa, y que de esas cuarenta y pico de atribución dudosa, 17 parecen ser realmente de Rojas, otras 17 parecen ser de otros autores, y la decena restante, entre las que se encuentra *Del rey abajo, ninguno,* probablemente acabará decantándose hacia uno u otro acervo.

La situación de las atribuciones dudosas a Tirso debe partir de una revisión objetiva de las comedias de la *Segunda Parte*. Las cuatro que son de Tirso, según criterios objetivos, son: *Amor y celos hacen discretos, Por el sótano y el torno, Esto sí que es negociar* y *La mujer por fuerza*. Respecto a esto, tal vez sería conveniente que la Universidad de Navarra publicara la tesis doctoral de María Torre Temprano, o cuando menos, sus conclusiones, para que los estudiosos tirsianos tuvieran acceso a la demostración objetiva más sólida de que *El condenado por desconfiado* está muy alejada de los cánones de composición tirsianos. De las ocho comedias restantes, *Cautela contra cautela* es de Mira de Amescua y como tal ha sido publicada en la edición de sus *Obras* dirigida por Agustín de la Granja, y *La virgen de los Reyes* ya había sido impresa a nombre de Hipólito de Vergara, en una edición controlada por el propio Vergara, años antes de la *Segunda Parte* de Tirso. La argumentación para atribuir *El condenado por desconfiado* a Claramonte incluye además un margen temporal (1616-1619) que concuerda con los estudios de Menéndez Pidal sobre las fuentes documentales, y con otras obras de Claramonte que no tienen problemas de atribución. Al mismo tiempo, la restitución a Vélez de Guevara de *La Ninfa del cielo* evidencia el error metodológico derivado del antiguo paradigma tirsiano: no se debe apoyar una autoría en debate con otra obra también en discusión de autoría.

El paradigma alternativo que proponemos, sujeto a las futuras investigaciones y a los criterios de coherencia en materia de teorías e hipótesis, se basa en lo siguiente:

a) Lope de Vega es el primer autor en el que cristaliza una escuela teatral nueva asociada a Valencia y al grupo de valencianos en torno a Tárrega, Guillem de Castro y Gaspar de Aguilar.

b) Cuando la comedia nueva lopiana triunfa, hay un grupo de autores, entre los que hay que destacar a Mira de Amescua, Vélez de Guevara, Luis de Belmonte y Andrés de Claramonte, que desarrollan una línea propia caracterizada por el teatro de espectáculo y tramoya y por el gusto gongorino en el texto.

c) Hay un grupo de autores con consistencia propia que desarrollan un modelo teatral cercano a las pautas de Lope; entre ellos destacan Tirso de Molina, Ruiz de Alarcón y Pérez de Montalbán.

d) La generación y grupo de Mira de Amescua, Vélez de Guevara y Luis de Belmonte colabora con autores de la generación joven (Calderón, Rojas, Coello) en la escritura de comedias en colaboración entre 1622 y 1637. La nueva generación, que el antiguo paradigma llama «Escuela de Calderón» renueva el modo de hacer teatro asociado a la comedia lopiana a partir de tres principios básicos: sustituye la forma de base redondillista por la forma romancista; complica los efectos teatrales basados en la escenografía y la tramoya, e introduce la poética culterana en la construcción del texto.

La revisión de autorías en los casos de atribuciones dudosas debe tener en cuenta el fenómeno de las obras escritas en colaboración, y debe tener en cuenta también que además de la *Segunda Parte* de Tirso, también la *Tercera* incluye algunas obras discutibles *(La mejor espigadera* y *La venganza de Tamar,* por lo menos), y que, además de Vélez de Guevara, Mira de Amescua, Claramonte y Belmonte, los autores que colaboraron con ellos en 1622 deben ser revisados en profundidad: Jacinto de Herrera, Diego de Villegas, Fernando de Ludeña o Rodrigo de Herrera son buenos candidatos en el rastreo de atribuciones dudosas, como lo son también dramaturgos que no hemos adscrito a estos grupos, como Salas Barbadillo, Castillo Solórzano, Felipe Godínez, Antonio Hurtado de Mendoza, Ximénez de Enciso o Antonio Enríquez Gómez, autores que están lejos de la consideración de segunda o tercera fila en que se les ha venido situando para mantener las bases del antiguo paradigma crítico. La coexistencia de un doble paradigma de análisis permite evaluar objetivamente cuál de los dos explica más satisfactoriamente los datos documentales y cuál se atiene mejor al estado actual de la teoría. Al mismo tiempo exige mayor rigor metodológico que el que ha presidido algunas de las propuestas críticas sobre el teatro de Tirso, basadas en el subjetivismo confesional, en la teología, en el desdén hacia los planteamientos teóricos, estadísticos y probabilísticos y la consideración de autorías alternativas.

Esta edición

Como ya hemos señalado, las dos obras que editamos tienen diferentes historias críticas. *El condenado por desconfiado* se basa en dos impresos de la primera mitad del XVII y *La Ninfa del cielo* en tres copias manuscritas, probablemente para uso de diferentes compañías, que corresponden a dos fases distintas de la elaboración textual. A esto hay que añadir un impreso tardío filiado con uno de los manuscritos a partir de truncamientos y errores. Esta base documental ha generado ediciones modernas muy distintas: los problemas críticos y textuales de *El condenado* han provocado una edición ingeniosa, la de Hartzenbusch, seguida por la de Américo Castro, que han introducido añadidos y enmiendas ajenas a la historia crítica. La edición Rogers y la segunda edición Morón Arroyo han restituido la problemática crítica y han permitido replantear las bases de un nuevo tratamiento hermenéutico. La fijación del texto y las notas que lo acompañan, además de modernizar la grafía y restituir algunos pasajes deturpados, plantean las bases de un texto de acuerdo con el nuevo paradigma, ciertamente muy alejado del que proponen las ediciones de González Palencia, Antonio Prieto o las propuestas de Xavier A. Fernández.

En el caso de *La Ninfa del cielo*, a la restitución de autoría de Vélez hay que añadir la restitución del texto B, fase que postulamos como tardía respecto al texto A, editado por Cotarelo a partir de una *collatio* defectuosa. En cuanto a las notas, hemos priorizado las que apuntan a la superioridad textual de los dos manuscritos de la fase B frente al que refleja el estadio primitivo A, sobre el que se basa Cotarelo. Creemos que no tiene sentido repetir las notas alternativas de Cotarelo, copiadas por Blanca de los Ríos y Pilar Palomo, que presuponen por un lado una prioridad textual sin cotejo de manuscritos y por otro una prioridad de atribución para un texto impreso tardío y dependiente de una tradición textual diferente a la que Cotarelo propone. Tal y como hemos señalado en ediciones anteriores, entendemos la fijación de un texto como el reflejo documental de una hipótesis sobre su transmisión textual y, en el caso de estas dos comedias, también sobre su autoría. La edición conjunta de ambos textos conlleva, además, la propuesta de un paradigma nuevo sobre el teatro de Tirso en particular, y sobre el teatro aurisecular en general. La discusión y debate de las bases de este planteamiento crítico permitirá establecer, sobre bases críticas claras y demostrables, los principios generales para abordar los problemas que hasta hoy han venido siendo tratados sobre bases ideológicas y confesionales.

Bibliografía

EDICIONES (SIGLO XVII)
DE «EL CONDENADO POR DESCONFIADO»

Princeps (K) EL CONDENADO POR DESCONFIADO/COME-
DIA FAMOSA,/DEL M. TIRSO DE MOLINA/*Suelta, A4-D4*, s.l.s.a.
Impreso a doble columna y 47 líneas. Dramatis personae a 4 columnas.
Ejemplar en la Kongelige Bibliotek de Copenhague, en el volumen
Collectio dramaticorum hispanicorum, vol. II, 75 IV, 53. Consultado en co-
pia microfilmada. Otros ejemplares en Biblioteca de la Universidad de
Friburgo de Brisgovia y Biblioteca del Congreso (USA). Depósito (mi-
crofilm) de la Modern Language Association, núm. 472F, carrete 9.

(M) *El condenado por desconfiado*, en *Segunda parte de las Comedias del
     Maestro Tirso de Molina*, Madrid, en la Imprenta del Reino, 1635,
     folios 179v a 201v. Ejemplar en la BN de Madrid.

(S) Distintas *sueltas* de los siglos XVII y XVIII derivadas todas ellas de
     K o de una suelta perdida intermedia entre K y éstas. Seleccio-
     no como referencia básica la *suelta* T (Toledo, Biblioteca de
     Castilla-La Mancha, 1-2142 (1)). COMEDIA FAMOSA./EL
     CONDENADO POR/DESCONFIADO./*DEL MAESTRO
     TIRSO DE MOLINA.*/PERSONAS QUE HABLAN EN
     ELLA. *Suelta s.l.s.a. A4-D2.* La primera plana, A1, a 41 líneas; a
     partir de la segunda, A2, a 48 líneas. Dramatis personae a 4 co-
     lumnas. No registrada por J. J. Reynolds.

MANUSCRITOS DEL SIGLO XVII:
«LA NINFA DEL CIELO»

Ms. 16698, BN de Madrid, Ms. 17080, BN de Madrid, Ms. CC* IV
    28033 (75, III), Biblioteca Palatina, Parma. Indicación «De Luis
    Vellez» al final de cada una de las tres jornadas.

Impreso siglo XVIII, *La Condesa vandolera./Comedia famosa de/el Maestro Tirso de Molina*, s.l.s.a, Barberini, KKK, VII. 32, int. 3. (Biblioteca Vaticana, Roma).

OBRAS RELACIONADAS
CON «LA NINFA DEL CIELO»

La Vandolera de Italia y enemiga de los hombres, Ms. 16892, BN Madrid, anónimo (Catalogada a nombre de Calderón).
Impreso: *La vandolera de Italia y enemiga de los hombres.* De un ingenio de la Corte, Salamanca, imprenta de la Santa Cruz, s.a., 36 págs., Biblioteca de Castilla-La Mancha, 1-882 (XI).
LA SEGVNDA MAGDALENA,/Y SIRENA DE NAPOLES/CO-MEDIA/FAMOSA./DE DON FRANCISCO DE ROXAS, s.l., s.a., Dramatis personae en 3 columnas, texto en dos columnas y 42 líneas, A4-D4, Biblioteca Estense, Modena, sg: A 56 G 4 (14).

ESTUDIOS CRÍTICOS

AGUSTÍN DE HIPONA, San, *La Ciudad de Dios/De civitate Dei,* vol. XVI y XVII (6.ª edición, revisada y actualizada por Miguel Fuertes Lanero), Madrid, BAC, 2007.
BATAILLON, M., *Erasmo y España. Estudios sobre la historia espiritual del siglo XVI,* México, FCE (6.ª reimpresión), 1998.
BELLARMINI, R., *De controversias christianae Fidei,* tomus secundus, editio ultima, ab ipso Auctore aucta & recognita, Venetis, MDCIII, apud Societatem Minimam.
— *De ascensione mentis in Deum,* Colonia, J. Kinckium, 1615.
— *Du paradis, et/bon-heur eternel/des saincts,* trad. Bourgovin, Pont-à-Mousson, Melchior Bernard, 1616 (original latino: *princeps,* 1615).
BLOSIO, Ludovico (Louis de Blois), *Ludovi-/ci Blosii/abbatis Coloniae,* Colonia, Maternum Cholinum, MDLXXII.
BRUERTON, C., «*La serrana de la Vera, La Ninfa del cielo,* and related plays», en *Estudios Hispánicos,* Wellesley, 1952, págs. 61-97.
— «Eight Plays by Vélez de Guevara», *Romance Philology,* 6 (1952-1953), págs. 248-253.
BUSHEE, Alice H., «The five Partes of Tirso de Molina», en *Hispanic Review,* I (1933), págs. 89-102.
CARAFFA, F., *L'eremitismo nell'alta valle dell'Aniene dalle origine al sec. XIX,* en *Miscellanea A. Piolanti,* Roma, 1964.

CEREZO, U., GONZÁLEZ CAÑAL, R. y VEGA GARCÍA-LUENGOS, G., *Bibliografía de Rojas Zorrilla.*

CHEVALIER, M., *L'Arioste en Espagne* (1530-1650). *Recherches sur l'influence du «Roland Furieux»*, Burdeos, Féret et Fils, 1966.

CLARAMONTE, Andrés de, *Letanía moral. A Don Fernando de Ulloa, Veinticuatro de Sevilla. Piadoso trabajo de A. de Claramonte y Corroy*, Sevilla, Matías Clavijo, 1613. Ejemplares en BNM y en Biblioteca Regional de Castilla-La Mancha (Toledo), Sig. 1-1340.

— *El valiente negro en Flandes. Deste agua no beberé. De lo vivo a lo pintado*, en *Dramáticos contemporáneos a Lope de Vega*, tomo I, Madrid, Rivadeneyra, 1881; BAE, tomo XLIII, prólogo de R. de Mesonero Romanos.

— *Comedias* (contiene *El horno de Constantinopla [Auto]*, *El nuevo rey Gallinato* y *Deste agua no beberé*), ed. de María del Carmen Hernández Valcárcel, Murcia, Academia Alfonso X el Sabio, 1983.

— *Púsoseme el sol, salióme la luna*, ed. de Alfredo Rodríguez López-Vázquez, Kassel, Reichenberger, 1985.

— *La infelice Dorotea*, ed. de Charles V. Ganelin, Londres, Tamesis Books, 1987.

— *La Estrella de Sevilla*, ed. de Alfredo Rodríguez López-Vázquez, Madrid, Cátedra, 1991.

— *El secreto en la mujer*, ed. de Alfredo Rodríguez López-Vázquez, Londres, Tamesis Books, 1991.

— *El ataúd para el vivo y el tálamo para el muerto*, ed. Alfredo Rodríguez López-Vázquez, Londres-Madrid, Tamesis Books, 1993.

COLOMBÁS, García María, *El monacato primitivo*, Madrid, BAC, 1998 (2.ª edición).

CRUICKSHANK, D. W., «Some notes on the Printing Plays in Seventeenth-Century Seville», en *The Library*, vol. II, núm. 3 (septiembre de 1989), págs. 247-248.

DARST, David H., «The two worlds of *La Ninfa del cielo*», en *Hispanic Review*, 42 (1974), págs. 209-220.

DE SANCTIS, Letizia, «Insediamenti monastici nella regione di Ninfa», en *Ninfa, una città, un giardino*, págs. 259-279.

DÉODAT-KESSEDJIAN, M.-F., «La obras escritas en colaboración por Rojas Zorrilla y Calderón», en *Francisco de Rojas Zorrilla*, véase Vega García-Luengos, G.

DURÁN, Agustín, «Examen de *El condenado por desconfiado*», en *Comedias escogidas de Fray Gabriel Téllez*, ed. de J. E. Hartzenbusch, págs. 720-724.

FERNÁNDEZ, Xavier A., *Las comedias de Tirso de Molina*, estudios y métodos de crítica textual, vol. I, Kassel, Universidad de Navarra/Edition Reichenberger, 1991.

131

FERRER VALLS, T., *La práctica escénica cortesana: de la época del Emperador a la de Felipe III*, Londres, Tamesis Books, 1991.

— *Nobleza y espectáculo teatral* (1535-1622). *Estudio y documentos*, Madrid/Sevilla/Valencia, UNED/Universidad de Sevilla/Universidad de Valencia, 1993.

FERREYRA LIENDO, M. A., «*El condenado por desconfiado:* análisis teológico y literario del drama», en *Revista de la Universidad Nacional de Córdoba*, X (1969), págs. 923-946.

FICHTER, William L., «Orthoepy as an Aid for Establishing a Canon of Lope de Vega's Authentic Plays», en *Estudios Hispánicos, Homenaje a Archer M. Huntington*, Wellesley College, 1952, págs. 143-154.

FIORANI, Luigi (ed.), *Ninfa: Una Città, Un Giardino: Atti del Colloqui. Roma: Fondazione Camillo Caetani* (1988).

GODESCARD, *Vies des Pères, des Martyrs et des autres principaux saints* (12 vols.), París, Barbou, 1783 (reedición del original impreso en Villefranche en Rouergue, París, 1763).

GONZÁLEZ CAÑAL, R., véase Cerezo, U.

GONZÁLEZ DÁVILA, Gil, *Teatro de las grandezas de la villa de Madrid*, Madrid, 1623; Facsímil, Valladolid, Maxtor, 2003.

GONZÁLEZ MORENO, J., *Don Fernando Enríquez de Ribera. Estudio biográfico*, Sevilla, Ayuntamiento de Sevilla, 1969.

GRÉGOIRE, Réginald, «Presenze religiose e monastiche a Ninfa nel Medioevo», en *Ninfa. Una città, un giardino*, págs. 153-166.

GREEN, Otis H., «Mira de Amescua in Italy», *Modern Languages Notes*, 45 (1930), págs. 317-319.

KENNEDY, Ruth Lee, «Studies for the Chronology of Tirso's Theatre», en *Hispanic Review*, XI (1943), págs. 17-46.

— «Did Tirso send to press a *Primera Parte* of Madrid (1626) which contained *CD*?», en *Hispanic Review*, 41 (1973), págs. 261-274.

— «*El condenado por desconfiado:* Various Reasons for Questionning Its Authenticity in Tirso's Theatre», *Kentucky Romance Quarterly*, 23 (1976), págs. 129-148.

LOPE DE VEGA, *Obras de Lope de Vega publicadas por la Real Academia Española*, tomo VIII, Madrid, Sucesores de Rivadeneyra, Madrid, 1930. Contiene *El niño diablo*.

— *Obras escogidas*, tomo III, ed. Federico Carlos Sáinz de Robles, Madrid, Aguilar, 1974 *(El remedio en la desdicha*, págs. 1177-1210).

MALÓN DE CHAIDE, P., *La conversión de la Magdalena* (3 vols.), Madrid, Ed. La Lectura y Espasa-Calpe, 1930, 1931 y 1947.

MÁRQUEZ, Fray Juan, *Los dos estados de la espiritual Hierusalen, Sobre los Psalmos 125 y 136*, Salamanca, en casa de Antonia Ramírez, 1610. Ejemplar en la Biblioteca Fray Luis de León, PP Agustinos, Guadarrama (Madrid).

MAUREL, S., *L'Univers dramatique de Tirso de Molina*, Poitiers, Université de Poitiers, 1971, especialmente págs. 517-594.

MAY, T. E., «El condenado por desconfiado», en *Bulletin of Hispanic Studies*, XXXV (1958), págs. 589-593.

MCKENDRICK, Malveena, «The *Bandolera* of Golden Age Drama: A symbol of Feminist revolt», en *Bulletin of Hispanic Studies*, XLVI (1969), págs. 1-20.

MENÉNDEZ PIDAL, R., «*El condenado por desconfiado* de Tirso de Molina», en *Estudios literarios*, Madrid, Espasa-Calpe, 1957, págs. 9-56.

MENÉNDEZ Y PELAYO, M., *Historia de los heterodoxos españoles*, vol. I, Madrid, BAC, 1956.

METTMANN, W., «La Ninfa del cielo. Auto sacramental», en *Spanische Litterature in Goldener Zeitalter*, Francfort, 1973, págs. 289-324.

MIAZZI CHIARI, Maria Paola, *I Manoscritti teatrali spagnoli della biblioteca palatina di Parma. La collezione CC* IV 28033*, Parma, Universitá deglo Studi di Parma, 1995.

MIRA DE AMESCUA, A., *La mesonera del cielo*, ed. de A. Valladares, en *Antonio Mira de Amescua. Teatro completo*, vol. 2, Granada, Universidad de Granada, 2002, págs. 437-561.

— *La casa del tahur*, ed. y notas de Vern G. Williamsen, Madrid/Valencia, Castalia/Estudios de Hispanófila, 1973.

— *El esclavo del demonio*, ed. de James A. Castañeda, Madrid, Cátedra, 1980.

MORLEY, S. G., «The use of Verse-forms (strophes) by Tirso de Molina», en *Bulletin Hispanic*, VII (1905), págs. 387-408.

— «El uso de las combinaciones métricas de las comedias de Tirso de Molina», en *Bulletin Hispanique*, XVI (1914), págs. 177-208.

— y BRUERTON, C., *Cronología de las comedias de Lope de Vega*, Madrid, Gredos, 1968.

MUÑOZ PALOMARES, A., *El teatro de Mira de Amescua*, Madrid, Editorial Iberoamericana, Vervuert (2007).

OAKLEY, R. J., *Tirso de Molina. El condenado por desconfiado*, Londres, Grant & Cutler, 1995.

— «La vida y la muerte en *El condenado por desconfiado*», en *Homenaje a Alberto Navarro González*, Kassel, Reichenberger (1990), págs. 487-503.

Palladii/divi Evagrii/discipuli Lavsiaca/quae dicitur historia/et/ Theodoreti episcopi/Cyry Thephiles, id est, religiosa/historia, París, Guillaume Chadiere, 1570.

PATERSON, A. K., «Tirso de Molina: two bibliographical studies», *Hispanic Review*, XXXV (1967), págs. 43-68.

PEALE, G. y BLUE, W. (eds.), *Actualidad y antigüedad de Luis Vélez de Guevara*, Chicago, Purdue University, 1983.

PÉREZ DE GUZMÁN, J., *Cuadros viejos. Colección de pinceladas, toques y esbozos,* Madrid, 1877.

PÉREZ PICÓN, C., *Un colegio ejemplar de letras humanas en Villagarcía de Campos* (1576-1767), Santander, Ed. Sal Terrae, 1983.

POLVERINI FOSI, I., *La società violenta. Il banditismo dello Stato pontificio nella seconda metà del Cinquecento,* Roma, 1985.

PROFETI, M. G., «Note critiche sull'opera di Vélez de Guevara», en *Miscellanea di Studi Ispanici,* 10 (1965), págs. 47-155.

REYNOLDS, J. J., «El condenado por desconfiado: tres siglos y medio de ediciones», véase *Homenaje a Tirso,* págs. 733-752.

— «Como un padre. A Note on *El condenado por desconfiado*», en *Romance Notes,* 16 (1974-1975), págs. 505-508.

RODRÍGUEZ LÓPEZ-VÁZQUEZ, A., «La venganza de Tamar: colaboración entre Tirso y Calderón», en *Cauce,* núm. 5, Sevilla (1985), págs. 73-85.

— «Andrés de Claramonte y la autoría de *El condenado por desconfiado*», en *Cauce,* núm. 6, Sevilla (1985), págs. 135-175.

— «Sobre la fecha de composición de *La villana de la Sagra*», en *Criticón,* núm. 33 (1986), págs. 105-118.

— «Sobre la atribución del auto sacramental *La ninfa del cielo*», en *Hispanófila,* núm. 92 (1987), págs. 1-13.

— *Andrés de Claramonte y El burlador de Sevilla,* Kassel, Reichenberge, 1987.

— «Nuevos índices sobre la atribución de *El condenado por Desconfiado*», en *Homenaje a Amado Alonso,* II, *Cauce,* núm. 19-20, Sevilla, 1998.

ROGERS, D., «El manuscrito de *El condenado por desconfiado* de la Biblioteca Municipal de Madrid», en *Homenaje a William L. Fichter,* Madrid, Castalia, 1971, págs. 663-664.

ROJAS ZORRILLA, F., *Donde hay agravios no hay celos. Abrir el ojo,* ed. de F. B. Pedraza Jiménez y M. Rodríguez Cáceres, Madrid, Castalia, 2005.

— *Casarse por vengarse,* ed. de Linda Mullin, Kassel, Reichenberger, 2007.

— *La segunda Magdalena y Sirena de Nápoles,* s.l., s.a. (según comunicación personal de Don W. Cruickshank, la edición corresponde a Sevilla, 1674, Tomé de Dios).

— Obras completas, I, Almagro, Universidad de Castilla-La Mancha, 2007.

ROJO VEGA, A., *Fiestas y comedias en Valladolid. Siglos XVI-XVII,* Valladolid, Ayuntamiento de Valladolid, 1999.

ROSWEYDE, H., *Vitae Patrum,* Antuerpiea, Ex officina Plantiniana, 1628, 2.ª ed. *(De Paphnutio/Auctore Ruffino Aquileiensi Presb./ Cap. XVI,* págs. 473-475). *(Vita Sancti Onuphrii/Eremitae /Auctore/ Paphnutio Abbate/ Interprete Anonymo* (págs. 99-103, notas: 104-105).

SAN ROMÁN, F. de B., *Lope de Vega, los cómicos toledanos y el poeta sastre*, Madrid, Imprenta Góngora, 1935.

SÁNCHEZ, J., *Academias literarias del Siglo de Oro*, Madrid, Gredos, 1961.

SCHACK, Adolfo Federico (Conde de), *Historia de la literatura y el arte dramático en España*, trad. de Eduardo de Mier, Madrid, Imp. Tello, 1885-1887 (5 vols.).

SOAVE, V., *Il fondo antico spagnolo della Biblioteca Estense di Modena*, Kassel, Reichenberger, 1985.

SOUILLER, D., «La dramaturgie du Don Juan de Molière et l'esthétique espagnole du Siècle d'Or», en *La cultura del Otro: español en Francia, francés en España*, Sevilla, Universidad/APFUE/SHF, 2006, págs. 15-32.

STRATIL, M. y OAKLEY, R. J., «A Disputed Authorship Study of Two Plays Attributed to Tirso de Molina», en *Literary and Linguistic Computing*, 2 (1987), págs. 154-160.

Teatro teológico español, II, ed. de Nicolás González Ruiz, Madrid, BAC, 1968.

TÉLLEZ, Gabriel, *Comedias escogidas de Fray Gabriel Téllez (el maestro Tirso de Molina)*, ed. de J. E. Hartzenbusch (4.ª ed.), Madrid, Imp. De Hernando, 1903.

TIRSO DE MOLINA, *Comedias escogidas de Fray Gabriel Téllez*, ed. de J. E. Hartzenbusch, Madrid, BAE, Rivadeneyra, 1848.

— *Comedias*, ed. de E. Cotarelo y Mori, Madrid, Bailly-Baillière e hijos, 1906-1907 (2 vols.). No contiene *El condenado por desconfiado*, pero sí un breve estudio sobre esta obra en el volumen I.

— *El condenado por desconfiado*, ed. de Américo Castro, Madrid, Espasa-Calpe, Col. Universal, 1932.

— *El condenado por desconfiado*, ed. de Ángel González Palencia, Zaragoza, Ebro, 1939.

— (Fray Gabriel Téllez), *Obras dramáticas completas*, ed. de Blanca de los Ríos (3.ª ed.), Madrid, Aguilar, 1969.

— *Obras de Tirso de Molina*, ed. de María del Pilar Palomo, Madrid, Atlas, 1970 (vols. I-VII).

— *El condenado por desconfiado*, A Play Attributed to Tirso de Molina, ed. de Daniel Rogers, Oxford, Pergamon Press, 1974.

— *El condenado por desconfiado*, ed. de Ciriaco Morón y Rolena Adorno, Madrid, Cátedra, 1975.

— *El burlador de Sevilla. El condenado por desconfiado*, ed. de Antonio Prieto, Barcelona, Planeta, 1990.

— *El condenado por desconfiado*, ed. de Ciriaco Morón, Madrid, Cátedra, 1992.

— (Atribuido a), *El burlador de Sevilla o El convidado de piedra*, ed. de Alfredo Rodríguez López-Vázquez, Madrid, Cátedra, 2007.

135

TOLEDANO, Miguel, *Minerva Sacra./Compuesta por el/licenciado Miguel Toledano, clerigo/Presbítero, natural de la ciudad/de Cuenca*, Madrid, Juan de la Cuesta, 1616.

— Ed. de Ángel González Palencia, Madrid, CSIC, BALH, 1949. Reproduce el texto de la *princeps,* con brevísima nota preliminar y numera páginas.

TOURÓN DEL PIE, E., «Aproximación a las fuentes e interpretación de «El condenado por desconfiado», de Tirso de Molina, véase *Homenaje a Tirso,* págs. 407-424.

URZÁIZ TORTAJADA, H., *Catálogo de autores teatrales del siglo XVII,* 2 vols., Madrid, FUE, 2002.

VALLADARES REGUERO, A., *Bibliografía de Antonio Mira de Amescua,* Kassel, Reichenberger, 2004.

VEGA GARCÍA-LUENGOS, G., «*Más vale maña que fuerza:* los enredos albaneses de una comedia desconocida atribuida a Rojas Zorrilla», en *Francisco de Rojas Zorrilla, poeta dramático,* ed. de F. B. Pedraza, R. González Cañal y E. Marcello, Almagro, Universidad de Castilla-La Mancha, 2000.

— *Bibliografía de Rojas Zorrilla,* véase Cerezo, U.

— «Problemas de delimitación y autoría en el repertorio de Rojas Zorrilla», en *Boletín de la Compañía Nacional de Teatro Clásico,* 49 (octubre de 2007).

VÉLEZ DE GUEVARA, L., *Los tres portentos de Dios,* núm. 217, Sevilla, Imprenta Real, s.a. Ejemplar en Biblioteca Regional de Castilla-La Mancha, sign. 1-887 (12).

— *El ollero de Ocaña,* en *Dramáticos contemporáneos de Lope de Vega,* ed. de R. de Mesonero Romanos, Madrid, BAE, 1881.

— *La luna de la Sierra,* ed. de Luisa Revuelta, Zaragoza, Ebro, 1958.

— *Reinar después de morir. El diablo está en Cantillana,* ed. de Manuel Muñoz Cortés, Madrid, Espasa-Calpe, 1968.

— *El amor en vizcaíno y El príncipe viñador,* ed. de Henryk Ziomek, Zaragoza, Ebro, 1975.

— *El verdugo de Málaga,* ed. de M. G. Profeti, Zaragoza, Ebro, 1975.

— *Más pesa el rey que la sangre,* ed. de H. Ziomek, Zaragoza, Ebro, 1976.

— *La serrana de la Vera,* ed. de Enrique Rodríguez Cepeda, Madrid, Cátedra, 1982; 2.ª ed. enteramente rehecha.

— *Más pesa el rey que la sangre/Reinar después de morir,* ed. de Antonio Díez Mediavilla, Madrid, Akal, 2002.

— *La serrana de la Vera,* introd. James A. Parr y Lourdes Albuixech, ed. de William Manson y C. George Peale, Newark, Delaware, Juan de la Cuesta, 2002 (2.ª ed.).

— *El primer conde de Orgaz,* introd. S. Neumeister, ed. de W. R. Manson y C. George Peale, Newark, Delaware, Juan de la Cuesta, 2002.

136

— *La corte del Demonio,* ed. William Manson y George Peale, introd. María Yaquelín Cara, Newark, Delaware, Juan de la Cuesta, 2006. [No es segura la atribución de esta comedia a Luis (podría ser de su hijo Juan) Vélez, pero tiene interés por desarrollar el mismo tema que *El inobediente o La ciudad sin Dios,* de Claramonte].

VILLAFAÑE, Juan de, *La limosnera de Dios. Relación histórica de la vida y virtudes de la Excelentísima Señora Doña Magdalena de Ulloa,* Salamanca, 1723.

VILLEGAS, Alonso de, *Flos sanctorum,* en Cuenca/Juan Masselin, 1592. (La vida de San Onofre ocupa las págs. 728-732 de la sección *Santos Extravagantes,* Tomo III, Segunda Parte, Madrid, Imprenta de Luis Sánchez, 1609; págs. 346-348, Vida de San Onofre; págs. 457-460, Vida de Santa Teodora de Alejandría).

VV.AA., *Homenaje a Tirso de Molina,* Revista *ESTVDIOS,* Madrid, 1981.

— *Doña Magdalena de Ulloa, mujer de Luis Quixada,* Valladolid, Diputación de Valladolid, 1998.

WADE, G. E., *«El burlador de Sevilla,* the Tenorios and the Ulloas», en *Symposium* (otoño de 1965), págs 249-258.

WILLIAMSEN, V. G., «Some odd *quintillas* and a question of Authenticity in Tirso's Theatre», *Romanischen Forschungen,* LXXXII (1970), págs. 488-513.

— «The Development of a *Décima,* in Mira de Amescua's Theater», *Bulletin of the Comediantes,* 22 (otoño de 1970), págs. 32-36.

— «The Versification of Mira de Amescua's Comedias and Some Comedias Attribute to Him», en *Studies in Honor of Ruth Lee Kennedy,* Hispanófila, Chapel Hill, 1977, págs. 151-167.

— *An Annotated, Analytical Bibliography of Tirso de Molina Studies, 1627-1977,* Columbia, Missouri, University of Missouri Press, 1979.

COMEDIA FAMOSA,

DEL M. TIRSO DE MOLINA.

PERSONAS QVE HABLAN.

Paulo Ermitaño.   Celia, y Lidora su criada,   Anareto padre de Enrico.   Vn Alcayde.
Pedrisco gracioso.   Enrico.   Alvano viejo.   Vn Portero. Vn Iuez,
El demonio.   Galvan, y Escalante.   Vn pastor.   Vn Musico.
Otavio, y Lisandro.   Roldan. Cherino.   Vn Governador.   Algunos villanos.

IORNADA PRIMERA.

Sale Paulo de Ermitaño.

Pau. Dichoso aluergue mio,
soledad apazible, y deleytosa,
que al calor, y al frio
me days posada en esta selua vmbrosa,
donde el huesped se llama,
o verde yerua, o palida retama.
Agora, quando el Alua
cubre las esmeraldas de cristales,
haziendo al Sol la salua,
que de su coche sale por jarales
con manos de luz pura,
quitando sombras de la noche obscura,
salgo de aquesta cueua,
que en piramides altos destas peñas,
naturaleza eleua,
y a las errantes nubes haze señas,
para que noche y dia,
ya que no ay otra, le haga compañia.
Salgo a ver estos cielos,
alfombra azul de aquellos pies hermosos,
quien, o celestes velos,
a que los tafetanes luminosos
rasgar pudiera vn poco,
para ver, ay de mi, bueluome loco.
Mas ya que es imposible,
y se que creo, señor, que me estays viendo
desde esse inaccessible
trono de luz hermoso, a quien siruiendo
estan Angeles bellos,
mas que la luz del Sol, hermosos ellos,

mil glorias quiero daros
por las mercedes que me estais haziendo
sin saber obligaros;
quando yo mereci, que del estruendo
me sacarays del mundo,
que es vmbral delas puertas del profundo?
Quando, Señor diuino,
podra mi indignidad agradeceros,
el boluerme al camino,
que si yo no conozco, es fuerça el veros,
y tras esta vitoria,
darme en aquestas seluas tanta gloria?
Aqui los paxarillos,
amorosas canciones repitiendo,
por juncos y tomillos,
de vos me acuerdo, y yo estoy diziendo
si esta gloria da el suelo,
que gloria sera aquella que dà el cielo?
Aqui estos arroyuelos,
girones de cristal en campo verde,
me quitan mis desuelos,
y son causa a que de vos me acuerde:
tal es el gran contento,
que infunde al alma su sonoro acento:
Aqui señor diuino,
os pido de rodillas humilmente,
que en aqueste camino
siempre me conserueys y piadosamente,
ved que el hombre se hizo
de barro, y de barro quebradizo.
Sale Pedrisco, con vn haz de yerua, y ponese
Pedrisco de rodillas, quitandose.
Ped. Como si fuera borrico
veng.

A

El condenado por desconfiado

Personas que hablan

Paulo, ermitaño
Pedrisco, gracioso
El Demonio
Octavio y Lisandro
Celia, y Lidora, su criada
Enrico
Galván, y Escalante
Roldán. Cherino
Anareto, padre de Enrico
Albano, viejo
Un Pastor
Un Gobernador
Un Alcaide
Un Portero. Un Juez
Un Músico
Algunos Villanos

Dramatis personae. Hay ligeras diferencias entre el orden en que edita K y el que presenta T. En la primera columna: *Lisandro* (K), frente a *Lisardo* (T). En la segunda: *Celia, y Lidora su criada* (K), frente a *Celia, y Lidora criada* (T), *Galvan* (K), *Galban* (T). *Roldan. Cherino.* (K), frente a *Roldan, y Cherino* (T). En la tercera, *Alvano viejo. / Vn pastor. / Vn Governador.* (tres líneas), frente a *Alvano, viajo. Vn Pastor. / Vn Governador. / Vn Alcayde.* (T). En la cuarta columna, K ordena: *Vn Alcayde. / Vn Portero.Vn Iuez. / Vn Musico. / Algunos villanos,* mientras que T dispone: *Vn Iuez. / Vn Musico. / Algunos Villanos. / Vn Portero.*

En el texto de la *Segunda Parte* se respeta el orden dado por K *(Un portero* va después de *Un Alcaide),* y bien reproducido por Rogers y por Prieto; la edición Morón reproduce el orden dado por Hartzenbusch, que reajusta poniendo a Enrico después de Paulo, y trasladando a Pedrisco a la décima posición.

Jornada primera

Sale PAULO *de ermitaño.*

PAULO

Dichoso albergue mío,
soledad apacible y deleitosa,
que al calor y al frío
me dais posada en esta selva umbrosa,
donde el huésped se llama   5
o verde yerba o pálida retama.
   Ahora, cuando el alba
cubre las esmeraldas de cristales
haciendo al sol la salva
que de su coche sale por jarales   10
con manos de luz pura
quitando sombras de la noche oscura

---

3. Así en K. En P, *el calor y el frío,* con error de medida que Hartzenbusch
corrigió añadiendo *en.* Rogers, que también sigue a K, hace notar que P «does
not make sense».

7-9. Ciriaco Morón anota: «El alba cubre de rocío el verde de la tierra. "El
abril / coronado de esmeraldas" (Claramonte, *El valiente negro en Flandes,* I, 493a).
"Márgenes de esmeraldas, / lisonjas de este río, / que transparente y frío, /
guarnece de cristales esta falda" *(íd., De lo vivo a lo pintado,* I, 532a)».

9. *Hacer la salva.* «Brindar, excitar la alegría, abrir campo a las explosiones o
manifestaciones jubilosas» *(Diccionario,* 1860).

salgo de aquesta cueva,
que en pirámides altos de estas peñas
Naturaleza eleva   15
y a las errantes nubes hace señas,
para que noche y día,
ya que no hay otra, le haga compañía.
    Salgo a ver estos cielos,
alfombra azul de aquellos pies hermosos.   20
¡Quién, oh celestes velos,
aquellos tafetanes luminosos
rasgar pudiera un poco,
para ver! ¡Ay de mí, vuélvome loco!
    Mas ya que es imposible   25
y sé cierto Señor que me estáis viendo
desde ese inaccesible

---

14. *Pirámides* es indistintamente masculino o femenino en el XVII. Claramonte lo usa así en la *Letanía moral*: «que se ha de fundar en vos, / un pirámi-
de de piedras / cuya basa ha de ser Dios» (pág. 86).

18. *Haga compañía*. Hartzenbusch corrige poniendo el verbo en plural, seguido por todos los editores sin mencionar que es enmienda. Rogers observa:
«the sense seems to require a plural verb. The syntax of lines 14-18 is a little
confused. The cave, not nature, must be the subject of "hace señas" although
"naturaleza" is the subject of "eleva". The lonely cave appeals to the passing
clouds to keep it company» (pág. 149). El sentido parece ser: la Naturaleza eleva (es decir: edifica) esta cueva en pirámides de estas peñas y hace señas a las
nubes para que le hagan compañía. Dado que K y P coinciden en el singular,
la idea sería que «la cueva» pueda hacer compañía, ya que no hay otra (compañía posible) a las nubes.

19-21. En P, *salgo a ver este cielo*, y *Quién, oh celestes cielos*. Como observa
Rogers: «P's reading breaks the rythm as well as being tautologous». Visto el
error, Hartzenbusch enmienda el verso 21 en *celeste velo*, para rimar con *cielo*.
Dado que la lectura de K no plantea el menor problema, la sigo. Rogers edita
según P observando: «P's reading may be a misprint, but it does make sense
and might even be defended as emphasizing the unearthliness of heaven». Innecesario, ante el texto de K.

22. Nota de Ciriaco Morón: «"El mal dibujado día / en los lienzos de la
aurora" (Claramonte, *El valiente negro en Flandes*, I, 494b). En Tirso "tafetán"
significa estandarte: "Vieron nuestros días / al tremolar hebreos tafetanes" (*La
venganza de Tamar*, II, 4, ed. de Cotarelo, I, 418a)». Sin embargo, *La venganza de Tamar* es obra de atribución muy dudosa: el documento más antiguo
(1628) la da como de Claramonte; la copia manuscrita de 1632 no indica
autor, y hay una edición en Sevilla (Leefdael) que da como autor a Felipe Godínez. Para cotejos se deben utilizar sólo obras de autoría segura.

trono de luz hermoso a quien sirviendo
están ángeles bellos
más que la luz del sol, hermosos ellos.   30
    Mil glorias quiero daros
por las mercedes que me estáis haciendo
sin saber obligaros.
¿Cuándo yo merecí que del estruendo
me sacarais del mundo   35
que es umbral de las puertas del Profundo?
    ¿Cuándo, Señor divino,
podrá mi indignidad agradeceros
el volverme al camino,
Que si yo lo conozco, es fuerza el veros   40
y tras esta victoria
darme en aquestas selvas tanta gloria.
    Aquí los pajarillos,
amorosas canciones repitiendo
por juncos y tomillos   45
de Vos me acuerdan, y yo estoy diciendo:
Si esta gloria da el suelo,
¿qué gloria será aquella que da el cielo?
    Aquí estos arroyuelos
jirones de cristal en campo verde   50
me quitan mis desvelos
y causa son a que de vos me acuerde.
Tal es el gran contento
que infunde al alma su sonoro acento.

---

35. En T y *sueltas: me sacasteis.*
40. Coinciden P y K en *que si yo no conozco.* H enmienda en *que si no lo aban-*
dono. Castro edita *si yo lo conozco,* que también Rogers acepta.
37-42. Omitidos en T y *sueltas.*
43. Nota de Ciriaco Morón: «Pajarillos, arroyuelos (49), flores (55) enume-
ran aspectos de la naturaleza, como hace Calderón en *La vida es sueño.* Pájaros,
arroyos y flores simbolizan la inocencia de la naturaleza frente a la riqueza de
la corte ("el tapete y berberisca alfombra", v. 60). "Le traigo esta bandera, / tapete sea de sus pies" (Claramonte, *El valiente negro en Flandes,* II, 500b)». Hasta
aquí la cita de Morón, a lo que se podrían añadir bastantes más citas.
49-54. Así en K y en P. Omitidos en T y las *sueltas.*

	Aquí silvestres flores					55
el fugitivo tiempo aromatizan
y de varios colores
aquesta vega humilde fertilizan.
Su belleza me asombra;
calle el tapete y berberisca alfombra,				60
	pues con estos regalos
con aquestos contentos y alegría
[.....................-alos
.................................-ía]
¡Bendito seas mil veces,					65
inmenso Dios que tanto bien me ofreces!
	Aquí pienso servirte,
ya que el mundo dejé para bien mío;
aquí pienso seguirte
sin que jamás humano desvarío,					70
por más que abra la puerta
el mundo a sus engaños, me divierta
	Aquí, Señor divino,
os pido de rodillas humilmente,

55-72. Omitidos en K y las *sueltas*.

56. Ésta es la lectura de P. Parece innecesaria la enmienda de Hartzenbusch *fugitivo viento*, seguida por todos los editores menos Rogers, que precisa que *fugitivo tiempo* «makes sense and may even be more expressive. The notion of giving fragrance to the fleeting hour is no more far-fetched than of fertilizing with colours in the following line». Además de ello «fugitivo tiempo» es expresión bien asentada.

63-72. Este pasaje no está en K. El texto P tiene, al menos dos versos omitidos en una lira. Es llamativo que en la última lira haya una variación en el verso 73 que afecta al enlace del pasaje previo a los versos omitidos con esa lira. La explicación más natural, corroborada por el pasaje deturpado en el cuadro siguiente, es que la compañía de Roque de Figueroa compró el manuscrito al editor Simón Faxardo y entre 1627 y 1635 introdujo modificaciones posteriores. Faxardo, por su parte, como todos los editores de *sueltas*, no siempre edita el texto íntegro.

73-74. Sigo el texto K, que coincide con las *sueltas*. La variante de P parece implicar una remodelación textual relacionada con el fragmento anterior: *Quiero, señor divino, / pediros de rodillas humildemente*. La prioridad de K apoya esto, al igual que la estructura de repetición *Aquí...aquí...aquí*, que se rompe en la remodelación P. Esto avala también la sospecha de que tal vez los cuatro versos de la sextina incompleta 61-66 sean producto de remodelación ajena al autor.

74. El texto de la *Segunda Parte* de Tirso, contiene un error métrico, al editar *humildemente*. Las dos formas alternaban en la época, pero sólo la forma breve mantiene el endecasílabo.

que en aqueste camino
siempre me conservéis piadosamente;
ved que el hombre se hizo
de barro, y de barro quebradizo.

75

(Sale PEDRISCO *con un haz de hierba.)*
(Pónese PAULO *de rodillas y elévase.)*

PEDRISCO

Como si fuera borrico
vengo de hierba cargado,
de quien el monte está rico;
si esto como, ¡desdichado!,
triste fin me pronostico.
        ¿Que he de comer hierba yo,
Manjar que el cielo crió
Para brutos animales?
Deme el cielo en tantos males
paciencia. Cuando me echó
        mi madre al mundo, decía
«Mis ojos santo te vean

80

85

90

---

78. Así en todos los textos del XVII. Hartzenbusch enmienda en *de barro [vil], de barro quebradizo,* seguido por todos los editores salvo Rogers, sin que nadie aclare de dónde procede la enmienda. *Minerva Sacra:* «Guárdate del primer golpe / que eres barro quebradizo» (pág. 187), y «Pues que soy de barro / temer quiero el golpe» (pág. 200).

78-79. Acotación escénica. Rogers anota: «In the context "elévase" might mean that Paulo goes into an ecstasy. Probably all it means is that he stands up and goes off. Lines 137-139 and stage direction show that he has been off-stage. S [se refiere a K] and 232, however, have at that point the direction "Vuelve en sí Paulo"».

79-80. Estos versos, y en general el personaje de Pedrisco, son próximos a los de Aurelio en *El Tao de San Antón:* «Bestia me hizo mi pecado / y el haz no me da molestia / pues después de que soy bestia / parezco muy bien cargado» (pág. 110). De acuerdo con todos los relatos de Padres del Yermo, los eremitas se alimentaban de yerbas, lo que proporciona el principal tema cómico a los graciosos de las comedias de eremitas.

81. Ciriaco Morón anota esta interesante observación: «*Quien* aplicado a cosas es muy raro. Cfr. Claramonte: "Ni el hielo entre quien viven conservados" (*El valiente negro en Flandes,* II, 500b)».

90. En T y *sueltas: mis ojos santos.*

145

Pedrisco del alma mía.»
Si esto las madres desean,
una suegra y una tía
¿qué desearán? Que aunque el ser
    santo un hombre es gran ventura,   95
es desdicha el no comer.
Perdonad esta locura
y este loco proceder,
    mi Dios, y pues conocida
ya mi condición tenéis   100
no os enojéis porque os pida
que el hambre me quitéis
o no sea santo en mi vida.
    Y si puede ser, Señor,
pues que vuestro inmenso amor   105
todo lo imposible doma,
que sea santo y que coma,
mi Dios, mejor que mejor.
    De mi tierra me sacó
Paulo, diez años habrá   110
y a aqueste monte aportó;
él en una cueva está,
y en otra cueva estoy yo
    aquí penitencia hacemos
y sólo hierbas comemos,   115
y a veces nos acordamos
de lo mucho que dejamos
por lo poco que tenemos.

92-103. Omitidos en T y *sueltas*.

111. Sigo K, como hace Ciriaco Morón, que prefiere aquí esa lectura a la de la *Segunda Parte. Aportar* es verbo registrado ya en Covarrubias: «Es tomar puerto, y muchas veces llegar a parte no pensada, sino que acaso, yendo perdidos, llegaron a aquel lugar». Cfr. Diego Duque de Estrada: «habiendo sido forzado a aportar en el golfo de Venecia y tomar puerto en los del veneciano» (*Comentarios,* pág. 257). En T, *apartó*.

114-118. Omitidos en K, T y *sueltas*.

        Aquí al sonoro raudal
de un despeñado cristal,   120
digo a estos olmos sombríos:
«¿Dónde estáis jamones míos
que no os doléis de mi mal?
        Cuando yo solía cursar
la ciudad y no las peñas   125
(memorias me hacen llorar),
de las hambres más pequeñas
compasión solías tomar.
        Erais, jamones, leales;
bien os puedo así llamar   130
pues merecéis nombres tales
aunque ya de las mortales
no tengáis ningún pesar?»
        Mas ya está todo perdido:
yerbas comeré afligido,   135
aunque llegue a presumir
que algún Mayo he de parir
por las flores que he comido
        mas Paulo sale de la cueva oscura;
entrar quiero en la mía tenebrosa   140
y comerlas allí.

---

118. Sigo K, igual que hace Rogers. En P, *por el poco.* Sin embargo, Hartzenbusch corrige ya en *por lo poco,* sin precisar si es enmienda o cotejo con una
suelta.

124-128. Omitidos en T y *sueltas.*

124-133. Parodia de un romance célebre recogido en el *Romancero de Amberes,* y editado por Agustín Durán: «¿Dónde estás, señora mía / que no te duele mi mal? / O no lo sabes, señora, / o eres falsa y desleal; / de mis pequeñas
heridas / compasión solías mostrar / y agora de las mortales / no tienes ningún
pesar», *Romancero general,* vol. 2, ed. de Agustín Durán, Madrid, BAE, 1945,
t. XVI, rom. 1545, pág. 486. Ciriaco Morón anota una variante, procedente
del *Romancero español,* edición de Luis Santullano: *que no te pena mi mal.* El romance es célebre por haberlo incluido Cervantes en el capítulo V de la Primera parte del *Quijote.* Claramonte en la *Letanía moral,* en el poema a San Atila-
no: «lloran con ansias mortales / de noche por los caminos / de día por los jarales» (pág. 306).

132. *Las mortales,* por *las hambre mortales,* siguiendo el modelo del romance
en donde *las mortales* alude a *las heridas mortales.*

(Vase y sale PAULO.)

PAULO

¡Qué desventura,
y qué desgracia cierta y lastimosa!
El sueño me venció, viva figura
—por lo menos imagen temerosa—
de la muerte cruel, y al fin, rendido,   145
la devota oración puse en olvido,
    siguióse luego al sueño otro, de suerte,
sin duda, que a mi Dios tengo enojado,
si no es que, acaso el enemigo fuerte
haya aquesta ilusión representado.   150
Siguióse al fin, ¡ay Dios!, el ver la muerte.
¡Qué espantosa figura! ¡Ay, desdichado!
Si el verla en sueños causa tal quimera,
el que vivo la ve, ¿qué es lo que espera?
    Tiróme el golpe con el brazo diestro,   155
no cortó la guadaña; el arco toma,
la flecha en el derecho; y el siniestro
el arco mismo, que altiveces doma;
tiróme al corazón; yo, que me muestro
al golpe herido, porque el cuerpo coma   160
la madre tierra como a su despojo,
desencarcelo el alma, el cuerpo arrojo.

---

151. En P, K y las demás *sueltas: de ver la muerte.* Hartzenbusch edita siguiendo los textos, pero pone en nota a pie de página: *el.*
155. En P, *con el brazo fuerte,* que atenta contra la rima. Hartzenbusch edita *diestro,* de acuerdo con K, pero sin anotar la anomalía de la supuesta *princeps.*
156. La guadaña es metonimia por el Tiempo.
157. Sigo, como hace Rogers, la lectura de las ediciones del XVII. Hartzenbusch enmendó: *en* el siniestro, sin anotar que es enmienda, y su variante la reproducen, también sin anotar, todos los editores, salvo Rogers, que además precisa: «P's reading, followed in the *sueltas,* makes sense if the left hand is taken as the second subject of "toma"».
158. Ésta es la lectura de los textos del XVII. Hartzenbusch, que acaba de enmendar el verso anterior, modifica éste en: *el arco miro.* González Palencia rescata el texto original *el arco mismo.* Morón copia la enmienda de Hartzenbusch, *el arco miro,* sin advertir su procedencia. Prieto sigue aquí a AGP.

Salió el alma en un vuelo, en un instante
vi de Dios la presencia. ¡Quién pudiera
no verle entonces! ¡Qué cruel semblante!   165
Resplandeciente espada y justiciera
en la derecha mano, y arrogante,
como ya por derecho suyo era,
el Fiscal de las almas miré a un lado,
que aun con ser victorioso, estaba airado.   170

Leyó mis culpas, y mi Guarda santa
leyó mis buenas obras, y el Justicia
Mayor del Cielo, que es aquel que espanta
de la infernal morada la malicia,
las puso en dos balanzas, mas levanta   175
el peso de mi culpa y mi injusticia
mis obras buenas tanto, que el Juez Santo
me condena a los reinos del espanto.

Con aquella fatiga y aquel miedo
desperté, aunque temblando, y no vi nada,   180
si no es mi culpa, y tan confuso quedo,
que si no es a mi suerte desdichada,
o traza del Contrario, ardid o enredo,
que vibra contra mí su ardiente espada,
no sé a qué lo atribuya. Vos, Dios santo,   185
me declarad la causa de este espanto.

---

169. *El Fiscal de las almas.* El diablo, como señala Morón, a partir de una cita de Unamuno: «Diablo quiere decir acusador, fiscal». En la misma idea, y muy próximo a este pasaje de la comedia, Covarrubias informa: «que vale acusador, calumniador, engañador, soplón y malsín; porque siendo el que nos induce a pecar, él mismo es el que nos pone delante de la Justicia Divina» (*Tesoro,* 468a). Rogers precisa que el fiscal de las almas es «probably either Sammael or Mastena», de acuerdo con Gustav Davidson, *A Dictionnary of Angels* (1967).

175. En P, *los puso,* pero, como observa Rogers, el pronombre se refiere a «las culpas», por lo que también aquí K es superior a P. Hartzenbusch edita *las,* sin precisar si es enmienda propia o sigue a K. Castro, AGP, Morón y Prieto repiten el texto según Hartzenbusch sin anotar el error de P.

176. Todos los textos del XVII, *mi justicia,* enmendado ya por Hatzenbusch, que no lo indica en nota. Salvo Rogers, todos los demás editores repiten el texto según Hartzenbusch sin advertir que es enmienda.

178. En *Minerva Sacra:* «Y cuando dice Misa en actos tales / gana un ladrón el Reino del Espanto» (pág. 122).

¿Heme de condenar, mi Dios divino,
como este sueño dice, o he de verme
en el sagrado alcázar cristalino?
Aqueste bien, Señor, habéis de hacerme   190
¿Qué fin he de tener, pues un camino
sigo tan bueno? No queráis tenerme
en esta confusión, Señor eterno.
¿He de ir a vuestro cielo o al infierno?

   Treinta años de edad tengo, Señor mío,   195
y los diez he gastado en el desierto,
y si viviera un siglo, un siglo fío
que lo mismo ha de ser. Esto os advierto:
si esto cumplo, Señor, con fuerza y brío
¿qué fin he de tener? Lágrimas vierto,   200
Respondedme, Señor, Señor eterno,
¿he de ir a vuestro cielo o al infierno?

(Aparece EL DEMONIO *en lo alto.)*

DEMONIO

   Diez años ha que persigo
a este monje en el desierto,
recordándole memorias   205
y pasados pensamientos,
y siempre le he hallado firme
como un gran peñasco opuesto.
Hoy duda en su fe, que es duda
de la fe lo que hoy ha hecho,   210
porque es la fe, en el cristiano,

---

189. El *alcázar cristalino,* como referente celestial lo usa Claramonte en varias ocasiones. Es el caso de la quintilla inicial del poema dedicado al evangelista Marcos en su *Letanía moral:* «Volad, pluma, sin recelos / al Alcázar cristalino, / y con soberanos vuelos / llegad al Marco divino / del gran cuadro de los cielos» *(LT,* pág. 149).
195-202. Omitidos en T y *sueltas.*

que sirviendo a Dios y haciendo
buenas obras, ha de ir
a gozar de Él, en muriendo.
éste, aunque ha sido tan santo,   215
duda de la fe, pues vemos
que quiere del mismo Dios,
estando en duda, saberlo.
En la soberbia también
ha pecado, caso es cierto.   220
Nadie como yo lo sabe,
pues por soberbio padezco.
Y con la desconfianza
le ha ofendido, pues es cierto
que desconfía de Dios   225
el que a su fe no da crédito.
Un sueño la causa ha sido,
y el anteponer un sueño
a la fe de Dios, ¿quién duda
que es pecado manifiesto?   230
Y así me ha dado licencia
el Juez más supremo y recto,
para que con más engaños
le incite ahora de nuevo.
Sepa resistir, valiente,   235
los combates que le ofrezco,
pues supo desconfiar
y ser, como yo, soberbio.
Su mal ha de resultar
de la pregunta que ha hecho   240
a Dios, pues a su pregunta
mi nuevo engaño prevengo.
De ángel tomaré la forma
y responderé a su intento
cosas que le han de costar   245
su condenación, si puedo.

---

240. En K y P, *restaurar*. Parece preferible editar según T.

(Quítase El Demonio *la túnica y queda de ángel.)*

PAULO

¡Dios mío, aquesto os suplico!
¿Salvaréme, Dios inmenso?
¿Iré a gozar vuestra gloria?
Que me respondáis espero.   250

DEMONIO

    Dios, Paulo, te ha escuchado
y tus lágrimas ha visto...

PAULO *(Aparte.)*

¡Qué mal el temor resisto!
Ciego en mirarlo he quedado.

DEMONIO

    ...y ha mandado que te saque   255
de esa ciega confusión,
porque esa vana ilusión
de tu contrario se aplaque.
    Ve a Nápoles, y a la Puerta
que llaman allá del Mar,   260
que es por donde tú has de entrar
a ver tu ventura cierta
    o tu desdicha, verás
cerca de ella (estáme atento)
un hombre...

PAULO

                    ¡Qué gran contento   265
con tus razones me das!

DEMONIO

...que Enrico tiene por nombre,
hijo del noble Anareto.
Conocerásle, en efeto,
por señas, que es gentil hombre,   270
    alto de cuerpo y gallardo.
No quiero decirte más,
porque apenas llegarás,
cuando le veas.

PAULO

                    Aguardo
    lo que le he de preguntar   275
cuando yo le llegue a ver.

DEMONIO

Sólo una cosa has de hacer.

PAULO

¿Qué he de hacer?

DEMONIO

                    Verle y callar,
    contemplando sus acciones,
sus obras y sus palabras.   280

PAULO

En mi pecho ciego labras
quimeras y confusiones.
    ¿Sólo esto tengo de hacer?

---

276. Edito el verso según K, como hace Rogers. En P el verso es corto:
cuando le llegue a ver. Hartzenbusch enmienda en *cuando le llegare a ver,* que copian González Palencia y Prieto, como siempre, sin precisar la enmienda. Morón sigue a K, o bien copia a Rogers.

Dios que en él repares quiere,
porque el fin que aquél tuviere   285
ese fin has de tener. *(Desaparece.)*

PAULO

¡Oh, misterio soberano!
¿Quién este Enrico será?
Por verle me muero ya.
¡Qué contento estoy, qué ufano!   290
    Algún divino varón
debe de ser. ¿Quién lo duda?

(Sale PEDRISCO.*)*

PEDRISCO *(Aparte.)*

Siempre la fortuna ayuda
al más flaco corazón.
    Lindamente he manducado;   295
satisfecho quedo ya.

PAULO

¡Pedrisco!

PEDRISCO

                    A esos pies está
mi boca.

---

294. Nota detallada y precisa de Ciriaco Morón: «Así en P, H, Rogers y
Round. S, *fuerte*, como traducción del adagio *Audaces fortuna juvat*. Mantenemos *flaco* porque al introducir el adjetivo inesperado (flaco) frente al ob-
vio (fuerte) se produce el efecto de humor que el autor buscaba». Esto evidencia que la *suelta* que usa Morón para su cotejo no es K, que lee *al más flaco corazón*.

PAULO

A tiempo ha llegado.
Los dos habemos de hacer
una jornada al momento.   300

PEDRISCO

Brinco y salto de contento,
mas ¿dónde, Paulo, ha de ser?

PAULO

A Nápoles.

PEDRISCO

¿Qué me dice?
¿Y a qué, padre?

PAULO

En el camino
sabrá un paso peregrino.   305
Plegue a Dios que sea felice.

PEDRISCO

¿Si seremos conocidos
de los amigos de allá?

PAULO

Nadie nos conocerá,
que vamos desconocidos   310
en el traje y en la edad.

---

303. En K y en P, *dices,* con error de rima, que Hartzenbusch enmienda.

Diez años ha que faltamos.
Seguros pienso que vamos,
que es tan poca la amistad
    de este tiempo, que en un hora   315
se desconoce el amigo.

PAULO

Vamos.

PEDRISCO

Vaya Dios conmigo.

PAULO

De contento el alma llora.
    a obedeceros me aplico,
mi Dios, nada me desmaya.   320
Pues Vos me mandáis que vaya
a ver al dichoso Enrico,
    Gran santo debe de ser.
Lleno de contento estoy.

PEDRISCO

Y yo, pues contigo voy. *(Aparte.)*   325
No puedo dejar de ver,
    pues que mi bien es tan cierto
con tan alta maravilla,
el bodegón de Juanilla
y la Taberna del Tuerto.   330

---

314. En P, *que es tal la seguridad,* seguido por todos los editores. La prioridad cronológica de K me hace preferir su variante (que Rogers no registra). Es interesante la nota de Morón: «P: que es tal la seguridad. Sigo S. "No es constante amor / nunca el amor de soldado. / En una hora se enamora, / en un hora es su amistad / y ansí la seguridad / de su amor no es más que un hora" (Claramonte, *El valiente negro en Flandes,* I, 494a)».
323-330. Omitidos en T y *sueltas.*

(Vanse y sale EL DEMONIO.*)*

DEMONIO

Bien mi engaño va trazado.
Hoy verá el desconfiado
de Dios y de su poder
el fin que viene a tener,
pues él propio lo ha buscado.   335

(Vase, y salen OCTAVIO *y* LISANDRO.*)*

LISANDRO

La fama de esta mujer,
sólo a verla me ha traído.

OCTAVIO

¿De qué es la fama?

LISANDRO

                    La fama
que de ella, Octavio, he tenido,
es de que es la más discreta   340
mujer que en aqueste siglo
ha visto el napolitano
reino.

OCTAVIO

Verdad os han dicho,
pero aquesa discreción
es el cebo de sus vicios: 345
con ésa engaña a los necios,
con ésa estafa a los lindos.

con una octava o soneto
que con picaresco estilo
suele hacer de cuando en cuando   350
trae a mil hombres perdidos,
y, por parecer discretos,
alaban el artificio,
el lenguaje y los conceptos.

LISANDRO

Notables cosas me han dicho   355
de esta mujer.

OCTAVIO

                Está bien.
¿No os dijo el que aqueso os dijo
que es de esta mujer la casa
un depósito de vivos?
Y que nunca está cerrada   360
al napolitano rico,
ni al alemán, ni al inglés,
ni al húngaro, armenio o indio,
ni aun al español tampoco,
con ser tan aborrecido   365
en Nápoles.

348-357. Estos versos no están en K ni en las *sueltas*. El fragmento es muy correcto y se ajusta a la idea del pasaje. La conjetura natural es que en K hay omisión editorial, repetida por las *sueltas,* que afortunadamente podemos suplir acudiendo a P. No se puede descartar, en todo caso, que se trate de un remiendo de la compañía de Figueroa, ya que el verso 358, en K y *sueltas* varía el comienzo: *y es de esta mujer la casa.* Ante la duda los edito en cursiva.

359. *Depósito de vivos.* Memorable, por su finura, la nota de Rogers a este verso: «Depósito de muertos is a mortuary; "vivos" are "rakes". "Depósito de vivos" is thus an oxymoron referring to a bawdy-house» (pág. 151). *Manflota* y *lupanar* convienen también a estas minuciosas actividades.

361. En K y P, *al napolitano Enrico.* La enmienda es de Hartzenbusch.

LISANDRO

¿Eso pasa?

OCTAVIO

La verdad es lo que digo,
como es verdad que venís
de ella enamorado.

LISANDRO

     Afirmo
que me enamoró su fama.   370

OCTAVIO

Pues más hay.

LISANDRO

    Sois fiel amigo.

OCTAVIO

Que tiene cierto mancebo
por galán, que no ha nacido
hombre tan mal inclinado
en Nápoles.

LISANDRO

    Será Enrico,   375
hijo de Anareto el viejo,
que pienso que ha cuatro o cinco
años que está en una cama,
el pobre viejo, tullido.

OCTAVIO

El mismo.

LISANDRO

Noticia tengo   380
de ese mancebo.

OCTAVIO

Os afirmo,
Lisandro, que es el peor hombre
que en Nápoles ha nacido.
Aquesta mujer le da
cuanto puede, y cuando el vicio   385
del juego suele apretarle,
se viene a su casa él mismo,
y le quita a bofetadas
las cadenas, los anillos...

LISANDRO

¡Pobre mujer!

OCTAVIO

También ella   390
suele hacer sus ciertos tiros,
quitando la hacienda a muchos,
que son en su amor novicios,
con esta falsa poesía.

LISANDRO

Pues ya que estoy advertido   395
de amigo tan buen maestro,
allí veréis si yo os sirvo.

_____

390-394. Versos omitidos en K, T y las demás *sueltas*. Edito en cursiva.

Octavio

Yo entraré con vos también;
mas, ojo al dinero, amigo.

Lisandro

¿Con qué invención entraremos?   400

Octavio

Diréisle que habéis sabido
que hace versos elegantes,
y que, a precio de un anillo,
unos versos os escriba
a una dama.

Lisandro

       ¡Buen arbitrio!   405

Octavio

Y yo, pues entro con vos,
le diré también lo mismo.
Ésta es la casa.

Lisandro

       Y aun pienso
que está en el patio.

Octavio

       Si Enrico
nos coge dentro, por Dios   410
que recelo algún peligro.

Lisandro

¿No es un hombre solo?

OCTAVIO

Sí.

LISANDRO

Ni le temo, ni le estimo.

(Sale CELIA, *leyendo un papel, y* LIDORA, *con recado de escribir.)*

CELIA

Bien escrito está el papel.

LIDORA

Es discreto Severino.   415

CELIA

Pues, ¿no se le echa de ver?

OCTAVIO

Llega, Lisandro, atrevido.

416-417. Entre estos dos versos P tiene un pasaje completamente deturpado y sin homólogo en K y *sueltas*. Hartzenbusch lo enmendó aclarando en la nota más larga de toda su edición: «Esta es la comedia de Téllez peor impresa en la edición que seguimos. Hasta aquí, sin contar las enmiendas ortográficas, que son muchas en cada línea, van ya hechas diez correcciones en el texto, importantes casi todas. Pero en este lugar se halla tan estragado que no es posible descubrir la lección original; y para que haya medida, para restablecer a lo menos el romance, es forzoso adicionar el diálogo». La ingeniosa enmienda de Hartzenbusch, que añade versos de su cosecha ha hecho fortuna, pero con distinto detalle. González Palencia lo copia precisando en nota: «Pasaje reconstruido por Hartzenbusch, pues en el original está muy corrompido». Rogers es más prolijo: «In P both sense and versification are defective. The latter requires at least one line assonating in I-O between our lines 414 and 418 (...) H reconstructs the whole passage (...) H's restoration is ingenious...». Morón copia el texto de Hartzenbusch editando los versos entre paréntesis cuadrados, aunque sin aclarar en nota. Y Prieto los copia sin mayores preocupaciones, avisos ni notas.

LISANDRO

Hermosa es, por vida mía.
Muy pocas veces se ha visto
belleza y entendimiento 420
tanto, en un sujeto mismo.

LIDORA

Dos caballeros, si ya
se juzgan por el vestido,
han entrado.

CELIA

¿Qué querrán?

LIDORA

Lo ordinario.

OCTAVIO

Ya te ha visto. 425

CELIA

¿Qué mandan vuesas mercedes?

LISANDRO

Hemos llegado, atrevidos,
porque en casas de poetas
y de señores no ha sido
vedada la entrada a nadie. 430

_____

427-438. Omitidos en T y *sueltas*.

LIDORA

Gran sufrimiento ha tenido,
pues la llamaron poeta
y ha callado.

LISANDRO

        Yo he sabido
que sois discreta en extremo,
y que de Homero y de Ovidio   435
excedéis la misma fama;
y así yo y aqueste amigo
que vuestro ingenio me alaba,
en competencia venimos
de que, para cierta dama   440
que mi amor puso en olvido
y se casó su disgusto,
le hagáis algo, que yo afirmo
el premio a vuestra hermosura,
si es, señora, premio digno,   445
el daros mi corazón.

LIDORA

Por Belerma te ha tenido.

OCTAVIO

Yo vine también, señora,
pues vuestro ingenio divino
obliga a los que precian   450
de discretos, a lo mismo.

---

447. Belerma, popular por el Romance de la muerte de Durandarte, en que
este caballero, sintiendo próxima su muerte en Roncesvalles le pide a su pri-
mo Montesinos que le corte el corazón y se lo lleve a su amada Belerma. Cervantes, en la segunda parte, alude al episodio en la Cueva de Montesinos.

¿Sobre quién tiene de ser?

LISANDRO

Una mujer que me quiso
cuando tuvo que quitarme,
y ya que pobre me ha visto,   455
se recogió a buen vivir.

LIDORA

Muy como discreta hizo.

CELIA

A buen tiempo habéis llegado,
que a un papel que me han escrito
quería responder ahora,   460
y, pues decís que de Ovidio
excedo la antigua fama,
haré ahora más que él hizo.
A un tiempo se han de escribir
vuestros papeles y el mío.   465
Da a todos tinta y papel.

LISANDRO

Bravo ingenio.

453-456. Sigo la atribución de estas líneas a Lisandro, de acuerdo con las
ediciones del XVII. Rogers enmienda y las pone en boca de Octavio, señalan-
do que «lines 474-476 show that they belong to Octavio. Gonzalez Palencia
emends». Esta última observación sorprende, ya que en la edición de González Palencia (1939) están también atribuidos a Lisandro.

459. En P, *me ha escrito*. En K, *han escrito,* seguido ya por Hartzenbusch.

461-463. Omitidos en T y *sueltas.* Hay una variación respecto a P y K en los
versos que siguen. En T: *A un tiempo he de responder.* Omitido el 466.

OCTAVIO

Peregrino.

LIDORA

Aquí están tinta y papel.

CELIA

Escribid pues.

LISANDRO

Ya escribimos.

CELIA

¿Tú dices que a una mujer   470
que se casó?

LISANDRO

Aqueso digo.

CELIA

Y tú a la que te dejó
después que no fuiste rico.

OCTAVIO

Así es verdad.

CELIA

Y yo aquí
le respondo a Severino.   475

---

475. Anota Rogers: «Part of this scene may be missing or else the arrival of
Enrico may appear enough to explain why the game is never finished». Parece
atinado.

(Escriban, y sale GALVÁN *y* ENRICO, *con espada y broquel.)*

ENRICO

¿Qué se busca en esta casa,
hidalgos?

LISANDRO

Nada buscamos;
estaba abierta y entramos.

ENRICO

¿Conóceme?

LISANDRO

¿Aquesto pasa?

ENRICO

Pues váyanse noramala,   480
que, ¡voto a Dios!, si me enojo...
(No me hagas, Celia, del ojo.)

OCTAVIO

¿Qué locura a aquesta iguala?

ENRICO

...que los arroje en el mar,
aunque está lejos de aquí.   485

---

479. La interrogación corresponde a los textos P y K. Hartzenbusch da la
réplica como afirmativa, igual que Ciriaco Morón, frente a González Palencia,
Rogers y Prieto, que asumen la réplica como interrogativa. No veo clara la enmienda.

CELIA

Mi bien, por amor de mí.

ENRICO

¿Tú te atreves a llegar?
  Apártate, ¡voto a Dios
que te dé una bofetada!

OCTAVIO

Si el estar aquí os enfada   490
ya nos iremos los dos.

LISANDRO

  ¿Sois pariente o sois hermano
de aquesta señora?

ENRICO

                  Soy
el diablo.

GALVÁN

                  Ya yo estoy
con la hojarasca en la mano.   495
  Sacúdelos.

OCTAVIO

Deteneos.

---

494. Nota de Ciriaco Morón: «"Hombre soy y soy demonio" *(El valiente negro en Flandes,* 496a; "Soy demonio", 498b; "Dile al negro del infierno, / pues pega como el demonio / calabazadas" *(ibíd.,* III, 506b)».
495. *Hojarasca.* «Se llama entre los guapos y espadachines la espada» *(Diccionario de Autoridades).* En T y *sueltas,* no se ha entendido el término y se edita: *jarasca.*

168

Mi bien, por amor de Dios.

OCTAVIO

Aquí venimos los dos
no con lascivos deseos,
  sino a que nos escribiese   500
unos papeles.

ENRICO

Pues ellos,
que se precian de tan bellos,
¿no saben escribir?

OCTAVIO

Cese
Vuestro enojo.

ENRICO

¿Qué es cesar?
¿Qué es de lo escrito?

OCTAVIO

Esto es.   505

ENRICO *(Rasga los papeles.)*

Vuelvan por ellos después,
porque ahora no hay lugar.

---

502. *Bellos*. Nota de Ciriaco Morón: «"No es muy lindo, no es muy bello" *(El valiente negro en Flandes,* II, 500a). "Mas jamás se espera menos / de un hombre *alindado" (ibíd.)*».

CELIA

¿Los rompiste?

ENRICO

Claro está.
y si me enojo...

CELIA

¡Mi bien!

ENRICO

...haré lo mismo también   510
de sus caras.

LISANDRO

Basta ya.

ENRICO

Mi gusto tengo de hacer
en todo cuanto pudiere,
y si vuarcé lo quisiere,
seor hidalgo, defender,   515
  cuéntese sin piernas ya,
porque yo nunca temí
hombres como ellos

LISANDRO

¡Que así
nos trate un hombre!

OCTAVIO

Callá.

Ellos se precian de hombres   520
siendo de mujer las almas;
si pretenden llevar palmas
y ganar honrosos nombres,
    defiéndanse de esta espada. *(Acuchíllalos.)*

CELIA

Mi bien...

ENRICO

Aparta.

CELIA

Detente.   525

ENRICO

Me detendrá el mismo infierno.

CELIA

¿Qué es aquesto? ¡Ay, desdichada!

525-531. Omitido en T y *sueltas*.

526. P y K dan esta réplica: «No / me detendrá el mismo infierno», que Hartzenbusch corrige en *Nadie detenerme intente*. Esta enmienda la siguen González Palencia y Prieto, sin anotarla, y Ciriaco Morón, poniéndola entre corchetes, sin anotar. Rogers mantiene el texto original, observando que «line 527 is long». En efecto, el verso anterior pasa a ser decasílabo. La negación *no* es la que añade dos sílabas al estar en agudo al final de verso. La alternativa, manteniendo *no* como primera palabra de la réplica de Enrico, sería suprimir la réplica de Celia: «¡Mi bien!». La enmienda más sencilla es suprimir *no*, ya que la réplica resultante mantiene su sentido de imposibilidad. Aunque la intuición apunta más bien a que lo que sobra aquí es esa réplica de Celia. Un *no* inicial con encabalgamiento parece un buen estilema.

LIDORA

Huyendo van que es belleza.

GALVÁN

¡Qué cuchillada le di!

ENRICO

¡Viles gallinas! ¿Así   530
afrentáis vuestra destreza?

CELIA

Mi bien, ¿qué has hecho?

ENRICO

                          Nonada.
gallardamente le di.
A aquel más alto le abrí
un jeme de cuchillada.   535

LIDORA

Bien el que entra a verte gana.

GALVÁN

Una punta le tiré
a aquel más bajo, y le eché
fuera una arroba de lana.
Terrible peto traía.   540

---

535. *Jeme*. «La distancia que hay desde la extremidad del dedo pulgar a la del dedo índice, la cual sirve de medida separándolo entre sí todo lo posible» *(Diccionario, 1860)*.

539. *Arroba*. Antes de ser un signo informático era «peso de veinticinco libras» *(Covarrubias)*.

540. *Peto*. «Adorno o vestidura que se pone en el pecho para entallarse» *(Diccionario, 1860)*. La referencia sarcástica es que con la cuchillada le hizo salir unos diez kilos de lana del postizo.

ENRICO

¿Siempre, Celia, me has de dar
disgustos?

CELIA

    Baste el pesar.
Sosiega, por vida mía.

ENRICO

    ¿No te he dicho que no gusto
que entren estos marquesotes   545
todos guedejas, bigotes,
adonde me dan disgusto?
    ¿Qué provecho tienes de ellos?
¿Qué te ofrecen, qué te dan
estos que contino están   550
rizándose los cabellos?
    De peña, de roble o risco
es al dar su condición;
su bolsa hizo profesión
en la Orden de San Francisco.   555
    Pues ¿para qué los admites?
¿Para qué les das entrada?
¿No te tengo yo avisada?
Tú harás algo que me incites
    a cólera.

CELIA

    Bueno está.   560

ENRICO

Apártate.

CELIA

Oye, mi bien...
Porque sepas que hay también
alguno en éstos que da,
    aqueste anillo y cadena
me dieron éstos.

ENRICO

            A ver...   565
La cadena he menester,
que me parece muy buena.

CELIA

¿La cadena?

ENRICO

            Y el anillo
también me has de dar ahora.

LIDORA

Déjale algo a mi señora.   570

ENRICO

¿Ella no sabrá pedillo?
¿Para qué lo pides tú?

    569. Ésta es la lectura de K y las *sueltas*. En cambio, en P, *también me has de
asegurar,* fuera de la rima. Hartzenbusch enmendó en *también me hace falta agora,* sin anotar ni dar la variante de las *sueltas*. González Palencia y Prieto copian
la enmienda de Hartz. D. Rogers mantiene el verso de P, explicando el problema, y Morón introduce la enmienda de Hartzenbusch indicando: «Seguimos
S y H por exigencia de la rima».

GALVÁN

Ésta por hablar se muere.

LIDORA

Malhaya quien bien os quiere,
rufianes de Belcebú.   575

CELIA

   Todo es tuyo, vida mía,
y, pues yo tan tuya soy,
escúchame.

ENRICO

             Atento estoy.

CELIA

Sólo pedirte quería
   que nos lleves esta tarde   580
a la Puerta de la Mar.

ENRICO

El manto puedes tomar.

CELIA

Yo haré que allá nos aguarde
   la merienda.

ENRICO

                Oyes, Galván,
ve a avisar luego al instante   585
a nuestro amigo Escalante,
a Cherinos y a Roldán,
   que voy con Celia.

Sí haré.

ENRICO

Di que a la Puerta del Mar
nos vayan luego a esperar   590
con sus mozas.

LIDORA

Bien, a fe.

GALVÁN

Ello habrá lindo bureo.
¿Mas que ha de haber cuchilladas?

CELIA

¿Quieres que vamos tapadas?

ENRICO

No es eso lo que deseo.   595
descubiertas habéis de ir,

---

589. La Puerta de la Mar es la Porta del carmine sul Mare. Ciriaco Morón reproduce en su edición un hermoso grabado de época por cortesía de Pompilio Tesauro.

592. *Bureo.* «La junta de los mayordomos de la Casa Real para el gobierno della; es nombre alemán y dice que vale tanto como *splendor domus* *(Covarrubias)*. La guasa está muy clara: junta de mayordomos del Hampa. También: «Regocijo, entretenimiento, fiesta y holgura, y las más veces, no lícita» *(Autoridades)*. *Entrar en bureo* es «frase figurada antigua: juntarse para tratar alguna cosa» *(Diccionario,* 1860).

593. *¿Mas que...?* Rogers anota muy correctamente: «Mas que: "I bet"». Así pues tiene el valor de la muletilla «Apuesto a que...».

porque quiero en este día
que sepan que tú eres mía.

CELIA

Como te podré servir.
  Vamos.

LIDORA

    Tú eres inocente.   600
¿Todas las joyas le has dado?

CELIA

Todo está bien empleado
en hombre que es tan valiente.

GALVÁN

  ¿Mas que no te acuerdas ya
que te dijeron ayer   605
que una muerte habías de hacer?

ENRICO

Cobrada y gastada está
  ya la mitad del dinero.

GALVÁN

Pues ¿para qué vas al mar?

ENRICO

Después se podrá trazar,   610
que ahora, Galván, no quiero.
    anillo y cadena tengo
que me dio la tal señora;
dineros sobran ahora.

GALVÁN

Ya tus intentos prevengo.   615

ENRICO

    Viva alegre el desdichado,
libre de cuidado y pena,
que en gastando la cadena
le daremos su recado.

(Vanse, y sale PAULO *y* PEDRISCO *de camino, graciosa-
mente.)*

PEDRISCO

Maravillado estoy de tal suceso.   620

PAULO

Secretos son de Dios.

---

620. Acotación escénica. Nota de A. Prieto: «Se sobreentiende que Paulo
sigue aún con su sayal de eremita, pero Pedrisco va vestido *de camino,* aunque
con algunos aditamentos burlescos». Rogers precisa algo más: *«de camino:* in
travelling clothes such as hats, cloaks and boots. In the absence of scenery,
changes of costume were often the only indication of time or place. "Gracio-
samente" means that Pedrisco's outfit should be comical».

PEDRISCO

¿De modo, padre,
que el fin que ha de tener aqueste Enrico,
ha de tener también?

PAULO

Faltar no puede
la palabra de Dios: el ángel suyo
me dijo que, si Enrico se condena   625
yo me he de condenar, y si él se salva,
también me he de salvar.

PEDRISCO

Sin duda, padre,
que es un santo varón aqueste Enrico.

PAULO

Eso mismo imagino.

PEDRISCO

Esta es la puerta
que llaman de la Mar.

PAULO

Aquí me manda   630
el ángel que le aguarde.

PEDRISCO

Aquí vivía
un tabernero gordo, padre mío,
adonde yo acudía muchas veces,
y más allá, si acaso se le acuerda,

vivía aquella moza rubia y alta,   635
que archero de la guarda parecía,
a quien él requebraba.

PAULO

¡Oh vil Contrario,
livianos pensamientos me fatigan,
Oh cuerpo flaco! Hermano, escuche.

PEDRISCO

Escucho.

PAULO

El Contrario me tienta con memoria   640
de los pasados gustos.

PEDRISCO

Pues ¿qué hace?

---

636. *Archero*. «de arco, es el soldado que antiguamente se llamaba sagitario;
agora los archeros de la guarda del Rey nuestro señor, son la guarda de a caballo alemana, y quedáronse con el nombre de archeros, por haber sucedido en
su lugar, aunque sus armas son diferentes». Un *archa* es una especie de lanza
terminada en cuchillo simple, de una sola hoja, de ahí la observación de Covarrubias de que «sus armas son diferentes». *Archa:* «arma en forma de cuchi-
lla, de que usaban los archeros» *(Diccionario* 1860). Nota de Ciriaco Morón:
«"Antes será alabardera / pues de la guarda la haces / y es de la guarda tudesca"
(De lo vivo a lo pintado, I, 531a)». Estamos en un ambiente de taberna y de hampones, de modo que la alusión a que aquella «moza rubia y alta» parecía «archero de la guarda» encaja en la siguiente acepción registrada por Covarrubias:
«*guardas:* los naipes de un manjar que sirven por la carta con que en otra
mano se ha de ganar». Dicho de otro modo, la moza rubia y alta era parte del
tejemaneje de los hampones y tahures en los juegos de tablajería. Modernizar
el texto en *arquero* elimina aquí toda esa trastienda de germanías.

640. Sigo el texto K, frente a P: *me tiene con memoria,* aceptado por Rogers,
Morón, Palencia y Prieto. El Contrario, o sea, el Diablo, tienta a Paulo con
«memoria de pasados gustos».

PAULO

En el suelo me arrojo de esta suerte,
para que en él me pise. Llegue, hermano,
píseme muchas veces. *(Échase en el suelo.)*

PEDRISCO

En buen hora,
que soy muy obediente, padre mío. *(Písale.)*   645
¿Písole bien?

PAULO

Sí, hermano.

PEDRISCO

¿No le duele?

PAULO

Pise y no tenga pena.

PEDRISCO

¿Pena, padre?
¿Por qué razón he yo de tener pena?

---

642. En P hay acotación: *Échase en el suelo.* La acción está implícita en el diálogo. Rogers anota un aspecto interesante: «Pedrisco's question shows that
Paulo's puzzling behaviour begins here. According to Father Hornedo *(Razón
y Fe,* CXX [1940], pág. 178) this behaviour was copied from St Francis. The
episode is recorded in te Chronicles of the Order (ch.75) and in P. Rodríguez's
Ejercicio de perfección (1609); Lope stages it in his play about St. Francis, *El sera-
fín humano»*. Hasta aquí la cita de Rogers. Morley y Bruerton sitúan la redacción de esta comedia en el período 1610-1615. El 4 de octubre de 1614 la
compañía de Morales estrena una comedia sobre San Francisco. En julio
de 1614 Cristóbal de Morales está en la misma compañía que Andrés de Claramonte.

Piso y repiso, padre de mi vida,
mas temo no reviente, padre mío.   650

PAULO

Píseme, hermano.

(Dentro, dan voces, como deteniendo a ENRICO.)

ROLDÁN

Deteneos, Enrico.

ENRICO

Al mar he de arrojarle, vive el cielo.

PAULO

A Enrico oí nombrar.

ENRICO

     ¿Gente mendiga
ha de haber en el mundo?

CHERINOS

     Deteneos.

ENRICO

Podrásme detener en arrojándole.   655

CELIA

¿Adónde vas? Detente.

ENRICO

No hay remedio.
Harta merced le hago, pues le saco
de tan grande miseria.

ROLDÁN

¿Qué habéis hecho?

ENRICO

Llegó a pedirme un pobre una limosna,   660
dolióme el verle con tan gran miseria,
y porque no llegase a avergonzarse
a otro desde hoy, cogile yo en los brazos
y le arrojé en el mar.

PAULO

Delito inmenso.

ENRICO

Ya no será más pobre, según pienso.   665

PEDRISCO

Algún diablo limosna te pidiera.

CELIA

¿Siempre has de ser cruel?

---

660. K y P: *Llegome a pedir un pobre una limosna,* que es un dodecasílabo. La enmienda corresponde a las *sueltas* y aparece ya en Hartzenbusch.
662-663. Sigo a K, ya que P omite *a* y *yo,* dejando el verso corto.

183

ENRICO

                    No me repliques,
que haré contigo y los demás lo mismo.

ESCALANTE

Dejemos eso ahora, por tu vida.
sentémonos los dos, Enrico amigo.   670

PAULO

A este han llamado Enrico.

PEDRISCO

                    Será otro.
¿Querías tú que fuese este mal hombre,
que en vida está ya ardiendo en los infiernos?
Aguardemos a ver en lo que para.

ENRICO

Pues siéntense voarcedes, porque quiero   675
haya conversación.

ESCALANTE

                    Muy bien ha dicho.

ENRICO

Siéntese Celia aquí.

CELIA

                    Ya estoy sentada.

ESCALANTE

Tú conmigo, Lidora [*has de sentarte*].

LIDORA

Lo mismo digo yo, seor Escalante.

CHERINOS

Siéntese aquí Roldán.

ROLDÁN

               Ya voy, Cherinos.   680

PEDRISCO

Mire qué buenas almas, padre mío.
lléguese más, verá de lo que tratan.

PAULO

¿Que no viene mi Enrico?

PEDRISCO

               Mire y calle,
que somos pobres y ese desalmado,
no nos eche en la mar.

ENRICO

               Ahora quiero   685
que cuente cada uno de vuarcedes
las hazañas que ha hecho en esta vida,

---

678. Este verso es heptasílabo, tanto en K como en P. Hartzenbusch lo edita tal cual, pero indicando en nota «Falta medio verso». AGP, Morón y Prieto copian sin anotar el error. Rogers sugiere atinadamente: «*has de sentarte* would complete the line».

quiero decir: hazañas, latrocinios,
cuchilladas, heridas, robos, muertes,
salteamientos y cosas de este modo.   690

ESCALANTE

Muy bien ha dicho Enrico.

ENRICO

                    Y al que hubiere
hecho mayores males, al momento
una corona de laurel le pongan,
cantándole alabanzas y motetes.

ESCALANTE

Soy contento.

ENRICO

                    Comience, *seo* Escalante.   695

PAULO

¡Que esto sufra el Señor!

PEDRISCO

                    Nada le espante.

---

694. *Motetes.* «Compostura de voces cuya letra es alguna sentencia de la Escritura» *(Covarrubias).* Más preciso es Fray Juan Márquez, al aludir a que los
motetes desarrollaban musicalmente la letra de los salmos: «el Psalmo LXVII,
como enseña San Pablo, celebra las victorias de Jesu Christo: tomando por
tema el motete, con que levantaban el Arca los sacerdotes» *(Los dos estados de
la espiritual Jerusalén,* pág. 21).
695. En P y K, *seor escalante,* con medida errónea. La forma *seo* de T y las
sueltas permite la sinalefa necesaria para el endecasílabo.

Yo digo así.

PEDRISCO

¡Qué alegre y satisfecho!

ESCALANTE

Veinticinco pobretes tengo muertos,
seis casas he escalado, y treinta heridas
he dado con la chica.

PEDRISCO

¡Quién te viera   700
hacer en una horca cabriolas!

ENRICO

Diga Cherinos.

PEDRISCO

¡Qué ruin nombre tiene!
Cherinos: cosa poca.

698. En T, *pobres,* con lo que falta una sílaba para el verso.

700. *La chica.* AGP: «La espada corta o la daga. Estos matones solían llevar espada muy larga. Hubo que reglamentar por pragmáticas especiales la longitud de las armas».

703. *Cherinos.* Rogers apunta que el DRAE «gives *cheringo* as a Mexican word meaning "pedazo pequeño de una cosa"». Prieto observa: «Juego de palabras entre Cherinos y *cherinol* voz de la germanía que significa "el capataz entre rufianes y ladrones" *(Autoridades)*». Ambas ideas encajan; la réplica incluye un orden de palabras italiano «cosa poca» (y no «poca cosa»). La *Cherinola* es «junta de ladrones o rufianes», según *Diccionario,*1860.

Yo comienzo.
No he muerto a ningún hombre, pero he dado
más de cien puñaladas.

ENRICO

¿Y ninguna   705

fue mortal?

CHERINOS

Amparóles la fortuna.
De capas que he quitado en esta vida
y he vendido a un ropero, está ya rico.

ENRICO

¿Véndelas él?

CHERINOS

¿Pues no?

ENRICO

¿No las conocen?

CHERINOS

Por quitarse de aquesas ocasiones   710
las convierte en ropillas y calzones.

ENRICO

¿Habéis hecho otra cosa?

---

705. En P: *Ninguna / fue mortal?*, con una sílaba menos. Enmendado ya
por H.

CHERINOS

No me acuerdo.

PEDRISCO

Mas, ¿que le absuelve ahora el ladronazo?

CELIA

Y tú, ¿qué has hecho, Enrico?

ENRICO

Oigan voarcedes.

ESCALANTE

Nadie cuente mentiras.

ENRICO

Yo soy hombre   715
que en mi vida las dije.

GALVÁN

Tal se entiende.

PEDRISCO

¿No escucha, padre mío, estas razones?

PAULO

Estoy mirando a ver si viene Enrico.

ENRICO

Haya, pues, atención.

CELIA

                    Nadie te impide.

PEDRISCO

Miren a qué sermón atención pide.   720

ENRICO

    Yo nací mal inclinado,
como se ve en los efectos
del discurso de mi vida,
que referiros pretendo.
Con regalos me crié   725
en Nápoles, que ya pienso
que conocéis a mi padre,
que aunque no fue caballero,
ni de sangre generosa,
era muy rico, y yo entiendo   730
que es la mayor calidad
el tener en este tiempo.
Crióme al fin, como digo,
entre regalos, haciendo
travesuras cuando niño,   735
locuras cuando mancebo.
hurtaba a mi viejo padre,
arcas y cofres abriendo,
los vestidos que tenía,
las joyas y los dineros.   740

---

720. En P, *mire a*, de nuevo con error métrico. Enmendado por H.
733. En P y K. *crióme*, enmendado por H y aceptado por todos los editores.
No veo problema para mantener la lectura conjunta de P y K, dado que en la
frase anterior se alude al padre, sujeto de *crióme*.

Jugaba, y digo jugaba
para que sepáis con esto
que, de cuantos vicios hay,
es el primer padre el juego.
quedé pobre y sin hacienda   745
y, como enseñado a hacerlo,
di en robar de casa en casa
cosas de pequeño precio;
iba a jugar y perdía;
mis vicios iban creciendo.   750
Di luego en acompañarme
con otros del arte mesmo;
escalamos muchas casas,
dimos la muerte a sus dueños;
lo robado repartimos   755
para dar caudal al juego.
De cinco que éramos todos,
sólo los cuatro prendieron,
y nadie me descubrió
aunque les dieron tormento.   760
Pagaron en una plaza
su delito, y yo con esto,
de escarmentado, acogime
a hacer a solas mis hechos.
Íbame todas las noches   765
solo a la casa del juego,
donde a la puerta aguardaba
a que saliesen de adentro.
Pedía con cortesía

741-750. Estos versos están omitidos en K, T y las *sueltas*. Hay que postular o bien un recorte editorial, o bien que la compañía que tuvo el manuscrito desde su venta por el dramaturgo hasta su edición en 1627 prescindió de ese y otros pasajes por criterios de tipo moral o escénico. Este es el primero de los tres fragmentos recortados en el relato de Enrico, con un total de 18 versos. El editor de la *Segunda Parte* no tiene problemas de espacio, al no ser una *suelta*, y edita sin cortes el manuscrito vendido por Figueroa.
755-756. Omitidos en T y *sueltas*.

el barato, y cuando ellos   770
iban a sacar qué darme
sacaba yo el fuerte acero,
que, riguroso, escondía
en sus inocentes pechos,
y por fuerza me llevaba   775
lo que, ganando, perdieron.
Quitaba de noche capas,
tenía diversos hierros
para abrir cualquiera puerta,
y hacerme capaz del dueño.   780
Las mujeres estafaba,
y, no dándome el dinero,
visitaba una navaja
su rostro luego al momento.
Aquestas cosas hacía   785
el tiempo que fui mancebo,
pero escuchadme, y sabréis,
siendo hombre, las que he hecho.
A treinta desventurados
yo solo, y aqueste acero,   790
que es de la muerte ministro,
del mundo sacado habemos:
los diez, muertos por mi gusto,
y los veinte, me salieron,
uno con otro, a doblón.   795
Diréis que es pequeño precio:
es verdad, mas, ¡voto a Dios
que en faltándome el dinero,
que mate por un doblón
a cuantos me están oyendo.   800

---

770. *Dar barato.* «Sacar los que juegan del montón común, o del suyo, para
dar a los que sirven o assisten al juego» *(Covarrubias).*

777-780. Omitidos en K, T y *sueltas.*

780. *Hacerme capaz.* Los editores suelen anotar que «hacerse capaz» es «apo-
derarse de», sin precisar ninguna referencia. En Covarrubias se informa sobre
la expresión *hacerle capaz de un negocio,* con el valor de «dárselo a entender». Según esto «hacerme capaz del dueño» es «darme a entender (como ladrón) al
dueño». Intimidarlo.

Seis doncellas he forzado.
¡Dichoso llamarme puedo,
pues seis he podido hallar
en este infelice tiempo!
De una principal casada   805
me aficioné. Ya resuelto,
habiendo entrado en su casa,
a ejecutar mi deseo,
dio voces, vino el marido,
y yo, enojado y resuelto,   810
llegué con él a los brazos,
y tanto en ellos le aprieto,
que perdió tierra, y apenas
en este punto le veo,
cuando de un balcón le arrojo   815
y en el suelo cayó muerto.
Dio voces la tal señora,
y yo, sacando el acero,
le metí cinco o seis veces
en el cristal de su pecho,   820
donde puertas de rubíes
en campos de cristal bellos
le dieron salida al alma

807-811. Sigo a K, modificando su puntuación. Rogers anota: «This passage looks corrupt. C's repunctuation makes sense of it (P has a full-stop after
"deseo"). The verse-structure would lead one to expect another main verb in
lines 807-809. The repetition of *resuelto* at the end of line 811 (where it fits)
also suggests that something has gone wrong. K follows P, but S, 232 and *Cruz*
emend to: "me aficioné; *y no queriendo* / habiendo entrado en su casa, / *execu-
té* mi deseo". H emends line 807 to "me aficioné; *y en secreto*"». AGP y Prieto
siguen la enmienda de H (sin anotar); Morón prefiere seguir el texto de las
sueltas, justificando en nota.
821-822. En P, «*puestas* de rubíes en *compas* de cristal bello». Rogers anota
muy inteligentemente: «The preciosity of Enrico's allusion to bloodshed (cfr.
"cristal" in line 821) seems to have defeated the printer. K has *"puertas"* but keeps
"compas". S and 232 leave out these lines. "Campos" is H's emendation. If he
is right, the lines involve a conceit playing on two meanings of "campos":
fields in the heraldic sense and fields which have gates». Estas constataciones
apuntan a la autoría de Claramonte, que usa con frecuencia este tipo de expresiones gongorinas.

para que se fuese huyendo.
Por hacer mal solamente   825
he jurado juramentos
falsos, fingiendo quimeras,
hecho máquinas y enredos,
y a un sacerdote que quiso
reprenderme con buen celo,   830
de un bofetón que le di
cayó en tierra medio muerto.
Porque supe que encerrado
en casa de un pobre viejo
estaba un contrario mío,   835
a la casa puse fuego,
y, sin poder remediarlo,
todos se quemaron dentro,
y hasta dos niños hermanos
ceniza quedaron hechos.   840
No digo jamás palabra
si no es con un juramento,
un ¡pésete! o un ¡por vida!,
porque sé que ofendo al Cielo.
En mi vida misa oí,   845
ni estando en peligros ciertos
de morir me he confesado,
ni invocado a Dios eterno.
No he dado limosna nunca,
aunque tuviese dineros: 850
antes persigo a los pobres,
como habéis visto el ejemplo.
No respeto a religiosos:
de sus iglesias y templos
seis cálices he robado   855
y diversos ornamentos

---

827. En todas las ediciones aparece así el verso, pero Rogers sugiere que
fingido would fit better into the zeugma of lines 827-829».
843. En P, *un pese o un por vida*. Como observa Rogers: «Even with hiatus
this line is short». Hartzenbusch enmienda: «*con* un pese», texto que copian
AGP, Morón y Prieto sin anotar.

que sus altares adornan.
Ni a la Justicia respeto:
mil veces me he resistido
y a sus ministros he muerto; 860
tanto, que para prenderme
no tienen ya atrevimiento.
Y finalmente, yo estoy
preso por los ojos bellos
de Celia, que está presente: 865
todos la tienen respeto
por mí, que la adoro, y cuando
sé que la sobran dineros,
con lo que me da, aunque poco,
mi viejo padre sustento, 870
que ya le conoceréis
por el nombre de Anareto.
Cinco años ha que tullido
en una cama le tengo,
y tengo piedad con él 875
por estar pobre el buen viejo,
y porque soy causa al fin
de ponerle en tal extremo,
por jugarle yo su hacienda
el tiempo que fui mancebo. 880
Todo es verdad lo que he dicho,
¡voto a Dios!, y que no miento.
Juzgad ahora vosotros
cuál merece mayor premio.

PEDRISCO

Cierto, padre de mi vida 885
que con servicios tan buenos,
que puede ir a pretender
éste a la Corte.

_____

875-876. Omitidos en T y *sueltas.*
877-880. Omitidos en K, T y *sueltas.*

ESCALANTE

Confieso
que tú el lauro has merecido.

ROLDÁN

Y yo confieso lo mesmo. 890

CHERINOS

Todos lo mesmo decimos

CELIA

El laurel darte pretendo.

ENRICO

Vivas, Celia, muchos años.

CELIA *(Poniendo a* ENRICO *una corona de laurel.)*

Toma, mi bien, y con esto,
pues que la merienda aguarda, 895
Nos vamos.

GALVÁN

Muy bien has hecho.

CELIA

Digan todos: ¡Viva Enrico!

---

897. Tanto en K como en P hay error de asonancia al sustituir Enrico por Enrique.

TODOS

¡Viva el hijo de Anareto!

ENRICO

Al punto todos nos vamos
a holgarnos y entretenernos. *(Vanse.)*   900

PAULO

Salid, lágrimas, salid,
salid apriesa del pecho,
no lo dejéis de vergüenza.
¡Qué lastimoso suceso!

PEDRISCO

¿Qué tiene, padre?

PAULO

       ¡Ay, hermano!   905
Penas y desdichas tengo;
este mal hombre que he visto
es Enrico.

PEDRISCO

¿Cómo es eso?

---

903. Rogers observa la coincidencia con dos versos de *El médico de su honra* de Calderón: «bien podéis ojos llorar / no lo dejéis de vergüenza», y se pregunta: «Was this a line of a song or a proverbial expression?». Es, en efecto, parte de una conocida canción que precisamente glosa Claramonte en coplas reales en la obra *El ataúd para el vivo y el tálamo para el muerto*.

PAULO

Las señas que me dio el ángel
son suyas.

PEDRISCO

¿Es eso cierto?   910

PAULO

Sí, hermano, porque me dijo
que era hijo de Anareto,
y aquéste también lo ha dicho.

PEDRISCO

Pues aquéste ya está ardiendo
en los infiernos en vida.   915

PAULO

Eso sólo es lo que temo.
El ángel de Dios me dijo
que si éste se va al infierno,
que al infierno tengo de ir,
y al cielo, si éste va al cielo.   920
Pues al cielo, hermano mío
¿cómo ha de ir éste, si vemos
tantas maldades en él,
tantos robos manifiestos,
crueldades y latrocinios,   925
y tan viles pensamientos?

---

910. En P falta una sílaba, ya que Pedrisco dice: ¿Es cierto? K y las sueltas
dan un orden que no respeta la medida: *Eso es cierto?* Basta con anteponer el
verbo, como hace Hartzenbusch.

915. En P, *en los infiernos.* K tiene la lectura completa. Hartzenbusch (seguido por AGP, Morón y Prieto) enmienda añadiendo «¡Ay, triste!», que, como
observa Rogers «is weaker».

En eso ¿quién pone duda?
Tan cierto se irá al infierno
como el despensero Judas.

PAULO

¡Gran Señor, Señor Eterno!   930
¿Por qué me habéis castigado
con castigo tan inmenso?
Diez años y más, Señor,
ha que vivo en el desierto
comiendo yerbas amargas,   935
salobres aguas bebiendo,
sólo porque Vos, Señor,
Juez piadoso, sabio, recto,
perdonarais mis pecados.
¡Cuán diferente lo veo!   940
Al infierno tengo de ir.
¡Ya me parece que siento
que aquellas voraces llamas
van abrasando mi cuerpo!
¡Ay, qué rigor!

PEDRISCO

                Ten paciencia.   945

PAULO

¿Qué paciencia o sufrimiento
ha de tener el que sabe
que se ha de ir a los infiernos?
¡Al infierno, centro oscuro,
donde ha de ser el tormento   950
eterno, y ha de durar
lo que Dios durare! ¡Ah, cielos!
¿Qué nunca se ha de acabar?

¿Que siempre han de estar ardiendo
las almas? ¿Siempre? ¡Ay de mí!   955

PEDRISCO

Sólo oirle me da miedo.
Padre, volvamos al monte.

PAULO

Que allá volvamos pretendo,
pero no a hacer penitencia,
pues que ya no es de provecho.   960
Dios me dijo que si aquéste
se iba al cielo, me iría al cielo,
y al Profundo, si al Profundo.
Pues es así, seguir quiero
su misma vida. Perdone   965
Dios aqueste atrevimiento.
Si su fin he de tener,
tenga su vida y sus hechos,
que no es bien que yo en el mundo
esté penitencia haciendo,   970
y que él viva en la ciudad
con gustos y con contentos,
y que a la muerte tengamos
un fin.

PEDRISCO

                Es discreto acuerdo.
Bien has dicho, padre mío.   975

PAULO

En el monte hay bandoleros,
bandolero quiero ser,
porque así igualar pretendo
mi vida con la de Enrico,

pues un mismo fin tenemos.   980
Tan malo tengo de ser
como él, y peor si puedo,
que pues ya los dos estamos
condenados al infierno,
bien es que antes de ir allá   985
en el mundo nos venguemos.
¡Ah, Señor! ¿Quién tal pensara?

PEDRISCO

Vamos, y déjate de eso,
y de esos árboles altos
los hábitos ahorquemos.   990
Vístete galán.

PAULO

Sí haré;
y yo haré que tengan miedo
a un hombre que, siendo justo,
se ha condenado al infierno.
Rayo del mundo he de ser.   995

PEDRISCO

¿Qué se ha de hacer de dineros?

PAULO

Yo los quitaré al demonio
si fuere cierto traerlos.

---

980. Ésta es la lectura de K. En P, *su mismo fin tenemos*. Hartzenbusch, seguido por todos, excepto Rogers, *pues un mismo fin tendremos*.
981-1008. Omitidos en T y *sueltas*. Los versos 1007 y 1008, se modifican en:
Vamos a asombrar al mundo. PEDRISCO: *Vamos, pero voy temiendo*.
983-994. Omitidos en K.

PEDRISCO

Vamos pues.

PAULO

       Señor, perdona
si injustamente me vengo.   1000
Tú me has condenado ya;
tu palabra, es caso cierto
que atrás no puede volver.
Pues si es así, tener quiero
en el mundo buena vida,   1005
pues tan triste fin espero.
Los pasos pienso seguir
de Enrico.

PEDRISCO

       Ya voy temiendo
que he de ir contigo a las ancas,
cuando vayas al infierno.   1010

Jornada segunda

Salen ENRICO *y* GALVÁN.

ENRICO

¡Válgate el diablo, el juego!
¡Qué mal que me has tratado!

GALVÁN

Siempre eres desdichado.

ENRICO

¡Fuego en las manos, fuego!
¿Estáis descomulgadas?   1015

1011-1014. En T y las *sueltas* hay una modificación instructiva. *Válgate el diablo por juego / Y qué mal que me has tratado / Fuego en estas manos, fuego.* Como se puede observar, se modifican los versos produciendo octosílabos a partir de los heptasílabos originales. Al aparecer el endecasílabo que cierra la sextina alirada, queda claro que la medida heptasílaba era correcta, y ya no se modifican. Esto prueba que las *sueltas* tienen como origen el texto de una compañía teatral, que es la única que llevaría a cabo este tipo de enmienda y se daría cuenta luego del error.
1011-1122. Observa Ciriaco Morón que «esta escena recuerda la de los soldados Olmedo, Salcedo y Velasco en *El nuevo rey Gallinato* de Claramonte».

GALVÁN

Echáronte a perder suertes trocadas.

ENRICO

Derechas no las gano;
si las trueco, tampoco.

GALVÁN

Él es un juego loco.

ENRICO

Esta derecha mano   1020
me tiene destruído:
noventa y nueve escudos he perdido.

GALVÁN

Pues, ¿para qué estás triste,
si nada te costaron?

ENRICO

¡Qué poco que duraron!   1025
¿Viste tal cosa? ¿Viste
tal multitud de suertes?

GALVÁN

Con esa pesadumbre te diviertes
y no cuidas de nada.
¿No has de matar a Albano,   1030
que de Laura el hermano
te tiene ya pagada
la mitad del dinero?

ENRICO

Sin blanca estoy; matar a Albano quiero.

GALVÁN

Y aquesta noche Enrico,   1035
Cherinos y Escalante...

ENRICO

[Vayan los dos delante.]
A ayudarlos me aplico
¿No han de robar la casa
de Octavio, el genovés?

GALVÁN

              Aqueso pasa.   1040

ENRICO

Pues yo seré el primero
que suba a sus balcones;
en tales ocasiones
aventajarme quiero.
Ve y diles que aquí aguardo.   1045

GALVÁN

Volando voy, que en todo eres gallardo. *(Vase.)*

ENRICO

Pues mientras ellos se tardan
y el manto lóbrego aguardan

1037. Este verso falta en las ediciones. Fue suplido por Hartzenbusch: «Empresa es importante». Seguido por todos los editores, salvo Rogers, sin anotar la enmienda.

que su remedio ha de ser,
quiero un viejo padre ver, 1050
que aquestas paredes guardan.
　　Cinco años ha que le tengo
en una cama tullido,
y tanto a estimarle vengo,
que, con andar tan perdido, 1055
a mi costa le mantengo.
　　De lo que Celia me da,
o yo por fuerza le quito,
traigo lo que puedo acá
y su vida solicito, 1060
que acabando el curso va.
　　De lo que de noche puedo,
varias casas escalando,
robar con cuidado o miedo,
voy su sustento aumentando 1065
y a veces sin él me quedo:
　　que esta virtud solamente,
en mi vida distraída
conservo piadosamente;
que es deuda al padre debida 1070
el serle el hijo obediente.
　　En mi vida le ofendí,
ni pesadumbre le di:
en todo cuanto mandó
siempre obediente me halló 1075
desde el día en que nací;
　　que aquestas mis travesuras,
mocedades y locuras,

1065. Sigo a K, como Rogers. En P: «voy *sustentando,* aumentando». Hartzenbusch sigue la variante K, sin anotar la anomalía de P. En AGP: *voy con
sustento,* repetido por A. Prieto, ambos sin explicación. Morón copia a H, sin
anotarlo.
　　1068. Ésta es la lectura de K. En P hay un error evidente: en mi *virtud* distraída. Hartzenbusch corrige, sin anotar, y todos, salvo Rogers, lo copian sin
anotarlo. En T y las *sueltas* el verso está omitido.
　　1077-1091. Omitidos en T y las *sueltas.*

nunca a saberlas llegó;
que a saberlas, bien sé yo   1080
que, aunque mis entrañas duras
   de peña, al blando cristal
opuestas, fueron formadas,
y mi corazón, igual
a las fieras encerradas   1085
en riscos de pedernal,
   que las hubiera atajado;
pero siempre le he tenido
donde de nadie informado,
ni un disgusto ha recibido   1090
de tantos como he causado.

(Descúbrese su padre en una silla.)

   Aquí está: quiérole ver.
durmiendo está, al parecer.
¡Padre!

ANARETO

¡Mi Enrico querido!

ENRICO

Del descuido que he tenido,   1095
perdón espero tener
   de vos, padre de mis ojos.
¿Heme tardado?

ANARETO

No, hijo.

1079. En P y K, *saberlo*. Como es habitual, H enmienda sin anotar y los demás, salvo Rogers, copian.
1082. En P, *despeña el blanco cristal*, incongruente. Sigo, como Rogers, la variante K. Lo demás, como siempre, H enmienda sin anotar y los demás lo copian.

ENRICO

No os quisiera dar enojos.

ANARETO

En verte me regocijo.   1100

ENRICO

No el sol por celajes rojos,
    saliendo a dar resplandor
a la tiniebla mayor,
que espera tan alto bien,
parece al día tan bien   1105
como vos a mí, señor.
    Que vos para mí sois sol,
y los rayos que arrojáis
de ese divino arrebol,
son las canas con que honráis   1110
este reino.

ANARETO

Eres crisol
donde la virtud se apura.

ENRICO

¿Habéis comido?

1101. *Celajes rojos.* Léxico habitual de Claramonte: «sus ricos celajes de oro
/ y de azul ha descubierto», *El inobediente,* III, 185-189.
    1104. Las ediciones del XVII coinciden en: *que es para tan alto bien.* La en-
mienda es de Hartzenbusch y, como es habitual, al no anotar, los demás, salvo Rogers, lo repiten.
    1107-1112. Omitidos en K, T y *sueltas.* El vocablo *arrebol* es típico de Cla-
ramonte.

ANARETO

Yo, no.

ENRICO

Hambre tendréis.

ANARETO

                    La ventura
de mirarte me quitó   1115
la hambre.

ENRICO

                 No me asegura,
padre mío, esa razón,
nacida de la afición
tan grande que me tenéis;
pero ahora comeréis   1120
que las dos pienso que son
    de la tarde. Ya la mesa
os quiero, padre, poner.

ANARETO

De tu cuidado me pesa.

ENRICO

Todo esto y más ha de hacer   1125
el que obediencia profesa. [*Aparte:*]
    Del dinero que jugué
un escudo reservé
para comprar qué comiese,

1117. En vez de este verso en T y *sueltas* hay dos versos: «esa razón, padre,
no, / porque es toda esa razón». Error métrico evidente.

porque aunque al juego le pese,   1130
no ha de faltar esta fe. [*Alto.*]
   Aquí traigo en el lenzuelo,
padre mío, qué comáis.
Estimad mi justo celo.

ANARETO

Bendito, mi Dios, seáis   1135
en la tierra y en el cielo,
   pues que tal hijo me distes
cuando tullido me vistes,
que mis pies y manos sea.

ENRICO

Comed, porque yo lo vea.   1140

ANARETO

Miembros cansados y tristes,
   ayudadme a levantar.

ENRICO

Yo, padre, os quiero ayudar.

ANARETO

Fuerza me infunden tus brazos.

ENRICO

Quisiera en estos abrazos   1145
la vida poderos dar.

1132. *Lenzuelo*. Diminutivo de *lienzo*: «tela hecha y texida de lino, *latine lin-theum, a lino*» (Covarrubias).

Y digo, padre, la vida
porque tanta enfermedad
es ya muerte conocida.

ANARETO

La divina voluntad   1150
cumpla Dios.

ENRICO

                    Ya la comida
os espera. ¿Llegaré
a la mesa?

ANARETO

                    No, hijo mío,
que el sueño me vence.

ENRICO

                                        ¿A fe?
pues dormid.

ANARETO

Dado me ha un frío.   1155

ENRICO

¿Un frío? Yo os llegaré
la ropa.

1150-1151. Edito según K. En P: «La divina voluntad / de Dios se cumpla».
Como observa Rogers, es tautológico y añade dos sílabas al verso. Hartzen-
busch enmienda en: «La divina voluntad / se cumpla». En función de ello,
Rogers edita según H. Los demás también, pero sin anotar.

ANARETO

No es menester.

ENRICO

Dormid.

ANARETO

　　　　Yo, Enrico, quisiera,
por llegar siempre a temer
que, en viéndote, es la postrera　　　　1160
vez que te tengo de ver,
　　porque aquesta enfermedad
me trata con tal crueldad,
yo quisiera que tomaras
estado.

ENRICO

　　　　¿En eso reparas?　　　　1165
cúmplase tu voluntad.
　　Mañana pienso casarme. [*Aparte.*]
Quiero darle aqueste gusto,
aunque finja.

ANARETO

　　　　　　Será darme
la salud.

ENRICO

　　　　Hacer es justo　　　　1170
lo que tú puedes mandarme.

_____

1164-1165. En T y *sueltas: que algún estado tomaras.* ENR. *¿En eso, padre, reparas?*

ANARETO

Moriré, Enrico, contento.

ENRICO

Darte gusto en todo intento,
porque veas de esa suerte,
que, por sólo obedecerte,
me sujeto al casamiento.

1175

ANARETO

Pues, Enrico, como viejo
te quiero dar un consejo:
[..............................
....
.........................-ejo.]
No busques mujer hermosa,
porque es cosa peligrosa
ser, en cárcel mal segura,
alcaide de una hermosura
donde es la afrenta forzosa.
Está atento, Enrico.

1180

1185

ENRICO

Di.

ANARETO

Y nunca entienda de ti
que de su amor no te fías,
que viendo que desconfías
todo lo ha de hacer así.

1190

1177-1178. Estos dos versos son el comienzo de una quintilla *aabba*. Tanto en K como en P, la quintilla queda coja.

1182 y sigs. Estas quintillas son variación de las redondillas de Lope en *El remedio en la desdicha*. Para más detalles, véase la Introducción.

Con tu mismo ser la iguala:
ámala, sirve y regala;
con celos no la des pena,
que no hay mujer que sea buena   1195
si ve que piensan que es mala.
   No declares tu pasión
hasta llegar la ocasión,
y luego... *(Duérmese.)*

ENRICO

                        Vencióle el sueño,
que es de los sentidos dueño,   1200
al dar la mejor lección.
   Quiero la ropa llegalle
y de esta suerte dejalle
hasta que repose. *(Cúbrele y sale* GALVÁN.*)*

GALVÁN

                        Ya
todo prevenido está,   1205
y mira que por la calle
   viene paseando Albano,
a quien la muerte has de dar.

ENRICO

Pues, ¿yo he de ser tan tirano?

1201. En P, *a dar*. Seguimos a K, como hace Hartzenbusch.
1207. En P, *viene Albano*. Faltan cuatro sílabas. Hartzenbusch enmienda
con su habitual talento: «Viene Albano. ENR. ¿Quién? GAL. Albano. González Palencia copia esa enmienda incompleta: *Viene Albano*. ENR. *¿Quién?*
GAL. *A quien la muerte...*» Prieto copia a AGP sin advertir el error de medida.
Morón copia la enmienda de Hartzenbusch poniendo el verso entre corchetes. Rogers edita según P advirtiendo en nota la anomalía métrica.

GALVÁN

¿Cómo?

ENRICO

             ¿Yo le he de matar   1210
por un interés liviano?

GALVÁN

¿Ya tienes temor?

ENRICO

                    Galván,
estos dos ojos que están
con este sueño cubiertos,
por mirar que están despiertos   1215
aqueste temor me dan.
   No me atrevo, aunque mi nombre
tiene su altivo renombre
en las memorias escrito,
intentar tan gran delito   1220
donde está durmiendo este hombre.

GALVÁN

¿Quién es?

ENRICO

             Un hombre eminente,
a quien temo solamente,
y en esta vida respeto;
que para el hijo discreto   1225
es el padre muy valiente.
   Si conmigo le llevara
siempre, yo nunca intentara

los delitos que condeno,
pues fuera su vista el freno   1230
que en la ocasión me tirara.
    Pero corre esa cortina,
que en no verle podrá ser,
pues mi valor afemina,
que rigor venga a tener   1235
si ahora a piedad me inclina. *(Corre la cortina.)*

GALVÁN

Ya está cerrada.

ENRICO

          Galván,
ahora que no le veo,
ni sus ojos luz me dan,
matemos, si es tu deseo,   1240
cuantos en el mundo están.

GALVÁN

    Pues mira que viene Albano,
y que de Laura al hermano
que le des muerte conviene.

ENRICO

Pues él a buscarla viene,   1245
dale ya por muerto.

1234. Así en K y también Rogers. Hartzenbusch enmendó innecesariamen-
te en *pues mi favor afemina*. Castro, AGP, Morón y Prieto repiten la enmienda
Hartzenbusch.

1244. En T y *sueltas: que le des muerte previene.*

1246. En P: *dale por muerto.* Falta una sílaba. Hartzenbusch enmienda modificando la réplica de Enrico: *Eso es llano.* Seguido por todos menos Rogers.

216

GALVÁN

Es llano.

(Sale ALBANO, *viejo, y pasa.)*

ALBANO

El sol a poniente va,
como va mi edad también,
y con cuidado estará
mi esposa.

ENRICO

Brazo, detén.   1250

GALVÁN

¿Qué aguarda tu valor ya?

ENRICO

Miro un hombre que es retrato
y viva imagen de aquél
a quien siempre de honrar trato,
pues di, si aquí soy cruel,   1255
¿no seré a mi padre ingrato?
Hoy de mis manos tiranas
por ser viejo, Albano, ganas
la cortesía que esperas;
que son piadosas terceras,   1260
aunque mudas, esas canas

1251. Sigo a K, que da un verso impecable. En P, *Qué aguardas ya*, con omisión de tres sílabas. H, con el éxito habitual, enmienda: «Qué aguardas, *Enrico,* ya?» AGP, Rogers y Prieto mantienen el verso imperfecto de P. Morón que prefiere proponer: *Qué aguardas [o miras] ya?*

vete libre, que repara
mi honor, que así se declara
aunque a mi opinión no cuadre,
que pensara que a mi padre   1265
mataba, si te matara.

GALVÁN

Vive Dios que no te entiendo,
otro eres ya del que fuiste.

ENRICO

Poco mi valor ofendo.

GALVÁN

Darle la muerte pudiste.   1270

ENRICO

No es eso lo que pretendo.
  a nadie temí en mi vida;
varios delitos he hecho:
he sido fiero homicida
y no hay maldad que en mi pecho   1275
no tenga siempre acogida,
  pero en llegando a mirar
las canas que supe honrar,
porque en mi padre las vi,

1267-1268. Entre estas dos réplicas, P intercala una redondilla en pasaje de
quintillas. Hartzenbusch enmienda dos versos para suplir el tercero de su fe-
cunda inventiva: «Canas, *los* que *os* aborrecen / *hoy a estimaros empiecen; /* poco
les ofenderán». El original de P decía: «¡Ay, canas, las que aborrecen / pocos
las ofenderán!», lectura que mantienen AGP, Rogers y Prieto. Prefiero suprimir esos versos, conjeturando que se trata de un añadido desafortunado de la
compañía de Roque de Figueroa.
  1274. En P, *fiera homicida*, aceptada por todos. La prioridad cronológica de
K hace que mantengamos su prioridad textual.

todo el furor reprimí   1280
y las procuré estimar.
    Si yo supiera que Albano
era de tan larga edad,
nunca de Laura al hermano
prometiera tal crueldad.   1285

GALVÁN

Respeto fue necio y vano.
    el dinero que te dio
por fuerza habrás de volver,
ya que Albano no murió.

ENRICO

Podrá ser.

GALVÁN

            ¿Qué es podrá ser?   1290

ENRICO

Podrá ser, si quiero yo.

GALVÁN

Él viene. *(Sale* OCTAVIO.)

OCTAVIO

            A Albano encontré
vivo y sano como yo.

ENRICO

Yo lo creo.

OCTAVIO

Y yo pensé
que la palabra que dio
de matarle vuesarcé   1295
    me la cumpliera tan bien
como se cumplió la paga.
¿Esto es ser hombre de bien?

GALVÁN

Este busca que le den   1300
un bofetón con la daga.

ENRICO

    No mato a hombres viejos yo;
y si a vuarcé le ofendió,
vaya y mátele al momento,
que yo quedo muy contento   1305
con la paga que me dio.

OCTAVIO

El dinero ha de volverme.

ENRICO

Váyase vuarcé con Dios.
No quiero enojado verme,
que, ¡juro a Dios...!

GALVÁN

                    Ya los dos   1310
riñen; el diablo no duerme.

OCTAVIO

Mi dinero he de cobrar.

ENRICO

Pues yo no lo pienso dar.

OCTAVIO

Eres un gallina.

ENRICO

Mientes. *(Dale.)*

OCTAVIO

Muerto soy.

ENRICO

Mucho lo sientes.   1315

GALVÁN

Hubiérase ido a acostar.

ENRICO

A hombres como tú, arrogantes,
doy la muerte yo, no a viejos
[................................-antes,]
que con canas y consejos   1320
vencen ánimos gigantes.
    y si quisieses probar
lo que llego a sustentar,
pide a Dios, si Él lo permite,
que otra vez te resucite   1325
y te volveré a matar.

1319. Falta el tercer verso de la quintilla, aunque, como señala Rogers: «the sense appears to be complete». Hartzenbusch no propone enmienda.

(Dentro dice el GOBERNADOR.)

GOBERNADOR

Prendedle, dadle muerte.

GALVÁN

Aquesto es malo.
Más de cien hombres vienen a prenderte
con el Gobernador.

ENRICO

Vengan seiscientos.
Si me prenden, Galván, mi muerte es cierta;   1330
si me defiendo, puede hacer mi dicha
que no me maten y que yo me escape,
y más quiero morir con honra y fama.
Aquí está Enrico. ¿No llegáis, cobardes?

GALVÁN

Cercado te han por todas partes.

ENRICO

Cerquen,   1335
que vive Dios que tengo que arrojarme
por entre todos.

GALVÁN

Yo tus pasos sigo.

_____

1327. En K y P, *dalde la muerte,* con lo que sobra una sílaba. Las otras sueltas restituyen el metro editando: *dadle muerte.*

ENRICO

Pues haz cuenta que César va contigo.

(Sale el GOBERNADOR *y mucha gente, y* ENRICO *los mete a todos a cuchilladas.)*

GOBERNADOR

¿Eres demonio?

ENRICO

Soy un hombre solo
que huye de morir.

GOBERNADOR

Pues date preso,   1340
y yo te libraré

ENRICO

No pienso en eso.
Así habéis de prenderme.

GALVÁN

Sois cobardes.

GOBERNADOR

¡Ay de mí! Muerto soy.

1338. AGP anota: «Recuerda la frase que se cuenta dijo César al barquero cuando iba de Brindisi a Dirrachio, en medio de una gran tempestad: "¿Qué temes? Llevas contigo a César"». Rogers amplía algo más extractando unos versos de una comedia de Mira de Amescua: «Un Julio César, que a Midas / dijo en la barca: No temas, / aunque en las estrellas frisan / las olas, que va contigo / mi fortuna». La anécdota procede de Plutarco.

UN ESBIRRO

¡Grande desdicha!
mató al gobernador.

OTRO

Mala palabra.

(Retíralos y sale ENRICO.*)*

ENRICO

Ya aunque la tierra sus entrañas abra,   1345
y en ella me sepulte, es imposible
que me pueda escapar. Tú, mar soberbio,
en tu centro me esconde; con la espada
entre los dientes tengo de arrojarme.
Tened misericordia de mi alma,   1350
Señor inmenso, que aunque soy tan malo,
no dejo de tener conocimiento
de vuestra santa fe. Pero, ¿qué hago?
¿Al mar quiero arrojarme cuando dejo,
triste, afligido, un miserable viejo?   1355
¡Ay, padre de mi vida! Volver quiero
a llevarle conmigo y ser Eneas
del viejo Anquises.

GALVÁN

¿Dónde vas? Detente.

ENRICO

Sígueme tú, Galván.

1357-1358. En P, *y ser Eneas*. El episodio corresponde a *Eneida*, II, 705-710.
1359-1360. Sigo el texto K, impecable. En P, en vez de este dístico final del pasaje, tenemos diez versos intercalados, uno de ellos con error métrico, e innecesarios para la escena. Los suprimo conjeturando que es un muy torpe añadido de Roque de Figueroa.

GALVÁN

Ya yo te sigo.

ENRICO

Pues ánimo, Galván. Vente conmigo. *(Vanse.)*　　　1360

(Sale PAULO *de bandolero, y otros, y traen tres hombres, y* PE-
DRISCO, *de bandolero gracioso.)*

BANDOLERO 1.º

A ti sólo, Paulo fuerte,
pues que ya todos te damos
palabra de obedecerte,
que sentencies esperamos
estos tres a vida o muerte.　　　　　　　　　　1365

PAULO

¿Dejáronnos ya el dinero?

PEDRISCO

Ni una blanca nos han dado.

PAULO

Pues, ¿qué aguardas, majadero?

PEDRISCO

Habémoselo quitado.

1369-1370.　En T y *sueltas,* la réplica de Pedrisco es: *Havemoselo quitado / que
ellos no lo dieron.*

¿Qué ellos no lo dieron? Quiero   1370
sentenciar a todos tres.

PEDRISCO

Ya esperamos ver lo que es.

LOS TRES

Ten con nosotros piedad.

PAULO

De ese roble los colgad.

LOS TRES

¡Gran señor!

PEDRISCO

          Moved los pies,   1375
que seréis fruta extremada
en esta selva apartada
de todas aves rapantes.

PAULO

De esa crueldad no te espantes.

PEDRISCO

Ya no me espanto de nada,   1380
porque verte ayer, señor,
ayunar con tal fervor
y en la oración ocupado

en tu Dios, arrebatado,
pedirle ánimo y favor   1385
    para proseguir tu vida
en tan grande penitencia;
y en esta selva escondida
verte hoy con tanta violencia
capitán de forajida   1390
    gente, matar pasajeros
tras robarles los dineros,
¿qué más se puede esperar?
Ya no me pienso espantar.

PAULO

Pedrisco, los hechos fieros   1395
    de Enrico imitar pretendo,
y aun le quisiera exceder.
Perdone Dios si le ofendo
que si uno el fin ha de ser
esto es justo, y yo me entiendo.   1400
    Hoy, fieras que en horizontes
y en napolitanos montes
hacéis dulce habitación,
veréis que mi corazón
vence a soberbios Faetontes.   1405
    Hoy, árboles que plumajes
sois de la tierra, o salvajes,

_____

1385. Así en K. En cambio P edita con repetición de rima: *pedirle ánimo y
fervor*. Hartzenbusch enmienda según K. Rogers mantiene el verso de P.

1395. El verso de K es impecable. En P se edita: *Los hechos fieros*. Con ello
faltan tres sílabas, que Hartzenbusch rescata añadiendo al final de la réplica de
Pedrisco: espantar / *de nada*. Como es costumbre, esta enmienda pasa sin nota
a los demás editores excepto Rogers.

1400-1401. Así en K. Entre estos dos versos P intercala tres quintillas am-
pliando el diálogo entre Paulo y Pedrisco. Los versos son estéticamente muy
endebles y escénicamente innecesarios.

1401-1425. Omitidos en T y *sueltas*. El siguiente verso al 1400 es: *Estos tres
cuelga al momento*.

1405. *Faetonte*. Hijo de Helios y de Climene, autorizado por Zeus a llevar
el carro de su padre.

por lo verde que os vestís,
el huésped que recibís
os hará varios ultrajes.   1410
    Más que la naturaleza
he de hacer por cobrar fama;
pues para mayor grandeza
he de dar a cada rama
cada día, una cabeza.   1415
    Vosotros dais, por ser graves,
frutos al hombre suaves;
mas yo, con tales racimos,
pienso dar frutos opimos
a las voladoras aves: 1420
    en verano y en invierno
será vuestro fruto eterno;
y si pudiera hacer más,
más hiciera.

PEDRISCO

            Tú te vas
gallardamente al infierno.   1425

PAULO

Ve y cuélgalos al momento
de un roble.

PEDRISCO

Voy como el viento.

HOMBRE 1.º

¡Señor!

1418. En P, *con tales razones,* error de rima y de sentido, enmendado ya
por H.
1419. *Opimos.* Ricos, abundantes, copiosos.

No me repliquéis
si acaso ver no queréis
el castigo más violento.   1430

PEDRISCO

Venid los tres.

HOMBRE 2.º

¡Ay de mí!

PEDRISCO

Yo he de ser verdugo aquí,
pues a mi dicha le plugo,
para enseñar al verdugo
cuando me ahorquen a mí. *(Vase con los tres.)*   1435

PAULO

Enrico, pues imitarte
te tengo, y acompañarte,
y tú te has de condenar,
contigo me has de llevar,
que nunca pienso dejarte.   1440
    Palabra del ángel fue.
tu camino seguiré,
pues cuando Dios, juez eterno,
nos condenare al infierno,
ya habremos hecho por qué.   1445

1441. En P, *de ángel*, que requiere un hiato. En el resto de la obra la palabra
ángel nunca hace hiato con la vocal anterior.
1445. En K y en P, *auemos*. Las otras sueltas, *habremos*.

(Cantan dentro:)

No desconfíe ninguno
aunque grande pecador,
de aquella misericordia
de que más se precia Dios.

PAULO

¿Qué voz es ésta que suena?   1450

BANDOLERO 1.º

La gran multitud, señor,
de esos robles, nos impide
ver dónde viene la voz.

Músicos

Con firme arrepentimiento
de no ofender al Señor,   1455
llegue el pecador humilde,
que Dios le dará perdón.

PAULO

Subid los dos por el monte,
y ved si es algún pastor
el que canta este romance.   1460

BANDOLERO 2.º

A verlo vamos los dos. *(Vanse.)*

Músicos

Su Majestad Soberana
da voces al pecador,
porque le llegue a pedir
lo que a ninguno negó.   1465

(Sale por el monte un PASTORCILLO *tejiendo una corona de flores.)*

PAULO

Baja, baja, pastorcillo,
que ya estaba, vive Dios,
confuso con tus razones,
admirado con tu voz.
¿Quién te enseñó ese romance,   1470
que le escucho con temor?
Pues parece que en ti habla
mi propia imaginación.

PASTORCILLO

Este romance que he dicho,
Dios, señor, me lo enseñó,   1475
o [fue] la Iglesia, su Esposa
a quien en la tierra dio
poder suyo.

PAULO

Bien dijiste.

PASTORCILLO

Advierte que creo en Dios
a pies juntillas, y sé,   1480
aunque rústico pastor,
todos los diez mandamientos,
preceptos que Dios nos dio.

1466. En todas las ediciones del XVII, *Baxa, pastorcillo*. Faltan dos sílabas
que desde Hartzenbusch se suplen con «Baja, baja».

1472. K y P: *pues parece que en ti falta.* Hartzenbusch sigue la lectura de las
otras sueltas, *en ti habla.*

¿Y Dios ha de perdonar
a un hombre que le ofendió   1485
con obras y con palabras
y pensamientos?

PASTORCILLO

¿Pues no?
Aunque sus ofensas sean
más que átomos del sol,
y que estrellas tiene el cielo,   1490
y rayos la luna dio,
y peces el mar salado
en sus cóncavos guardó,
es tal su misericordia
que con decirle al Señor: 1495
Pequé, pequé, muchas veces
le recibe al pecador
en sus amorosos brazos,
que en fin, hace como Dios.
Porque, si no fuera aquesto,   1500
cuando a los hombres crió
no los criara sujetos
a su frágil condición.
Porque si Dios, sumo bien,
de nada al hombre formó   1505
para ofrecerle su gloria,
no fuera ningún blasón
en su Majestad divina
darle aquella imperfección.
Diole Dios libre albedrío   1510

1494. En P, *Esta es su misericordia.*
1496. La puntuación hace variar el sentido. Castro entiende que lo que se dice es: «*Pequé, pequé muchas veces*». Rogers acepta esta variante. En los textos del XVII *muchas veces* se encuentra entre comas, lo que avala «Pequé, pequé» como texto que el pecador repite.

y fragilidad le dio
al cuerpo, y al alma luego
dio potestad con acción
de pedir misericordia,
que a ninguno le negó.   1515
De modo que, si en pecando
el hombre, el justo rigor
procediera contra él,
fuera el número menor
de los que en el sacro alcázar   1520
están contemplando a Dios.
La fragilidad del cuerpo
es grande, que en una acción,
en un mirar solamente
con deshonesta afición,   1525
se ofende a Dios: de ese modo,
porque este triste ofensor,
con la imperfección que tuvo
le ofenda una vez o dos,
¿se había de condenar?   1530
No, señor, aquéso no;
que es Dios misericordioso
y estima al más pecador,
porque todos, igualmente,
le costaron el sudor   1535
que sabéis, y aquella sangre
que liberal derramó,
haciendo un mar a su cuerpo,
que amoroso dividió
en cinco sangrientos ríos,   1540
que su Espíritu formó
nueve meses en el vientre
de aquélla que mereció
ser Virgen cuando fue Madre,
y el claro Oriente del Sol,   1545

1516-1531. Omitidos en T y *sueltas.*
1538-1539. Omitidos en T y *sueltas.*
1540. En P, *en cinco sangrientos rayos.*

que como clara vidriera,
sin que la rompiese, entró.
y si os guiáis por ejemplos,
decid: ¿no fue pecador
Pedro, y mereció después   1550
ser de las almas pastor?
Mateo, su coronista,
¿no fue también su ofensor?
Y luego, ¿no fue su apóstol
y tan gran cargo le dio?   1555
¿No fue pecador Francisco?
¿Luego no le perdonó,
y a modo de honrosa empresa
en su cuerpo le imprimió
aquellas llagas divinas   1560
que le dieron tanto honor,
dignándole de tener
tan excelente blasón?
¿La pública pecadora
Palestina no llamó   1565
a Magdalena? Y fue santa
por su santa conversión.
Mil ejemplos os dijera
a estar de espacio, señor;
mas mi ganado me aguarda   1570
y ha mucho que ausente estoy.

PAULO

Tente, pastor, no te vayas.

PASTORCILLO

No puedo tenerme, no;
que ando por aquestos valles
recogiendo con amor   1575

1562-1571. Omitidos en T y *sueltas*.

una ovejuela perdida
que del rebaño se huyó,
y esta corona que veis
hacerme con tanto amor
es para ella, si parece,   1580
porque hacérmela mandó
el Mayoral, que la estima
del modo que le costó.
El que a Dios tiene ofendido
pídale perdón a Dios,   1585
porque es señor tan piadoso
que a ninguno le negó.

PAULO

Aguarda, pastor.

PASTORCILLO

No puedo.

PAULO

Por fuerza te tendré yo.

PASTORCILLO

Será detenerme a mí   1590
parar en su curso al sol. *(Vase.)*

PAULO

Este pastor me ha avisado
en su forma peregrina,
no humana, sino divina,
que tengo a Dios enojado   1595

1584-1587. Omitidos en T y *sueltas.*

por haber desconfiado
de su piedad. Claro está.
y con ejemplos me da
a entender piadosamente
que el hombre que se arrepiente   1600
perdón en Dios hallará.
    Pues si Enrico es pecador,
¿no puede también hallar
perdón? Ya vengo a pensar
que ha sido grande mi error.   1605
Mas, ¿cómo dará el señor
perdón a quien tiene nombre
(¡ay de mí!) del más mal hombre
que en este mundo ha nacido?
Pastor que de mí has huido,   1610
no te espantes que me asombre.
    Si él tuviera algún intento
de tal vez arrepentirse,
lo que por engaño siento
bien pudiera resistirse   1615
y yo viviera contento.
¿Por qué, pastor, queréis vos
[..........................-os]
halle su remedio medio?
Alma, ya no hay más remedio   1620
que condenarnos los dos.

(Sale PEDRISCO.)

1612-1621. Omitidos en T y *sueltas*.
1612-1616. Rogers observa que «the meaning of these lines... is obscure».
Hartzenbusch enmienda y cambia el orden en «bien pudiera recibirse /
lo que por engaño siento», que, según Rogers «is itself obscure». La
enmienda de H ha tenido éxito en las posteriores ediciones, con lo cual,
en vez de editar el texto real de la comedia, se edita a Hartzenbusch
y no se aclara en nota qué quiere decir.
1618. Verso omitido en P y K. Hartzenbusch enmienda: «que en la clemencia de Dios» con el éxito habitual.

236

Escucha, Paulo, y sabrás,
aunque de ello ajeno estás
y lo atribuyas a engaño,
el suceso más extraño   1625
que tú habrás visto jamás.
    En esa verde ribera,
de tantas fieras aprisco,
donde el cristal reverbera
cuando el afligido risco   1630
su tremendo golpe espera,
    después de dejar colgados
aquellos tres desdichados,
estábamos Celio y yo,
cuando una voz que se oyó   1635
nos dejó medio turbados.
    «Que me ahogo», dijo, y vimos
cuando la vista tendimos
(esto es, Paulo, cosa cierta),
la mar, de sangre cubierta   1640
adonde la voz oímos.
    En los cristales no helados
las dos cabezas se vían
de dos hombres desdichados,
y las olas parecían   1645
ser tablas de degollados.

1639-1641. En K estas quintillas son impecables. En P, Hartzenbusch y ediciones modernas (salvo Rogers) a los dos versos iniciales de esta quintilla le sigue una secuencia en la que, como nota Américo Castro, «faltan versos, que debían decir que se veían dos hombres heridos luchando con las olas». Ni corto ni perezoso, el admirable J. E. Hartzenbusch los proporciona: «dos hombres nadar valientes / (con la espada entre los dientes / uno) y a sacarlos fuimos». Estos versos de relleno de la laguna de P (innecesarios teniendo el texto alternativo de K) han pasado a todas las ediciones (salvo Rogers), que olvidan mencionar a su verdadero autor.

1642. Antes de este verso, P intercala una falsa quintilla con error de rima, *cubierta/asienta;* seguramente obra de la compañía de Roque de Figueroa. Hartzenbusch tuvo el buen tino de enmendar esos errores, sustituyendo *cubierta* por *sedienta* y *avienta* por *asienta*. Como se ve, el pasaje global es de Hartzenbusch, y no del autor de la obra.

Llegaron al fin, mostrando
el valor que significo;
mas, por no estarte cansando,
has de saber que es Enrico   1650
el uno.

PAULO

Estoylo dudando.

PEDRISCO

No lo dudes, pues yo llego
a decirlo, y no estoy ciego.

PAULO

¿Vístele tú?

PEDRISCO

Vile yo

PAULO

¿Qué hizo al salir?

PEDRISCO

              Echó   1655
un porvida y un reniego.
     Mira qué gracias le daba
a Dios, que así le libraba.

PAULO

¡Y dirá agora el pastor
que le ha de dar el Señor   1660
perdón! El juicio me acaba.

mas poco puedo perder,
pues aquí le llego a ver,
en probarle la intención.

PEDRISCO

Ya [nos] le trae tu escuadrón.   1665

PAULO

Pues oye lo que has de hacer.

(Sacan a ENRICO *y* GALVÁN, *atados y mojados.)*

ENRICO

¿Dónde me lleváis así?

BANDOLERO 1.º

El capitán está aquí
que la respuesta os dará.

PAULO

Haz esto. *(Vase.)*

PEDRISCO

Todo se hará.   1670

BANDOLERO 1.º

Pues, ¿vase el capitán?

1665. En K y P: *ya le trae tu escuadrón.* Falta una sílaba. La enmienda es mía.

Sí.
¿Dónde iban vuesas mercedes,
que en tan gran peligro dieron
como es caminar por agua?
¿No responden?

PEDRISCO

ENRICO

Al infierno.   1675

PEDRISCO

Pues, ¿quién le mete en cansarse
cuando hay diablos tan ligeros
que le llevarán de balde?

ENRICO

Por agradecerles menos.

PEDRISCO

Habla vuesarcé muy bien,   1680
y hace muy a lo discreto
en no agradecer al diablo
cosa que haga en su provecho.
¿Cómo se llama voarcé?

ENRICO

Llámome el diablo.

PEDRISCO

                    Y por eso   1685
se quiso arrojar al mar.
para remojar el fuego.
¿De dónde es?

Si de cansado
de reñir con agua y viento
no arrojara al mar la espada,   1690
yo os respondiera bien presto
a vuestras necias preguntas
con los filos de su acero.

PEDRISCO

Oye, hidalgo, no se atufe,
ni nos eche tantos retos,   1695
que, juro a Dios, si me enojo,
que le barrene ese cuerpo
más de setecientas veces,
sin las que en su nacimiento
barrenó Naturaleza.   1700
y ha de advertir que está preso;
y que, si es valiente, yo
soy valiente como un Héctor;
y que si él ha hecho muertes,
sepa que también yo he muerto   1705
muchas hambres y candiles,
y muchas pulgas a tiento.
y si es ladrón, soy ladrón,
y soy el demonio mesmo,
y ¡por vida...!

BANDOLERO 1.°

Bueno está.   1710

ENRICO

¿Esto sufro y no me vengo?

1694. *Atufe.* «Atufarse: enojarse, ponerse en cólera» *(Covarrubias)*.
1697-1710. Omitidos en T y *sueltas*.

PEDRISCO

Ahora ha de quedar atado
a un árbol.

ENRICO

No me defiendo.
hace de mí vuestro gusto.

PEDRISCO

Y él también.

GALVÁN

De esta vez muero.   1715

PEDRISCO

Si son como vuestra cara
vos tenéis bellacos hechos.
ea, llegadlos a atar,
que el capitán gusta de ello.
llegad al árbol. *(Átalos.)*

ENRICO

¡Que así   1720
me quiera tratar el cielo!

PEDRISCO

Llegad vos.

GALVÁN

Tened piedad.

PEDRISCO

Vendarles los ojos quiero
con las ligas a los dos.

GALVÁN

¿Viose tan extraño aprieto?   1725
mire vuesarced que yo
vivo de su oficio mesmo,
y que soy ladrón también.

PEDRISCO

Ahorrará con aquesto
de trabajo a la Justicia,   1730
y al verdugo, de contento.

BANDOLERO 1.º

Ya están vendados y atados.

PEDRISCO

Las flechas y arcos tomemos,
y dos docenas, no más,
clavemos en cada cuerpo.   1735

BANDOLERO 1.º

Vamos.

PEDRISCO [*Bajo, a los bandoleros.*]

    Aquesto es fingido:
nadie los ofenda.

BANDOLERO 4.º

        Creo
que el capitán los conoce.

PEDRISCO [*Bajo, a los bandoleros.*]

Vamos, y así los dejemos. [*Vanse.*]

GALVÁN

Ya se van a asaetearnos.   1740

ENRICO

Pues no por aqueso pienso
mostrar flaqueza ninguna.

GALVÁN

Ya me parece que siento
una jara en estas tripas.

ENRICO

Vénguese en mí el justo cielo,   1745
que quisiera arrepentirme,
y cuando quiero, no puedo.

(Sale PAULO *de ermitaño, con cruz y rosario.)*

PAULO

Con esta traza he querido
probar si este hombre se acuerda
de Dios, a quien ha ofendido.   1750

ENRICO

¡Que un hombre la vida pierda,
de nadie visto ni oído.

1743. *Jara.* «Palo de punta aguzada y endurecido al fuego, que se emplea
como arma arrojadiza» *(DRAE).* En T y *sueltas,* la variante *jarra* evidencia que
la interpolación es ajena al autor.

GALVÁN

Cada mosquito que pasa
me parece que es saeta.

ENRICO

El corazón se me abrasa.   1755
¿Qué mi fuerza esté sujeta?
¡Ah, Fortuna en todo escasa!

PAULO

Alabado sea el Señor.

ENRICO

Sea por siempre alabado.

PAULO

Sabed, con vuestro valor,   1760
llevar este golpe airado
de Fortuna.

ENRICO

Gran rigor.
¿Quién sois vos, que así me habláis?

PAULO

Un monje, que este desierto,
donde la muerte esperáis,   1765
habita.

ENRICO

Bueno, por cierto.
y ahora ¿qué nos mandáis?

PAULO

A los que al roble os ataron
y a mataros se apartaron,
supliqué, con humildad,   1770
que ya que con tal crueldad
de daros muerte trataron,
    que me dejasen llegar
a hablaros.

ENRICO

Y ¿para qué?

PAULO

Por si os queréis confesar,   1775
pues seguís de Dios la fe.

ENRICO

Pues bien se puede tornar,
    Padre, o lo que es.

PAULO

¿Qué decís?
¿No sois cristiano?

ENRICO

Sí soy.

PAULO

No lo sois, pues no admitís   1780
el último bien que os doy.
¿Por qué no lo recibís?

ENRICO

Porque no quiero.

PAULO

(Aparte:) ¡Ay de mí!
Esto mismo presumí. (Alto:)
¿No veis que os han de matar   1785
agora?

ENRICO

¿Quiere callar,
hermano, y dejarme aquí?
si esos señores ladrones
me dieren muerte, aquí estoy.

PAULO

En qué grandes confusiones   1790
tengo el alma.

ENRICO

Yo no doy
a nadie satisfacciones.

PAULO

A Dios sí.

ENRICO

Si Dios ya sabe
que soy tan gran pecador,
¿para qué?

PAULO

¡Delito grave!   1795
para que su sacro amor
de darle perdón acabe.

ENRICO

Padre, lo que nunca he hecho,
tampoco he de hacerlo ahora.

PAULO

Duro peñasco es su pecho.   1800

ENRICO

Galván, ¿qué hará la señora
Celia?

GALVÁN

Puesto en tanto estrecho
¿quién se ha de acordar de nada?

PAULO

No se acuerde de esas cosas.

ENRICO

Padre mío, ya me enfada.   1805

PAULO

Estas palabras piadosas,
¿le ofenden?

ENRICO

Cosa es cansada,
pues si no estuviera atado
ya yo le hubiera arrojado
de una coz dentro del mar.   1810

PAULO

Mire que le han de matar.

ENRICO

Ya estoy de aguardar cansado.

GALVÁN

Padre, confiéseme a mí,
que ya pienso que estoy muerto.

ENRICO

Quite esta liga de aquí,   1815
Padre.

PAULO

Sí [lo] haré, por cierto. *(Quítales las vendas.)*

ENRICO

Gracias a Dios que ya vi.

1816. En K y P, *Sí haré por cierto*. Falta una sílaba para el verso. La enmienda es mía.

GALVÁN

Y a mí también.

PAULO

En buen hora,
y vuelvan la vista ahora
a los que a matarlos vienen.   1820

(Salen los bandoleros con escopetas y ballestas.)

ENRICO

Pues ¿para qué se detienen?

PEDRISCO

Pues que ya su fin no ignora,
diga ¿por qué no confiesa?

ENRICO

No me quiero confesar.

PEDRISCO

Celio, el pecho le atraviesa.   1825

PAULO

Dejad que le vuelva a hablar.
Desesperación es ésa.

PEDRISCO

Ea, llegadle a matar.

PAULO

¿Me queda más que dudar?
Deteneos (triste pena,   1830
porque si éste se condena
no queda más que esperar.)

ENRICO

Cobarde sois: ¿no llegáis
y puerta a mi pecho abrís?

PEDRISCO

De esta vez no os detengáis.   1835

PAULO

Aguardad, que si le herís
más confuso me dejáis.
   Mira que eres pecador,
hijo.

ENRICO

          Y del mundo, el mayor,
ya lo sé.

PAULO

          Tu bien espero.   1840
confiésate en Dios.

1829. Omitido en T y *sueltas*.
1829-1832. Estos cuatro versos no son quintilla, como observa Rogers, precisando: «No editor appears to have noted that this quintilla is a line short.
Confusion was probably caused by the rhymes in "-ar" carried on from the
quintilla before». Es una buena explicación, pero a la quintilla le faltan *dos versos*, no uno. El verso *¿Me queda más que dudar?* es variante de AGP respecto a
no queda más que esperar, de las *sueltas* distintas a K. Asumo esa propuesta para
rescatar uno de los dos versos omitidos.

No quiero,
cansado predicador.

PAULO

Pues salga del pecho mío,
si no dilatado río,
de lágrimas tanta copia,   1845
que se anegue el alma propia,
pues ya de Dios desconfío.
    Dejad de cubrir, sayal,
mi cuerpo, pues está mal,
según siente el corazón,   1850
una rica guarnición
sobre tan falso cristal.
    En mis torpezas resbalo
y a la culebra me igualo,
mas mi parecer condeno,   1855
porque yo desecho el bueno,
mas ella desecha el malo.
    Mi adverso fin no resisto,
pues mi desventura he visto,
y da claro testimonio   1860
el vestirme de demonio
y el desnudarme de Cristo.
    Colgad ese saco ahí
para que diga, ¡ay de mí!,
«En tal puesto me colgó   1865
Paulo, que no mereció
la gloria que encierro en mí.»
    Dadme la daga y la espada,
esa cruz podéis tomar;

1848. En K y P, *dejad descubrir, sayal*. La enmienda *de cubrir* es de Hartzenbusch, seguida por Castro.
1863-1872. Omitidos en T y *sueltas*.

ya no hay esperanza en nada,   1870
pues no me sé aprovechar
de aquella sangre sagrada.
   Desatadlos.

ENRICO

      Ya lo estoy,
y lo que no he visto creo.

GALVÁN

Gracias a los cielos doy.   1875

ENRICO

Saber la verdad deseo.

PAULO

¡Qué desdichado que soy!
   ¡Ah, Enrico, nunca nacieras!
Nunca tu madre te echara
donde, gozando la luz,   1880
fuiste de mis males causa;
o pluviera a Dios que ya
que, infundido el cuerpo y alma,
saliste a luz, en sus brazos
te diera la muerte un ama,   1885
un león te deshiciera,
una osa despedazara
tus tiernos miembros entonces,
o cayeras en tu casa

1876. En K y P este verso se atribuye a Galván. La enmienda es de H. Rogers, que también la acepta, apunta: «The *sueltas* give line 1905 to Galván, the
next line to Enrico and the rest of the speech to Paulo. It is surprising that
the whole of Paulo's speech is included in the cut versions; it is one of the
weakest in the play».

del más altivo balcón,   1890
primero que a mi esperanza
hubieras cortado el hilo.

ENRICO

Esta novedad me espanta.

PAULO

Yo soy Paulo, un ermitaño
que dejé mi amada patria   1895
de poco más de quince años,
y en esta oscura montaña
otros diez serví al Señor,

ENRICO

¡Qué ventura!

PAULO

                    ¡Qué desgracia!
Un ángel, rompiendo nubes   1900
y cortinas de oro y plata,
preguntándole yo a Dios
qué fin tendría: «Repara
(me dijo): Ve a la ciudad
y verás a Enrico (¡ay, alma!),   1905
hijo del noble Anareto,
que en Nápoles tiene fama.
Advierte bien en sus hechos,
y contempla en sus palabras,
que si Enrico al cielo fuere,   1910
el cielo también te aguarda;
y si al infierno, el infierno.»
Yo entonces imaginaba
que era algún santo este Enrico,
pero los deseos se engañan.   1915

Fui allá, vite luego al punto,
y de tu boca y por fama
supe que eres el peor hombre
que en todo el mundo se halla.
Y así, por tener tu fin,   1920
quitéme el saco y las armas
tomé, y el cargo me dieron
de esta forajida escuadra.
Quise probar tu intención,
por saber si te acordabas   1925
de Dios en tan fiero trance;
pero salióme muy vana.
Volví a desnudarme aquí,
como viste, dando al alma
nuevas tan tristes, pues ya   1930
la tiene Dios condenada.

ENRICO

Las palabras que Dios dice
por un ángel, son palabras,
Paulo amigo, en que se encierran
cosas que el hombre no alcanza.   1935
No dejara yo la vida
que seguías, pues fue causa
de que quizá te condenes
el atreverte a dejarla.
Desesperación ha sido   1940
lo que has hecho, y aun venganza
de la palabra de Dios,
y una oposición tirana
a su inefable poder;
y en ver que no desenvaina   1945
la espada de su justicia
contra el rigor de tu causa,
veo que tu salvación
desea; mas ¿qué no alcanza
aquella piedad divina,   1950
blasón de que más se alaba?

Yo soy el hombre más malo
que naturaleza humana
en el mundo ha producido;
el que nunca habló palabra   1955
sin juramento, el que a tantos
hombres dio muertes tiranas;
el que nunca confesó
sus culpas, aunque son tantas,
el que jamás se acordó   1960
de Dios y su Madre Santa,
ni aún agora lo hiciera
con ver puestas las espadas
a mi valeroso pecho;
mas siempre tengo esperanzas   1965
en que tengo de salvarme,
puesto que no va fundada
mi esperanza en obras mías
sino en saber que se humana
Dios con el más pecador,   1970
y con su piedad se salva.
Pero ya, Paulo, que has hecho
ese desatino, traza
de que alegres y contentos
los dos en esta montaña   1975
pasemos alegre vida,
mientras la vida se acaba.
Un fin ha de ser el nuestro:
si fuere nuestra desgracia
el carecer de la gloria   1980
que Dios al bueno señala,
mal de muchos gozo es,
pero tengo confianza
en su piedad, porque siempre
vence a su justicia sacra.   1985

1982. En K y P, *en su piedad, que siempre*. Falta una sílaba, salvo que se lea
piedad como trisílabo, cosa sorprendente. Morón da un verso con una sílaba
de más «en su gran piedad, porque siempre». La enmienda *porque* es de H, repetida por todos salvo Rogers, que edita el verso original.

PAULO

Consolado me has un poco.

GALVÁN

Cosa es, por Dios, que me espanta.

PAULO

Vamos donde descanséis.

ENRICO

¡Ay, padre de mis entrañas!
Una joya, Paulo amigo   1990
en la ciudad olvidada
se me queda, y aunque temo
el rigor que me amenaza,
si allá muero, he de ir por ella
pereciendo en la demanda.   1995
Un soldado de los tuyos
irá conmigo.

PAULO

                          Pues vaya
Pedrisco, que es animoso.

PEDRISCO

Por Dios que ya me espantaba
que no encontraba conmigo.   2000

1999-2008. Omitidos en T y *sueltas*.

Dadle la mejor espada
a Enrico, y en esas yeguas
que al ligero viento igualan,
os pondréis allá en dos horas.

GALVÁN

Yo me quedo en la montaña   2005
a hacer tu oficio.

PEDRISCO

                    Yo voy
donde paguen mis espaldas
los delitos que tú has hecho.

ENRICO

Adiós, amigo.

PAULO

                    Ya basta
el nombre para abrazarte.   2010

ENRICO

Aunque malo, confianza
tengo en Dios.

PAULO

                    Yo no la tengo
cuando son mis culpas tantas.
muy desconfiado soy.

ENRICO

Aquesa desconfianza   2015
te tiene de condenar.

PAULO

Ya lo estoy, no importa nada.
¡Ah, Enrico, nunca nacieras!

ENRICO

Es verdad; mas la esperanza
que tengo en Dios, ha de hacer   2020
que haya piedad de mi causa.

Jornada tercera

Salen PEDRISCO *y* ENRICO *en la cárcel, presos.*

[..................... -os]
[...............................]
[...............................]

PEDRISCO

¡Buenos estamos los dos!   2025

ENRICO

¿Qué diablos estás llorando?

PEDRISCO

¿Qué diablos he de llorar?
¿No puedo yo lamentar
pecados que estoy pagando
   sin culpa?

ENRICO

   ¿Hay vida como ésta?   2030

2025. Éste es el último verso de una redondilla en un pasaje truncado que demuestra la filiación entre K y P. Inadvertidamente Rogers anota: «This line does not belong to the *quintillas*». El pasaje es de redondillas.

PEDRISCO

¡Cuerpo de Dios con la vida!

ENRICO

¿Fáltate aquí la comida?
¿No tienes la mesa puesta
   a todas horas?

PEDRISCO

                ¿Qué importa
que la mesa llegue a ver,   2035
si no hay nada que comer?

ENRICO

De necedades acorta.

PEDRISCO

   Alarga tú de comida.

ENRICO

¿No sufrirás como yo?

PEDRISCO

Que pagué aquel que pecó   2040
es sentencia conocida,
   pero yo, que no pequé
¿por qué tengo de pagar?

ENRICO

Pedrisco, ¿quieres callar?

Enrico, yo callaré,   2045
    pero la hambre hará
que hable el que muerto se vio,
y que calle aquel que habló
más que un correo.

ENRICO

                            ¿Que ya
piensas que no has de salir   2050
de la cárcel?

PEDRISCO

        Error fue.
Desde el día que aquí entré
he llegado a presumir
    que hemos de salir los dos...

ENRICO

Pues, ¿de qué estamos turbados?   2055

PEDRISCO

...para ser ajusticiados,
si no lo remedia Dios.

ENRICO

No hayas miedo.

2049. *Correo*. Nota de Prieto: «en germanía significa aquel que va a dar aviso de alguna cosa» *(Dic. Aut.)*, es decir, el actual *soplón* o *chivato*. Puede tener también el sentido más general de mensajero, es decir, el correo que transporta oralmente una noticia. Probablemente la acepción de germanías es atinada aquí por su comicidad.

PEDRISCO

Bueno está,
pero teme el corazón
que hemos de danzar sin son.   2060

ENRICO

Mejor la suerte lo hará. *(Salen* CELIA *y* LIDORA.*)*

CELIA

No quisiera que las dos,
aunque a nadie tengo miedo,
fuéramos juntas.

LIDORA

Bien puedo,
pues soy criada, ir con vos.   2065

ENRICO

Quedo, que Celia es aquésta.

PEDRISCO

¿Quién?

ENRICO

Quien más que a sí me adora.
mi remedio llega ahora.

2060. Ciriaco Morón anota: «Cfr. "Si luz y música hubiera / danza de a tres pareciera, / mas ya danzamos sin son" (Claramonte, *De lo vivo a lo pintado,* III, 541a)».

2067. K y P coinciden en *así,* enmendado por Hartzenbusch. Rogers prefiere editar según K y P, basado en que «accompanied by a gesture, would make sense». Creo, con H, que *asi* es un típico desliz de imprenta.

PEDRISCO

Bravamente me molesta
  el hambre.

ENRICO

      ¿Tienes acaso   2070
en qué echar todo el dinero
que ahora de Celia espero?

PEDRISCO

Con toda el hambre que paso,
  me he acordado, ¡vive Dios!,
de un talego que aquí tengo. *(Saca un talego.)*   2075

ENRICO

Pequeño es.

PEDRISCO

      A pensar vengo
que estamos locos los dos;
  tú en pedirle; en darle, yo.

ENRICO

¡Celia hermosa de mi vida!

CELIA *(Aparte:)*

¡Ay de mí, yo soy perdida!   2080
Enrico es el que llamó.
  Señor Enrico...

PEDRISCO

      ¿Señor?
No es buena tanta crianza.

ENRICO

Ya no tenía esperanza,
Celia, de tan gran favor.   2085

CELIA

¿Cómo os va?

ENRICO

                    Para serviros,
siempre, Celia, me irá bien;
y ahora mejor, pues ven,
a costa de mil suspiros,
    mis ojos, los tuyos graves.   2090

CELIA

Yo os quiero dar...

PEDRISCO

                    Linda cosa.
¡Oh, qué mujer tan hermosa,
qué palabras tan suaves!
    Alto, prevengo el talego,
pienso que no han de caber.   2095

2086-2087. Sigo a K. En P el verso es corto y no respeta la rima de redondilla: Celia: *Como estás?* Enrico. *Bueno.* Como observa Rogers: «Instead of this
(short) line, the *redondilla* requires two lines ending in "-iros" and "-en". The
sueltas have: "Cómo os va? *Énr.* Para serviros / siempre, Celia, me irá bien".
H supplies a line after line 2111: ¿En qué puedo yo serviros?». Esto es un buen
ejemplo de cómo el descubrimiento de la prioridad de K aclara las cosas. El
texto de P está corregido (mal) por Figueroa.

Celia, quisiera saber
qué me das. [.....-ego
.................-án]
............]

PEDRISCO

Tu dicha es llana.

CELIA

Las nuevas de que mañana   2100
a ajusticiaros saldrán.

PEDRISCO

El talego está ya lleno,
otro es menester buscar.

ENRICO

¡Que aquesto llegue a escuchar!
Celia, escucha.

PEDRISCO

Aquesto es bueno.   2105

2097-2099. P y K coinciden: *Celia, quisiera saber / qué me das.* Pero, como observa Rogers: «The *redondilla* beginning at line 2119 lacks a final line in "-ego". The one ending at line 2124 needs an initial line in "-án". The sense appears complete. The scenes involving Celia are the most textually corrupt». En efecto. Gracias a Zeus tenemos siempre a Hartzenbusch para enmendar los pasajes truncados. Don Juan Eugenio le proporciona al texto estos ingeniosos versos: «CELIA: Daréte luego / para que salgas de afán. ENRICO (*A* PEDRISCO). Ya lo ves». AGP los copia, indicando que son versos «supuestos por Hartzenbusch»; Morón, los copia, entre corchetes, sin nota; y Prieto los copia silenciosamente.

CELIA

Ya estoy casada.

ENRICO

¿Casada?
¡Vive Dios!

PEDRISCO

Tente.

ENRICO

¿Qué aguardo?
¿Con quién, Celia?

CELIA

Con Lisardo.
Y estoy muy bien empleada.

ENRICO

Mataréle.

CELIA

Dejaos de eso   2110
y poneos bien con Dios,
que habéis de morir los dos.

LIDORA

Vamos, Celia.

2112. Este verso falta en P. Hartzenbusch lo suple con *que es lo que os impor-ta a vos*. Sin embargo, K y las *sueltas* tienen la redondilla completa. Probable-mente la omisión de P se debe a error en la copia del manuscrito de Figueroa.

ENRICO

Pierdo el seso.
Celia, mira...

CELIA

Estoy de prisa.

PEDRISCO

Por Dios que estoy por reírme.   2115

CELIA

Ya sé que queréis decirme
que se os diga alguna misa.
    Yo lo haré. Quedad con Dios.

ENRICO

¡Quién rompiera aquestas rejas!

LIDORA

No escuches, Celia, más quejas;   2120
vámonos de aquí las dos.

ENRICO

¡Qué esto sufro! ¿Hay tal crueldad?

PEDRISCO

¡Lo que pesa este talego!

CELIA

¡Qué braveza!

ENRICO

Yo estoy ciego.
¿Hay tan grande libertad?   2125

PEDRISCO

Yo no entiendo la moneda
que hay en aqueste talego
que vive Dios que no pesa
una paja.

ENRICO

¡Santos cielos!
¡Que aquestas afrentas sufra!   2130
¿Cómo no rompo estos hierros?
¿Cómo estas rejas no arranco?

PEDRISCO

Detente.

ENRICO

Déjame, necio.
¡Vive Dios que he romperlas
y he de castigar mis celos!   2135

PEDRISCO

Los porteros vienen.

ENRICO

Vengan. *(Sale un portero.)*

PORTERO 1.º

¿Ha perdido acaso el seso
el homicida ladrón?

ENRICO

Moriré si no me vengo.
De mi cadena haré espada.   2140

PEDRISCO

Que te detengas te ruego.

PORTERO 1.º

Asidle, matadle, muera.

ENRICO

Hoy veréis, infames presos,
de los celos el poder
en desesperados pechos.   2145

PORTERO 2.º

Un eslabón me alcanzó
y dio conmigo en el suelo.

ENRICO

¿Por qué, cobardes, huís?

PEDRISCO

Un portero deja muerto. *(Dentro:)*

VOZ: Matadle.

_____

2147. Nota de Rogers: «From these lines and from 2171 and 2180-2181 it is clear that Enrico strikes down a jailer by whirling his chains».

¿Qué es matar?   2150
A falta de noble acero,
no es mala aquesta cadena
con que mis agravios vengo.
¿Para qué de mí huís?

PEDRISCO

Al alboroto y estruendo   2155
se ha levantado el alcaide.

(Salen el ALCAIDE *y gente, y asen a* ENRICO.)

ALCAIDE

¡Hola, teneos! ¿Qué es esto?

PORTERO 2.º

Ha muerto aquese ladrón
a Fidelio.

ALCAIDE

¡Vive el cielo
que a no saber que mañana,   2160
dando público escarmiento,
has de morir ahorcado,
que hiciera en tu aleve pecho
mil bocas con esta daga.

2164. *Bocas.* Por «heridas». En Claramonte: «que son mis heridas bocas /
para contar mis agravios», *Deste agua no beberé,* III, 256-257.

¡Que esto sufro, Dios eterno! 2165
¡Que mal me traten así!
Fuego por los ojos vierto.
No pienses, alcalde infame
que te tengo algún respeto
por el oficio que tienes 2170
sino porque más no puedo;
que a poder, ¡ah, cielo airado!,
entre mis brazos soberbios
te hiciera dos mil pedazos,
y despedazado el cuerpo 2175
me lo comiera a bocados,
y que no quedara, pienso,
satisfecho de mi agravio.

ALCAIDE

Mañana a las diez veremos
si es más valiente un verdugo 2180
que todos vuestros aceros.
Otra cadena le echad.

ENRICO

Eso sí, vengan más hierros,
que de yerros no se escapa
hombre que tantos ha hecho. 2185

ALCAIDE

Metedle en un calabozo.

2167-2178. Omitidos en K y en T y *sueltas*. Son versos necesarios para mostrar el carácter excesivo de Enrico. Su omisión en K se puede conjeturar como *corte editorial* o como decisión de la compañía que los tacha en el manuscrito, con la clásica anotación marginal: «Esto no se dice». Seguramente la compañía de Roque de Figueroa optó por mantenerlos.

ENRICO

Aquese sí es justo premio,
que hombre de Dios enemigo
no es justo que mire el cielo. *(Llévanle.)*

PEDRISCO

¡Pobre y desdichado Enrico!   2190

PORTERO 2.º

Más desdichado es el muerto;
que el cadenazo cruel
le echó en la tierra los sesos.

PEDRISCO

Ya quieren dar la comida.

UN CARCELERO *(Dentro:)*

Vayan llegando, mancebos,   2195
por la comida.

PEDRISCO

            En buen hora,
porque mañana sospecho
que han de añudarme el tragar
y será acertado medio
que lleve la alforja hecha   2200
para que allá convidemos
a los demonios magnates
a la entrada del infierno.

2190-2193. Omitidos en K, T y *sueltas*. Este pasaje tal vez sea un añadido
de Figueroa.
2199. En P, *acertado miedo*. Hartzenbusch sigue la lectura de las *sueltas*.

(Vanse y sale ENRICO.)

ENRICO

En lóbrega confusión
ya, valiente Enrico, os veis,   2205
pero nunca desmayéis:
tened fuerte corazón,
porque aquesta es la ocasión
en que tenéis de mostrar
el valor que os ha de dar   2210
nombre altivo, ilustre fama.
Mirad...

(UNA VOZ, *dentro:*)

¡Enrico!

ENRICO

¿Quién llama?
Esta voz me hace temblar.
Los cabellos erizados
pronostican mi temor,   2215
Mas ¿dónde está mi valor?
¿Dónde mis hechos pasados?

UNA VOZ *(Dentro.)*

Enrico.

ENRICO

Muchos cuidados
siente el alma, cielo santo.
¿Cúya es voz que tal espanto   2220
infunde en el alma mía?

UNA VOZ *(Dentro.)*

Enrico.

ENRICO

A llamar porfía
de mi flaqueza me espanto.
    A esta parte la voz suena
que tanto temor me da.   2225
¿Si es algún preso que está
amarrado a la cadena?
¡Vive Dios que me da pena!
[.......................-osa].

(Sale el DEMONIO *y no le ve.)*

DEMONIO

Tu desgracia lastimosa   2230
siento.

ENRICO

    ¡Qué confuso abismo!
No me conozco a mí mismo
y el corazón no reposa.
    Las alas está batiendo
con impulso de temor.   2235
Enrico, ¿éste es el valor?
Otra vez se oyó el estruendo.

DEMONIO

Librarte, Enrico, pretendo.

ENRICO

¿Cómo te puedo creer,
voz, si no llego a saber   2240
quién eres y adónde estás?

2229. Tal y como observa Hartzenbusch, falta un verso para la décima. Por
esta vez H no propone enmienda. Nota de Rogers: «The *décima* needs another
line in "-osa" before or after line 2251, but the sense appears to be complete».

DEMONIO *(Descúbrese.)*

Pues ahora me verás.

ENRICO

Ya no te quisiera ver.

DEMONIO

No temas.

ENRICO

        Un sudor frío
por mis venas se derrama.   2245

DEMONIO

Hoy cobrarás nueva fama.

ENRICO

Poco de mis fuerzas fío.
No te acerques.

DEMONIO

        Desvarío
es el temer la ocasión.

ENRICO

Sosiégate, corazón.   2250

(A una señal del DEMONIO *se abre un postigo en la pared.)*

DEMONIO

¿Ves aquel postigo?

ENRICO

Sí.

DEMONIO

Pues salte por él, y así
no estarás en la prisión.

ENRICO

¿Quién eres?

DEMONIO

   Salte al momento
y no preguntes quién soy;   2255
que yo también preso estoy
y que te libres intento.

ENRICO

¿Qué me dices, pensamiento?
¿Libraréme? Claro está.
Aliento el temor me da   2260
de la muerte que me aguarda.
Voyme. Mas ¿quién me acobarda?
Mas otra voz suena ya.

(Cantan dentro:)

  Detén el paso violento,
mira que te está mejor   2265
que de la prisión librarte
el estarte en la prisión.

  Al revés me ha aconsejado
la voz que en el aire he oído,
pues mi paso ha detenido   2270

si tú le has acelerado.
Que me está bien he escuchado
el estar en la prisión.

DEMONIO

Esa, Enrico, es ilusión
que te representa el miedo.   2275

ENRICO

Yo he de morir si me quedo.
Quiérome ir, tienes razón.

Músicos:

Detente, engañado Enrico;
no huyas de la prisión,
pues morirás si salieres   2280
y si te estuvieres, no.

ENRICO

Que si salgo he de morir
y si quedo viviré,
dice la voz que escuché.
[..........................-ir]   2285

DEMONIO

¿Qué al fin no te quieres ir?

ENRICO

Quedarme es mucho mejor.

2285. En todas las ediciones falta un verso para la décima, que tampoco enmienda Hartzenbusch.

DEMONIO

Atribúyelo a temor;
pero, pues tan ciego estás,
quédate preso y verás   2290
cómo te ha estado peor. *(Vase.)*

ENRICO

Desapareció la sombra,
y confuso me dejó.
¿No es éste el portillo? No.
Este prodigio me asombra.   2295
    ¿Estaba ciego yo, o vi
en la pared un portillo?
Pero ya me maravillo
del gran temor que hay en mí.
    ¿No pude salirme yo?   2300
Sí, bien me pude salir
pues ¿cómo? ¿Que he de morir?
La voz me atemorizó.
    Algún gran daño se infiere
de turbado que la oí.   2305
No importa, ya estoy aquí
para el mal que me viniere.

(Sale el ALCAIDE *con la sentencia.)*

ALCAIDE

Yo solo tengo de entrar,
los demás pueden quedarse.
Enrico...

2305. En P el verso es: *de lo turbado que estoy,* con error de rima en la redondilla. Hartzenbusch enmienda: *de lo turbado que fui.* Huelga decir que esta enmienda se ha transmitido a las ediciones posteriores (salvo Rogers) sin que se
mencione al autor.

¿Qué me mandáis? 2310

ALCAIDE

En los rigurosos trances
se echa de ver el valor;
agora podréis mostrarle.
Estad atento.

ENRICO

Decid.

ALCAIDE *Aparte:*

Aun no ha mudado el semblante. 2315

Leyendo:

«*En el pleito que es entre partes, de la una, el promotor fiscal de su
Majestad, ausente, y de la otra, reo acusado, Enrico, por los delitos
que tiene en el proceso, por ser matador, facineroso, incorregible y otras
cosas. Vista, etc. —Fallamos que le debemos de condenar, y condenamos a que sea sacado de la cárcel donde está, con soga a la garganta
y pregoneros delante que digan su delito, y sea llevado a la plaza pública, donde estará una horca de tres palos alta del suelo, en la cual
sea ahorcado naturalmente. Y ninguna persona sea osada a quitalle
della sin nuestra licencia y mandado. Y por esta sentencia definitiva
juzgando, ansí lo pronunciamos y mandamos, etc.*»

ENRICO

¡Que aquesto escuchando estoy!

2314-2322. Todo este pasaje falta en K y las *sueltas*. Obviamente es supresión consciente de Simón Faxardo, tal como se explica en la introducción. El
pasaje de la sentencia ocuparía casi media columna del impreso, y esto ya en
el tercer acto. En Claramonte abundan las comedias donde hay una lectura de
papel manuscrito en escena, incluso con mayor extensión que aquí.

¿Qué dices?

ENRICO

 Mira, ignorante,
que eres opuesto muy flaco
a mis brazos arrogantes;
porque, si no, yo te hiciera...   2320

ALCAIDE

Nada puede remediarse
con arrogancias, Enrico.
Lo que aquí es más importante
es poneros bien con Dios.

ENRICO

¿Tú vienes a predicarme   2325
o a leerme la sentencia?
Vive Dios, canalla infame
que he de dar fin de vosotros.

ALCAIDE

El demonio que te guarde. *(Vase.)*

 2323. El verso 2313, previo al corte del pasaje anterior, corresponde a la rima asonante *a-e*. El corte del pasaje anterior hace que aparezcan dos versos seguidos repitiendo asonancia. Tanto en K como en T y las *sueltas* aparece un verso que evita este problema, pero que no está en P: *mañana aveys de morir.* Una buena hipótesis que explica este problema es que en la imprenta de Simón Faxardo suprimieron el pasaje y advirtieron el problema. Según eso, el verso *mañana habéis de morir* sería un añadido ajeno al autor, y repetido por T y las *sueltas*.
 2325-2326. En P, *Y vienes a pedricarme / con leerme la sentencia?* Parece mejor K.

ENRICO

Ya estoy sentenciado a muerte;   2330
ya mi vida miserable
tiene de plazo dos horas.
Voz que mi daño causaste
¿no dijiste que mi vida,
si me quedaba en la cárcel   2335
sería cierta? ¡Triste suerte!
Con razón debo culparte,
pues en esta cárcel muero
cuando pudiera librarme. *(Sale un portero.)*

PORTERO 2.º

Dos padres de San Francisco   2340
están para confesarte
aguardando afuera.

ENRICO

                    ¡Bueno!
Por Dios que es gentil donaire.
Digan que se vuelvan luego
a su convento los frailes,   2345
si no es que quieran saber
a lo que estos hierros saben.

PORTERO 2.º

Advierte que has de morir.

ENRICO

Moriré sin confesarme,
que no ha de pagar ninguno   2350
las penas que yo pasare.

PORTERO 2.º

¿Qué más hiciera un gentil?

ENRICO

Esto que le he dicho baste,
que, por Dios, si me amohíno
que ha de llevar las señales   2355
de la cadena en el cuerpo.

PORTERO 2.º

No aguardo más.

ENRICO

                    Muy bien hace.
¿Qué cuenta daré yo a Dios
de mi vida, ya que el trance
último ha llegado ya.   2360
¿Yo tengo de confesarme?
Parece que es necedad.
¿Quién podrá ahora acordarse
de tantos pecados viejos?
¿Qué memoria habrá que baste   2365
a recorrer las ofensas
que a Dios he hecho? Más vale
no tratar de aquestas cosas.
Dios es piadoso y es grande,
su misericordia alabo;   2370
Con ella podré salvarme. *(Sale* PEDRISCO.)

PEDRISCO

Advierte que has de morir
y que ya aquestos dos padres
están de aguardar cansados.

2356-2357. En T y las *sueltas* estos dos versos tienen variante: *Por ninguno aguardo más. / Vase.* Enr. *Demasiado de bien hace.*

ENRICO

Pues ¿he dicho yo que aguarden?   2375

PEDRISCO

¿No crees en Dios?

ENRICO

                    Juro a Cristo
que pienso que he de enojarme,
y que en los padres y en ti
he de vengar mis pesares.
Demonios, ¿qué me queréis?   2380

PEDRISCO

Antes pienso que son ángeles
los que esto a decirte vienen.

ENRICO

No acabes de amohinarme,
que por Dios que de una coz
te eche fuera de la cárcel.   2385

PEDRISCO

Yo te agradezco el cuidado.

ENRICO

Vete fuera y no me canses.

2381-2382. En T y *sueltas* hay variante: *Ángeles son hombres tales / que vienen esto a decirte.*

Tú te vas, Enrico mío,
al infierno como un padre. *(Vase.)*

ENRICO

Voz, que por mi mal te oí	2390
en esa región del aire,	
¿fuiste de algún enemigo	
que así pretendió vengarse?	
¿No dijiste que a mi vida	
le importaba de la cárcel	2395
no hacer ausencia? Pues di:	
¿cómo quieren ya sacarme	
a ajusticiar? Falsa fuiste.	
Pero yo también cobarde,	
pues que me pude salir	2400
y no dar venganza a nadie.	
Sombra triste que, piadosa,	
la verdad me aconsejaste,	
vuelve otra vez y verás	
cómo con pecho arrogante	2405
salgo a tu tremenda voz	
de tantas oscuridades.	

Gente suena; ya sin duda
se acerca mi fin. *(Sale el padre de* ENRICO *y un portero.)*

2389. *Como un padre.* AGP se pregunta: «acaso aludiendo a Paulo?». Parece más atinada la observación de Reynolds de que se alude a un *«padre de la mancebía»*, es decir a un chulo o macarra, que es una de las ocupaciones de Enrico. En todo caso el verso es ambiguo, según ha puesto de relieve John. J. Reynolds y observa R. J. Oakley.

2390-2407. Omitidos en K, T y las demás *sueltas.* A estas alturas del proceso de impresión, Faxardo sólo dispone de dos folios y medio (cinco páginas a doble columna y cuarenta y siete líneas por columna). Un total de 470 líneas para editar 580 versos, más las acotaciones escénicas. Las omisiones en la edición de Faxardo a partir de aquí afectan a trece pasajes con un total de 123 versos.

Habladle.
Podrá ser que vuestras canas   2410
muevan tan duro diamante.

ANARETO

Enrico, querido hijo
puesto que en verte me aflijo
de tantos hierros cargado,
ver que pagues tu pecado   2415
me da sumo regocijo.
    Venturoso del que acá
pagando sus culpas va
con firme arrepentimiento,
que es pintado este tormento   2420
y verdadero el de allá.
    La cama, Enrico, dejé
y arrimado a este bordón
por quien me sustento en pie,
vengo en aquesta ocasión.   2425

ENRICO

¡Ay padre mío!

ANARETO

No sé,
Enrico, si aquese nombre
será razón que me cuadre,
aunque mi rigor te asombre.

ENRICO

¿Eso es palabra de padre?   2430

2426. En K y P, *ay Padre!*. Falta una sílaba, que completa el texto de las *sueltas*.

ANARETO

No es bien que padre me nombre
un hijo que no cree en Dios.

ENRICO

Padre mío, ¿eso decís?

ANARETO

No sois ya mi hijo vos,   2435
pues que mi ley no seguís.
Solos estamos los dos.

ENRICO

No os entiendo.

ANARETO

    Enrico, Enrico,
a prenderos me aplico
vuestro loco pensamiento,
siendo la muerte instrumento   2440
que tan cierto os pronostico.
 Hoy os han de ajusticiar
¿y no os queréis confesar?
¡Buena cristiandad, por Dios!
Pues el mal es para vos   2445
y para vos el pesar.
 Aqueso es tomar venganza
de Dios; el poder alcanza
del Empíreo cielo eterno.
Enrico, ved que hay infierno   2450
para tan larga esperanza.

2442-2461. Omitidos en K, T y *sueltas*.

> *Es, el quererte vengar*
> *de esa suerte, pelear*
> *con un monte o una roca,*
> *pues cuando el brazo la toca,*   2455
> *es para el brazo el pesar.*
>   *Es, con dañoso desvelo*
>   *[escupir el hombre al Cielo]*
> *presumiendo darle enojos,*
> *pues que le cae en los ojos*   2460
> *lo mismo que arroja al cielo.*
>   Hoy has de morir: advierte
> que ya está echada la suerte;
> confiesa a Dios tus pecados,
> y así, siendo perdonados,   2465
> será vida lo que es muerte.
>   Si quieres mi hijo ser,
> lo que te digo has de hacer.
> si no, (de pesar me aflijo)
> ni te has de llamar mi hijo,   2470
> ni yo te he de conocer.

ENRICO

>   Bueno está, padre querido,
> que más el alma ha sentido
> (buen testigo de ello es Dios)
> el pesar que tenéis vos,   2475
> que el mal que espero afligido.
>   Confieso, padre, que erré,
> pero yo confesaré
> mis pecados, y después
> besaré a todos los pies   2480
> para mostraros mi fe;
>   basta que vos lo mandéis,
> padre mío de mis ojos.

2458. Este verso no está en P, que tiene la quintilla incompleta. La enmienda es, como siempre, de Hartzenbusch. Rogers la comenta indicando que, pese a ser convincente, «the only weakness is that the rhyme-word is repeated».

ANARETO

Pues ya mi hijo seréis.

ENRICO

No os quisiera dar enojos.   2485

ANARETO

Vamos, porque os conteséis.

ENRICO

¡Oh, cuánto siento el dejaros!

ANARETO

¡Oh, cuánto siento el perderos!

ENRICO

¡Ay, ojos! Espejos claros,
antes hermosos luceros,   2490
pero ya de luz avaros.

ANARETO

Vamos, hijo.

ENRICO

                    A morir voy.
Todo el valor he perdido.

ANARETO

Sin juicio y sin alma estoy.

ENRICO

Aguardad, padre querido.   2495

ANARETO

¡Qué desdichado que soy!

ENRICO

    Señor piadoso y eterno
que en vuestro alcázar pisáis
cándidos montes de estrellas,
mi petición escuchad.   2500
Yo he sido el hombre más malo
que la luz llegó a alcanzar
de este mundo; el que os ha hecho
más que arenas tiene el mar
ofensas; mas, Señor mío,   2505
mayor es vuestra piedad.
Vos, por redimir el mundo
de aquel pecado de Adán,
en una cruz os pusisteis;
pues merezca yo alcanzar   2510
una gota solamente
de aquella sangre real.
Vos, Aurora de los cielos,
Vos, virgen bella, que estáis
de paraninfos cercada,   2515
y siempre amparo os llamáis
de todos los pecadores,

2505. Rogers anota: «The sense is: "más ofensas que el mar tiene arenas".
Such violent hyperbaton is not characteristic of Tirso, but neither i it frequent
in this play». El hipérbaton sí es característico de Claramonte.
2512. Nota de Rogers: «Professor Arjona, preparing a study of Tirso's voca-
bulary and prosody, has found that Tirso makes "real" one syllable more often than two. It is probably two syllables here (though there could be hiatus
before "aquella"), another small indication that Tirso may not be the author».

yo lo soy; por mí rogad.
Decidle que se le acuerde
a su Sacra Majestad   2520
de cuando en aqueste mundo
empezó a peregrinar.
Acordadle los trabajos
que pasó en él por salvar
los que inocentes pagaron   2525
por ajena voluntad.
Decidle que yo quisiera,
cuando comencé a gozar
entendimiento y razón,
pasar mil muertes y más   2530
antes que haberle ofendido.

ANARETO

Adentro dan prisa ya.

ENRICO

Gran Señor, misericordia;
no puedo deciros más.

ANARETO

¡Que esto llegue a ver un padre!   2535

ENRICO

La enigma he entendido ya
De la voz y de la sombra:
la voz era angelical,
y la sombra era el demonio.

2532. En P, *Adentro dan priessa*. Falta una sílaba, que Hartzenbusch enmienda con un verso distinto: «Adentro priesa me dan», repetido por todos,
excepto Rogers.

Vamos, hijo.

       ¿Quién oirá   2540
ese nombre, que no haga
de sus dos ojos un mar?
No os apartéis, padre mío,
hasta que hayan de expirar
Mis alientos.

      No hayas miedo.   2545
Dios te dé favor.

        Sí hará,
que es mar de misericordia,
aunque yo voy muerto ya.

Ten valor.

     En Dios confío.
Vamos, padre, donde están   2550
los que han de quitarme el ser
que vos me pudisteis dar.

(Vanse y sale PAULO.)

Cansado de correr vengo
por este monte intrincado:
atrás la gente he dejado   2555
que a ajena costa mantengo.
   Al pie de este sauce verde
quiero un poco descansar,
por ver si acaso el pesar
de mi memoria se pierde.   2560
   Tú, fuente, que murmurando
vas, entre guijas corriendo,
en tu fugitivo estruendo
plantas y aves alegrando,
   dame algún contento ahora,   2565
infunde al alma alegría
con esa corriente fría
y con esa voz sonora.
   Lisonjeros pajarillos,
que no entendidos cantáis   2570
y holgazanes gorjeáis
entre juncos y tomillos,
   dad con picos sonorosos
y con acentos suaves,
gloria a mis pesares graves   2575
y sucesos lastimosos.
   En este verde tapete
jironado de cristal,
quiero divertir mi mal,
que mi triste fin promete.   2580

(Échase a dormir y sale el PASTOR *con la corona, deshacién-*
dola.)

2553. *Intrincado.* Más adelante, *selvas intricadas.* La forma correcta es *intrica-*
do, que Covarrubias explica como «Lo rebuelto, como la madexa de hilo des-
baratada».
2561-2580. Omitidos en K, T y *sueltas.* El pasaje recuerda al homólogo del
parlamento de Mencía en *Deste agua no beberé:* «Arroyuelo que por toscas / gui-
juelas vas murmurando».

Selvas intrincadas,
verdes alamedas,
a quien de esperanzas
adorna Amaltea;
fuentes que corréis,　　　　　　　　　2585
murmurando apriesa,
por menudas guijas,
por blancas arenas;
ya vuelvo otra vez
a mirar la selva,　　　　　　　　　　2590
a pisar los valles
que tanto me cuestan.
Yo soy el pastor
que en vuestras riberas
guardé un tiempo alegre　　　　　　　2595
cándidas ovejas.
Sus blancos vellones
entre verdes felpas
jirones de plata
a los ojos eran.　　　　　　　　　　2600
Era yo envidiado,
por ser guarda buena,
de muchos zagales
que ocupan la selva;
y mi mayoral,　　　　　　　　　　　　2605
que en ajena tierra
vive, me tenía
voluntad inmensa,
porque le llevaba,
cuando quería verlas,　　　　　　　　2610
las ovejas, blancas

2584. *Amaltea.* «Dizen aver sido la que dio leche a Júpiter» *(Covarrubias).*
«En quien Flora y Amaltea / están vertiendo abundancia» (Claramonte, *La católica princesa,* I).
2597-2600. Omitidos en K, T y *sueltas.*

como nieve en pellas.
Pero desde el día
que una, la más buena,
huyó del rebaño, 2615
lágrimas me anegan.
mis contentos todos
convertí en tristezas,
mis placeres vivos,
en memorias muertas. 2620
Cantaba en los valles
canciones y letras;
mas ya en triste llanto
funestas endechas.
por tenerla amor 2625
en esta floresta
aquesta guirnalda
comencé a tejerla;
mas no la gozó,
que engañada y necia 2630
dejó quien la amaba
con mayor firmeza.
Y, pues no la quiso,
fuerza es que ya vuelva,
por venganza justa, 2635
voy a deshacerla.

PAULO

Pastor que otra vez
te vi en esta sierra,
si no muy alegre,
no con tal tristeza: 2640
el verte me admira.

PASTOR

¡Ay, perdida oveja!
¡De qué gloria huyes
y a qué mal te allegas!

PAULO

¿No es esa guirnalda   2645
la que en las florestas
entonces tejías
con gran diligencia?

PASTOR

Esta misma es;
mas la oveja necia   2650
no quiere volver
al bien que la espera,
y así la deshago.

PAULO

Si acaso volviera,
zagalejo amigo,   2655
¿no la recibieras?

PASTOR

Enojado estoy,
mas la gran clemencia
de mi Mayoral
dice que, aunque vuelvan,   2660
si antes fueron blancas,
al rebaño, negras,
que las dé mis brazos,
y, sin extrañeza,
requiebros las diga   2665
y palabras tiernas.

PAULO

Pues es superior,
fuerza es que obedezcas.

Yo obedeceré,
pero no quiere ella   2670
volver a mis voces,
en sus vicios ciega.
Ya de aquestos montes
en las altas peñas
la llamé con silbos   2675
y avisé con señas.
Ya por los jarales,
por incultas selvas
la anduve a buscar,
que de ello me cuesta.   2680
Ya traigo las plantas
de jaras diversas
y agudos espinos,
rotas y sangrientas.
No puedo hacer más.   2685

PAULO

En lágrimas tiernas
baña el pastorcillo
las mejillas bellas.
Pues te desconoce,
olvídate de ella   2690
y no llores más.

PASTOR

Que lo haga es fuerza.
Volved, bellas flores,
a cubrir la tierra,
pues que no fue digna   2695
de vuestra belleza.

2677-2680. Omitidos en K, T y *sueltas*.
2694-2696. La expresión es *quedaos a Dios*. La rima asonante obliga a intercalar un verso en medio del sintagma.

Veamos si allá,
con la tierra nueva,
la pondrán guirnalda
tan rica y tan bella.   2700
Quedaos, montes míos,
desiertos y selvas,
a Dios, porque voy
con la triste nueva
a mi Mayoral,   2705
y cuando lo sepa
(aunque ya lo sabe)
sentirá su mengua,
no la ofensa suya,
aunque es tanta ofensa.   2710
Lleno voy a verle
de miedo y vergüenza;
lo que ha de decirme
fuerza es que lo sienta.
Diráme: «Zagal,   2715
¿así las ovejas
que yo os encomiendo
guardáis?» ¡Triste pena!
Yo responderé...
No hallaré respuesta,   2720
si no es que mi llanto
la respuesta sea. Vase.

PAULO

La historia parece
de mi vida aquesta.
De este pastorcillo   2725
no sé lo que sienta,
que tales palabras
fuerza es que prometan
oscuras enigmas...

_____

2705-2722. Omitidas en K, T y *sueltas.*

298

Mas ¿qué luz es ésta,   2730
que a la luz del sol
sus rayos afrentan?
Música celeste
en los aires suena,
y, a lo que diviso,   2735
dos ángeles llevan
una alma gloriosa
a la excelsa esfera
¡Dichosa mil veces,
alma, pues hoy llegas   2740
donde tus trabajos
fin alegre tengan!

(*Con la música suben dos ángeles al alma de* ENRICO *por
una apariencia, y prosigue* PAULO.)

PAULO

Grutas y plantas agrestes
a quien el hielo corrompe,
¿no veis cómo el cielo rompe   2745
ya sus cortinas celestes?
Ya rompiendo densas nubes
y esos transparentes velos,
alma, a gozar de los cielos,
feliz y gloriosa, subes.   2750
Ya vas a gozar la palma
que la ventura te ofrece.
¡Triste del que no merece
lo que tú mereces, alma! (*Sale* GALVÁN.)

GALVÁN

Advierte, Paulo famoso,   2755
que por el monte ha bajado

2751-2754. Omitidos en K, T y *sueltas.*
2756-2782. Omitidos en K, T y *sueltas.*

un escuadrón concertado,
de gente y armas copioso,
   Que viene sólo a prendernos.
si no pretendes morir,   2760
solamente, Paulo, huir
es lo que puede valernos.

PAULO

¿Escuadrón viene?

GALVÁN

         Esto es cierto:
ya se divisa la hilera
con su caja y su bandera.   2765
No escapas de preso o muerto
   si aguardas.

PAULO

¿Quién la ha traído?

GALVÁN

Villanos, si no me engaño,
como hacemos tanto daño
en este monte escondido,   2770
   de aldeas circunvecinas
se han juntado...

PAULO

Pues matarlos.

GALVÁN

¿Que te animas a esperarlos?

PAULO

Mal quién es Paulo imaginas.

GALVÁN

Nuestros peligros son llanos.   2775

PAULO

Sí, pero advierte también
que basta un hombre de bien
para cuatro mil villanos.

GALVÁN

Ya tocan. ¿No lo oyes?

PAULO

Cierra,
y no receles el daño   2780
que antes que fuese ermitaño
supe también qué era guerra.

(Salen los labradores que pudieren con armas y UN JUEZ.)

JUEZ

Hoy pagaréis las maldades
que en este monte habéis hecho.

PAULO

En ira se abrasa el pecho.   2785
soy Enrico en las crueldades.

2779. Verso mal medido en P: «*Ya tocan. ¿No los oyes?* PAULO: *Cierra*». Enmienda de Hartzenbusch.

(Éntralos acuchillando, y sale GALVÁN *por otra puerta huyendo, y tras él muchos ladrones.)*

UN VILLANO

Ea, ladrones, rendíos.

GALVÁN

Mejor nos está el morir,
pero yo presumo huir,
que para eso tengo bríos.   2790

(Vanse y dice dentro PAULO.*)*

PAULO

Con las flechas me acosáis,
y con ventaja reñís;
más de doscientos venís
para veinte que buscáis.

(Éntralos acuchillando y vuelve a salir el JUEZ.*)*

JUEZ

Por el monte va corriendo.   2795

(Baje PAULO *por el monte rodando, lleno de sangre.)*

PAULO

Ya no bastan pies ni manos;
muerte me han dado villanos;
de mi cobardía me ofendo.

2787-2794. Omitidos en K, T y *sueltas.*

Volveré a darles la muerte...
Pero, no puedo, ¡ay de mí!   2800
El cielo, a quien ofendí
se venga de aquesta suerte.

(Sale PEDRISCO.)

PEDRISCO

Como en las culpas de Enrico
no me hallaron culpado,
luego que públicamente   2805
los jueces le ajusticiaron,
me echaron la puerta afuera
y vengo al monte. ¿Qué aguardo?
¿Qué miro? La selva y monte
anda todo alborotado.   2810
Allí los villanos corren,
las espadas en las manos.
Allí va herido Fineo,
y allí huyendo Celio y Fabio.
Y aquí, ¡qué gran desventura!,   2815
tendido está el fuerte Paulo.

PAULO

¿Volvéis, villanos, volvéis?
La espada tengo en la mano;
no estoy muerto, vivo estoy,
aunque ya de aliento falto.   2820

PEDRISCO

Pedrisco soy, Paulo mío.

PAULO

Pedrisco, llega a mis brazos.

2813-2816. Omitidos en K, T y *sueltas.*

¿Cómo estás así?

PAULO

      ¿Ay de mí!
Muerte me han dado villanos.
Pero ya que estoy muriendo,   2825
saber de ti, amigo, aguardo,
qué hay del suceso de Enrico.

PEDRISCO

En la plaza le ahorcaron
de Nápoles.

PAULO

      Pues así,
¿quién duda que condenado   2830
estará al infierno ya?

PEDRISCO

Mira lo que dices, Paulo,
que murió cristianamente,
confesado y comulgado,
abrazado con un Cristo;   2835
en cuya vista, enclavados
los ojos, pidió perdón
y misericordia, dando

2836-2840. Omitidos en K, T y *sueltas*. En vez de estos versos, *como bueno y fiel cristiano,* añadido que permite mantener la asonancia. Hay dos explicaciones posibles: se trata de un corte editorial, suplido con ese verso al advertir que es número impar de versos en pasaje asonante, o bien, K y T corresponden al original, y P es una remodelación de Roque de Figueroa. Me inclino por lo primero.

tierno llanto a sus mejillas
y a los presentes, espanto.   2840
fuera de aqueso, en muriendo
resonó en los aires claros
una música divina,
y, para mayor milagro,
dos Paraninfos se vieron,   2845
que llevaban, entre ambos,
el alma de Enrico al Cielo.

PAULO

¿A Enrico, el hombre más malo
que crió Naturaleza?

PEDRISCO

¿De aquesto te espantas, Paulo,   2850
cuando es tan piadoso Dios?

PAULO

Pedrisco, eso ha sido engaño;
otra alma fue la que vieron,
no la de Enrico.

PEDRISCO

   ¡Dios santo,
reducidle vos!

PAULO

  Yo muero.   2855

2847-2850. Omitidos en T y *sueltas*.

PEDRISCO

Mira que Enrico gozando
está de Dios. Pide a Dios
perdón.

PAULO

¿Cómo [Él] ha de darlo
a un hombre que le ha ofendido
como yo?

PEDRISCO

¿Qué estás dudando?   2860
¿No le perdonó a Enrico?

PAULO

Dios es piadoso.

PEDRISCO

Es muy claro.

PAULO

Pero no con tales hombres.
Ya muero, llega tus brazos.

2858. En P y K, *cómo ha de darlo*. Falta una sílaba. La enmienda es de Hart-zenbusch. AGP y Prieto lo copian sin anotar; Morón y Rogers mantienen el verso original sin advertir el error métrico.

2861. Sigo la lectura de K. En P falta una sílaba. Como observa Rogers «Unless with double hiatus P's line is short. S, 232 and *Cruz* insert "le". H takes "Dios" the first word olf Paulo's reply, to be part of this line and makes "pia-doso" a tetrasyllable».

Procura tener su fin.   2865

PAULO

Esa palabra me ha dado
Dios; si Enrico se salvó
también yo salvarme aguardo (Muere.)

PEDRISCO

Lleno el cuerpo de lanzadas
quedó muerto el desdichado.   2870
Las suertes fueron trocadas:
Enrico, con ser tan malo
se salvó, y éste al infierno
se fue por desconfiado.
Cubriré el cuerpo infeliz   2875
cortando a estos sauces ramos.
Mas, ¿qué gente es la que viene?

(Salen los villanos.)

JUEZ

Si el capitán se ha escapado
poca diligencia ha sido.

VILLANO 2.º

Yo lo vi caer rodando,   2880
pasado de mil saetas,
de los altivos peñascos.

2865-2868. Omitidos en K, T y *sueltas*.
2875-2876. Omitidos en K, T y *sueltas*.

JUEZ

Un hombre está aquí. [Prendedle.]

PEDRISCO

¡Ay, Pedrisco desdichado!
Esta vez te dan carena.   2885

VILLANO 1.º

Este es criado de Paulo,
y cómplice en sus delitos.

GALVÁN

Tú mientes como villano,
que sólo lo fui de Enrico,
que de Dios está gozando.   2890

PEDRISCO

Y yo. (Galvanito hermano,
no me descubras aquí,
por amor de Dios).

2883. En K y P, *un hombre está aquí*. Faltan tres sílabas. Nota de Rogers: «S, 232 and *Cruz* insert "Pero" which stille leaves it short. H adds "Prendedle"». Rogers edita el verso original, pero la enmienda de H parece muy plausible.

2885. *Dar carena*. Término náutico, precisa Covarrubias. «Antiguamente, penitencia hecha por espacio de cuarenta días ayunando a pan y agua. Fig. y familiar, ver *matraca*» (*Diccionario*, 1860). Covarrubias en *matraca* dice: «Cierto instrumento de palo con unas aldabas o maços».

2890-2891. En K y P: *Y yo Galván. / Galvanito hermano*. Nota de Rogers: «Both these lines are short and the sense of the first is incomplete. S, 232 and *Cruz* Omit the first and complete the second by inserting "amigo", which leaves successive lines assonating. H reduces two lines to one: "Y yo— Galvanito hermano", which a similar result».

Si acaso
me dices dónde se esconde
el capitán que buscamos,   2895
yo te daré libertad.
Habla.

PEDRISCO

Buscarle es en vano
cuando es muerto.

JUEZ

¿Cómo, muerto?

PEDRISCO

De varias flechas y dardos
pasado le hallé, señor,   2900
con la muerte agonizando.
En aqueste mismo sitio
[...................................a-o]
le metí.

(Descúbrese fuego, y PAULO *lleno de llamas.)*

Mas, ¿qué visión
es causa de tanto espanto?   2905

2903. En P, al verso 2902 le siguen dos versos innecesarios, incorrectos y que han causado problemas ecdóticos: «JUEZ. Y ¿dónde está el cuerpo? PE-DRISCO: Entre aquestos ramos». Nota de Rogers: «P has these two short lines where the metre requires a single octosyllable. The *sueltas* and *Cruz* mit both». *H* «¿Y dónde está? Entre estos ramos», copiado por AGP y Prieto. Morón modifica en «entre *otros* ramos» sin explicarlo.

2904-2905. En las *sueltas*, Pedrisco dice los versos así: «Pero qué visión es esta / causa de tan gran espanto?», a lo que sigue la acotación: *descúbrese Paulo lleno de llamas.*

Si a Paulo buscando vais,
bien podéis ya ver a Paulo,
ceñido el cuerpo de fuego,
y de culebras cercado.
No doy la culpa a ninguno   2910
de los tormentos que paso,
sólo a mí me doy la culpa,
pues fui causa de mi daño.
Pedí a Dios que me dijese
el fin que tendría en llegando   2915
de mi vida el postrer día;
ofendíle, caso es llano;
y como la ofensa vio
de las almas el Contrario,
incitóme con querer   2920
perseguirme con engaños.
Forma de un ángel tomó
y engañóme, que a ser sabio
con su engaño, me salvara,
pero fui desconfiado   2925
de la gran piedad de Dios,
que hoy a su juicio llegando,
me dijo: «Baja, maldito
de mi Padre al centro airado
de los oscuros abismos,   2930
adonde has de estar penando.»
¡Malditos mis padres sean
mil veces, pues me engendraron!
¡Y yo también sea maldito,
pues que fui desconfiado!   2935

(Húndese, y sale fuego de la tierra.)

2910-2913. Omitidos en todas las *sueltas*.
2914. En las *sueltas: forma de Angel.*
2922. En las *sueltas: que ya a su juicio llegando.*

JUEZ

Misterios son del Señor.

GALVÁN

Pobre y desdichado Paulo.

PEDRISCO

Y venturoso de Enrico,
que de Dios está gozando.

JUEZ

Porque toméis escarmiento   2940
no pretendo castigaros.
Libertad doy a los dos.

PEDRISCO

Vivas infinitos años,
hermano Galván, pues ya
de esta nos hemos librado.   2945
¿Qué piensas hacer desde hoy?

GALVÁN

Desde hoy pienso ser un santo.

PEDRISCO

Mirando estoy con los ojos
que no haréis muchos milagros.

GALVÁN

Esperanza en Dios.

Amigo,   2950
quien fuere desconfiado
mire el ejemplo presente
no más.

JUEZ

A Nápoles vamos
a contar este suceso.

PEDRISCO

Y porque es éste tan arduo   2955
y difícil de creer,
siendo verdadero el caso,
vaya el que fuere curioso
(porque sin ser escribano
dé fe de ello) a Belarmino;   2960
y si no, más dilatado
en la Vida de los Padres
podrá fácilmente hallarlo.
y con aquesto da fin
El Mayor Desconfiado   2965
Y pena y gloria trocadas.
El Cielo os guarde mil años.   2967

FIN

2960. En las *sueltas: a Belarminio.*
2961. Omitido en las *sueltas.*
2964. En las *sueltas: doy fin.*
2965. En las *sueltas: al mayor desconfiado.*

La Ninfa del cielo

Figuras

CARLOS, duque de Calabria
DIANA, su mujer
ROBERTO, su criado
NINFA, condesa de Valdeflor
ALEJANDRO
LAURA
CÉSAR
HORACIO
JULIO
CARDENIO
FABIO
POMPEYO

Una MUJER
Un CORREO
MÚSICOS
Un LABRADOR
La MUERTE
Un Ángel
ANSELMO, ermitaño
SILENO, labrador
EL DIABLO, barquero
EL NIÑO JESÚS
Dos marineros
Tres labradores: ALCINO
    ERGASTO y FILENO

Jornada primera

Sale CARLOS, *duque de Calabria y* ROBERTO, *criado, de caza.*

ROBERTO

¿Dirás que no es necedad
la caza, en que el tiempo pierdes
y lo mejor de tu edad,
pues pasas tus años verdes,
Carlos, en la soledad?   5
   Un filósofo decía
que sólo un bruto podía
en ella asistir contento,
que al humano entendimiento
agrada la compañía.   10
   Tú entre robles y entre tejos
gustas de andar todo el año,
siempre de la corte lejos,
sin que te escarmiente el daño
ni te enfrenen los consejos,   15
   donde vas tras un halcón
que remontado y perdido
imita tu inclinación.

6-15. Omitidos en A.

Los criados siempre han sido,
Roberto, de una opinión.   20
   Dime entre todos a quién
cuándo el gusto ni ejercicio
pareció del dueño bien.
Porque es murmurar su oficio
y estar quejosos también.   25
   Nuestros altos pensamientos
desdicen de los intentos
que tenéis siempre vosotros,
y nunca estáis de nosotros
satisfechos ni contentos.   30
   Somos, cuando no gastamos,
miserables; cuando hacemos
grandezas, locos o extremos;
si callamos, no sabemos;
si somos graves, cansamos.   35
   La grandeza nos estraga,
nada intentamos sin paga;
no hay, cuando más les obliga
nadie que verdad nos diga,
ni bien de balde nos haga;   40
   nunca tenemos amigos,
porque son nuestros criados
necesarios enemigos.

ROBERTO

Serán los poco obligados,
que los cielos son testigos   45
   que te sirvo como un perro,
en el cuidado y lealtad
siguiendo, de cerro en cerro,

---

36. En A, *La llaneza.*
39. En A, *hombre.*
45. En A, *los fieles.*

tu caza o tu necedad,
siempre en perpetuo destierro;   50
   que de esto no he murmurado
por costumbre de criado,
de quien no hay señor seguro,
como hombre humano murmuro
por tu gusto desterrado.   55
   A ser las garzas, señor,
que venimos a volar,
mozas, no fuera rigor
de un Marqués de Mantua andar
hecho siempre cazador,   60
   pero una garza que al cielo
sube, ¿qué me importa a mí
que un neblí la abata al suelo
si mi apetito es neblí
de más ordinario vuelo?   65
   Toda mi volatería
es conquistar a Lucía

---

57. *Volar garzas*. «Suele remontarse en lo alto del aire hasta que se pierde de vista; y el buelo de la garça entre los príncipes, es de particular gusto; y dice otro cantarcillo viejo: *Si tantos monteros / la garça combaten / por Dios que la maten*». En sentido moral, «avisa a las damas se recaten de los servicios extraordinarios de los galanes» *(Covarrubias)*. Se trata de un motivo que Vélez de Guevara desarrolla de forma esmerada en muchas de sus obras. Por limitarse al final del segundo acto de *Reinar después de morir*: «En la falda de este cerro, / que la guarnece de plata / un cristalino arroyuelo / descubrimos una garza / y aunque al remontar el vuelo / perdió la vida, volvió / a vivir, señor, de nuevo; / que no tengo con la garza, / ni jurisdicción, ni empleo, / después que una garza a mí / con viles celos me ha muerto».

59. Marqués de Mantua. El Marqués de Mantua es protagonista de un ciclo de romances carolingios. Agustín Durán recoge algunos en su apartado «Romances sobre el Marqués de Mantua, Valdovinos y Carloto» (355-361). El más conocido es el que empieza: «De Mantua salió el Marqués / Danés Urgel, el leale». Lope de Vega escribió una comedia *El Marqués de Mantua*, fechable hacia 1596, al encontrarse en el manuscrito Gálvez. Según Pellicer, en sus notas al *Quijote*, el romance es de Jerónimo Treviño y está impreso en Alcalá, 1598.

64. *Neblí*. «Especie de halcón de mucha estima. Algunos quieren por esto se aya dicho *quasi* nobli, por su nobleza» *(Covarrubias)*.

66. *Volatería*. «El modo de adquirir o hallar una cosa contingentemente y como al vuelo» *(Diccionario, 1860)*.

o a Marina, que jamás
se resistieron, y es más
descansada montería   70
    comer bien, cenar mejor,
haciendo después, señor,
de la gala y del paseo
alfaneques del deseo
y tagarotes de amor,   75
    y no andar de sierra en sierra
con oficio que embaraza
y a tantos nobles destierra.
Responderás que la caza
es imagen de la guerra,   80
    que es de todos opinión
para que el gusto no atajen
a los que de aqueste son,
y yo digo que a esta imagen
tengo poca devoción.   85
    Siempre que siendo aprendiz
del marqués Danés Urgel,
me pongo el guante infeliz
y luego el halcón en él,
me considero tapiz   90

---

70. En A, *descansada cetrería*.

74. *Alfaneques*. «Pájaro de cetrería, que los caçadores dicen ser diciplinable, calificando a los más, y a él entre ellos, en esta forma: Alas de neblí, coraçón de baharí, cuerpo y cola de girifalte, ojo y vista de borní, presa y garra de sacre, seguridad de alfaneque, riza de tagarote» *(Covarrubias)*.

74. *Tagarotes*. «Cierta especie de falcón, que no debe ser tan estimado como los demás, pero que sirven dél para ayudar» *(Covarrubias)*.

76-94. Omitidos en CB.

87. «Es un Roldán paladín, / un don Urgel de la Maza», *Más pesa el rey que la sangre*, Vélez de Guevara, 96a. El texto de Vélez parece adaptación del romance 355 de Durán: «¡Oh buen paladín Roldane! / ¡Oh valiente Don Urgel!». En el 356 también se insiste: «El marqués Danés Urgel / te envía a suplicare». Dado que el Marqués de Mantua está en el ciclo con Valdovinos y Carloto, es interesante hacer ver que Vélez lo tiene presente en sus textos, y que el nombre Carlos, con rango de aristócrata entronca con el Carloto de los romances: «De Carlos la fama advierte // y oirás decir a su fama / que Francia, el Malo le llama, / y que Carloto con él / no fue vano ni cruel, / ni Paris de Troya llama» *(El amor en vizcaíno,* vv. 992-996).

y pienso que estoy colgado
en la sala de un letrado
entre David y Sansón.

CARLOS

Notable imaginación.

ROBERTO

Estoy, como halcón, templado   95
    y pueden cantar en mí.

CARLOS

¿Dónde dejaste, Roberto,
    nuestros caballos?

ROBERTO

                    Allí
los dejé arrendados.

CARLOS

                    Muerto
por socorrer al neblí   100
    traigo el bayo.

ROBERTO

                    Mi alazán
quiso correr por los vientos,

---

94. En A, *extraña imaginación.*
99. *Arrendados.* «*Arrendar.* Este verbo tiene diversas significaciones, por las
diferentes rayzes de donde puede proceder. Primeramente, si viene de rienda,
latine habena, valdrá tanto como detener el caballo con la rienda, y él se llama
arrendado cuando la obedece» *(Covarrubias).*
101. *Bayo.* «De color dorado bajo que tira a blanco. Es epíteto que se aplica casi exclusivamente a los caballos» *(Diccionario,* 1860).

y pienso que quedarán
aguados como contentos,
según cansados están.   105

CARLOS

No hay que tener del halcón
aquesta noche esperanza

ROBERTO

Ni aun de cenar, que es razón
de quien hace confianza
en mí, en ti castigos son,   110
    que como camaleones
hemos de gustar del viento
donde tu esperanza pones,
que son torres sin cimiento
las alas de tus halcones.   115

CARLOS

Ningún cazador parece
de los míos, ya anochece.
Vamos, aprisa, ¿qué haremos?

ROBERTO

Buscar adonde cenemos,
que Fortuna nos ofrece   120
    aquí una hermosa alquería,
aunque en edificios creo

106-115. Omitidos en CB.
111-113. *Camaleones.* «Es cosa muy recebida de su particular naturaleza
mantenerse del aire y mudarse de la color que se le ofrece en su presencia, excepto la roxa y la blanca, que éstas no las imita (...) Es el camaleón símbolo del
hombre astuto, dissimulado y sagaz, que fácilmente se acomoda al gusto y parecer de la persona con que trata para engañarla» *(Covarrubias).*
121. *Alquería.* «Es la casa sola en el campo donde el labrador dél se recoge
con su gente y hato de labranza por estar lexos de poblado» *(Covarrubias).*

poco de la suerte mía,
hipócritas del deseo:
todo vista y fantasía.   125

CARLOS

No es bien la desautorices,
que del dueño nos ofrece
esperanzas más felices.

ROBERTO

Todo es ventanas, parece
edificio de narices.   130
    Más que el dormir me remedia
a mí el comer, y habrá sido,
como dicen, vida media,
ya que nos hemos perdido
como reyes de comedia.   135

(Suena ruido, dentro, música y bailes pastoriles.)

CARLOS

Gente suena.

ROBERTO

                    Labradores
deben de ser, que de flores
dulcemente coronados,
son ladrones de estos prados
y cantando, ruiseñores.   140

CARLOS

El trabajo y la labor
deben de acabar.

131-135. Omitidos en CB.

ROBERTO

Es cierto,
y se irán a Valdeflor.

CARLOS

Alegre vida, Roberto.

ROBERTO

Para un jabalí, señor.   145

(Salen los músicos. ERGASTO y FILENO, ALCINO, LAURA,
labradores con guitarras y flores, y cantan esta letra.)

Que si viene la noche
presto saldrá el sole,
que si viene la noche
con la luna alegre
pronto saldrá el sole,   150
destos campos verdes
el día y la noche,
presto saldrá el sole.

ROBERTO

Buenas noches, gente honrada.

ERGASTO

Vengan muy enhorabuena   155
que aliñada está la cena.

---

143. *Valdeflor*. Llama la atención en que en uno de los romances sobre el
Marqués de Mantua, los últimos versos hablan de «dejólo en una abadía /
que dicen de Flores Valle». Valdeflor es, además, uno de los pueblos de la Vera,
que Vélez nombra en el entorno de la Serrana: «al capitán, porque hiziera /
la gente pasar a Cuacos, / A Valdeflor o a la Venta» *(Serrana,* vv. 1384-1386).
146-153. Canción hexasílaba. Omitida en CB.

ROBERTO

Más el envite me agrada
    que la música, por Dios.

ALCINO

Debemos de cantar mal.

ROBERTO

Traigo una hambre cerval,   160
aquí para entre los dos,
    y esta es la causa.

ALCINO

                    No habéis
llegado a casa vacía.

CARLOS

¿De quién es esta alquería?

ERGASTO

¿Sois noble y no lo sabéis?   165

CARLOS

    No estuve otra vez aquí,
porque esta vez que he venido
ocasión la caza ha sido
por socorrer un neblí
    que ha que seguimos tres leguas   170
con este mismo cuidado,

---

157. *Envite.* «Ofrecimiento de alguna cosa; especie de invitación» *(Dic.,* 1860).

hasta que la noche ha entrado
pidiendo al cansancio treguas,
   que los caballos están,
de cansados y molidos   175
sobre la hierba rendidos.

LAURA

Ergasto, ¿no es muy galán?

ERGASTO

¿Ya le has mirado?

LAURA

          ¿Pues no?
¿Estoy yo ciega?

ERGASTO

        Ojalá.
Que después, Laura, lo está   180
la que antes, loca, miró.

   Ah, si fueseis las mujeres
ciegas como la Fortuna,
porque no fuera ninguna
de tan varios pareceres;   185
   la vista os echa a perder,
que para nuevos enojos
son basiliscos los ojos
de la más cuerda mujer

---

172. En A, *hasta que la noche ha entrado*.
175. En A, *rendidos*.
188. *Basiliscos*. «Una especie de serpiente, de la qual hace mención Plinio, libro 8, cap. 21. Críase en los desiertos de África, tiene en la cabeça cierta crestilla con tres puntas en forma de diadema y algunas manchas blancas sembra-

No habéis menester oídos   190
ni lengua, que si son bellos
y libres, tenéis en ellos
todos los cinco sentidos,
     que fuerais (no son antojos
sino experiencia de males)   195
bellísimos animales
a haber nacido sin ojos.

LAURA

Pues yo me los sacaré
por no darte pesadumbre.

ERGASTO

Y verás, por la costumbre   200
que tienes de ver.

LAURA

                         A fe
que no imaginé jamás
darte celos.

ERGASTO

                    No son celos,
sino unos nobles recelos
de estimarte, Laura, más.   205

---

das por el cuerpo» *(Covarrubias)*. El *basilisco* es constante en la imaginería del
bestiario de Vélez de Guevara: «al gigante basilisco / de chamelotes escamas»
(Más pesa, 103a); «es un basilisco fiero / contra las honras y vidas» *(El Ollero de
Ocaña,* 145c); «dará ardientes Mongibelos / y basiliscos por guardas» *(ídem,* 149b).
«Adiós, basiliscos negros» *(El amor en vizcaíno,* v. 182); «Cada letras es para mí
/ un basilisco que ví» *(Amor,* 1095-1096).
190-198. Omitidos en A.
194. En A, *bella mujer.*

¿Al fin Ninfa, la condesa
de Valdeflor, vive aquí?

ALCINO

Gusta del campo, y así
la caza también profesa,
   porque después que heredó   210
a Valdeflor, esa villa
que está del mar a la orilla,
como tan moza quedó
   se retiró a esta alquería,
donde de esta suerte pasa   215
que os he dicho.

CARLOS

¿No se casa?

ALCINO

Lindo es aqueso, a fe mía,
   para su condición.

CARLOS

¿Cómo?

---

206. *Ninfa*. «*Nimpha, latine sponsa,* y es nombre griego, y porque las desposadas son muchachas, donzellas y bien apuestas, vinieron a llamar a las deidades de las fuentes y los ríos, ninfas; de allí se dixo paranympho, el padrino o mensajero que va antes del esposo a disponer las cosas» *(Covarrubias)*. El sentido de «ninfa» como «bandolera de monte» y «cantonera» está en la tercera jornada de *El catalán Serrallonga*, escrita por Vélez de Guevara: «Será / del cuarto de las mujeres, / una ninfa que a estas horas / las más noches cantar suele» *(Serrallonga,* 582c).

ALCINO

Da en aborrecerlo, en suma.

CARLOS

Mire que el tiempo es de pluma   220
para esperanzas de plomo,
    y si le deja pasar
pensando verse empleada
en un rey, vieja y burlada
será posible quedar   225
    sin dejarle a Valdeflor
heredero, porque dura
poco la humana hermosura.

ALCINO

No hay en Nápoles, señor,
    que no la haya pretendido   230
para casarse con ella,
y ella a todos atropella
porque no quiere marido;
    su inclinación solamente
es el campo y ejercicio   235
de la caza, y no otro oficio.

ROBERTO

Debe de ser impotente.

CARLOS

Calla, loco.

220-221. *Pluma/plomo.* Retruécano clásico. En *Del rey abajo, ninguno* aparece en el verso *entró entre la pluma el plomo.* La atribución a Rojas Zorrilla de esta obra es muy discutida por los especialistas en Rojas, como McCurdy o Brigitte Whitmann. Puede ser una comedia en colaboración entre Vélez, Calderón y tal vez Rojas, Belmonte o Coello, escrita hacia 1625-1630.

De los hombres,
en tratándole, señor,
de casamiento o amor, 240
aborrece hasta los nombres;
   y, como si un hombre fuera,
hace dos mil maravillas
a caballo en las dos sillas,
y a pie, robusta y ligera. 245
   No hay quien la gane a tirar
todo cuanto alcance a ver,
quien la aventaje a correr
ni quien la rinda a luchar.
   Fatiga al agua y al monte 250
con los perros diligentes,
y con aves diferentes
las que tiene este horizonte,
   y así en el agua, en los vientos
y en la tierra, poder tiene, 255
y a ser absoluto viene
dueño de tres elementos.
   A competir con el sol,
a quien en belleza gana,
salió al campo esta mañana 260
en un caballo español,
   que sobre una piel manchada
mostró tanta bizarría,
que afrentaba los del día,
lleno de espuma dorada. 265
   Sobre una corta basquiña
un vaquerillo sacó

245-248. Omitidos en CB.

254-257. Omitidos en CB.

266. basquiña. «Especie de vestido, ropa o saya, que traen las mujeres desde la cintura hasta los pies, con pliegues para ajustarla sobre las caderas» *(Diccionario, 1860)*. En *La serrana de la Vera*: «alta basquiña de grana / que descubre media pierna» (vv. 2208-2209).

267. *Vaquerillo*. «Vaquero: sayo de faldas largas, como la usan los vaqueros» *(Covarrubias)*.

que pienso que el sol bordó
porque de rayos la ciña;
    formando crespas espumas   270
de oro, el cabello en su esfera,
y sobre él una montera
hecha una selva de plumas,
    cuchillo de monte al lado
y una pistola al arzón;   275
en la otra mano, un halcón.

CARLOS

Bellamente la has pintado.
    Temiera, de verla así,
de Júpiter la real
águila, si a Dánae igual   280
no obligara haberla así
    transformado en lluvia de oro
que su hermosura midió,
y, como despés se vio
por Europa, el blanco toro.   285
    A grande dicha he tenido
perderme, aunque puede ser,
que, de ver esta mujer,
Roberto, esté más perdido.

ROBERTO

    No hayas miedo, que no tienes   290
tan honrada inclinación;
si esta mujer fuera halcón
pudiera ser.

---

270. *Crespas*. «Propiamente se dice del cabello quando está rizo o entortija-
do; dízese también de las hojas de algunas plantas quando están encarrujadas»
(Covarrubias).

275. *Arzón*. «Arzones: trasero y delantero en la silla». Vélez de Guevara:
«Yo una rodela / traigo al arzón del caballo» *(Ollero,* 117c); «y del arzón /
esa caza quite Antón» *(Serrana,* vv. 245-246).

280-285. *Dánae*. El hermoso cuadro de Tiziano es un buen ejemplo de la
pervivencia del mito de Dánae en el Renacimiento.

CARLOS

Lindo vienes.

ALCINO

Estimará la condesa
hospedar vuestra persona   295
por lo que el talle os abona
que siempre hacerlo profesa,
    que a muchos que por aquí
pasan, lo mismo hacer suele.

CARLOS

¿No es hora ya de que vuele?   300

ERGASTO

No tardará, porque así
    a recibirla salimos
todas las noches cantando
a estas mismas horas, cuando
vuelve de caza, y venimos   305
    cantando delante de ella,
y bailando, que le agrada
esta llaneza, cansada
de la corte.

ROBERTO

    No hay doncella
de tan extrañas costumbres   310
amiga siempre de andar
y por los montes cazar
entre brutos y legumbres,

siendo mujer tan hermosa.
Tórtola debió de ser   315
antes que fuese mujer;
no puede ser otra cosa,
    porque tanta soledad
sin admitir compañía
es de la sospecha mía   320
que fue tórtola, en verdad.

ERGASTO

Pues la condesa, nuesa ama
viene.

CARLOS

Hermosura excelente.

ERGASTO

Vengas con bien.

CARLOS

                    Justamente,
Roberto, Ninfa se llama.   325

(Repiten los músicos la letra y sale la NINFA *a caballo, con halcón en la mano por el paseo, sube al tablado con gente de casa, que vendrá con ella, y con las señales de vestido que se ha dicho.)*

---

315. *Tórtola.* «Del nombre latino *turtur,* ave conocida, especie de paloma pequeña (...) Es symbolo de la mujer biuda que muerto su marido no se buelve a casar y guarda castidad» *(Covarrubias).* Vélez de Guevara: «Salí a caza esta mañana / cuando vi una tortolilla / que entre los chopos lloraba / su amante esposo perdido» *(Reinar,* 113b).

Que si viene la noche,
presto saldrá el sole,
que si viene la noche,
con alegre luna
presto saldrá el sole   330
de vuestra hermosura
el día y la noche;
presto saldrá el sole.

NINFA

Pasead ese caballo
antes que al pesebre vais.   335
con él.

ALCINO

Con salud vengáis,
que no hay labrador vasallo
vuestro, señora, que viendo
vuestra divina hermosura
respete la noche oscura   340
que entra estos campos vistiendo.
Agora empieza a nacer
de vuestros ojos la aurora,
y en estos prados, señora,
el abril a florecer;   345
agora el sol ha salido
y las aves le han cantado,
el alba aljófar llorado
y las fuentes se han reído.

---

328. En A, *Gallardía excelente*.

342-349. Omitidos en CB.

348. *Aljófar*. «Es la perla menudica que se halla dentro de las conchas que las crían y se llaman madre de perlas» *(Covarrubias)*. Vélez de Guevara: «A duras penas enjuta / del aljófar del rocío» *(Los hijos de la Barbuda*, 127a).

Guarde Dios a todos pues.   350
¿Qué se ha hecho todo el día?

LAURA

Desear, señora mía,
estos prados vuestros pies;
   vuestros ojos, estas fuentes,
vuestras rosadas mejillas   355
las alegres maravillas;
los jazmines, vuestros dientes,
   que en tanto que estos alcores
aguardan, con vuestro aliento
buenas nuevas daba el viento,   360
mensajero de las flores;
   y a vuestro hermoso arrebol
haciendo nosotros salva,
como pájaros al alba
esperábamos al sol.   365

NINFA

A tus ojos, Laura, hacían
estas lisonjas, que son
albas de más perfección
que a la del sol desafían.

ERGASTO

¿Cómo os fue en fin por allá?   370
¿Hallasteis en la laguna
garzas?

---

356. *Maravillas.* «Cierta flor conocida» *(Covarrubias).* «Jamás, príncipe, permitas / que tu Inés vea las flores, / porque en viendolas, corridas, / no se atreven a crecer, / y tras sí propias, perdidas / siendo maravillas todas / dejan de ser maravillas» (Vélez de Guevara, *Reinar después de morir,* III jornada).

358. *Alcores.* «*Alcor.* Colina o collado» *(Diccionario,* 1860).

358-361. Omitidos en CB.

Y entre muchas, una
que es cometa pienso ya.

ERGASTO

¿De qué suerte?

NINFA

        Yo llegué
a la parte que esos cerros   375
la cercan, y con los perros
del agua la levanté,
   y, por dar al viento velas,
quité, luego que la vi,
el capirote al neblí,   380
las lonjas a las pigüelas.
   Hizo una punta en el cielo
y ella temiendo la punta,
al mismo cielo se junta
desmintiendo al neblí el vuelo;   385
   revuelve el halcón las alas,
y tan alta punta dio,
que encima de ella se vio,
poniéndole al cielo escalas.
   Vuelve a bajar como el viento,   390
y el neblí sobre ella baja
que parece que la ataja
por el mismo pensamiento;
   el pico en ella arrebola
dos veces, y al viento iguala,   395

---

380. *Capirote*. «Capirote de halcón, es una armadura justa a la cabeça del pájaro hecha de cuero, y con echársele no vee nada, y está quieto en la mano y en el alcándara» *(Covarrubias)*.
381. *Pigüelas*. «Las correas con que se guarnecen los gavilanes y halcones» *(Covarrubias)*.

y por debajo del ala
le descompone la cola.
    Otra vez la garza sube
con más fuerza que bajó,
y junto al sol pareció   400
él, átomo, y ella, nube;
    llegó el neblí a acometella
y pienso que en este estado
la dio, en el cielo sagrado
el sol, por alguna estrella,   405
    que nunca más pareció,
y deslumbrado el neblí,
hecho un Ícaro, de allí
a la laguna bajó;
    Socorrilo, y a la tarde,   410
adonde la garza eché,
dos martinetes volé.

ALCINO

Muchos años Dios te guarde
    para gloria y para honor
de estos campos.

ROBERTO

           Bien, por cierto.   415

CARLOS

Admirado estoy, Roberto,
no vi hermosura mayor.

---

408. *Ícaro*. Símbolo típico de la caída de los cielos por imprudencia.
412. *Martinetes*. «Martin del río. Una avezica que anda por las riberas, de cuyas plumas se hacen penachos para las gorras y sombreros; son los martinetes especie de garçotas» *(Covarrubias)*.

NINFA

¿Quién es este caballero?

ROBERTO

¿No dirá, ¡cuerpo de Dios!,
vueseñoría, estos dos?   420

NINFA

Tenéis talle de escudero
    suyo, más que de su igual.

ROBERTO

De talle sois entendida.
Mucho sabéis, por mi vida.

CARLOS

Aparta.

ROBERTO

    Trátame mal   425
    porque no parezca bien.
¡Oh, envidia, en cualquiera parte
tu veneno se reparte!

CARLOS

Tiemblo y ardo en su desdén,
    con ser mayor su hermosura.   430

(Dale el halcón y guantes a un criado.)

ROBERTO

Luego, ¿estáis enamorado?

CARLOS

Y loco.

ROBERTO

Aun ese cuidado
es disculpada locura.

CARLOS

Quiero gozar la ocasión
de haberme tan bien perdido.   435

NINFA

Vos seáis muy bien venido.
¡Hola, tomad ese halcón!

CARLOS

Téngame vueseñoría
por su esclavo.

NINFA

Yo lo soy.

CARLOS

Roberto, temblando estoy.   440

ROBERTO

¡Qué amorosa cobardía!

CARLOS

Otro neblí me ha traído,
que socorrer pretendí,

más de tres leguas de aquí
donde tan dichoso he sido   445
  y espero tanto favor.

La persona y ejercicio
de la caza, dan indicio
de vuestra sangre y valor.
  Cuando os falte ese neblí   450
y no le podáis cobrar,
bien podéis en su lugar
serviros del que está aquí,
  que a fe que no es menos bueno
que el vuestro, y le estimo en más   455
que a Valdeflor, pues jamás,
estando el cielo sereno,
  se le escapó, si no es hoy,
en el viento martinete
o garza que no sujete.   460

CARLOS

Puesto que buscando voy
  el que perdido no está,
no es razón ni cortesía
quitarle a Vueseñoría
lo que estima tanto ya.   465
  Antes presentarle entiendo
algunos, que aún tengo más
con que servirla.

NINFA

                 Jamás,
cuando dar algo pretendo,
  di lo que menos estimo,   470
porque no es dádiva aquella
en que el dueño no atropella
grande valor.

No me animo
a ofreceros cosa mía,
que para vuestra grandeza   475
corto don es la riqueza
que toda el Arabia cría.

NINFA

Conforme a mi condición
no tiene cosa ninguna
de cuantas da la fortuna   480
de valor.

CARLOS

Tenéis razón.

NINFA

Sólo estimo en el presente
el valor de quien le da;
mas hacer ofertas ya,
es lisonja impertinente,   485
    y entrad donde descanséis,
que el halcón que habéis perdido
puede ser, si aquí ha caído,
que al nuevo sol le cobréis,
    que no es mala esta posada   490
para una noche.

CARLOS

Es favor
que ya de vuestro valor,
de que estáis acreditada
    honrando esta soledad,
no puedo dejar, señora,   495
de recibir.

Desde ahora
será vuestra la mitad,
    y toda entera también
para cuando algunos días,
venciendo melancolías   500
que los trabajos os den
    de la corte, andéis cazando
y lleguéis a esta alquería
que honráis.

CARLOS

Si Vueseñoría
de esa suerte me va honrando   505
    quedaré, para servilla,
siempre corto y obligado.

NINFA

Si os hubiera bien hallado
mañana en esta casilla
    y os quisieseis detener   510
a divertir algún día
en caza o pesca os podría
alguna lisonja hacer,
    porque el Duque generoso
de Calabria, cuyos pies   515
besan esos mares, que es
tan rico y tan poderoso,
    no me podrá aventajar.

ROBERTO [A CARLOS]

Pienso que te ha conocido.

CARLOS

¿Cómo, estando sin sentido?   520

Que estos campos y este mar
   diferentemente arados,
me dan feudo a esta alquería,
cada noche y cada día
de cazas y de pescados   525
   que me tributa Neptuno
con el anzuelo y las redes.

CARLOS

Ser quiero de estas mercedes
agradecido importuno,
   y por fuerza he de aguardar   530
algunos criados míos
que por mar, valles y ríos
perdidos deben de andar,
   y no sé si tanto ya
como yo.

NINFA

   No lo estáis mucho.   535

CARLOS

¡Oh, cielos! ¿Qué es lo que escucho?

ROBERTO

Picada pienso que está
   también; déjala poner
en el anzuelo que mira,
y luego el carrete tira   540
que también Ninfa es mujer.

CARLOS

Roberto, es Ninfa del cielo.

Está en carne humana ahora.

NINFA [*Aparte*]

¡Buen talle de hombre!

CARLOS

Señora,
que soy grosero recelo   545
en deteneros aquí.

NINFA

Vamos.

CARLOS

No digas quién soy.

ROBERTO

Ya sobre el aviso estoy.

CARLOS

Mayor belleza no vi.

ROBERTO

Habla, atrévete, importuna,   550
no acobardes los sentidos,
pues a los más atrevidos
favorece la Fortuna.

CARLOS

Temo el natural desdén.

ROBERTO

Nunca quien teme venció.   555

NINFA

Venid. (No me pareció
hombre en mi vida más bien)
    ¿Cómo os llamáis?

CARLOS

                        Yo, señora,
Carlos.

NINFA

    Buen nombre tenéis.

ROBERTO

Y, para lo que mandéis,   560
yo, Roberto, y seré ahora
    por vos, Roberto el Diablo.

NINFA

Carlos, atrevido andáis.
[*Aparte*] (Dentro del alma os entráis.)

---

562. *Roberto el Diablo*. Vélez de Guevara: «No fue Roberto el Diablo / tan
emberrinchado monstruo» *(La luna de la sierra*, v. 844). Nota de L. Revuelta:
«Roberto el Diablo, Roberto I el Diablo, Duque de Normandía de 1027 a 1035,
famoso por su crueldad y prodigalidad. Es el héroe de varias leyendas, entre
ellas un famoso poema del siglo XIII, que inspiró la ópera del mismo nombre
de Meyerbeer».

ROBERTO

¿A quién digo, con quién hablo?   565
   También soy de carne y hueso,
labradora celestial.
Que estoy herido del mal
de vuestros ojos confieso,
   que dentro el alma me ha hecho   570
cosquillas, y estoy perdido.
Una mano sola os pido.

NINFA

Esa os hará más provecho.

ERGASTO

   Hidalgo, apártese un poco,
no se le llegue tan cerca   575
a la labradora.

ROBERTO

            ¿Es terca?
¿Tira coces?

CARLOS

Yo voy loco.

ROBERTO

Yo, necio.

NINFA

           ¿En qué ha de parar
tanto porfiar, Amor?
Que me hueles a traidor,   580
¡ay Carlos!

LAURA

Volvé a cantar.

Músicos

Que si viene la noche,
presto saldrá el sole.

(Vanse cantando todos y dentro se hará mucho ruido de mari-
neros como que desembarcan, y dicen de dentro:)

MARINERO 1.º

Hasta que sople más el viento, amaina;
tomaremos el faro de Mesina   585
con más próspero viento.

MARINERO 2.º

                              Echa el esquife;
tomaremos de tierra algún refresco.

MARINERO 1.º

Y por lo menos agua en esa playa.

MARINERO 3.º

Acosta, echa las áncoras.

584-586. Omitidos en CB.

585. *Mesina.* El puerto de Sicilia en el estrecho de Mesina.

587. *Esquife.* «Género de baxel pequeño que suelen llevar las galeras y los
navíos para su servicio, y para pasar de uno en otro o para llegar a tierra» *(Co-*
varrubias).

589. *Áncoras.* «Instrumento de hierro muy conocido, con dos arpones; sirve para afirmar las naves y retenerlas. Ay una mayores que otras, y la muy
grande llamaron los antiguos *sacra ancora,* por ser el postrer remedio en la tempestad» *(Covarrubias).*

MARINERO 1.º

Da fondo.

MARINERO 2.º

¡Fondo, fondo!

(Sale ROBERTO *a un lado del tablado o en alto.)*

ROBERTO

¡Notable vocería!   590

MARINERO 2.º

De aquí saldremos a la luz del día.

ROBERTO

Nave llega a la playa y fondo han dado,
que de aquestos balcones con la luna
las blancas velas amainar se han visto:
o viene de Mesina o pasa el faro   595
cuyo estrecho de mar términos pone
a las Sicilias dos, siendo de Ríjoles
el puerto de Mesina opuesta playa.
¡Qué calma goza el mar! Dátiles pide;
déselos, pues los tiene, Berbería.   600
¡Oh, mala bestia quien de ti se fía! *(Entra* CARLOS.*)*

---

594. *Amainar*. «Vale afloxar alargando la mano, y es término náutico (...)
como los marineros que navegando a vela tendida por aver arreziado el viento, y con temor de perderse, cogen velas» *(Covarrubias)*.

597. *Ríjoles*. «En el año 1618 el Capitan Simon Costa partio de Rijoles, ciudad del Reyno de Nápoles, con tres galeras reforzadas a la vuelta de Levante» (G. González Dávila, págs. 77-78). Ríjoles es la forma castellana de Reggio
de Calabria, en la costa italiana del estrecho de Mesina, frente al puerto de
Mesina.

CARLOS

¡Roberto!

ROBERTO

¿Qué hay, señor?

CARLOS

Dichosas nuevas.

ROBERTO

¿Hay heredero en Nápoles acaso?
¿El neblí pareció? ¿Qué traes de nuevo?

CARLOS

La ventura mayor que el cielo ha dado   605
a un tierno, a un loco, a un firme enamorado.

ROBERTO

¿Tan presto estás enamorado, tierno,
loco y firme? Notable viento corre.
Vuelve a cenar, que estás desvanecido,
que yo lo estoy mejor de haber bebido,   610
porque en entrando aquí pregunté luego
del santo botiller por la posada,
y con tanto jamón seis veces tuve
de vino de Pusílipo las veces,
aunque para mi sed bastaban heces.   615
Pero dime el suceso de tu historia.

---

612. *Botiller*. «El que tiene a su cargo la botillería» *(Covarrubias)*.

614. *Pusílipo*. Posílipo o Pusílipo es un palacio o castillo en el puerto de Nápoles. Diego Duque de Estrada en sus *Comentarios* lo menciona: «Corríanse
toros en Nápoles, así en el patio del palacio que los Virreyes tienen en Pusílipo como en la plaza de las caballerizas del Palacio».

CARLOS

Roberto, Ninfa pienso que me quiere,
o me engaña mi propio pensamiento.

ROBERTO

A mí me preguntó si eras casado
cuando entraba contigo.

CARLOS

                                   ¿Y qué dijiste?   620

ROBERTO

Que no, por no decir verdad en nada.

CARLOS

La mentira, Roberto, fue acertada.

ROBERTO

Preguntóme tu estado, y respondile
que eras señor de doce mil ducados
de renta, de los nobles de Sicilia,   625
aunque era de Calabria tu familia.

CARLOS

Todo eso importa para el bien que aguardo;
gozarla determino.

ROBERTO

                                   ¿De qué suerte?

---

627. En A, *todo importa.*

CARLOS

Con una dama suya me ha enviado
a decir que me quiere hablar a solas;   630
que en abriendo la puerta de un retrete
que en esta parte está, con el recato
que es necesario, llegue, y me apercibe
que como quien soy haga, y yo pretendo
engañarla, Roberto, con la mano   635
de marido, y gozar la más hermosa
mujer que vio Calabria ni vio Grecia
o Troya para incendio.

ROBERTO

                          ¿Y si es Lucrecia
en los intentos castos?

CARLOS

                          ¡Ah, Roberto!
¿Qué mujer hay, en la ocasión, tan fuerte   640
que salga vencedora, y no vencida
de un hombre tan a solas persuadida?

ROBERTO

Y, ¿qué piensas hacer después?

CARLOS

                                  Estarme
gozando esta belleza algunos días,
alargando las vanas esperanzas   645
del casamiento, pues lo quiere el cielo;
que fuese su marido si Diana
me faltara esta noche.

ROBERTO

                        A su Excelencia
guarde mil años Dios, pues es tan justo
que vale más su vida que tu gusto.   650

CARLOS

Están locos y ciegos los amantes
y yo lo soy, Roberto. No te espantes.

ROBERTO

Ya han abierto el retrete, y la condesa
pienso que está a la puerta.

CARLOS

                        Pues retírate.

(Sale la NINFA *medio desnuda con una vela y llámale de la
puerta.)*

NINFA

Ah, Carlos. ¿Mi señor está esperando?   655

CARLOS

Yo el alma por sus ojos abrasando.

ROBERTO

Entróse, ¡vive Dios! La ninfa quiere
serlo esta vez, según las muestras miro,
de la gorra del Duque de Calabria.

---

659. *Duques de Calabria.* La referencia histórica del Ducado de Calabria está
en el nieto de Fernando el Católico, ya mencionado en la maliciosa Crónica
de Francesillo de Zúñiga hacia 1525.

Obligación me corre de esperalle,   660
aunque es mejor aquí que no en la calle.

(Vanse y salen los marineros.)

MARINERO 1.º

Ya con el alba parece
que empieza el viento a soplar.

MARINERO 2.º

Y del faro estrecho, al mar
alegre pasaje ofrece.   665
    Antes que otra vez el sol,
que vuela en doradas plumas,
vuelva a la cama de espumas
para el ocaso español,
    si este viento por bolina   670
dura, y en favor está,
fondo habremos dado ya
en el puerto de Mesina.

MARINERO 3.º

    Ninguna señal da el cielo
que favorable no sea   675
donde la nave desea.

MARINERO 4.º

De los vapores del suelo
    a la parte de Levante,
unos celajes están,

666-673. Omitido en A.
670. *Bolina.* «La cuerda con la pesa que se echa en la mar para reconocer la hondura que tiene» *(Covarrubias).*
679. *Celajes.* «Nubes muy raras y sutiles, y casi siempre de color rojo, o de fuego, más o menos vivo, aparecen al tiempo de salir y de ponerse el sol» *(Diccionario,* 1860).

que esperanzas ciertas dan   680
de viento, y en el semblante
    de la luna nos señala
el cierzo que os dije yo
cuando anoche se escondió
al dar fondo en esa cala.   685

MARINERO 2.º

Y ayer se vieron delfines
en el mar, en conclusión,
que, cuando muchos no son,
se esperan prósperos fines.

MARINERO 1.º

Nunca dejaron jamás   690
esas señales ser menos.
Están los cielos serenos.

MARINERO 4.º

Ya se ha declarado más
    el viento con la mañana.

MARINERO 2.º

Pues las áncoras alcemos   695
y al dulce Levante demos
el trinquete y la mesana.

(Salen CARLOS *y* ROBERTO.)

690-692. En A: «Nunca faltaron jamás / esas señales, Leumeno, estando el cielo sereno».

697. *Trinquete y mesana.* «Mesana, la vela que va en medio del navío» *(Covarrubias).* «*Trinquete,* el palo arbolado más próximamente a la proa» *(Diccionario,* 1860).

¿Si va a Mesina, Roberto?
Será desmentir espías
dudando en las prendas mías.   700

MARINERO 1.º

Gente hay, hermano, en el puerto.
  Deben de querer pasaje.

CARLOS

En ella nos embarquemos,
que de aquí a Mesina iremos
con poco matalotaje.   705
  De allí, volviendo a pasar
al faro en una tartana
daré en Calabria mañana,
que no hay diez millas de mar,
  que esta es nave aragonesa   710
que a Sicilia, para Malta
viene por trigo, y sin falta
va a Mesina.

ROBERTO

        ¿Y la condesa?
¿Y Ninfa?

CARLOS

        No sé, Roberto.
Ya sigo nuevos cuidados.   715

---

705. *Matalotaje.* «La prevención de comida que se lleva en el navío o galera» *(Covarrubias).*
706. En A, *gente hay, Leumeno, en el puerto.*
707. *Tartana.* «Un navichuelo pequeño» *(Covarrubias).*

¿No esperas a tus criados?

CARLOS

Que se han vuelto es lo más cierto
  a la corte.

ROBERTO

          No te acabo
de entender.

CARLOS

          Bien fácil es
si sabes lo que después,   720
cuando el apetito esclavo
  de sí mismo, se redime
con la victoria alcanzada
cansa una mujer gozada,
aunque el amor más le anime.   725
  Y más, si de las promesas
resultan obligaciones.

ROBERTO

Pues, ¿no gozan exenciones,
Duque, las que son condesas,
  tan nobles, tan estimadas   730
que fueron soles y lunas?

CARLOS

Roberto, todas son unas
en llegando a ser gozadas.

717-756. Omitidos en CB.
729-730. El orden de estos dos versos está alterado en A.

ROBERTO

No ha durado sola un hora.

CARLOS

César en la empresa fui,   735
que partí, llegué y vencí,
y vuelvo la espada ahora
que es más triunfo.

ROBERTO

                 ¿De qué suerte
la dejas?

CARLOS

        Durmiendo queda,
porque persuadirse pueda   740
que soñó cuando despierte.

ROBERTO

Esta vez, en su despecho,
en su tragedia cruel
hará de Olimpia el papel,
pues tú el de Vireno has hecho.   745
   y a la nave y al mar cano
dará voces como loca,
subida en una alta roca.

735-736. *Veni, vidi, vici.* Referencia clásica a Julio César. En Vélez: «Yo llegué, engañe y vencí» *(Serrana,* v. 2049).

737. En A, *vuelvo la espalda,* que parece *lectio facilior.*

744-745. Olimpa y Vireno. Episodio esencial del *Orlando furioso* de Ludovico Ariosto. Vélez de Guevara lo usa como eje de construcción del final del primer acto de *La serrana de la Vera.* Hay varios romances sobre Olimpa y Vireno, y, como mínimo, una excelente comedia de Pérez de Montalbán. En varias obras de Vélez aparece mencionado el motivo ariostesco: «Esta virenada / con la de Olimpa francesa / juntará la vizcaína» *(El amor en Vizcaíno,* vv. 1742-1744).

Y será el quejarse en vano.
   Esta es la traza mejor   750
que por tierra ser pudiera
que, ofendida, me siguiera
y fuera el daño mayor
   si llegara a los oídos
de la Duquesa.

ROBERTO

        ¿El neblí   755
al fin dejamos aquí?

CARLOS

¿No basta llevar sentidos?

MARINERO 1.º

El viento ha picado el mar
favorable al marinaje.

MARINERO 2.º

Buen viaje.

MARINERO 3.º

       Buen pasaje.   760

MARINERO 4.º

¡Alto, a embarcar, a zarpar!

---

754. Omitido en A.
759. *Marinaje.* «El ejercicio de la marinería» *(Diccionario,* 1860).

ROBERTO

¿Estos fueron los amores
y finezas?

CARLOS

Ten por cierto,
que antes de gozar, Roberto,
todos somos habladores.   765

(Vanse todos. Sale NINFA *en faldellín y el cabello suelto, dando voces alborotada a sus criados.)*

NINFA

¡Hola, hola! ¿No hay ninguno
que me responda? No vela
sino sólo mi cuidado.
¡Hola! Mi desdicha es cierta.
¡Hola, hola! El eco mismo   770
aun me da escasa respuesta,
que una mujer desdichada
endurece hasta las piedras.
¡Hola!

(Salen ALCINO, LAURA, ERGASTO *y gente.)*

ALCINO

¿Qué mandas, señora?

ERGASTO

Voces daba la condesa.   775

NINFA

¿Sabéis de Carlos?

ALCINO

¿Qué Carlos?

NINFA

Uno que el alma me lleva.

LAURA

¿Carlos le ha llevado el alma?
Loca está.

NINFA

    ¿No se os acuerda
del huésped que encontré anoche   780
y le di posada y cena,
y el alma con la posada,
para partirse con ella?

ALCINO

¿No quedó contigo a solas?

NINFA

¿Por qué averiguo sospechas   785
que están ya tan de su parte
del desengaño?

ERGASTO

    ¿Qué ofensas
te ha hecho el huésped ingrato,
que lloras y te lamentas,
para que tomando todos   790
tus labradores sus yeguas,
le sigamos, aunque el viento
tomar por sagrado quiera?

¿Qué mayor ofensa, amigos,
que el honor, pues es la fuerza   795
del gusto, en la libertad
del albedrío la prenda
más respetada del alma,
y la joya que más precia
la noble sangre en la vida,   800
pues no se estima sin ella?
Seguidle todos, seguidle,
y si hiciere resistencia
para no volver, matadle...
No, no le matéis, no muera...   805

ALCINO

¿Qué determinas, señora?

NINFA

No sé, amigos, dadme apriesa
un caballo tan veloz
que a mi pensamiento exceda,
que yo seguiré su alcance   810
mejor, porque en la carrera
vencerle entiendo volando
que siempre Amor alas lleva.

ERGASTO

Ya están por él.

NINFA

Ya se tardan.

805-806. Omitidos en A.

¿Qué novedades son éstas
de honor y de amor, Ergasto?

815

NINFA

¿Qué esperáis?

(Entra FILENO.)

ALCINO

Ergasto vuela.

FILENO

Si te ha ofendido, señora,
el que anoche en esta mesma
casa albergaste con tanto
noble decoro y grandeza,
ya es imposible vengarte,
que esa nave aragonesa
que al mar da velas ahora
de verse en el mar soberbia
burlándose de tus iras
a tu ingrato huésped lleva,
no sé si a Italia o Sicilia,
a Francia o Ingalaterra,
que al primer reír del alba
le vi embarcándose en ella,
viniendo de hacer un lance
para que con varia pesca
tan vil huésped regalases,
y alargándose de tierra
dieron las velas, zarpando,
que ya del viento se empreñan,
a cuya soberbia ayudan
los clarines y trompetas,

820

825

830

835

con la saloma ordinaria,   840
las flámulas y banderas;
mas vuelve, y verás la nave
que ya del puerto se aleja.

NINFA

Calla no más, que me matas,
y esos clarines que suenan   845
al viento, son de mi muerte
músicos de mis obsequias.

(Suenan dentro chirimías y ruido de embarcarse.)

¿Es verdad esto que miro?
Villano huésped, espera,
que te me vas con la paga,   850
si no es la paga mi afrenta.
¿Dónde me llevas el alma,
que con tan grandes ofensas
echará al fondo el navío,
que más que la tierra pesan?   855
¿Cómo, huésped enemigo,
por dulces abrazos truecas
olas del mar, y una casa
que a tantos vivos encierra?
Monstruo fiero, en quien las jarcias   860
parecen nervios y venas,

---

840. *Saloma.* «Acción o efecto de salomar». *Salomar:* «Gritar el contramaestre o guardián diciendo varias retahilas, para que al responder a ellas tiren todos a un tiempo del cabo que tienen en la mano» *(Diccionario,* 1860)

847. *Obsequias.* «Las honras que se hazen a los difuntos, del nombre latino *exequiae,* que en rigor avíamos de dezir exequias» *(Covarrubias).* Vélez de Guevara, «Seguro puedes hacer / del muerto rey las obsequias» *(Ollero,* 151c).

860. *Jarcias.* «Los adereços de la nave o galera... y por ser muchas cosas y muy menudas llamamos jarcias los argadijos, cachivachos, instrumentos para pescar y otras cosas» *(Covarrubias).* En Vélez: «donde las hojas son jarcias», *(Cantillana,* 163a).

860-863. Omitidos en CB.

caballo del mar con alas,
que para mi daño vuelas.
Cárcel movediza, arado
de las olas, que no dejas,   865
acabando de pasar
la señal del surco apenas,
monte arrojado en las aguas,
cuyas secas arboledas
son mástiles y mesanas,   870
raíces, cables y cuerdas.
Caballo griego preñado
de traiciones y promesas,
para fuego de la Troya
que dentro en mi pecho queda.   875
¡Plega a Dios que en un escollo
o en algún banco de arena
dejes la gavia y las jarcias
y la quilla en las estrellas!
¡Rayos los cielos airados   880
en tu plaza de armas lluevan;
el viento te lleve el árbol,
el agua, las obras muertas!
A la pelota contigo
de la mar y de la tierra   885
jueguen los vientos, y falta
hagan en alguna peña,
y ese ingrato que llevas,
cuando todos escapen, solo muera.

---

876. *Escollo*. «*Escoglio* es palabra toscana; *scoglio* vale peñasco, del nombre latino *scopulus*» *(Covarrubias)*. Vélez: «troncos y ramas, que intrincan / y enredan estos escollos» *(Amor*, vv. 814-815). «Una montaña de escollos / de diamantes» *(Tres portentos)*.

878. *Gavia*. «En una significación vale el cesto o castillejo, texido de mimbres, que está en lo alto del mástil de la nave» *(Covarrubias)*.

882-883. *Árbol y obras muertas*. «Llamamos árboles los mástiles de los navíos» *(Covarrubias)*. *Obra muerta*. «Las obras exteriores de una embarcación que no están bañadas por el agua. Muchos dan este nombre, más comúnmente y con más propiedad, a la parte del casco que se eleva sobre cubierta» *(Diccionario*, 1860).

ALCINO

Mira quién eres, señora.   890
Vuelve en ti.

NINFA

          Dejadme. Fuera,
que estoy loca, que me abraso.

LAURA

¿Hay desdicha como aquesta?

NINFA

Dejadme todos, dejadme.   895
¿Qué importa que yo perezca?

ALCINO

Mucho importa a tus vasallos.

NINFA

¿Para qué queréis condesa,
y una señora afrentada
con la culpa de esta pena?
Pero yo me vengaré   900
de este agravio, de esta ofensa,
aborreciendo las vidas
de los hombres, de manera
que hasta topar con mi ingrato
he de matar cuantos vea,   905
porque es bien que paguen todos

---

904. En A, *hasta encontrar*.

lo que un hombre solo peca,
y saliendo a los caminos
como víbora sedienta
de su sangre, me pregono   910
por pública bandolera,
y de no tener al cielo,
juro, con hombre clemencia
hasta morir o vengarme.

ALCINO

¿De quién eres no te acuerdas,   915
señora?

NINFA

                    Ya de la nave
no se descubren apenas
los penoles de la gavia.
¡Mal haya, amén, la primera
mano ingrata que estas tablas   920
con resina, pez y brea,
juntó para mi desdicha
y para tantas ofensas!
Pero, ¿de qué cosa pudo,
en la mar como en la tierra,   925
ser la codicia inventora,
que no fuese enorme y fea?
¡Qué lejos va de los ojos!
Ya parece que al sol llega,
tendidas las alas pardas,   930
el águila de mi ofensa.
¡Oh, aleve máquina! Bajes

---

918. *Los penoles de la gavia. Penol:* «Náut. Punta o extremo de las vergas»
(Diccionario, 1860).

919. *¡Malhaya...!* En Vélez: «¡Malhaya, padre, quien fía / de sus mismos
pensamientos / las palabras de los hombres» *(Serrana,* vv. 2100-2102).

al centro pedazos hecha,
porque enseñes las entrañas
que tantos males encierran,   935
y ese ingrato que llevas,
cuando todos escapen, solo muera.

(Vanse todos.)

Fin de la primera jornada, de Luis Vélez.

Segunda jornada

Salen DIANA *y* CARLOS, *duque de Calabria.*
CARLOS, *muy galán, de cortesano.*

DIANA

Tristeza sin ocasión
llámela Vueseñoría
natural melancolía.   940

CARLOS

Duquesa, tenéis razón:
triste sin causa me siento.

DIANA

¿Cuándo vos serlo soléis,
si no es, Duque, que lo estéis
de algún nuevo pensamiento?   945
   Siempre la melancolía
es efecto natural,
y, desde el principio, mal
que con la sangre se cría.
   Esta es imaginación,   950
no propia naturaleza;
llamadla, Duque, tristeza
que habra tenido ocasión.

CARLOS

Tristeza o melancolía,
yo estoy sin gusto.

DIANA

                    Será   955
de alguno nuevo.

CARLOS

                    Ya está
cansada Vueseñoría. *(Vase.)*

DIANA

La que llega a cansar a su marido
no ha menester en las celosas flechas
averiguar testigos de sospechas   960
ni hacer linces los ojos ni el oído.
    Ni importará sacar contra el olvido
de amor, las paces una vez deshechas,
con suspiros, con lágrimas y endechas,
agua del alma y fuego del sentido.   965
    Excusar de querellas me parece
haga en su curso Amor, que es apetito
y aquello que le privan le apetece,
    que si estrecharle a celos solicito
es prisión en que más se ensoberbece,   970
y añadir a un delito otro delito.

---

954. *Melancolía.* En la teoría clásica de los cuatro humores, el estado de ánimo producido por la bilis negra. La *Anatomía de la melancolía* de Robert Burton (1623) detalla y explica la sintomatología de la enfermedad.

961. *Linces.* «Animal de aguda vista que algunos llaman lobo cerval». En Vélez aparecen ambas acepciones. «Oso, ni lobo cerval» *(Amor,* v. 229). «Que linces los miedos son» *(Tres portentos,* 10).

(Entra ROBERTO.)

ROBERTO

Aquí la Duquesa está.
Siempre que por no encontrarla
determino barajarla,
más veces la encuentro.

DIANA

Ya   975
viene en su busca Roberto
y de encontrarme le pesa.

ROBERTO

Ya me ha visto la Duquesa.

DIANA

¿Habrán hecho algún concierto
para sus melancolías?   980

ROBERTO

¿No estaba, señora, aquí
el Duque, mi señor?

DIANA

Sí,
Roberto, ¿qué le querías?

ROBERTO

¿Yo? Servir a su Excelencia;
llamóme y vine a buscarle.   985

¿Adónde quieres llevarle?
¿Hay nueva dama en Cosencia?
    ¿Ha venido fruta nueva
a la corte, que llevar
al Duque, que en el lugar   990
antes que nadie la prueba?
    ¿Tráesle recado o papel
de alguna nueva que alcanzas?
¿Hay ya nuevas esperanzas?
¿Muéstrase menos cruel?   995
    ¿Dice que hablará esta noche
al Duque, cuando dormido
esté el padre o el marido?
¿Quiere joyas? ¿Pide coche?
    ¿Qué tenemos?

ROBERTO

                    Vuexcelencia   1000
hacerme merced solía.

DIANA

¡Qué gentil hipocresía!
Ya me falta la paciencia.
    ¿Qué merced os he de hacer
si sé que sois su alcahuete?   1005

ROBERTO

Que a Vuexcelencia respete
siempre, forzoso ha de ser.
    Pero miente el lisonjero,
Vuexcelencia me perdone,
que de envidia mal me pone   1010
con quien agradar espero
    más que al Duque, mi señor,
porque ven que en su privanza

tanto mi ventura alcanza.
Antigua plaga y rigor   1015
   de criados a señores,
que en viendo tanta ocasión,
como no los oigan, son
lisonjeros y habladores.
   No tienen penas pequeñas   1020
por los chismes que engendraron
los primeros que inventaron
los escuderos y dueñas.
   ¡Mal haya tan mala gente,
aunque entre con ellos yo!   1025

DIANA

¿Cuándo, Roberto, se vio
condenarse el delincuente
   si no es dándole tormento?

ROBERTO

Esos músicos cobardes
hacen en palacio alardes,   1030
sin él, de culpas de viento.

DIANA

   Roberto, lo que yo veo
no lo he menester oír.

ROBERTO

¿Qué es lo que quiere decir
Vuexcelencia?

DIANA

                        Que deseo   1035
   que al Duque no divirtáis,
que sé que sirve la caza

de estratagema y de traza
para lo que deseáis,
    y que sabéis, con achaque   1040
de socorrer un neblí,
perderos los dos, y así
sin que otro ninguno os saque
    el rastro en más de seis días
donde más gusto tenéis.   1045
Libres os entretenéis
a costa de penas mías.
    Esto y otras cosas sé
aquí y fuera del lugar
que se pueden remediar.   1050
O yo las remediaré.

ROBERTO

    Mire Vuexcelencia bien
que me está tratando mal,
que al Duque le soy leal
y a Vuexcelencia también;   1055
    que más que a mí no es razón
dar crédito a aduladores;
mas ya es plaga en los señores
la primera información.

DIANA

    Esto sé de cierta ciencia;   1060
procurad vos que se impida,
que os haré quitar la vida,
por vida de su Excelencia. *(Vase.)*

ROBERTO

    ¡Oh, palacio cruel, casa encantada,
laberinto de engaños y de antojos   1065
adonde todo es lengua, todo es ojos,
cualquiera cosa es mucho, todo es nada!

Galera donde rema gente honrada
y anda la envidia en vela, haciendo enojos;
hospital de incurables, que a hombres cojos   1070
das siempre una esperanza por posada.
    Calma del tiempo, sueño de los días,
pues son viento las pagas de tus gajes,
vano manjar de camaleones buches.
    Sean tus escuderos chirimías,   1075
órganos, tus lacayos y tus pajes;
tus dueñas y doncellas, sacabuches. *(Entra* CARLOS.)

CARLOS

Pues, Roberto, ¿dónde vas?

ROBERTO

A pedirle a Vuexcelencia
para dejarle licencia.   1080

CARLOS

¿Qué dices?

ROBERTO

                    No pienso más
servirle en toda mi vida.
Más quiero estarme en mi casa,

1074. *Camaleones buches.* «Buche: el ventrículo del animal... y muchas veces
por metáfora sinifica declarar lo que uno tiene secreto en su pecho; de aquí
quieren se aya dicho bucha el alcancía donde se guarda el dinero, porque van
echando en ella como la vianda en el buche» *(Covarrubias).* El término «camaleones» en este contexto es adjetival.
1076. *Chirimías.* «Instrumento de boca, a modo de trompeta derecha sin
buelta, de ciertas maderas fuertes, pero que se labran sin que tengan repelos
porque en los agujeros que tienen se ocupan casi todos los dedos de ambas las
manos» *(Covarrubias).*
1077. *Sacabuches.* «Instrumento de metal que se alarga y recoge en sí mesmo;
táñese con los demás instrumentos de chirimías, cornetas y flautas» *(Cov.).*

que aguardar la dicha escasa
de una esperanza perdida.   1085
    No lo pasaré muy bien,
mas con mi pobre caudal
vendré a hallarme en menos mal
y más dichoso también,
    que me basta el no servir   1090
y la quietud, por riqueza.

CARLOS

Vahídos traes de cabeza;
gana me das de reír,
    y en el estado en que estoy
no es pequeña maravilla.   1095

ROBERTO

Rico con una escudilla
como el filósofo voy,
    que le pareció después
que le sobraba, advirtiendo
uno que estaba bebiendo   1100
con la mano.

CARLOS

                No me des
    más pesadumbres, Roberto,
pues sabes que nadie alcanza
conmigo mayor privanza.

ROBERTO

Que me haces mercedes, cierto.   1105
    pero es con grande embarazo,
que quien sirva a señor ya

1097. La anécdota de la escudilla corresponde a Diógenes el Cínico.

                    casado, es como el que está
                    malo del hígado y bazo;
                        que lo que aprovecha al uno   1110
                    suele hacer al otro daño.

                             CARLOS

                    Ha sido el ejemplo extraño.

                             ROBERTO

                    Ya yo no seré importuno
                        en explicar el ejemplo.

                             CARLOS

                    Ya estoy aguardando, di.   1115

                             ROBERTO

                    En mi señora y en ti
                    bazo e hígado contemplo.
                        Tú eres el hígado, y ella
                    ha de ser por fuerza el bazo;
                    remedios de agrado trazo   1120
                    ayudado de mi estrella,
                        de entretener y servirte;
                    y el bazo, que es mi señora,
                    sospechas y celos llora
                    de agradarte y divertirte,   1125
                        y, si dejándote a ti,
                    al bazo quiero agradar
                    con pretenderle llevar
                    chismes de aquí para allí,
                        luego el hígado está malo,   1130
                    y anda en mudanzas de luna
                    el hombre en baja fortuna,
                    aquí el mando y allí el palo.
                        Ya el bazo mucho se enfría,
                    ya el hígado se calienta,   1135

374

ya la opilación se aumenta,
ya se engendra hidropesía;
   uno es flaco y otro es fuerte
y ambos a dos embarazo,
y ando, con hígado y bazo,   1140
entre la vida y la muerte.

CARLOS

   ¿Qué es lo que te ha sucedido
de nuevo?

ROBERTO

                Llamóme ahora
alcahuete mi señora;
dándome de prometido,   1145
   por lo menos, de la vida
tan escasas esperanzas,
que me estorban tus privanzas.

CARLOS

De celos está perdida.

ROBERTO

   Pues, ¿hay novedad ahora   1150
con repentina afición?

CARLOS

Memorias pasadas son
que el alma por sueños llora.

1137. *Hidropesía*. «Enfermedad de humor acuoso, que hincha todo el cuerpo... Algunas veces se toma por la avaricia, porque el hydrópico, por mucho
que beva, nunca apaga su sed, ni el avariento por mucho que adquiera, su codicia» *(Covarrubias)*. Vélez usa a veces el *basilisco* como emblema de la hidropesía: «sabrán, hechos basiliscos / llenos de hidrópica sed» *(TAfVen,* 588b).

¿Cómo memorias pasadas?

CARLOS

Ninfa me tiene sin mí.   1155

ROBERTO

¿Con eso sales aquí?

CARLOS

Pienso que fueron robadas
    las glorias que soñé entonces,
y envidio, Roberto, ahora,
pues su ausencia me enamora.   1160

ROBERTO

La afición tienes de gonces,
    que la vuelves a mil partes.
Arpón de amor te has tornado,
no te entenderá un letrado.

CARLOS

Tiene Amor extrañas artes,   1165
    Roberto, de perseguir
al que de él piensa que sale
libre cuando al viento iguale,
y ufano piensa vivir.
    Después que llegué a Cosencia,   1170
Roberto, con las memorias
de tantas soñadas glorias,
pierdo el seso y la paciencia,
    que la ausencia las más veces
acrecienta la pasión   1175
y despierta la afición.

ROBERTO

De más colores pareces
    que el arco que pinta el cielo.

CARLOS

El amor me ha condenado
la ingratitud en cuidado   1180
y la mudanza en recelo.
    Loco estoy, Ninfa me abrasa.
¿Qué haré, Roberto?

ROBERTO

                        No sé,
que al bazo dañar podré.

CARLOS

Eso de límite pasa.   1185
    Deja necedades ya,
acude al remedio mío.

ROBERTO

Por fuerza habrá de ser frío
para el calor con que está
    del hígado vuexcelencia;   1190
olvidos son menester.

CARLOS

Y eso, ¿cómo puede ser,
si más me abrasa su ausencia?

ROBERTO

    Pues al remedio acudamos
del clavo que uno a otro saca.   1195

CARLOS

Esa no es buena triaca
para mi veneno.

ROBERTO

Vamos
a verla.

CARLOS

Ese es el mejor.

ROBERTO

Cuando es tan grande dolencia,
aplica al dolor de ausencia   1200
ungüento de ojos Amor.
    Mas, ¿con qué suerte ha de ser,
si mi señora, con traza
ha condenado la caza
con que la quisieras ver   1205
    a costa de otro neblí,
puesto que así no podías
gastar allí muchos días?

CARLOS

Pues ello ha de ser así:
    Yo he de fingir que he tenido   1210
del Rey mañana una carta
en que me manda que parta
a Nápoles, advertido
    que con diligencia sea,
que en la corte a mi persona   1215

1196. *Triaca.* «Es un medicamento eficacíssimo compuesto de muchos simples, y lo que es de admirar, los más dellos venenosos, que remedia a los que están emponçoñados con cualquier género de veneno» *(Covarrubias).*

378

a cosas que a la corona
son importantes se vea.
    Así, con pocos criados
y por la posta, saldré
de Cosencia, y fin daré   1220
a tan prolijos cuidados
    que ya me tienen a pique
de morir, y claro está
que a mis disculpas dará
crédito que certifique   1225
    la fineza de mi amor.

ROBERTO

¿Piensas hablarla verdad
en lo que a tu calidad
toca?

CARLOS

            Ya fuera rigor,
    Roberto, el fingido trato.   1230

ROBERTO

¿Y el casamiento?

CARLOS

                    No sé.
Vamos, que yo trataré
cómo no parezca ingrato,
    y estará toda sospecha
segura con lo que trazo.   1235

ROBERTO

Plega a Dios no dañe al bazo
lo que al hígado aprovecha.

(Vanse, y tocan una caja y van saliendo, de bandoleros, ALE-
JANDRO, CÉSAR, HORACIO, ADRIANO y todos los más
que pudieren salir, y luego NINFA, triste, con basquiña, corza
y vaquero y un tahalí con algunas pistolas, y espada y monte-
ra, con plumas y bastón.)

NINFA

Este es buen puesto por hoy
en los que he mandado estén
esos soldados con quien   1240
dando guerra a Italia estoy
    y al mundo, que aunque la humana
sangre toda de él vertiera,
satisfecha no estuviera
mi hidrópica sed tirana,   1245
    que, siendo eterna homicida,
no tendrá, con la que vierte,
mayor amigo la muerte,
mayor contrario la vida;
    que con la fiereza extraña   1250
que al paso esperando estoy,
un risco, un escollo soy
de aquel mar, de esta montaña;
    tanto, que llego a temer
que han de venirme a faltar   1255
vidas que poder quitar,
muertes que poder hacer.
    Y de mi cólera fiera
pienso, de crueldad armada,
que no he de quedar vengada   1260
cuando todo el mundo muera.

ALEJANDRO

Quien mira tu gentileza
publica, Ninfa, que bajas
a matar con dos ventajas
de hermosura y de fiereza   1265

que, dando a los enemigos
muerte fiera con tus manos,
con tus ojos soberanos
no perdonas los amigos.
    Mira, si a todos maltratas, 1270
de qué modo han de seguirte
los que pretenden servirte
pues de guerra y de paz matas.
    Todos tus armas tememos,
porque vienen más armados 1275
tus ojos que tus soldados;
pero, ya que no podemos
    escapar de ser despojos
de tu belleza invencible,
enséñanos, si es posible, 1280
a defender de tus ojos.

NINFA

    Alejandro, yo te he hecho
a ti y a César, mi honor
fiando, y viendo el valor
del uno y el otro pecho, 1285
    capitanes de quinientos
hombres que se me han llegado,
escogiendo, por sagrado
de sus libres pensamientos,
    esta montaña en que estoy 1290
del real camino y playa
más vigilante atalaya
donde en mi venganza soy
    una esfinge cada día
dando, despeñando, muerte 1295
a cuantos su corta suerte,
y dichosa suerte mía,
    pasan, muriendo, a mis manos,
y lo mismo te prometo
si me pierdes el respeto, 1300
por los cielos soberanos;

porque no estoy con los hombres
tan bien que he de perdonarlos,
puesto que salgo a matarlos,
aborreciendo sus nombres,   1305
    tus locos atrevimientos
puedes desde hoy refrenar,
porque sabré castigar
palabras y pensamientos.

ALEJANDRO

    Perdona si te ofendieron,   1310
que a tu valor no vencido,
atrevimientos no han sido;
alabanzas solas fueron
    que yo estimo.

NINFA

                  No es materia
para hablar en ella más.   1315

ALEJANDRO

Con razón airada estás.

CÉSAR

Hoy, por fuerza, de la feria
    de Salerno han de pasar
percachos y mercaderes.

NINFA

No ofendáis a las mujeres;   1320
los hombres podéis matar

1318. *Salerno*. Ciudad y golfo al sur de Nápoles. Abunda en leyendas populares, de las que el teatro ha usado en abundancia.
1319. *Percachos*. Italianismo.

robándoles cuanto llevan,
que yo solamente quiero
las vidas; tomá el dinero
vosotros y no se atrevan   1325
    a hacer ofensa a ninguna
mujer, que le colgaré
a quien gusto no me dé.
Toda la mala fortuna
    corran los hombres, que son   1330
los que me ofenden, no más,
y escarmiente a los demás
mi fiera satisfacción.

CÉSAR

    De diferentes cabezas
tienes llenos esos tejos   1335
que parecen, desde lejos,
fruta que dan sus malezas.
    Sin las que ha tragado el mar.

NINFA

¿A cuántos di muerte ayer?

CÉSAR

Noventa deben de ser.   1340

NINFA

¿Que no pudieron llegar
a ciento? Corta tarea.
Yo la llenaré otra vez,
que hoy han de ser ciento y diez.

1335. *Tejos.* «Árbol conocido y semejante a la haya, cuyas uvillas o bacas son venenosas, y particularmente en España; *vide Plinium,* lib. 16, cap. 10. *Latine dicitur taxus,* de aquí se dixo tóxico o tósigo, el veneno» *(Covarrubias).*

ALEJANDRO

No hay quien de una mujer crea   1345
    extremo tan inhumano.

(Dice dentro una mujer, muy lastimada:)

Venganza, cielos, os pido.

NINFA

A ver qué es ese ruïdo.
Vaya Horacio y Adriano,
    que parecen de mujer   1350
esas quejas.

HORACIO

                Los dos vamos
a servirte.

ADRIANO

                En esos ramos,
sin duda debe de ser.

NINFA

Si es mujer, no permitáis
que la ofendan.

HORACIO

                Será así   1355
como lo mandas. *(Vanse.)*

NINFA

                O aquí,
donde estoy y donde estáis,

colgaré a quien la ofendiere
de un roble.

ALEJANDRO

Justo rigor.

NINFA

Y lo demás no es valor,   1360
sino vileza.

(Vanse ALEJANDRO *y* CÉSAR. *Entra* POMPEYO.)

POMPEYO

Si fuere
tan dichoso que a mi intento
corresponda mi crueldad,
hoy gozo mi libertad
sobre las alas del viento.   1365

NINFA

¿Dónde vas, hombre?

POMPEYO

A buscarte,
si eres Ninfa, la condesa.

NINFA

Aunque ser quien soy me pesa,
quién soy no puedo negarte.
¿Qué quieres?

POMPEYO

Como he sabido   1370
que, ofendida y agraviada,

con la pistola y la espada
rayo de Calabria has sido,
   y que en ella son tus nombres,
Ninfa, monstruo del honor,   1375
Condesa de Valdeflor
y enemiga de los hombres;
   y que en Calabria has juntado
los más fuertes y animosos,
aleves y sediciosos,   1380
yo a tu valor me he inclinado,
   y a este famoso ejercicio
con que matas tantos hombres
de tan diferentes nombres,
porque agradarte codicio,   1385
   y servirte juntamente
colgada dejo de un roble
a mi mujer, que aunque es noble,
honrada, casta y prudente,
   es propia mujer en fin,   1390
que le basta por delito,
y al viento en tu busca imito.

Ninfa

Ha sido para tu fin,
   que yo no amparo crueldad
contra mujer, que esa es sola   1395
la empresa que sigo. ¡Hola,
de ese roble le colgad,
   adonde le puedan ver,
y la misma muerte siga
con un letrero que diga: 1400
«Por traidor a una mujer».

1373. *Calabria.* «La extrema región de Italia, que tiene forma de península cuyo isthmo o estrecho de tierra es camino de un día desde Taranto a Brindez. Antiguamente se llamó *Peucetia et Mesapia: Dauniorum. Iapyum et Salentinorum regiones*» *(Covarrubias).*

POMPEYO

¡Señora!

NINFA

Llevadle.

POMPEYO

El cielo
me castiga justamente.

(Entran ADRIANO *y* HORACIO, *con la mujer.)*

HORACIO

Esta es la mujer.

NINFA

Detente.

MUJER

Mayor desdicha recelo.   1405

NINFA

¿No la dejaste colgada?

ADRIANO

Con las espadas cortamos
el cordel cuando llegamos.

NINFA

La intención ejecutada,
    merece el propio castigo   1410
a su pensamiento doble;
colgadle del mismo roble.

MUJER

Señora, aunque es mi enemigo,
    es mi marido, en efecto;
no le matéis.

NINFA

                ¿Qué mujer   1415
llegar pudo a aborrecer
cuando tuvo amor perfecto?
    Mi ejemplo he mirado en ti.
Levanta, mujer. No muera,
y será la vez primera   1420
que hombre he perdonado aquí.
    Y agradezca que ha traído
por padrino a una mujer,
que con mirarse a ofender,
a ser su vida ha venido   1425
    que no escaparas así.

POMPEYO

Beso tus pies, que yo voy
arrepentido, y no estoy,
después que te escuché, en mí,
    que te pintaban más fiera   1430
de las señales que das.

NINFA

Soylo con hombres no más;
hasta que mi ingrato muera
    tú te quedarás conmigo
ahora, y a tu mujer   1435
podrán soldados volver
a tu lugar.

POMPEYO

Pues contigo
seré un Pompeyo, que así
es mi nombre.

NINFA

¿De dónde eres?

POMPEYO

De Casano.

NINFA

    Si no fueres   1440
hombre de importancia, aquí
   no ha de faltar el castigo
para el que a infamias se atreve,
y no es bien consigo lleve
tu mujer a su enemigo.   1445

MUJER

Como muerte no le des
hácesme grandes mercedes.

NINFA

Partirte a Casano puedes
al punto.

MUJER

Beso tus pies.

Una escuadra de soldados, 1450
Horacio, baje con ella
porque no pueda ofendella
nadie.

HORACIO

Ya están aprestados.

MUJER

Dete la Fortuna el bien
que darte, señora, puede. 1455

POMPEYO

Como yo con ella quede
viva mil años, amén.

(Llevan la mujer y entran por otra parte dos bandoleros, FA-BRICIO y JULIO, con el correo con su maleta.)

FABRICIO

Entra, borracho.

NINFA

¿Qué es eso?

FABRICIO

Este es, señora, un correo.

NINFA

Días ha que le deseo. 1460
Lleva la maleta peso.

CORREO

Todo es cartas.

NINFA

                    Pues tú llevas
famosa mercadería,
pues vas la noche y el día
de papel cargado y nuevas.   1465
    ¿De dónde vienes?

CORREO

                    Señora,
de Nápoles.

NINFA

        ¿Qué se dice
allá de mí?

CORREO

        Apenas hice
venta en Nápoles un hora,
    cuando me hicieron con esto   1470
pasar a Trento.

NINFA

            Si fuera
al otro mundo, pudiera
ser que llegaras más presto.

1471. *Trento*. Célebre por su concilio, está al Norte de Italia.

¿De qué suerte?

CÉSAR

                    Hay un despacho
para el infierno. ¿Qué dudas?   1475

CORREO

Debéis de servir a Judas
que fue calabrés.

ALEJANDRO

          Gabacho.
De humor vienes.

NINFA

                    Abrid luego
entretanto esa maleta
que descansa la estafeta,   1480
y no dejes ningún pliego
     que no abráis, para saber
lo que hay de nuevo en la corte,
quizá podrá ser que importe.

1476. *Judas calabrés.* Judas era despensero de Cristo, según los Evangelios. La malicia aquí va por los despenseros calabreses. Vélez alude a esto en *Cantillana,* al referirse a un despensero: «mira que tienes mal nombre / desde Judas». Mucho más detallado, en *Los tres portentos de Dios,* 11: «mete a Judas con los pobres / en una ocasión tan rara / y más siendo despensero».

1477. *Gabacho.* Covarrubias no registra esta popular voz por «francés». «Nombre con que familiarmente se moteja a los franceses naturales de los Pirineos, y por extensión a todos los franceses y a su idioma» *(Diccionario,* 1860).

¿Qué descanso ha de tener   1485
   quien vuestro rigor espera
sin daros más ocasión?

NINFA

Acabad.

CORREO

   Mirad que son
despachos del rey.

JULIO

Afuera.

NINFA

Id deshaciendo los pliegos.   1490

ALEJANDRO

Mostrad acá. ¡Qué cruel
embarazo de papel!

NINFA

(Abre la maleta, va sacando los papeles.)

   ¡Qué de engaños, qué de ruegos,
   qué de avisos, qué de amores,
qué de agravios, qué de miedos,   1495
qué de mentiras y enredos,
qué de trampas, qué de flores,
   de falsas correspondencias,
de engañadas amistades,

de veras, de necedades,   1500
buenas y malas ausencias
    deben de venir aquí!
César, empieza a leer.

CÉSAR

Aquí dice: «A mi mujer»

NINFA

Abre el pliego.

CÉSAR

            Dice así: 1505
«Dos meses ha...»

NINFA

            No prosigas.
En su afrenta te aconseja
hombre que dos meses deja
a su mujer.

ALEJANDRO

        Bien le obligas
si él lo llegara a escuchar.   1510

CÉSAR

«A Lisarda», dice aquí.

NINFA

Léela.

Comienza así:
«Dueño mío, si de amar
   tu soberana hermosura,
el amor no me pagara   1515
volviéndome loco...»

NINFA

                    Para,
que ése es ingrato, y procura
   engañar a esa mujer,
porque si bien la quisiera
adonde ella está, estuviera.   1520
Rompe.

CÉSAR

Ya empiezo a romper.

NINFA

¿Qué pliego es ese?

CÉSAR

                    A Sisberto,
mercader, dice.

NINFA

                    Será
cédula alguna.

1524. *Cédula*. Hay distintos tipos de cédulas. Aquí puede ser la bancaria: «con que el provisto por Roma en beneficios de España y Portugal afianzaba en la dataría el pago de la pensión que le imponían al tiempo de proveerle en una prebenda o beneficio» *(Diccionario,* 1860). En Vélez: «Esta cédula firmada / del nombre tuyo, señor» *(Cantillana,* 172c).

CÉSAR

Aquí está.

NINFA

Que fue para mí es más cierto.   1525
¿Qué es la cantidad?

CÉSAR

                Dos mil
escudos a luego vista.

NINFA

¿A quién?

CÉSAR

        A Claudio Bautista
y a Juan María Gentil.

NINFA

Genoveses son, por Dios.   1530
¿Que se han de dar por la posta?
Estos, de ayuda de costa
se tomen para los dos,
    César y Alejandro.

ALEJANDRO

            El cielo
edades largas te guarde.   1535

NINFA

Y partiránse esta tarde
a cobrarlos.

Todo el suelo
de la Europa a tus pies sea
alfombra más merecida,
y de tu fama y tu vida   1540
los eternos siglos vea.

NINFA

Pasa adelante.

CÉSAR

                «Gaceta»,
dice aquí: «A Celio».

NINFA

                          Esas son
nuevas.

CÉSAR

El primer renglón,
si el pecho no te inquïeta,   1545
    con tu nombre empieza.

NINFA

                          Di,
que no hay cosa que mi pecho
sobresalte, satisfecho
del valor que vive en mí.

CÉSAR

Ninfa, Condesa de Valdeflor, olvidando quién es, viéndose burla-
da de cierto caballero, con quinientos hombres y más anda robando
por los caminos de Calabria y matando cuantos encuentra y abrasan-

*do los lugares convecinos, y por mandado del rey, han pregonado su
prisión en diez mil ducados y libertad de los delitos, y si fuere compañero suyo el que trujere su cabeza, muchas más mercedes.*

NINFA

No pases más adelante,   1550
que a la estafeta que lleva
ese pliego, por la nueva
quiero dar porte importante.
   ¡Hola, echad esa estafeta
para que pueda llegar   1555
presto al infierno, en la mar,
puesta al cuello esa maleta!

CORREO

¡Piedad!

NINFA

No hay piedad, villano.
Llevadle luego de ahí.

CÉSAR

Por el viento desde aquí   1560
le verás ir al mar cano.

(Llévanle y entra ANDRONIO *y* HORACIO, *con dos músicos, de camino, con capas al hombro y la guitarra debajo del
brazo.)*

ANDRONIO

Llegad.

1551. *Estafeta*. «El correo ordinario de un lugar a otro, que va por la posta,
y tomó el nombre de estafa, que es el estribo» *(Covarrubias).*

398

NINFA

¿Quién son estos dos?

MÚSICOS

Músicos, señora, somos.

ANDRONIO

Y tenéis mejores lomos
para un remo.

MÚSICOS

                    Guárdeos Dios   1565
por la merced.

NINFA

                    ¿Dónde vais?

MÚSICO 1.º

A Nápoles.

CÉSAR

Linda gente.

NINFA

¿Y es música solamente
la pretensión que lleváis?

MÚSICO 2.º

Señora, sí, que en la corte   1570
suele estimarse.

NINFA

Cantad,
que yo os diré la verdad,
y si no es cosa que importe,
    aquí os quedaréis mejor
y excusaréis de cuidados.   1575

MÚSICO 1.º

¿Cómo?

NINFA

    De un roble colgados
o en el mar. Perdé el temor
    cantad pues.

MÚSICOS

    Danos licencia
para templar.

NINFA

    No cantéis
si habéis de templar. ¿No veis   1580
que tengo poca paciencia?

MÚSICO 1.º

    Las primas serán, no más.
Escucha.

1580. *Templar*. «Vale acordar y poner en su punto las cuerdas de las bigüe-
las, los caños de los órganos y de los demás instrumentos» *(Covarrubias)*.
1582. *Primas*. «En los instrumentos de cuerdas, como vihuela y guitarra, la
cuerda prima y más delgada» *(Covarrubias)*.

Ya estoy atenta,
aunque no quiere mi afrenta
que esté con gusto jamás.   1585

(Cantan:)

Bordaba el alba las flores
que afrentó la noche fría;
cantaban al son las aves,
lloraban las tortolillas,
cuando, buscando los brazos   1590
del Duque Vireno, Olimpa
sombras ciñe, engaños toca,
despierta, llora y suspira,
salta del desierto lecho,
y del mar, su arena pisa,   1595
y de la peña más alta
la nave del Duque mira.

NINFA

Arrojad esos villanos
a la mar, pues con Olimpa
y con Vireno me cantan   1600
ejemplos de mi desdicha.

MÚSICO 1.º

Señora...

NINFA

Arrojadlos luego
de esas peñas más vecinas,
que son cisnes que cantando
hoy mi muerte solicitan,   1605
y dejadme todos sola
porque no quiero a la vista
tener ningún hombre.

Vamos. *(Vanse.)*

NINFA

¡Ay, memorias enemigas,
qué fuego habéis en el alma   1610
revuelto, qué de mentiras,
qué de promesas y agravios,
qué de palabras fingidas!
¡Ah, Vireno, fiero el mar
cuyas mudanzas imitas   1615
con ingratitudes tantas,
te dé sepulcro!

*(Salen CARLOS y ROBERTO, con las espadas desnudas y sus
pistolas defendiéndose de HORACIO, ALEJANDRO y CÉ-
SAR, y otros bandoleros.)*

CARLOS

                        Las vidas
hemos de vender muy bien;
que también pólvora aspiran
y balas estos cañones,   1620
y son de acero estas limpias
espadas.

ALEJANDRO

Rendíos, villanos.

ROBERTO

Mentís, y las obras sirvan
en lugar de las palabras,
bandoleros de mentira.   1625

(Ahora salen todos.)

NINFA

Teneos. ¿Qué es esto? Apartad,
no los ofendáis.

CARLOS

       ¿No es Ninfa
ésta, Roberto?

ROBERTO

      Señor,
o es su imagen, o ella misma.

NINFA

¿No es aquéste Carlos, cielos?   1630
¿O es del alma fantasía?
¿Es sueño?

CÉSAR

      Los tres están
suspensos.

CARLOS

      Notable dicha.

NINFA

Ven acá. ¿Cómo te llamas?

CARLOS

Carlos.

Él es.

CARLOS

¿Qué te admiras?   1635

NINFA

Pienso que ha sido ilusión.

CARLOS

Y para mí el verte, Ninfa.

NINFA

No acierto a tomar venganza,
con estar de ti ofendida
y haber sido la fatal   1640
ocasión de mis desdichas.
Por ti solo, ingrato Carlos,
poniendo la sangre mía
en olvido, y los abuelos,
que mi nobleza acreditan,   1645
soy pública bandolera,
del cielo y suelo enemiga,
no perdonando, agraviada,
a ningún hombre la vida,
y hoy la tuya, ingrato huésped,   1650
me pagará...

CARLOS

              No prosigas,
que es tuya, Ninfa, y no es bien
que acabes tu vida misma.
A buscarte, cielo hermoso,

y a disculpar mi huida
vengo. Mátame, si quieres,　　　　　　　　1655
como tú contenta vivas,
que yo sé que no podrás
sacarte del alma mía.

NINFA

¡Ay, sirena! ¿Otra vez cantas?　　　　　　1660
Vuélvete al mar, no me rindas.

CARLOS

Porque entiendas, Ninfa hermosa,
de la suerte que te estima
el alma, hablarte verdades
amor y sangre me obligan.　　　　　　　1665
El Duque soy de Calabria,
casado, por mi desdicha,
con Diana, la duquesa,
del rey de Nápoles hija.

NINFA

¿Qué dices?

CARLOS

Esto que escuchas.　　　　　　1670

NINFA

No me vengas con mentiras.

CARLOS

Esta fue ocasión, señora,
para dejarte ofendida,
que Amor, antes de obligado,

imposibles facilita. 1675
Sirvió de nube la nave
que iba entonces a Mesina
para encubrirte quién era
si los pasos me seguías.
Pensé vivir sin tus ojos, 1680
y es imposible que viva,
y vuelvo loco a buscarlos.
Amor fue, no fue malicia;
cuando llegué a ese repecho
que el camino determina 1685
de Nápoles a Calabria
desnudando las cuchillas
y caladas las pistolas
con gallarda bizarría
estos soldados diciendo 1690
«Detente», al paso salían.
Mataron al postillón
antes de dejar la silla,
y por no morir rendido
con villana cobardía, 1695
de las postas a la tierra
salto, haciendo que me sigan
con Roberto dos criados
que en mi servicio venían.
A la primera rociada 1700
mueren los dos, y a la vista
poniéndonos las pistolas,
de las nuestras no vencidas,
temerosos, hasta el puerto
en que estamos, nos retiran, 1705
donde, como por milagro,
las hermosas maravillas
de tus ojos nos dan puerto,
nos dan gloria, nos dan vida;
que, puesto que de la gente 1710

1692. *Postillón*. Covarrubias la registara en «postas». Véase v. 1770.

vulgar, escuchado había
esta novedad, jamás
le di crédito.

CÉSAR

¿Qué miras?

ALEJANDRO

Loco estoy, César. ¿Qué es esto?
Muero de celos y envidia.   1715
¡Vive Dios que favorece
en extremo a solas Ninfa
a este cobarde, a este ingrato!

CÉSAR

¿Eso en mujeres te admira,
y más en ésta, Alejandro?   1720

CARLOS

Mi bien, traza, determina
tu gusto.

NINFA

Mata a Diana.

ROBERTO

Sentencia es definitiva;
si yo apelare por ella
a nueva chancillería   1725

1725. *Chancillería.* «La Audiencia Real, como es la de Valladolid, Granada
y las demás» *(Covarrubias).* «Ant. El importe de los derechos que se pagan al
chanciller por su oficio» *(Diccionario, 1860).*

mil y quinientos me peguen
con un clavo en la barriga.

CARLOS

Tanto puedes en mi pecho
que si mil vidas tendría
mil vidas por ti quitara.   1730

NINFA

Duque de Calabria, mira
que me has dado la palabra,
y si de esta fe te olvidas,
Troya volverá a Cosencia
hasta mirar sus cenizas.   1735

CARLOS

Esta palabra te doy
y mano desde este día
de esposo.

NINFA

Tuya soy, Carlos.

ALEJANDRO

Celoso estoy. Muera Ninfa
pues sirvo al rey y a mis celos.   1740

(Echa el gatillo a la pistola y no da lumbre.)

No dio fuego. ¡Qué desdicha!

NINFA

¿Qué es esto, villano?

ALEJANDRO

                    Aguarda,
detente.

CARLOS

¡Qué alevosía!

NINFA

¿Qué te obligó a darme muerte?

ALEJANDRO

Ya digo.

NINFA

Habla.

ALEJANDRO

                    Codicia   1745
de tu talle y celos. Dame
muerte, que es bien merecida.

NINFA

Yo te perdono. Levanta,
que aunque las causas pedían
castigo, y más esta infamia,   1750
hoy he de hacer de las vidas
merced a cuantos pudiere,
de mi ventura en albricias,
y vete, porque un traidor
no es segura compañía.   1755

César se vaya con él,
pues los secretos se fían
y son amigos tan grandes.

CÉSAR

Señora.

NINFA

¿Qué me replicas?
Este es mi gusto y es justo.   1760

CÉSAR

Obedecerte es justicia.
Vamos, Alejandro.

ALEJANDRO

                    César,
celoso voy y sin vida.

(Tocan cajas dentro y entra JULIA.)

NINFA

¿Qué cajas son éstas? ¡Hola!

JULIA

En nuestra demanda, Ninfa,   1765
se descubre en todo el campo
un tercio de infantería.

NINFA

Diligencias son del rey.

CARLOS

Escapar te determina   1770
conmigo, pues tengo postas
que a los vientos desafían,
mientras esta furia pasa,
ya que segura la vida
en ninguna parte tienes.

NINFA

Vamos, que tuya es la mía,   1775
y sálvese quien pudiere.

CARLOS

Las postas, Roberto. Aprisa.

ROBERTO

Mas ¿que ha de haber de nosotros
libros de caballería?

(Vanse, tocan cajas y salen HORACIO *y soldados.)*

HORACIO

Aguarda, enemiga, aguarda.   1780
¿Dónde vas, ingrata Ninfa,
tras un centauro que ya
al viento en el curso imita?
¿Tan presto nos desamparas?
¿Cuando es menester te eclipsas,   1785
sol escaso de Noruega?

1770. *Postas.* «Los cavallos que de público están en los caminos cosarios para correr en ellos y caminar con presteza. Los cosarios que las corren se llaman correos; los que guían con ellas postillones».

1786. *Sol de Noruega.* Alude al menor tiempo de sol y menor luminosidad, en los países septentrionales.

Amigos, muera, seguidla,
y ese Paris de Calabria
muera con ella en la misma
Troya que con su belleza   1790
su amor soberbio fabrica.
Muera Ninfa, ea soldados,
muera Ninfa, muera Ninfa.

(Vanse, y sale NINFA.)

NINFA

¡Qué bien te llaman, noche, imagen muda
del temor y la muerte, pues con tantos   1795
ojos, apenas en tus sombras negras
contento ofreces y jamás te alegras.
A Carlos he perdido en este monte
cuando la luz el Sol iba dejando
la apresurada noche vencedora,   1800
aljófar que arrojó la blanca aurora,
y cansado el caballo dio conmigo
en este laberinto de jarales
perdidos los estribos y las riendas,
rotas por el bocado. Extraño caso,   1805
pienso que encuentro un monte a cada paso.
¿Qué haré, que estoy confusa? ¿Iré adelante?
Mas el caballo, de rendido mide
el suelo con la espada, y no hay camino
que seguir por las ramas y espesura,   1810
que poco a un desdichado el bien le dura.
¡Ah, Carlos, Carlos! Nadie me responde.
Sólo el silencio el eco ha interrumpido

1803. *Jarales.* «Quando jara sinifica una mata conocida, se escrive con x, xara; es nombre arávigo y vale mata, y xaral, el lugar donde nace, como de romero, romeral, y xarama, río» *(Covarrubias).* En Vélez: «Viniendo, como me ves, / entre encinas y jarales» *(Amor,* vv. 2184-2185); «Y aun pienso que no se acaban / los jarales y las peñas» *(Serrana,* vv. 3185-3186).

que entre estas hojas respondió dormido.
¡Ah, Carlos, Carlos! Pienso que la tierra   1815
me le escondió de envidia. Estrellas claras
que sois del mundo mudas centinelas,
pues de mi amor sabéis todas vosotras,
a todas os suplico me deis nuevas
del bien que busco en tantos desconsuelos,   1820
mas no me le busquéis, que me dais celos.
Rendida estoy, quiero pasar la noche
aquí, que es corto el término hasta el día;
al parecer, sobre esta verde rama,
pues no hay, para quien quiere, mejor cama.   1825
Sueño, embargad un poco los sentidos
poniendo un rato a mis cuidados treguas
hasta que pase la tiniebla oscura,
que poco a un desdichado el bien le dura.

(Habla en sueños. Suena ruido. Échase a dormir. Hablando
entre sí y durmiéndose y despertando.)

Si no me engaño, pienso que amanece   1830
y suena gente y música. ¿Qué es esto?
Ceñidos vienen de diversas flores
aunque no me parecen labradores.

(Salen cuatro con instrumentos, a modo de danza, con sus va-
queros y guirnaldas de flores.)

Alrededor de un pozo que está en medio
de aquellas verdes hojas, que ya el día   1835
distintas muestra ya todas las cosas,
(Bailan.) Se ponen a bailar, extraño caso,
cerca de un pozo, habiendo campo raso. *(Cae uno en el pozo.)*
Uno de los más mozos que bailaban
cayó en el pozo, y los demás, suspensos,   1840
se han quedado mirándole, y ahora
(Bailan) vuelven al baile y a primer estado,
olvidados de aquello que ha pasado.
(Cae otro.) Otro ha caído ahora y se suspenden

del mismo modo que la vez primera. 1845
(Bailan.) Ya vuelven a bailar. No los entiendo,
en lo que para, contemplar pretendo.
(Caen dos.) Dos cayeron ahora y uno queda
admirado de verlos que han caído
como que está espantado. Mas del modo 1850
que si pasado hubiera, baila y todo,
que debe de ser burla y que es el pozo
fingido al parecer. Llegarme quiero
y ver si dentro están como han caído
todos los que bailaban de esta suerte. 1855

*(Levántase y vase a asomar al pozo a ver los que han caído y
sale hasta medio cuerpo la* MUERTE *muy temerosa y dice este
verso, y tórnase a entrar en el pozo:)*

¿Qué buscas en el pozo de la muerte?

NINFA

Válgame Dios, que sombra es del abismo.
¿Es sueño? No es. Qué tenebrosa imagen
con los ojos he visto. En esta selva
debe de estar mi muerte y mi desdicha. 1860
El cielo me persigue, y no sin causa
en ella me he perdido. Grandes culpas
cometí contra el cielo, pues que tengo
a cargo tantas vidas, tantos robos.
Todo es sombras y miedo cuanto miro. 1865
No me puedo salvar, ya está cerrado
de mi sentencia el último proceso;
amigos y enemigos me persiguen,
cielo y tierra. ¿Qué haré, que ya no puedo
en cuanto mira el Sol, estar segura? 1870
Desde aquí se ve el mar. Este peñasco
triste teatro de mi muerte sea,
de tantos enemigos perseguida,
porque ninguno triunfe de mi vida.

(Vase a arrojar del peñasco y sale un ÁNGEL *y ásela del brazo.)*

ÁNGEL

Ninfa, no te desesperes,   1875
que no has de serlo del mar,
que a más hermoso lugar
te han dedicado.

NINFA

¿Quién eres?

ÁNGEL

Un amigo, el más amigo
que en tus sucesos tuviste,   1880
y que desde que naciste
he andado siempre contigo.

NINFA

No te conozco.

ÁNGEL

Después,
Ninfa, me conocerás,
y, si me sigues, tendrás   1885
bien de mayor interés.

NINFA

Ya seguirte no recelo,
llévame a cualquier lugar.

Deja el ser ninfa del mar,
que has de ser ninfa del cielo.   1890

(Llévala el ÁNGEL *y tocan de dentro dulzainas, música y chi-rimías.)*

Fin de la segunda jornada, de Luis Vélez.

3.ª jornada
de Las obligaciones de honor
y Ninfa del cielo

Sale la NINFA *quitándose los vestidos.*

NINFA *(Sola.)*

　　Humanos desengaños
hacedme solamente compañía
y vosotros, engaños
del mundo, allá os quedad desde este día.
　　Basta lo que dormida　　　　　　　　1895
a la verdad tuvisteis escondida.
　　Como culebra quiero
para otra nueva vida renovarme,
donde clemencia espero,
si acierto de una vez a desnudarme　　　1900
del hábito que ha hecho
la vil costumbre del ingrato pecho.

*(Vase quitando las armas, el ristre y bonete, y valos colgando
de las ramas, de algún clavo a propósito.)*

　　Quedad por estos prados,
bárbaros instrumentos de la muerte,
de insultos y pecados,　　　　　　　　1905

que con el dueño de la misma suerte
merecisteis castigo,
a no tener el cielo por amigo,
  a cuya luz tan clara
los vergonzosos ojos alzo apenas,   1910
viendo que aunque me ampara,
tantas ofensas de crueldades llenas
contra él he cometido,
a quien piedad de tantas culpas pido.
  Volad, plumas, al viento,   1915
galas del loco abril de mis antojos,
y las del pensamiento
sirvan para traer agua a mis ojos,
y queden mis cabellos
para esconderse mi vergüenza en ellos.   1920
  Monte, en lo más espeso
de tus oscuras lóbregas moradas
un huésped nuevo, a un preso
recibe entre las ramas intrincadas
del laberinto tuyo,   1925
que en ti a Dios me presento y restituyo.
  Arrugadas cortezas
sean mis colgaduras y damascos;
sírvanme tus malezas
manjar de hierba en platos de peñascos,   1930
y dénme, fresnos broncos,
camas de campo entre suspiros roncos.
  Perdóname entre tanto
que tu soledad santa reverencio,
si violare con llanto   1935
y debidos gemidos, tu silencio.

CARLOS *(de adentro)*

¡Ninfa, Ninfa!

1928. *Damascos.* «Seda de lavores, entre tafetán y raso» *(Covarrubias).*

418

NINFA

Ya es tarde.
Del mundo huyo, Carlos. Dios te guarde.

(Éntrase, y por la otra puerta salen CARLOS *y* ROBERTO*.)*

CARLOS

¡Ninfa, Ninfa!

ROBERTO

¿Dónde vas
siguiendo, Carlos, el viento?   1940

CARLOS

¡Ninfa, Ninfa!

ROBERTO

Es por demás.

CARLOS

Ninfa.

ROBERTO

Mas voces al viento
sin provecho se las das.
¿De qué sirve ninfear
por la tierra y por el mar   1945
si te la ha escondido el cielo,
o se la ha tragado el suelo
y no te la quiere dar?
Toda la noche y el día
hemos andado tras ella   1950
llamándola.

CARLOS

Ninfa mía,
¿dónde estás?

ROBERTO

Culpa a tu estrella
pues yendo en tu compañía
supiste tener tan poco
cuidado que...

CARLOS

¿Ya estás loco?   1955
Roberto, no me des más
pesares.

ROBERTO

¿No me dirás
el fin si no te provoco
a enojo también, adonde
vamos hechos caballeros   1960
andantes? Carlos, responde.

CARLOS

Tras los hermosos luceros
de Ninfa.

ROBERTO

Si los esconde
el cielo para alumbrar
con ellos la tierra, y dar   1965
al sol rayos y arrebol,
Carlos, pídelos al sol,
que no los podrá negar,
que entre sus rayos dorados
por su resplandor divino   1970
estarán aposentados.

CARLOS

¡Ay, Roberto, que imagino
que están sin luz y eclipsados!

ROBERTO

¿Qué quieres decir en eso?   1975
Que no te entiendo confieso.

CARLOS

Que Ninfa es muerta.

ROBERTO

                              Señor,
siempre recela el amor
el más dañoso suceso;
    que el amor todo es recelos
en las sospechas y celos,   1980
en la ausencia, en el desdén,
hasta que seguro el bien
corre el engaño los velos.

CARLOS

Roberto, espera. *(Ve las galas de* NINFA.)

ROBERTO

¿Qué dices?

CARLOS

Son antojos del deseo   1985
de mis venturas felices
lo que entre estas ramas veo.

ROBERTO

Serán hojas y raíces.

CARLOS

No es sino Ninfa, Roberto,
o el deseo me ha engañado.   1990

ROBERTO

Eso será lo más cierto.

CARLOS

¿No es aquel triste bordado
y aquel bonete cubierto
    de plumas, prendas dichosas
de su beldad celestial?   1995

ROBERTO

Hoy en tu centro reposas.

CARLOS

¡Ninfa, Ninfa!

ROBERTO

            Al viento igual
exceder sus plantas osas,
    que debe de huir de ti
pues no responde a las voces   2000
que le has dado desde aquí.

1988. *Bonete*. «Cierta cobertura de la cabeça que en latín se llama *pileus, vel pileum;* dizen ser francés» *(Covarrubias)*.

Mal a un amante conoces
Mi bien, aguarda. ¡Ay de mí!

(Llega a tirar del ristre y quédase en la mano, y en el árbol lo demás.)

  Como sombra me has burlado
cuando te toqué engañado.   2005

ROBERTO

Como delincuente ha sido
que de tus manos ha huído
y la capa te ha dejado,
  porque hacerte toro a ti
fuera la comparación   2010
más pesada.

CARLOS

    Estoy sin mí;
ciertas mis sospechas son.

ROBERTO

¿Cómo?

CARLOS

    A Ninfa han muerto aquí,
 o la están despedazando
algunas fieras; yo voy   2015
pasos por su sangre dando.

ROBERTO

A Píramo y Tisbe estoy
en Ninfa y ti contemplando.

Su misma muerte has de ver.
Árboles que habéis de ser   2020
de mis desdichas testigos
a un triste, mudos y amigos,
si amigos puede tener;
   peñas duras, troncos huecos,
cuevas lóbregas, umbrías,   2025
monte oscuro, prados secos
a quien da lenguas tardías
el aire de vuestros ecos;
   escasas y turbias fuentes,
arroyos que sois serpientes   2030
de esta cumbre despeñados,
primero, hielos atados,
ya desatadas corrientes;
   así todos os veáis
con lo que más deseáis   2035
por la generosa mano
del sol rubio y del verano,
   que de Ninfa me digáis
adónde está Ninfa, adónde.
¿Diole muerte alguna fiera?   2040
Nadie a mis voces responde.

ROBERTO

Aguarda, señor, espera,
y a quien eres corresponde.

CARLOS

Déjame morir, Roberto:
sepulten mi cuerpo frío   2045
las grutas de este desierto;

424

de Ninfa soy, no soy mío,
sin ella mi fin es cierto.
    Prendas perdidas y halladas
por mi mal, de vuestro dueño   2050
dadme nuevas regaladas,
porque me parecen sueño
todas las glorias pasadas.
    ¿Dónde está Ninfa?

ROBERTO

                Señor,
¿cómo te han de responder?   2055

CARLOS

Alma les dará mi amor;
pero Ninfa no es mujer,
aunque nació en Valdeflor,
    para que pueda morir.
Viva está, yo he de seguir   2060
mis suspiros y alcanzarla,
y en las estrellas buscarla
cuando de mí quiera huir.

ROBERTO

¿Quién tal de tu amor creyera?

CARLOS

Ninfa, Ninfa, aguarda, espera,   2065
que si al cielo te has subido,
alas al amor le pido.

2048-2052. Eco evidente del verso de Garcilaso: «Oh dulces prendas por mi mal halladas».

Linda está la ventolera.
 Amadís y Galaor
andamos hechos de amor,   2070
sin que la dicha nos sobre
hasta que en la Peña Pobre
estéis penando, señor.

CARLOS

 Roberto, Amor lo concierta;
a Ninfa en tierra o en mar   2075
he de buscar, viva o muerta.

ROBERTO

Comiénzala a pregonar.

CARLOS

¡Ninfa, Ninfa!

ROBERTO

 A esotra puerta.

(Sale un LABRADOR.)

LABRADOR

 Si buscáis una mujer
de hermosura celestial,   2080
diosa o ninfa, al parecer,

2069-2071. *Amadís y Galaor. La Peña Pobre.* Vélez de Guevara: «Del caballero del Febo / sino de Amadís de Gaula» *(Más pesa el rey que la sangre,* 96a). La
penitencia en la Peña Pobre ha servido para un episodio clásico del Quijote.
En Vélez, Amadís y Galaor son habituales: «de amor, y correr delante / de Me-
doro y Amadís» *(Amor,* vv. 1328-1329). «No puede haber sido monja, / y don
Amadís, de Gaula» *(TAfVen,* 589c).

por este blanco arenal
al aire piensa vencer.
    No sé qué lleva; parece
cierva herida, según va,   2085
y ansiosa el agua apetece
de este río, donde ya
el nevado pecho ofrece.
    Ya dejó la blanca arena
y entre la nevada espuma   2090
parece ahora sirena,
donde no es bien que presuma
de hermosa la que resuena
    en el mar napolitano
despeñada, y enriquece   2095
el campo, de cristal llano.

CARLOS

Roberto, a Ninfa parece.

ROBERTO

Darle voces será en vano,
    que no te puede escuchar.

CARLOS

Lleguémonos a la orilla,   2100
donde las podamos dar.

ROBERTO

La noche es causa a encubrilla
que ya comienza a bajar;
    ya no se ve.

CARLOS

            ¿Qué ocasión
la movió a tal desconcierto?   2105

No sé.

CARLOS

Extraña confusión.

ROBERTO

El quererla es lo más cierto,
que esta es propia condición
   Carlos, de toda mujer
a quien más Amor obliga.   2110

CARLOS

Roberto, ¿no puede ser
que, enamorada, me siga
y que llegase a entender
   que fue el perderme ocasión
para dejarla, y que así   2115
huyo de la obligación?
Sígueme.

ROBERTO

Ya voy tras ti.

CARLOS

Ninfa, Ninfa. *(Vanse los dos y queda el labrador.)*

LABRADOR

   Locos son.
   Ni al hombre ni a la mujer
entiendo que podrá ser.   2120
Ahora se han arrojado
al río, y pasan a nado
entrambos, al parecer,

pues no es muy seguro el paso.
Voyme, que la noche empieza,   2125
con mis cabras, paso a paso.

(Dicen dentro CARLOS *y* ROBERTO.)

CARLOS

¿Vienes?

ROBERTO

San Juan de cabeza.

CARLOS

Ninfa, Ninfa.

PASTOR

¡Extraño caso!

(Sale NINFA, *en faldellín, mojada como que sale del río.)*

NINFA

No hay cosa, Señor, que pueda
estorbarme que con tanta   2130
diligencia os busque y siga,
que vos mismo me dais alas
y como de amor me habéis
herido, Señor, el alma,
herida y llena de fuego   2135
vengo, como cierva al agua.
Ninfa soy ya de los ríos,
y esta cabeza bañada
de la espuma, saco a tierra
cortando líneas de plata.   2140
Aquí ha de estar mi remedio,
conforme la soberana
voz del cielo me dio aviso

que por su ninfa me guarda.
La noche oscura se cierra, 2145
y las estrellas más claras
de negras nubes reboza
y tempestad amenaza.
Ya con agua y con granizo
las lóbregas señas rasgan, 2150
y al soplo del viento gimen,
sacudidas, estas ramas,
y contra mí, al parecer,
movidos de culpas tantas,
se conjuran noche y nubes, 2155
montes, peñascos y plantas.
Pero allí, entre aquellas peñas
diviso una luz; sin falta
la cueva debe de ser
de Anselmo, cuyas hazañas 2160
heroicas pregona el cielo.
Esta es la dichosa entrada
y esta es la puerta. ¿Qué bien
a esta pobreza se iguala?
¿Qué corte a esta soledad, 2165
a este palacio qué alcázar?
A esta humildad, ¿qué grandeza?
¿Qué ventura a dicha tanta?
Quiero llamar, aunque rompa
de su tranquila bonanza 2170
las treguas. ¡Anselmo, Anselmo!

(ANSELMO, *dice de dentro, de una choza de ramas.*)

¿Quién me da voces? ¿Quién llama?

NINFA

Una mujer que el favor
de ti espera, y así baña
con lágrimas tus umbrales. 2175
Ábreme, Anselmo, levanta.

ANSELMO

Perdona, mujer, que yo
no me atrevo. Pasa, pasa
delante y déjame solo
en mi quietud, que no faltan   2180
adonde ampararte cuevas.

NINFA

Tu persona es necesaria,
Anselmo, para mí ahora,
que he venido en tu demanda.
Mira que me envía el Cielo.   2185

(Abre la cueva y sale ANSELMO, *con vestido de palma hasta
la rodilla, lo más descalzo, barba y cabellera larga y blanca,
báculo y rosario y linterna y los brazos desnudos.)*

ANSELMO

¿Quién eres?

NINFA

          Soy una esclava
del demonio, una mujer,
la mayor y la más flaca
pecadora que ha tenido
la tierra entre todas cuantas   2190
ha sustentado y sustenta.
Y soy, en fin, Ninfa.

ANSELMO

          Ea, basta.
Ya te conozco. ¿Qué quieres?

Anselmo, escucha, a tus plantas
vengo a confesar mis culpas   2195
y a que me limpies el alma,
que por la mano piadosa
de Dios, Anselmo, guiada,
a nado pasé este río,
adonde supe que estabas.   2200
Dame, Anselmo, la más fiera,
la más dura y la más rara
penitencia que mujer
haya hecho en carne humana,
que he ofendido mucho al Cielo.   2205

ANSELMO

Esa contrición bastaba
para infinidad de culpas.
Ninfa, levanta, levanta
que pluguiera a Dios que yo,
en cuarenta años que pasan   2210
que aquí vivo en esta cueva,
vestido de secas palmas,
siendo hierbas mi sustento
y dos peñascos mi cama,
hubiera medrado, Ninfa,   2215
en la conciencia, en el alma,
tanto como tú en un día
no más.

NINFA

¡Qué humildad tan santa!

ANSELMO

Entra en esta cueva, donde
nunca entró criatura humana   2220

después que yo vivo en ella,
sino tú, Ninfa, y aguarda
del Cielo largas mercedes,
que la mano soberana
de Dios quiere hacerte Ninfa   2225
del Cielo.

NINFA

En las penas largas
del infierno, mis delitos,
Anselmo, apenas se pagan.

(Vanse. Dicen CARLOS *y* ROBERTO, *de adentro, y luego entran mojados. Sale detrás* ROBERTO *nadando en seco.)*

CARLOS

Ya piso tierra, Roberto.

ROBERTO

Lindamente, Carlos, nadas.   2230

CARLOS

Gracias a Dios que la arena
toco, a pesar de las aguas.

ROBERTO *(Nada en seco.)*

Aún estoy yo todavía
en el golfo.

CARLOS

Para, para,
que ya estás nadando en seco.   2235

Hablara para mañana.
Nunca más burlas con ríos
que tienen bellacas armas;
nade un delfín que lo entiende,
hijo y vecino del agua, 2240
que de aquí adelante soy,
si el demonio no me engaña,
de parte de los mosquitos
que en pipas de vino nadan.
¡Buenos estamos, por Dios! 2245
Pasados de esotra banda
por el agua, como huevos.
¡Oh, cinco veces mal haya
quien sirve a loco señor,
quien tras vanos cascos anda, 2250
hecho fantasma en la tierra
y hecho labanco en el agua.
Pues la noche nos ayuda,
agua: adiós, hasta mañana:
agua abajo y agua arriba, 2255
ella es famosa empanada.
Tiempo pato, tiempo sopa,
tiempo hongo, tiempo rana,
tiempo muela de barbero,
tiempo arroz, tiempo linaza. 2260
¿En qué ha parar aquesto?
¿Soy garbanzo, soy patata,
soy abadejo, soy berro?
¿Qué me quieres?

CARLOS

       Ninfa, aguarda.
¿Adónde estás, dónde huyes? 2265
¡Roberto!

2252. *Labanco.* «Especie de ánade silvestre» *(Diccionario,* 1860).

ROBERTO

¿Qué es lo que mandas?

CARLOS

¿Divisas a Ninfa?

ROBERTO

           Bueno,
la pregunta es extremada.
Pues no sé si estás ahí
si no sólo cuando hablas,   2270
y dices si la diviso.
¡Famosamente despachas
mis servicios!

CARLOS

          Pues Roberto,
vamos los dos a buscarla.

ROBERTO

Estoy aguado, no puedo,   2275
y a un rocín, sin tener alma,
cuando lo está, no lo corren
o de corrido, descansa.
Y así aunque ya los criados
plaza de rocines pasan,   2280
ya he cerrado en tu servicio.
Viejo estoy, échame albarda,
ponme a una noria, que suelen
al caballo de más fama,
cuando ya no es de provecho,   2285
en las más prósperas casas
dar este cargo los dueños
o las dueñas o las amas,
y más si sabe estas cosas
la Duquesa de Calabria.   2290

CARLOS

No hay Calabria ni hay Duquesa;
sola Ninfa es la que manda
dentro del alma, Roberto.

ROBERTO

Nunca yo a verla llegara,
nunca yo la conociera.   2295

CARLOS

La más lóbrega y extraña
noche es que he visto.

(Suena dentro ruido de cadenas.)

ROBERTO

                    ¿No escuchas,
si no es que el miedo lo causa,
Carlos, un son de cadenas?

CARLOS

Los sentidos te acobardan.   2300

ROBERTO

(Suena otra vez.)

Nosotros, Carlos, ¿habemos
venido a parte que vayan
nuestros nombres solamente
a Cosencia?

CARLOS

                    Cosa rara.

En este desierto debe   2305
andar penando algún alma
de las que ha sacado Ninfa
con la pistola y la espada,
si no es acaso la suya,
que la violencia del agua   2310
rindió la tirana vida.

CARLOS

Roberto, ¿qué dices? Calla,
que la belleza de Ninfa
es inmortal, y no basta
la muerte a vencerla. *(Suena más cerca.)*

ROBERTO

                    Escuchas.   2315
Ya se acerca la fantasma.

CARLOS

No temo nada, Roberto.

ROBERTO

Yo sí, y mucho más batalla
con fantasmas, que son viento,
que pasan las estocadas   2320
por el aire, y queda un hombre
en brazos de una tarasca
que le hace harina los huesos
sin mirar ni tocar nada.

2322. *Tarasca*. «Una sierpe contrahecha, que suelen sacar en algunas fiestas de regozijo. Díxose así porque espanta los muchachos» *(Covarrubias)*. Vélez alude en varias ocasiones: «que tengo que zampuzarla / en el caldero, aunque venga / en figura de tarasca» *(Cantillana, 170a)*.

(Suena ruido. Vuelva a sonar más cerca.)

De veras va esto. Se acerca.   2325

CARLOS

No temas, que la mañana,
desmentidora de sombras
de la noche oscura helada,
abre las puertas al sol
y reciben las montañas,   2330
en fuentes de peña viva,
racimos de oro y de nácar,
y no hay temor que amedrente
cuando a la tierra acompañan
las armas del sol.

ROBERTO

        Ahora,   2335
entre aquellas peñas pardas
parece que un árbol viene
andando hacia acá, y arrastra
una cadena por tierra,
pesada, espantosa y larga.   2340

CARLOS

¿Árbol?

ROBERTO

        Y trae las raíces
arriba; abajo, las ramas.

CARLOS

Habréle arrancado el viento.

ROBERTO

No es árbol, cosa es humana
que con el largo cabello   2345
lleva cubierta la cara
y el cuerpo de hojas de hiedra.
¡Prodigiosa vista!

ROBERTO

Espanta.

CARLOS

Una calavera lleva
en la mano izquierda y rasga   2350
el pecho con la cadena.
Brava penitencia.

ROBERTO

                    Extraña
penitencia.

(Entra NINFA *como la han pintado en los versos y en viendo
a* CARLOS *y* ROBERTO, *vuélvese.)*

CARLOS

            Ya se vuelve
huyendo, que al viento iguala,
como nos ha visto.

ROBERTO

                    Pienso   2355
que es mujer.

CARLOS

Y no te engañas.
El alma me da, Roberto,
que es Ninfa, y me lleva el alma.

ROBERTO

¿Ninfa vestida de yerba,
y con cadena y la amarga   2360
de la muerte imagen fea,
rompiendo las no tocadas
carnes de su pecho? Es sueño,
es burla.

CARLOS

Mujer, aguarda,
si eres Ninfa o sombra suya,   2365
a mi voluntad ingrata.
Carlos soy.

(Dice NINFA, *de adentro, siguiéndola* CARLOS.)

No te conozco;
hombre, no me sigas.

CARLOS

Para,
refrena el ligero curso.

NINFA

Busca a Dios.

ROBERTO

Ese te valga,   2370
y de esta sombra te libre,

que te sigue y no te alcanza,
y así me da un amo cuerdo,
que no es pequeña ventaja. *(Vase.)*

(Sale NINFA *sola, retirándose y diga:)*

NINFA

Si esta persecución, Señor, importa   2375
para regalo mío, vengan muchas,
que siendo Vos mi amparo, no las temo,
aunque me sigan con mayor extremo.
Anselmo, a cuyos pies mis culpas dije
y me dio la divina Eucaristía   2380
dándome esa cadena en penitencia,
que fue cilicio suyo, y esta dura
peña con que mi pecho y mis entrañas
con la memoria de la muerte fiera,
de acero duro la convierto en cera   2385
y aquestas pieles de animales fieros;
segunda vez pasar me manda el río
y que apartada de él, en la otra banda
en la gruta más áspera procure
adelante llevar mi pensamiento,   2390
porque vemos ejemplos cada día
del mal que causa nuestra compañía.
Barca parece que hay dentro del río
y el barquero ha saltado en tierra ahora,
que con las lluvias de la noche oscura   2395
soberbio raudal lleva, y la corriente
es imposible que pasar intente
menos que en puente o barca, y quizá el Cielo
por esta parte pienso me encamina.

(Sale el DIABLO *hecho barquero.)*

DIABLO

¿Quieres pasar el río?

NINFA

Sí quisiera,
que me importa pisar la otra ribera.

DIABLO

Entra en la barca, pues.

NINFA

No tengo cosa
que darte.

DIABLO

Eso no importa, si eres pobre.   2400
Vamos, que estoy deprisa.

NINFA

El viento sopla.

(Vanse. Salen CARLOS *y* ROBERTO.*)*

CARLOS

Sombra debió de ser, Roberto, aquélla,
que el viento la llevó.

ROBERTO

Los que han perdido
todo es antojos cuanto ven. Concluye
imaginando que perdiste a Ninfa   2405
y que si bien te quiere, ha de buscarte,
y que si no, que es imposible cosa
aunque cerques la tierra en busca suya,
y aunque surques el mar a vela y remo,
que la mujer olvida con extremo.   2410

Advierte que eres Duque de Calabria,
que tienes por mujer tan gran señora
que lo menos que tiene es ser legítima
hija de un rey de Nápoles, y mira
no te castigue el Cielo.

CARLOS

              Como cuerdo,   2415
Roberto, me aconsejas; yo estoy loco,
dar vuelta procuremos a Cosencia.

ROBERTO

Hace como quien es Vuestra Excelencia.

(De adentro NINFA.)

¡Que me ahogo, socorro!

CARLOS

              Voces suenan.

ROBERTO

Serán de ganadero.

NINFA

          ¡Que me ahogo!   2420

CARLOS

Voces son de mujer. Guía, Roberto,
a la puente.

ROBERTO

          Notable desconcierto.

(Vanse. Sale NINFA *al tablado ahogándola el barquero.)*

NINFA

¡Que me ahogo, piedad!

DIABLO

No saldrás, Ninfa,
con lo que intentas esta vez. El Cielo
no ha de poder valerte, ni ese viejo   2425
Anselmo, mi enemigo. ¡Muere, ingrata!,
que el dueño que serviste, ése te mata.
No has de lograr la penitencia, ¡muere!,
pues has sido mi esclava en mi servicio,
que no te has de escapar con la victoria   2430
del haberme dejado a tan buen tiempo.

(Hace que la ahoga, y sale el NIÑO JESÚS *vestido de peregrino, con potencia, su bordón, descalzo y con llagas.)*

NIÑO

Ya no es tu esclava, cese tu castigo.
Ninfa es del Cielo, ¡apártate, enemigo!

DIABLO

¿Hasta aquí me persigues? ¿Qué me quieres?

NIÑO

Quitarte a Ninfa. Vete.

DIABLO

Ya me aparto,
mas yo me vengaré.

NIÑO

Barquero   2435

infernal, vete ahora.

BARQUERO

Yo me parto,
mas yo me vengaré.

NIÑO

Vete, enemigo.
Sígueme, Ninfa.

NINFA

Ya, mi bien, te sigo.

*(Tocan chirimías y vanse poco a poco y dicen de adentro y lue-
go, entre* FLAVIO ORTENSIO, CAMILO, MAURICIO *y los
que pudieren acompañando a* DIANA, *duquesa de Calabria.)*

(Dentro:) Para cochero.

ORTENSIO

Aquí puede
Vuexcelencia descansar.   2440

DUQUESA

Ya no hay, Ortensio, lugar
para mi descanso; excede
   la pena al mayor descanso;
el pesar, al mayor gusto,
que puede mucho un disgusto.   2445

(Sale un LABRADOR.)

Tiene de pagarme el ganso.

DUQUESA

¿Qué dice ese labrador?

LABRADOR

Señora, pues me ha escuchado:
un criado malcriado
suyo, entró por Valdeflor,   2450
    cuando pasó por allí
ahora su señoría
con toda la fantasía
que en toda mi vida vi,
    y al pasar de la laguna   2455
una pedrada tiró
a un ganso, y me lo mató
sin helle cosa ninguna,
    y no me quiere pagar
lo que vale.

DUQUESA

¿Quién ha sido?   2460

LABRADOR

A fe, si hubiera querido
la señora del lugar

2458. *Helle*. Uso particular de *hacelle*. La sustitución del verbo *hacer* por *her* (pronunciado con h aspirada) es una importante característica de los personajes aldeanos en *La serrana de la Vera*: lo usan Gila, Madalena y Mingo, y siempre en versos donde el octosílabo se da obligadamente en la forma apocopada popular: «le ven her hechos extraños» (v. 637, Madalena); «herte con estos apodos» (v. 1245, Mingo); «llámanme para herme principessa» (v. 1560, Gila).

que estuviéramos mejor
de lo que estamos tratados,
pues tien vasallos honrados...   2465

DUQUESA

No os aflijáis, labrador.
    Hacedle dar lo que vale
y vuélvanle luego el ganso.

LABRADOR

Dios le dé mucho descanso,
porque a la presencia iguale   2470
    siempre a tan grande valor
como muestra vuestro pecho.

DUQUESA

Venid acá. ¿Qué se ha hecho
Ninfa?

LABRADOR

    Dejó a Valdeflor,
y por su bellaquería   2475
o poco recato, al fin,
la gozó un hombre roín
estando allá en su alquería
    que, burlada, la dejó.
y ella, loca y agraviada,   2480
por quedar muy bien vengada
bandolera se tornó,
    hasta que enviando el rey
un tercio de infantería
su furia huyó en compañía   2485
de un caballero sin ley,
    que dicen que era casado
y aun hay quien ha dicho aquí
que era el Duque...

Habla.

LABRADOR

...de Calabria, y que ella ha dado   2490
    la palabra de matar
a su mujer, que diz que es
una santa, que los pies

(Hace que llora [la duquesa].)

no le merece besar.
    ¿De qué lloráis?

DUQUESA

                    Hame dado   2495
compasión esa mujer.

LABRADOR

Otra tal encontré ayer
viniendo con mi ganado,
    de esa montaña al pasar
el silvar, que caminaba   2500
y atrás el viento dejaba,
sin volver, hasta llegar
    al río, donde se echó,
y un hombre que la seguía
con otro en su compañía   2505
dándole voces, cortó
    también el agua tras ella.

DUQUESA

¿Cómo la llamaba?

El nombre
no escuché bien.

DUQUESA

Di, ¿y el hombre?

LABRADOR

Era de presencia bella,   2510
    y que moviera a respeto
a cualquiera su persona.

DUQUESA

A fuego y sangre pregona
en público y en secreto
    la Fortuna contra mí   2515
guerra de celos cruel.
El Duque es éste, y si es él
ya el bien y la paz perdí;
    porque, aunque son ilusiones
los celos imaginados,   2520
los que son averiguados
son ciencias sin opiniones.
    Quiero averiguarlo más.
¿Conoces a Ninfa?

LABRADOR

No,
porque desde que murió   2525
su padre, nunca jamás
    los de Valdeflor la vimos,
hasta que, siendo mayor,

por el campo a Valdeflor
trocó, aunque todos sentimos   2530
    el faltar, queriendo hacer
en extremo.

DUQUESA

            Esa mujer
que encontraste, ¿puede ser
de ese modo?

LABRADOR

            Que pensar
    con aqueso me habéis dado,   2535
porque huyendo del furor
del rey, con tanto valor
puede ser se haya escapado
    y yo no la conociese;
pero el galán, ¿quién sería   2540
que tan loco la seguía?

DUQUESA

Puede ser que el Duque fuese.

LABRADOR

La persona era, pardiez,
de Duque o de gran señor.

DUQUESA

Llevad este labrador,   2545
que he de salir esta vez
    Hortensio, de mi sospecha.

LABRADOR

¿Dónde me quiere llevar?

DUQUESA

Guía hacia el mismo lugar
que dices.

UNO

         No te aprovecha   2550
querer dar excusas ya.

DUQUESA

Llevadle.

LABRADOR

     Señora.

DUQUESA

             ¡El coche,
hola!

LABRADOR

     Vine de allá anoche
¿y he de volver hoy allá?

UNO

     ¿Qué importa, pues interesa   2555
paga que mil leguas ande?
¿No basta que te lo mande
mi señora la Duquesa?

LABRADOR

Nunca yo pidiera el ganso.

¡Qué me cuesta, de desvelos,   2560
Carlos! Mas, ¿cuándo los celos
dieron al alma descanso?

(Vanse Sale NINFA *corriendo.)*

NINFA

¿Cómo te vas y me dejas?
Tente, aguarda, esposo amado.
¿Qué nuevo amor te ha llevado?   2565
que de mis brazos te alejas?
    ¿Tan poco estás satisfecho
dejándome en triste calma,
del que me enamora el alma
recostado en ese pecho?   2570
    Dormida me habéis dejado
y os vais, Señor, ¿cómo es eso?
Volved a casa. ¿Tan presto,
me habéis, Señor, olvidado?
    ¡Ay, que me abraso por Vos!   2575
Volved, gloria de mi vida,
que estoy de amores perdida.
Tomad el alma, mi Dios.
    Volved, no me deis enojos,
porque entre tanto que voy   2580
tras Vos, mi bien, Ninfa soy
de las fuentes de mis ojos.
    Árboles, fuentes y peñas,
a mi bien no le escondáis,
que porque de él me digáis,   2585
yo os daré todas las señas.
    Es a la parda avellana
semejante su cabello;
al blanco marfil su cuello;
sus mejillas, a la grana;   2590

Su frente es nevada falda
que de mil claveles rojos
termina un valle; sus ojos
son dos soles de esmeralda;
  corona las niñas bellas   2595
de celajes carmesíes;
sus labios llueven rubíes,
sus dientes nievan estrellas.
  ¿Hay quien de Él me diga, hay quién
me le enseñe? Peñas duras,   2600
arboledas, fuentes puras,
decid: ¿dónde está mi bien?

(Sale el NIÑO *que salio antes de una fuente y estaba en el teatro.)*

NIÑO

Ninfa.

NINFA

Señor, ¿dónde estáis?

NIÑO

Ninfa, en esta fuente estoy.

NINFA

Allá a ser Narciso voy,   2605
si Vos, Señor, me miráis.

NIÑO

Llega, llega.

2596. *Celajes.* «Nubes muy raras y sutiles, que formando ráfagas o figuras
irregulares de color rojo o de fuego más o menos vivo, aparecen al tiempo de
salir o de ponerse el sol» *(Diccionario,* 1860).

¡Esposo mío,
mi bien, mi Señor, mi Dios!

(Va saliendo de la fuente, amarrado a una columna.)

NIÑO

Presto, Ninfa, de los dos,
ya que en tu valor confío   2610
    el desposorio verás
que a las vistas vengo así.
Presto partirás de aquí
y al sol belleza darás,
    y para no ser ingrato   2615
amante, lo que esté ausente,
Ninfa mía, en esta fuente
te dejaré mi retrato,
    aunque es imposible estar
ausente de nada yo.   2620

NINFA

¡Mi bien, Señor!

(Vase escondiendo el NIÑO *y sale* CARLOS *por unas peñas
con que está encima de la fuente.)*

CARLOS

        No igualó
al viento vela en el mar,
    como tras Ninfa me lleva
el pensamiento forzado
de mi enemigo cuidado   2625
en demanda de su cueva,

que, mudando el pensamiento
　　del amor que me tenía
en estos montes porfía
ser prodigioso portento.　　　　　　　　　　　2630
　　Y yo tras sus pasos voy
celoso y determinado,
que, ya como condenado
celoso del cielo estoy,
　　que rabio de verla así　　　　　　　　　　2635
de otro dueño enamorada.
Toda esta es peña tajada,
no puedo pasar de aquí.

NINFA

　　Mi bien, no os vais tan aprisa,
dadme un abrazo, Señor,　　　　　　　　　　2640
que quedo muerta de amor.

CARLOS

Aquella que se divisa
　　sobre aquella fuente ahora
es Ninfa, si no me engaño.

(Ve a CARLOS *en el agua.)*

NINFA

¿Por la imagen de mi daño　　　　　　　　　2645
truecas la que el alma adora?
　　Fuente, ¿qué es esto? ¡Ay de mí!
pues donde el cielo me honró,
del perro que me mordió
el retrato veo en ti.　　　　　　　　　　　　2650

(Alza los ojos.)

　　Allí veo el original.
Huir quiero.

¡Extraña cosa!
Ninfa, amor, mi bien, reposa.

NINFA

Causa de todo mi mal,
  déjame.

CARLOS

          Aguarda, y si no,   2655
me despeñaré de aquí.

NINFA

Si se despeña de allí
vengo a ser la causa yo
  de perderse un alma, y son
los peligros que recelo,   2660
si aguardo, extraños.¡Ay Cielo!
¿Qué haré en tanta confusión?

CARLOS

  Ninfa, ¿ es posible que olvidas
tanto amor y voluntad?

NINFA

Sigo, Carlos, la verdad   2665
del Cielo, el bien no me impidas.
  Déjame, que ya no soy,
Carlos, la que conociste,
ya soy una sombra triste,
ya con otro dueño estoy.   2670
  Dios ha tenido de mí
lástima, y me ha remediado,

y matrimonio he tratado
con Él. Carlos, vuelve en ti.
que ya soy de Dios esposa,   2675
y tuya no puedo ser;
vuélvete con tu mujer,
que es honesta y virtuosa.
    Ya yo no estoy de provecho
para el mundo, que me tira   2680
otro pensamiento. Mira
hecho pedazos el pecho,
    sangriento el cuerpo y llagado,
porque con esta cadena
que arrastro por tierra, en pena   2685
y prisión de mi pecado,
    justamente le castigo
toda la noche y el día,
que ha sido del alma mía
mi más mortal enemigo.   2690
    Todo lo mal hecho acaba,
Carlos, y la edad ligera
lleva nuestra primavera
a la muerte, que es su esclava.
    Los homenajes apenas   2695
que pudieron resistir
a los tiempos, sin rendir
por la tierra sus almenas.
    Carlos, tu vida gobierna
en lo mejor de tus años,   2700
pues ves tantos desengaños
que hay muerte y hay pena eterna. *(Vase.)*

CARLOS

Venturosa penitente,
ya que esa causa te aleja
de mí, que te bese deja   2705
las plantas, Ninfa. Detente.

(Vase. Sale DIANA, *duquesa,* ROBERTO *y los criados que salieron primero con ella.)*

ROBERTO

Señora, en esta ocasión
que debes tanto a Roberto,
siguiendo sin seso al Duque
como a tu cuidado, pienso   2710
injustas o justas cosas.
¿Quién no obedece sirviendo
a su dueño, en estos casos
que no han tenido remedio?
Para el suyo te ha traído   2715
sin duda, señora, el Cielo,
porque en estos montes anda,
sombra y engaños creyendo.

DUQUESA

Aunque el Duque me aborrece,
Roberto, le adoro y quiero   2720
más que a mí misma, y así
ansiosa a buscarle vengo.
La Fama, que siempre ha sido
de todas nuevas Correo,
me avisó de la jornada   2725
del Duque y de su suceso.
Sin poderme resistir
salí de Cosencia luego,
encaminada a este bosque
de mi amor y de mis celos;   2730
no pretendo con razones,
con quejas y con excesos
de lágrimas y suspiros
a no perderme el respeto
que con sola mi persona   2735
reducir a Carlos pienso,
sin darle a entender que han sido
causa mis rabiosos celos.

2724. *De todas nuevas Correo*. Correo de malas noticias.

Pártete con la mitad
de mis criados, Roberto,   2740
hasta que el Duque encontréis,
diciéndole cómo quedo
cazando en el bosque, a causa
de haber venido a este puerto
en devota romería   2745
a ver la ermita de Anselmo,
un hombre santo que dicen
que vive en este desierto,
y me detengo cazando
en tanto que a verle llego,   2750
encubriendo lo imposible
que ha sido la causa de esto.

ROBERTO

Veo en ti un romano valor.

DUQUESA

Que he sabido que lo mesmo
le ha detenido, y que estoy   2755
loca de gusto y contento.

ROBERTO

Vamos.

DUQUESA

          Quizás pondré así
a mis desdichas remedio.

ROBERTO

Huélgome, porque salgamos
de ser amantes del yermo.   2760

(Vanse la mitad con ROBERTO *y quedan los demás con* DIANA.)

CAMILO

Puesto que de tus sospechas
hayas visto los efectos,
diviértete, si es posible,
que te matarán los celos.

OTRO

¿Quieres que echemos un gamo   2765
y que le mates?

CAMILO

                    Yo creo
que uno corta aquellas ramas
ahora.

DUQUESA

                    Matarle quiero.
Haré verdad el achaque
y con él, lisonja al dueño   2770
que adoro y huye de mí.

CAMILO

Tírale, y pásale el pecho
con el venablo.

DUQUESA

                    Camilo,
rayo será de mis celos.

(Tira el venablo allá dentro y éntrase la DUQUESA *y los
criados y sale* NINFA *atravesado el venablo al cuerpo, la*

DUQUESA *y los criados y los criados tras de ella, diciendo*
dentro.)

OTRO

Cayó en tierra.

NINFA

Muerta soy.   2775

DUQUESA

Voz humana fue.

NINFA

Ya el Cielo
venganza de tantas vidas
ha tomado en mí, que en tiempo
ninguno puede faltar
la verdad de su evangelio: 2780
porque quien a hierro mata,
es justo que muera a hierro.

DUQUESA

Llegad y mirad quién es.

NINFA

¿Eres tú la que me has muerto?

DUQUESA

¿Quién eres?

NINFA

Una mujer   2785
que ha ofendido mucho al cielo

y que pago mis pecados
de esta suerte.

DUQUESA

Él es portento
prodigioso.

NINFA

Ya, señora,
que a las manos vuestras muero   2790
decid quién sois.

DUQUESA

La Duquesa
de Calabria, que entendiendo
que eras algún animal,
entre estas ramas he hecho
cosa que me pesa tanto.   2795

NINFA

Justamente me habéis muerto,
porque os he ofendido mucho.

DUQUESA

¿Quién eres?

NINFA

Un monstruo fiero
de Calabria, un basilisco,
una víbora, un incendio.   2800

2799. *Basilisco*. De nuevo el bestiario habitual de Vélez de Guevara. «Es un
basilisco fiero / contra las honras y plumas» *(El Ollero de Ocaña,* 145c). «Un imposible deseo / y un basilisco en el alma» *(TAfVen,* 585a). «Viboras y basiliscos» *(Tres portentos,* 21).

DUQUESA

¿Quien eres, mujer, al fin?

NINFA

Ninfa soy.

DUQUESA

      ¡Válgame el Cielo!
¿Tú eres Ninfa?

NINFA

      Yo soy Ninfa,
que pago lo que te debo;
perdóname en este trance   2805
las ofensas que te he hecho,
porque morir a tus manos
son soberanos secretos.

DUQUESA

Admirada estoy. ¿Qué hacías
de tal suerte?

NINFA

      Estaba haciendo   2810
recompensa de mis culpas.

(Entran CARLOS *y* ROBERTO *y los demás.)*

CARLOS

¡La Duquesa aquí! ¿Qué es esto?
¿Quién te ha muerto, Ninfa?

Carlos,
no te alteres, que es del Cielo
en mi predestinación   2815
inescrutable rodeo.
Pensando que era animal
tu esposa misma me ha muerto
que, para descanso mío,
es de mi muerte instrumento.   2820

CARLOS

Déjame besar mil veces
esas heridas.

NINFA

Al cuerpo
no me toques. Tente, Carlos.

CARLOS

Haré locuras y extremos.

NINFA

Carlos, lo que importa más   2825
es buscar a Dios, que aquesto
es regalo para mí.

(Tocan chirimías y aparece el NIÑO *crucificado y dice desde arriba bajando por una tramoya. Haya raro, ya que sube la* NINFA *arriba justo bajando y la otra subiendo hasta que llegan juntos y el* NIÑO *carga los brazos sobre la* NINFA.)*

CRISTO

¡Ninfa, esposa!

¡Amado dueño!

CRISTO

Nuestras bodas se han llegado;
vestido de boda espero,   2830
venid, hermosa paloma,
que ya pasáis el invierno,
y en el inmortal abril
las flores aparecieron.
Llegad a mis brazos, Ninfa,   2835
y Ninfa sólo del Cielo,
que los quito de los clavos
para que muráis en ellos.

NINFA

Mi bien, mi gloria, mi esposo,
por vuestro costado quiero   2840
entrar en Vos, Dios.

CRISTO

                    Ya estáis,
mi querida esposa, dentro.

NINFA

Apretadme más los brazos,
mi bien, mi amor, mi remedio,
que en ellos...

CRISTO

        Valor, esposa.   2845

NINFA

Mi espíritu os encomiendo.

(Tocan chirimías, súbese el NIÑO *y queda muerta* NINFA.)

CARLOS

¡Oh, prodigios soberanos!
Altos son vuestros secretos.

DUQUESA

Señor, notables favores
a una mujer habéis hecho.   2850

CARLOS

Esto el Cielo ha permitido,
Diana, para bien nuestro.
Perdonad, que yo daré
de mi vida tal ejemplo
que admire el mundo a Cosenza.   2855
Llevemos aqueste cuerpo
para que dé admiración
su santidad y el suceso.

DIANA

Con la majestad debida
y ostentación, la llevemos   2860
para patrona.

CARLOS

                    Y aquí
dé fin *La Ninfa del Cielo*.   2865

FIN